dtv *galleria*

Man schreibt das Jahr 1317. Galcerán de Born, Ritter des mächtigen Hospitaliterordens, wird unter größter Geheimhaltung nach Avignon beordert. Papst Johannes XXII. hat einen äußerst heiklen Auftrag für den scharfsinnigen *Perquisitore:* De Born soll herausfinden, ob drei der mächtigsten Männer Frankreichs einem Racheakt des Templerordens zum Opfer gefallen sind – hatte dessen letzter Großmeister ihnen doch auf dem Scheiterhaufen den Tod geschworen. Dem Heiligen Vater geht es allerdings nur vordergründig um die Klärung der Todesfälle. Er will vor allem eins: erfahren, wo sich das Gold der Templer befindet, das seit der Auflösung des Ordens spurlos verschwunden ist. Begleitet von dem Novizen Jonas und der schönen Jüdin Sara macht sich Galcerán auf die Suche nach den geheimnisumwitterten Schätzen der Tempelherren. Ein verschlüsseltes Dokument weist ihnen den Weg nach Spanien: Werden sie entlang dem Camino de Santiago, dem berühmtesten Pilgerweg des Mittelalters, fündig werden? Mißtrauische Schergen des Papstes belauern sie auf Schritt und Tritt. Und es sind auch noch andere Augen auf sie gerichtet …

Matilde Asensi, 1962 in Alicante geboren, schrieb und arbeitete nach dem Journalismusstudium für Rundfunk und Printmedien. Bereits ihr Debüt, ›El salón de ámbar‹ (1999), wurde in mehrere Sprachen übersetzt. Mit ›Iacobus‹ (2000) eroberte sie endgültig die Herzen ihrer Leserschaft und erstmals auch einen Platz in den Bestsellerlisten, ein Erfolg, der von ›Wächter des Kreuzes‹ (dt. 2004) noch übertroffen wurde.

Matilde Asensi

Iacobus

Roman

Aus dem Spanischen von
Silvia Schmid

Deutscher Taschenbuch Verlag

Von Matilde Asensi
ist im Deutschen Taschenbuch Verlag erschienen:
Wächter des Kreuzes (24429)

Die Übersetzung der Zitate aus dem ›Codex Calixtinus‹ wurde entnommen:
›Der Jakobsweg. Mit einem mittelalterlichen
Pilgerführer unterwegs nach Santiago de Compostela‹
Ausgewählt, eingeleitet, übersetzt und
kommentiert von Klaus Herbers, Tübingen 1998

Ungekürzte Ausgabe
Januar 2005
Deutscher Taschenbuch Verlag GmbH & Co. KG,
München
www.dtv.de

Titel der spanischen Originalausgabe:
›Iacobus‹
(Plaza & Janés Editores S. A., Barcelona 2000)

Umschlagkonzept: Balk & Brumshagen
Umschlaggestaltung: Catherine Collin unter Verwendung eines
Gemäldes von Wilhelm von Schadow (© akg-images)
Satz: Fotosatz Reinhard Amann, Aichstetten
Gesetzt aus der Cochin (QuarkXPress)
Druck und Bindung: Druckerei C. H. Beck, Nördlingen
Gedruckt auf säurefreiem, chlorfrei gebleichtem Papier
Printed in Germany · ISBN 3-423-20766-3

Für meinen kleinen Freund Jacobo C. M.,
der fest davon überzeugt ist,
daß ich ihm diesen Roman gewidmet habe.

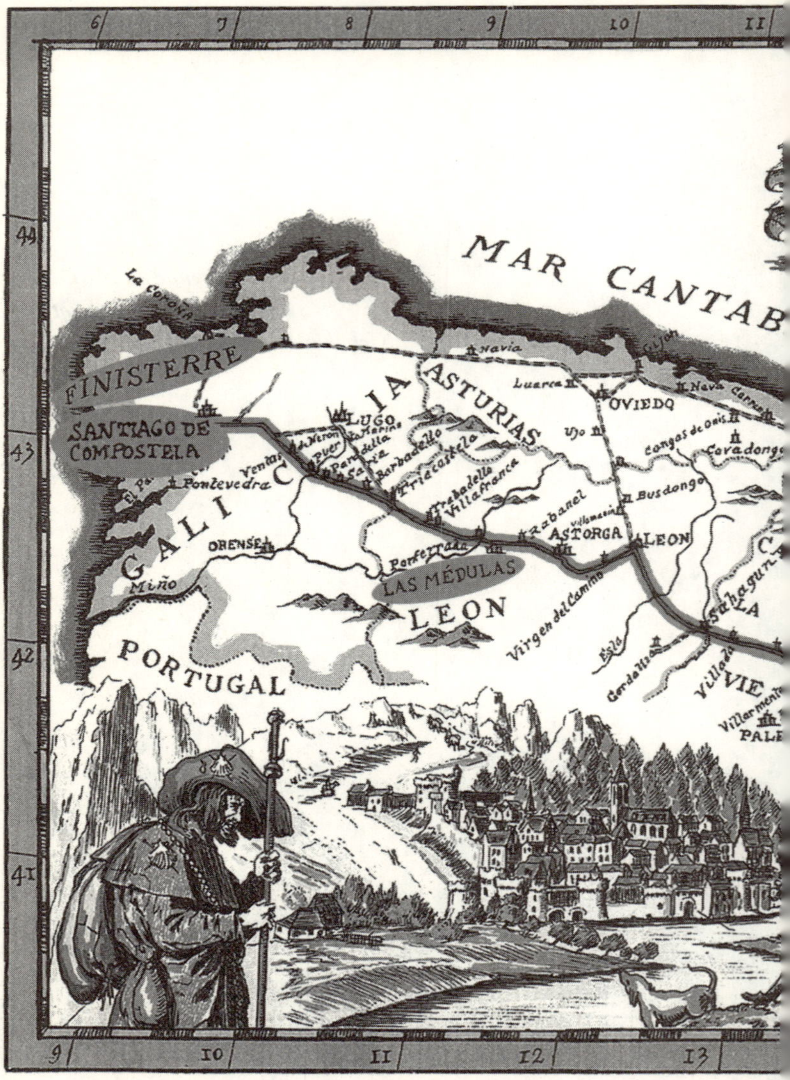
MAR CANTAB
FINISTERRE
SANTIAGO DE COMPOSTELA
LUGO
ASTURIAS
OVIEDO
Navia
Luarca
Pontevedra
GALICIA
ORENSE
Miño
Barbadello
Triacastela
Villafranca
Rabanel
ASTORGA
LEON
Busdongo
Covadonga
Ponferrada
LAS MÉDULAS
LEON
PORTUGAL
Virgen del Camino
Esla
Sahagun
PALE

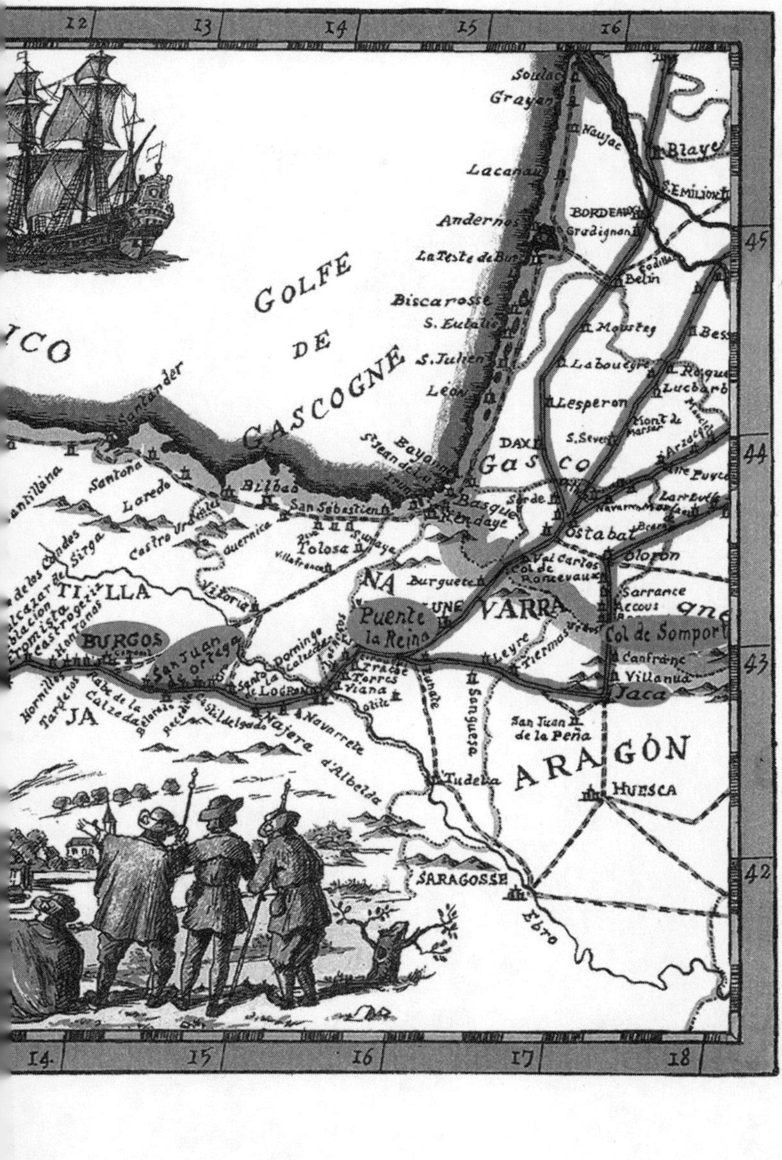

GOLFE
DE
GASCOGNE
ICO
Soulac
Grayan
Naujac
Blaye
Lacanau
S. Emilion
BORDEAUX
Andernos
Gradignan
La Teste de Buch
Belin
Biscarosse
S. Eulalie
Moustey
S. Julien
Laboueyre
Roque
Leon
Lucbarb
Lesperon
Mont de Marsan
DAX
S. Sever
Bayonne
St Jean de Luz
Gas co
Arzacq
Santander
Santoña
Laredo
Bilbao
San Sebastien
Basque
Ostabat
Castro Urdiales
Guernica
Tolosa
Villafranca
Oloron
Val Carlos
Col de Roncevaux
Burguete
Sarrance
Accous
Vitoria
TILLA
NA
VARRA
Puente la Reina
BURGOS
San Juan de Ortega
Col de Somport
Canfranc
Villanua
Jaca
Leyre
Tiermas
Sanguesa
Logroño
Viana
Torres
Navarrete
Najera
San Juan de la Peña
ARAGON
HUESCA
Tudela
SARAGOSSE
Ebro
Hornillos
Castrogeriz
Fromista
JA
12
13
14
15
16
17
18
45
44
43
42

Prolog

Es scheint zum jetzigen Zeitpunkt unerklärlich, daß ich, Galcerán de Born, bis vor kurzem noch Ritter des Ordens des Hospitals vom Heiligen Johannes zu Jerusalem, Zweitgeborener des edlen Geschlechts derer von Taradell, der im Heiligen Land das Kreuz genommen und Vasall unseres Königs Jaime II. von Aragón war, noch immer an die Existenz eines unausweichlichen, hinter den scheinbaren Wechselfällen des Lebens verborgenen Schicksals zu glauben vermag. Wenn ich jedoch an all das zurückdenke, was sich in den letzten vier Jahren zugetragen hat – und ich denke fast unentwegt daran –, gelingt es mir nicht, mich von der Vermutung zu lösen, daß ein mysteriöses Fatum, vielleicht jenes *supremum fatum*, von dem die Kabbala spricht, die Fäden der Ereignisse mit einer hellsichtigen Zukunftsvision verknüpft, ohne auch nur im geringsten unsere Wünsche und Vorhaben gelten zu lassen. Deshalb nun, in der Absicht, meine verworrenen Gedanken zu ordnen, und in dem Wunsch, die sonderbaren Einzelheiten dieser Geschichte festzuhalten, damit sie von zukünftigen Generationen verläßlich erkannt werden, beginne ich diese Chronik im Jahre unseres Herrn 1319, in dem kleinen portugiesischen Ort namens Serra d'El-Rei, wo ich unter anderem als Medikus tätig bin.

Kaum war ich von der robusten sizilianischen Galeere an Land gegangen, auf der ich die lange und erschöpfende Reise von Rhodos hierher zurücklegte – unterwegs hatten wir zudem die Häfen von Zypern, Athen, Sardinien und Mallorca angelaufen –, und hatte meine Schreiben in der Komturei meines Ordens in Barcelona vorgelegt, ließ ich auch schon eiligst die Stadt hinter mir, um meine Eltern aufzusuchen, die ich seit zwölf Jahren nicht mehr gesehen hatte. Obwohl ich gern einige Tage bei ihnen geblieben wäre, konnte ich doch nur wenige Stunden dort verweilen, da mein eigentliches Ziel, das ich möglichst bald erreichen wollte, das Mauritiuskloster von Ponç de Riba war, welches zweihundert Meilen weiter südlich in einer Gegend lag, die noch bis vor nicht allzu langer Zeit in den Händen der Mauren gewesen war. Ich hatte an jenem Ort etwas sehr Wichtiges zu erledigen, etwas so Vordringliches, daß es meine Abreise von der Insel, das Verlassen meines Heims und meiner Arbeit rechtfertigte, obgleich ich offiziell nur nach Spanien zurückgekehrt war, um einige Jahre dem gewissenhaften Studium einer Reihe von Büchern zu widmen, die sich im Besitz des Klosters befanden und die mir dort dank des Einflusses und des Ersuchens meines Ritterordens zur Verfügung gestellt werden sollten.

Mein Pferd, ein schönes Tier mit kräftiger Vorder- und Hinterhand, strengte sich wahrhaft an, um dem Rhythmus gerecht zu werden, den ihm meine Unrast aufzwang, während wir durch die Weizen- und Gerstenfelder galoppierten und dabei rasch zahlreiche Dörfer und Weiler hinter uns ließen. 1315 war kein gutes Jahr für die Ernte, und die Hungersnot breitete sich wie die Pest über alle christlichen Reiche aus. Dennoch ließ mich die lange fern meiner Heimat verbrachte Zeit alles wie mit den Augen eines blind Verliebten betrachten, so daß mir die Gegend so herrlich und fruchtbar wie eh und je vorkam.

Schon sehr bald erspähte ich die ausgedehnten Besitztümer der Mauritiusbrüder in der Nähe der Ortschaft Torá und gleich darauf die hohen Mauern der Abtei mit den spitzen Türmen ihrer schönen Kirche. Ohne den geringsten Zweifel wage ich zu behaupten, daß Ponç de Riba, vor rund 150 Jahren gegründet von Ramón Berenguer IV., eine der größten und erhabensten Klosteranlagen ist, die ich jemals gesehen habe. Seine ansehnliche Bibliothek ist im Abendland einzigartig, denn sie besitzt nicht nur die außergewöhnlichsten geistlichen Codices der Christenheit, sondern auch fast die gesamten wissenschaftlichen jüdischen und arabischen Schriften, die von der kirchlichen Hierarchie verdammt worden waren, hatten sich die Mönche des heiligen Mauritius doch glücklicherweise immer dadurch ausgezeichnet, einen für jegliche Art von Reichtum aufgeschlossenen Geist zu besitzen. In den Archiven von Ponç de Riba habe ich unglaubliche Dinge zu Gesicht bekommen: hebräische *chartularia,* Papstbullen und Briefe muslimischer Herrscher, die selbst den unerschütterlichsten Gelehrten beeindruckt hätten.

Ein Ritter des Hospitaliterordens ist an einem solch ehrwürdigen, dem Studium und Gebet geweihten Ort ganz offensichtlich fehl am Platz. Doch mein Anliegen war außergewöhnlich, denn – sah man einmal von dem tatsächlichen, geheimen Grund ab, der mich nach Ponç de Riba geführt hatte – mein Orden zeigte besonderes Interesse daran, sich zum Allgemeinwohl unserer Spitäler Wissen über die schrecklichen, fieberhaften Blattern anzueignen, die von den arabischen Medizi so ausgezeichnet beschrieben worden waren, sowie Kenntnisse über die Zubereitung von Sirupen, alkoholischen Essenzen, Pomaden und Salben zu gewinnen, von denen wir in den Jahren unserer Gegenwart im Königreich Jerusalem gelegentlich gehört hatten.

Im besonderen verspürte ich einen glühenden Eifer, den ›*Atarrif*‹ des Albucasis von Córdoba zu studieren, ein Werk, das nach seiner Übersetzung ins Lateinische durch Gerardo de Cremona auch unter dem Titel ›*Methodus Medendi*‹ bekannt war. Aber eigentlich war es mir einerlei, in welcher Sprache die Abschrift des Klosters verfaßt worden war, da ich etliche fließend beherrsche, gleichwie all jene Kreuzritter, die in Syrien und Palästina kämpfen mußten. Ich hoffte, bei der Lektüre dieses Buches hinter das Geheimnis der schmerzlosen Inzisionen bei lebendigem Leib und der in Kriegszeiten so wichtigen Kauterisation zu kommen und alles über das wunderbare medizinische Instrumentarium der persischen Ärzte zu erfahren, das vom großen Albucasis so minutiös beschrieben worden war, um es nach meiner Rückkehr auf Rhodos bis ins kleinste Detail nachbauen zu lassen. Deshalb würde ich also an jenem besagten Tag Wams, Kettenhemd und meinen schwarzen Mantel mit dem weißen lateinischen Kreuz ablegen und Helm, Schwert und Wappen durch Schreibfeder, Tinte und *scrinium* ersetzen.

Gleichwohl dies durchaus ein fesselndes Vorhaben war, so bildete es, wie ich bereits erwähnte, nicht den eigentlichen Grund, weshalb ich in das Kloster gekommen war; der wahre Grund, der mich dorthin geführt hatte – eine höchst persönliche Angelegenheit, die der Seneschall von Rhodos von Anfang an gebilligt hatte –, war, daß ich an jenem Ort jemand sehr wichtigen treffen mußte, über den ich allerdings nicht das geringste wußte; weder, wie er hieß, noch wer er war oder wie er aussah ... nicht einmal, ob er zu jenem Zeitpunkt noch dort lebte. Trotzdem vertraute ich auf mich und auf die göttliche Vorsehung, daß mir bei solch heikler Mission Erfolg beschieden war. Nicht umsonst nennt man mich *Perquisitore*, den Spurensucher.

Im Schritt ritt ich durch das Klostertor und stieg bedächtig von meinem Pferd, um ja nicht einen ungestümen Eindruck an jenem Hort des Friedens zu erwecken. Bruder *Cellerarius,* der über mein Kommen unterrichtet war, eilte mir entgegen – später erfuhr ich, daß ein Novize stets die unmittelbare Umgebung vom Turm der Kirche aus überwachte, ein Brauch, den man dort noch aus den nicht allzu fernen Zeiten der maurischen Herrschaft bewahrt hatte. Begleitet vom kleinwüchsigen *cellerarius* führte ich dann mein Pferd am Halfter in den Klosterhof, wobei mir die mustergültige Aufteilung des Klosterkomplexes bewußt wurde, um dessen großen Kreuzgang herum die unterschiedlichen Bauten vortrefflich angeordnet waren. Ferner war noch ein kleinerer und wesentlich älterer Kreuzgang, das *claustrum minus,* links von einem kleinen Gebäude zu sehen, welches das Spital zu sein schien.

Schließlich blieben wir vor der Hauptpforte der Abtei stehen, wo mich der Subprior höflich empfing. Der junge, ernsthafte Mönch von vornehmem Äußeren und unbestritten hoher Abkunft, wie ich aus seinen Umgangsformen schließen konnte, führte mich augenblicklich zum schönen Haus des Abts. Auch dieser und der Prior hießen mich respektvoll willkommen; man merkte, daß sie hochgestellte Persönlichkeiten waren, gewohnt, illustre Gäste zu empfangen, doch sie zeigten sich noch weitaus gastfreundlicher und liebenswürdiger, als sie mich wieder aus meiner Gastzelle treten sahen, bekleidet mit einem Habit, das dem der Brüder des heiligen Mauritius so ähnlich schien, wie sie es nur finden konnten, ohne ihren Ordensregeln zuwiderzuhandeln: Ich trug nun einen weißen Talar mit Mantel, jedoch ohne Skapulier und Gürtel, und an den Füßen ein paar ungefärbte Ledersandalen, die sich von ihren geschlossenen, schwarzen deutlich unterschieden. Als ich danach durch den Kreuzgang schritt, stellte ich fest, daß diese Gewänder sehr gut gegen die Kälte schützten und viel wärmer hielten als mein Wams mit den weiten Ärmeln und mein Chorhemd, so daß meine schwielige Haut, die an alle Unbilden der Witterung gewöhnt war, sich schnell mit der Aufmachung abfand, die von nun an mein Habit sein sollte.

Der Winter näherte sich, und obwohl in Ponç de Riba Schneefälle nicht ungewöhnlich waren, so war jenes Jahr doch unbeschreiblich hart, nicht nur für das Land und die Ernte, sondern auch für die Menschen. Der Heilige Abend überraschte uns Bewohner des Klosters mit einer unendlichen weißen Schneedecke, die alles verbarg.

Während der folgenden Wochen versuchte ich mich soweit wie möglich von dem Leben und den Intrigen des Klosters fernzuhalten. Obwohl von anderer Wesensart, so kam es selbst in den Ordenshäusern der Hospitaliter gelegentlich zu gespannten Situationen, und auch dort aus fast immer nichtigen Gründen ... Ein guter Abt oder Prior – wie ein guter Großmeister oder Seneschall – zeichnet sich gerade durch die Autorität aus, die er gegenüber der Gemeinschaft besitzt, um solche Schwierigkeiten zu umgehen.

Trotzdem konnte ich mich nicht vollkommen vom klösterlichen Leben distanzieren, da ich als Mönchsritter den gemeinschaftlichen Gottesdiensten beizuwohnen hatte und in meiner Eigenschaft als Arzt einige Stunden des Tages im Spital an der Seite der kranken Brüder verbrachte. Natürlich – und ich überspringe hier das, was nur meine privaten Angelegenheiten waren – war ich keineswegs dazu verpflichtet, irgend etwas zu tun, was nicht meinen Neigungen entsprach. Laudes, Prima, Tertia, Sexta, Nona, Vesper und Komplet bestimmten meine täglichen Studien, die Mahlzeiten, Spaziergänge, Arbeit und Schlaf mit mathematischer Präzision. Ergriffen von Unruhe und dem Heimweh nach meiner fernen Insel wandelte ich manchmal unermüdlich durch den Kreuzgang und betrachtete seine einzigartigen Kapitelle. Oder ich stieg auf den Kirchturm hinauf, um dem wachhabenden Novizen Gesellschaft zu leisten. Oder ich streifte ziellos zwischen der Bibliothek und dem

Kapitelsaal, dem Refektorium und den Schlafsälen, den Badestuben und der Küche umher, in dem Versuch, mein Gemüt zu beruhigen und die Hast zu mäßigen, die ich verspürte, um endlich auf jenen Menschen zu treffen, den ich in meinem tiefsten Inneren Jonas getauft hatte, nicht nach jenem Jonas, der angstvoll vom Walfisch verschluckt wurde, sondern nach jenem, der aus dessen Bauch wieder frei und erneuert ausgespien wurde.

Eines schönen Tages vernahm ich während der Messe unter den Gesängen einen kindlichen, röchelnden Husten, der mich zusammenzucken ließ; wenn es nicht so eindeutig gewesen wäre, daß jener Husten nicht aus meiner Brust drang, so hätte ich schwören können, daß ich es war, der sich da räusperte und keine Luft mehr bekam. Aufmerksam blickte ich in Richtung jenen Bereichs des Chorgestühls, von wo aus die *pueri oblati* unter dem wachsamen Blick des mit einer Engelsgeduld gesegneten Novizenmeisters gähnend der Liturgie folgten, aber ich konnte nichts weiter als eine Gruppe unruhiger, schmächtiger Schatten erspähen, denn das Kirchenschiff war in Finsternis getaucht, nur spärlich erleuchtet von einigen Dutzend dicker Wachskerzen.

Als ich am folgenden Tag frühmorgens ins Spital kam, untersuchte der mit der Krankenpflege betraute Bruder gerade sorgfältig ein Kind, das schon fast das Jünglingsalter erreicht hatte und alles ringsherum mit abweisender und mißtrauischer Miene beobachtete. Unauffällig in einen Winkel gedrückt, führte ich aus der Ferne meine eigene ärztliche Untersuchung des Patienten durch. Gewiß hatte der Junge eine ungesunde Gesichtsfarbe und tiefliegende Augen, seine Wangen waren ein wenig eingefallen und Schweiß stand ihm auf der Stirn, doch er schien an nichts Außergewöhnlichem zu leiden. Er hatte lediglich eine Erkältung; sein schmächtiger Brustkorb hob und senkte sich mühsam und gab ein schwaches Pfeifen von sich, und der Junge litt unter krampfhaftem trockenen Husten. Am besten wäre es, ihn ins Bett zu stecken und ihn einige Tage auf der Grundlage von heißer Brühe und Wein zu ernähren, damit er die schlechten Säfte ausschwitzte …

»Es wird am besten sein«, urteilte jedoch der Krankenpfleger, während er dem Knaben leicht auf den Rücken klopfte, »ihn zur Ader zu lassen und ihm ein leichtes Abführmittel zu geben. Innerhalb einer Woche wird er wieder wohlauf sein.«

»Seht Ihr?« rief Jonas und drehte sich zum Novizenmeister um, »seht Ihr, wie er mich zur Ader lassen will? Ihr habt mir versprochen, daß Ihr es nicht zulassen werdet!«

»So ist es, Bruder«, gab jener zu, »ich habe es ihm versprochen.«

»Nun, dann bekommt er eben das stärkste Abführmittel, das ich habe.«

»Nein!«

Es ist erstaunlich, wie die Natur mit dem eigenen Fleisch und Blut von Generation zu Generation ihre Scherze treibt. Obwohl Jonas nicht einen einzigen meiner Gesichtszüge geerbt hatte, besaß er eine Stimme, die der meinen sehr glich. Zwar war sie noch kindlich, doch überschlug sie sich aufgrund des Stimmbruchs schon ab und zu und klang dann so tief, daß niemand mehr den Unterschied zwischen ihm und mir hätte feststellen können.

»Wenn Ihr gestattet, Bruder Borell«, wandte ich mich jetzt an den Bruder des Spitals, während ich mich dem Schauplatz des Dramas näherte, »so könnten wir vielleicht das Abführmittel durch eine *exudatio* ersetzen.«

Ich hob nun Jonas' rechtes Augenlid, um den Grund seiner Iris zu untersuchen. Sein allgemeiner Gesundheitszustand war ausgezeichnet, vielleicht war er gerade etwas schwach, aber eine richtige Schwitzkur und viel Schlaf würden ihm hervorragend bekommen. Ich konnte nicht umhin zu bemerken, daß Jonas' Augen wie die seiner Mutter von einem hellen, mit Grau durchsprenkelten Blau waren, Augen, welche die beiden von einem entfernten französischen Vorfahren geerbt hatten … Denn auch wenn Jonas dies nicht wußte, so war seine mütterliche Linie doch von edlem Geschlecht, und er war Nachkomme des leonesischen Zweigs der Jimeno und des alavesischen Hauses der Mendoza, und alt und königlich war auch seine väterliche Linie, die, obgleich verarmt, dennoch nicht ihren Ursprung bei Wifredo el Velloso vergaß. Durch seine Adern floß das Blut der Begründer der spanischen Königreiche, und in seinen Wappen – wenn er auch noch nicht wußte, daß er Wappen besaß – waren in den Heroldsstücken Burgen, Löwen und Tatzenkreuze zu sehen. Wenn, wie ich vermutete, jener Knabe wirklich Jonas war, so würde er nie, unter gar keinen Umständen, Mönch werden, so sehr er jetzt auch *puer oblatus* sein mochte; ihm war ein weitaus erhabeneres Schicksal beschieden, und niemand – nicht einmal die Kirche selbst – konnte verhindern, daß es sich erfüllte.

»Von Schwitzkuren halte ich nicht viel«, murrte Bruder Borell, während er nur widerwillig die Segel strich. »Gegen die üblen Körpersäfte der Galle zeigen sie kaum Wirkung.«

»Aber, Bruder!« protestierte ich. »Schaut genau hin, und Ihr werdet sehen, daß dieser Junge nicht an schwarzer Galle leidet, sondern nur eine einfache Erkältung hat, und außerdem steckt er mitten im Wachstum, im Übergang zum Mannesalter. Auf alle Fälle könnt Ihr ihm jedoch ein Heilpflaster aus gemahlenem Bimsstein, Schwefel und Alaun auflegen, das ihm das Ausschwitzen erleichtern wird. Und bereitet ihm auch einige Pillen gegen den Husten zu mit geringen Dosen an Opium, Castoreum, Pfeffer und Myrrhe ...«

Durch diesen Vorschlag überzeugt, der seine hochgeschätzte Begabung auf dem Gebiet der Kräuterheilkunde auf die Probe stellte, zog sich Bruder Borell nach hinten in seine Apotheke zurück, um die Mischungen zuzubereiten, während Jonas und der Novizenmeister mich bewundernd ansahen.

»Ihr seid der Hospitalitermönch, der seit einigen Wochen in unserem Kloster weilt, nicht wahr?« fragte der Alte. »Ich habe Euch schon oft bei unseren Gebeten beobachtet. Es gehen so viele Gerüchte von Euch in unserer Gemeinschaft!«

»Gäste erregen immer Neugierde«, begnügte ich mich mit einem Lächeln anzumerken.

»Die Jungen reden ständig über Euch, und mehr als einen mußte ich bereits von den Fenstern der Bibliothek wegzerren, wenn Ihr Euch zum Studium dorthin begabt. Habt Ihr es nicht bemerkt? Dieser hier zum Beispiel, der mehr einer Katze denn einem Kind gleicht, hat deswegen schon viele Kopfnüsse davongetragen.«

Als ich jetzt Jonas' schwärmerischen Gesichtsausdruck bemerkte, der mich wortlos anstarrte, begann ich zu lachen. Aufgrund meiner Körpergröße und der wohlausgebildeten Muskulatur, die der ständige Gebrauch des Schwerts meinen Armen und Schultern verliehen hatte, mußte ich ihm wie eine Art Herkules oder Samson vorkommen, vor allem, wenn er mich mit den Mönchen der Gemeinschaft mit ihren Tonsuren verglich, die stets nur fasteten und Buße taten.

»So, so, du hast mich also durch das Fenster beobachtet ...«

Meine Stimme weckte ihn aus seiner Versunkenheit und ließ ihn hochschrecken. Er raffte die Schöße seines Habits, sprang vom Tisch herunter und rannte los, sauste durch die Tür wie ein geölter Blitz und verlor sich in den Gängen des Gebäudes.

»Bei Gott!« schrie der Novizenmeister auf und machte sich an seine Verfolgung. »Er wird sich noch eine Lungenentzündung holen.«

Von der Apotheke her entwich Bruder Borell, der den übelriechenden Wundverband in seinen Händen hielt, ein resignierter Seufzer.

Das Herz der Bibliothek stellte das Skriptorium dar, ein Herz, das mächtig unter dem steinernen Gewölbe schlug und den wertvollen Codices Leben einhauchte, welche die Brüder *scriptores* mit soviel Ehrerbietung und Geduld abschrieben und illuminierten. Jeder, der im Kloster wohnte, sei er *monacus, ca-*

pellanus oder *novicius*, konnte sich darin unterweisen lassen, falls er dies wünschte. In einem angrenzenden Gebäude, in das man durch eine niedrige Tür gelangte, verwahrte man sorgfältig das Hauptarchiv, jenen großen dokumentarischen *corpus*, in dem Tag für Tag selbst die kleinsten Vorfälle der Abtei verzeichnet wurden. Wahrscheinlich konnte ich dort die nötige Auskunft über Jonas finden, weshalb ich den Prior um Erlaubnis bat, jene Chronik einsehen zu dürfen.

»Worauf ist Euer überraschendes Interesse an den Annalen des Klosters zurückzuführen?«

»Das ist eine lange Geschichte, verehrter Prior, aber ich kann Euch versichern, daß hinter meiner Bitte keine bösen Absichten stecken.«

»Ich wollte Euch mit meiner Frage nicht zu nahe treten, Bruder«, erwiderte er sofort verlegen, »selbstverständlich gestatte ich Euch, das Archiv zu konsultieren. Ich wollte mich lediglich eine Weile mit Euch unterhalten ... Bald werden es zwei Monate sein, daß Ihr in unserem Kloster lebt, und bisher habt Ihr mit keinem der Mönche Freundschaft geschlossen, nicht einmal mit dem Abt, der sich bemüht hat, Euch in allem entgegenzukommen, soweit er es vermochte. Es ist uns bewußt, daß an einem Ort wie diesem, der nur dem Studium und der Kontemplation geweiht ist, außer unseren Büchern nichts Eure Aufmerksamkeit fesseln kann, doch wir hätten uns gewünscht, daß Ihr uns über Eure Reisen und Euer Leben berichtet.«

Immer das gleiche Lied, dachte ich beunruhigt. Ich mußte mich in acht nehmen, oder wir Hospitaliter würden wie die Tempelherren enden ...

»Ihr müßt mich entschuldigen, verehrter Prior. Meine Zurückhaltung rührt nicht von meinem Stand eines Hospitaliters. Ich war schon immer so, und ich glaube nicht, daß ich mich jetzt noch ändern werde. Allerdings habt Ihr recht, vielleicht sollte ich mich den Brüdern mehr öffnen. Tatsächlich erzählte mir der Novizenmeister kürzlich von dem Interesse, das mir die *pueri oblati* entgegenbringen. Scheint es Euch angebracht, daß ich mich in den Ruhezeiten hin und wieder mit ihnen unterhalte?«

»Bruder, die Jungen haben eine überbordende Phantasie! Eure Abenteuer würden sie nur über Gebühr erregen und ihnen den Schlaf rauben, der in ihrem Alter so vonnöten ist ... Nein, es tut mir leid, solchem Ansinnen kann ich nicht zustimmen. Jedoch ...«, fügte er dann nachdenklich hinzu, »... jedoch glaube ich, daß es gut wäre, wenn einer der älteren *pueri* als Adlatus in Eure Dienste treten würde; Ihr könntet ihm die Grundkenntnisse Eurer Wissenschaft vermitteln, so daß er später das Spital und die Krankenstation zu übernehmen in der Lage wäre.«

»Zweifellos eine großartige Idee, verehrter Prior«, bestärkte ich ihn in seinem Vorhaben. »Soll ich ihn auswählen, oder bestellt Ihr ihn selbst zu meinem Adlatus?«

»Oh, das hat keine Eile, wirklich nicht! Sprecht mit dem Bruder Novizenmeister und sucht selbst den *novicius* aus, der dafür das größte Talent zu besitzen scheint.«

Jener Mönch war nicht zufällig Prior geworden, dachte ich angenehm überrascht.

Noch am selben Nachmittag ging ich in die Bibliothek und zog aus den Regalen des Archivs die entsprechenden *chartae* des Jahres unseres Herrn 1303 hervor, Jonas' Geburtsjahr. Neben dem schönen Exemplar der Kommentare zur Apokalypse, ›*In apocalypsim libri duodecim*‹, des Abts Beatus von Liébana und einem ›*Collectaneorum de re medica*‹ von Averroes breitete ich auf meinem Schreibpult eine Unmenge an Urkunden aus über Schenkungen, begonnene Arbeiten für den Bau von Kornkammern, über Einkünfte, Ausbesserungen des Kirchenschiffs, Ernten, Todesfälle und Geburten von Bediensteten, Testamente, Käufe und Verkäufe sowie eine Vielzahl von offiziellen und langweiligen Angelegenheiten. Zwei Tage lang suchte ich mit unendlicher Geduld, bis ich schließlich auf die Aufzeichnungen über die vor den Toren der Abtei ausgesetzten Kinder stieß. Da freute ich mich, nicht zu wissen, welchen Taufnamen die Mönche dem jungen Jonas gegeben hatten, denn es waren drei Säuglinge, deren Fälle es zu untersuchen galt, und so konnte keine Vorahnung meine Lektüre trüben.

Eines der Kinder hob sich glücklicherweise gleich von Anfang an von den anderen ab: Am 12. Juni 1303, in aller Früh, fand der Bruder *Operarius*, der vor den Klostermauern den beschädigten Flügel einer Mühle instand setzen wollte, vor der Pforte in einem Korb ein Neugeborenes, das in kostbare Tücher gewickelt war, die allerdings keine besonderen Merkmale oder Stickereien aufwiesen. Um den Hals trug das Kind ein kleines Amulett aus silbern eingefaßtem Gagat in Form eines Fisches – was die Mönche zunächst beunruhigt hatte, fürchteten sie doch, daß es von Juden abstammte –, und zwischen den Windeln war ein Vellum ohne jegliches Siegel versteckt, auf welchem man um die Gunst bat, den Knaben auf den Namen García zu taufen. Ich suchte nicht weiter; ich besaß alle nötigen Beweise. Nun mußte ich nur noch bestätigt finden, daß jener García der Dokumente und Jonas aus der Krankenstation ein und dieselbe Person waren, weshalb ich, sobald es mir möglich war, zum Noviziat ging, um meinen zukünftigen Adlatus auszusuchen. Indes, warum so zögerlich? meinte das Schicksal höhnisch, so daß, kaum hatte ich die Pforte durchschritten, ein Schrei plötzlich all meine Fragen beantwortete:

»Garcíííía!«

Und García schoß an mir vorbei wie der Blitz, rannte so schnell wie damals, als er aus dem Spital floh, mit hochgerafftem Habit, damit es sich nicht in seinen Beinen verwickelte.

Und wieder wurde es Weihnachten. In jenem Jahr begingen wir das Fest mit der traurigen Nachricht vom Tod des Abts von Ponç de Riba. Zwar hatte ich mich bemüht, die Schmerzen seiner letzten Tage mit großen Dosen Schlafmohn zu lindern, allerdings hatte es nicht viel genützt: Als ich seinen Bauch abtastete, geschwollen wie der einer Gebärenden und gleichermaßen hart, wußte ich, daß für ihn keine Hoffnung mehr bestand. Um ihm Mut einzuflößen, schlug ich ihm vor, jenes bösartige Geschwür zu entfernen, doch er weigerte sich schlichtweg, und unter großer Pein überantwortete er Gott seine Seele am Dreikönigsfest des Jahres 1317. Der entsetzliche Lärm der Ratschen war drei Tage lang hinter den Klostermauern zu vernehmen und ließ die Trauer, in die sich die Klostergemeinschaft versenkte, noch überwältigender wirken.

Die pompösen und prunkvollen Trauerzeremonien, an denen auch die Prälaten der Bruderabteien aus Frankreich, England und Italien teilnahmen, zogen sich über mehrere Monate hin. Anfang April zog sich schließlich die Gemeinschaft unter dem Vorsitz des Abts des Mutterhauses, des französischen Klosters Bellicourt, zurück, um unter ihnen allen einen neuen Abt zu wählen. Die Beratungen wurden tagaus, tagein fortgesetzt, ohne daß die wenigen, die ausgeschlossen waren, auch nur das geringste darüber erfuhren, was im Kapitel vor sich ging; nach Ablauf einer Woche hatten wir uns jedoch an die Situation gewöhnt, ja, genossen sie sogar, denn die Anwesenheit des Abts von Bellicourt trug dazu bei, daß sich sowohl die Güte als auch die Menge unserer Mahlzeiten steigerte: an den Tagen, an denen es Fleisch gab, erhöhte der Küchenbruder die Portionen Kuh-, Hammel- oder Lammfleisch fast auf das Doppelte, und da es auf den Sommer zuging, reichte er dazu eine Petersiliensoße oder Agrest; mittwochs und samstags tischte er *badulaque,* ein Gericht aus zerkleinerten Innereien, auf, und die tägliche Brotration wuchs von einem halben auf ein ganzes Pfund für jeden an.

Wir befanden uns schon in der dritten Woche des Kapitels, als an einem warmen Vormittag, an dem völlige Stille herrschte, der auf dem Kirchturm wachhabende Novize kräftig die Glokken zu läuten begann, um Besuch anzukündigen. Der Subprior verließ die geschlossene Gesellschaft, um sich um die Neuankömmlinge zu kümmern, und Bruder *Cellerarius* ließ aus dem Klostergarten einige dienende Brüder kommen, denen er die Gastgeberpflichten der abwesenden Mönche übertrug.

Jonas und ich arbeiteten gerade in der Schmiede. Wir feilten dort an einigen feinen, chirurgischen Instrumenten herum, die wir ungeschickt und hingebungsvoll nach den Abbildungen des Meisters Albucasis hergestellt hatten. Weil Bruder Schmied nicht zugegen war, erforderte diese Aufgabe höchste Aufmerksamkeit, da unsere Legierungen und das Schmieden selbst viel zu wünschen übrigließen und die Instrumente immer wieder zwischen unseren Fingern wie Tonfiguren zerbrachen. So groß war unsere Konzentration auf das, was wir da gerade taten, daß wir nicht zum Empfang der Gäste eilten, wie dies angebracht gewesen wäre; es dauerte indessen nicht lange, bis sie sich ihrerseits in der Schmiede einstellten.

»Ritter Galcerán de Born!« brüllte eine mir bekannte Stimme. »Wie könnt Ihr es wagen, den schmutzigen Lederschurz eines Schmieds in Gegenwart anderer *fratres milites* Eures Ordens zu tragen!«

»Joanot de Tahull! ... Gerard!« rief ich aus und hob ruckartig den Kopf.

»Ihr werdet vom Provinzialmeister aufs härteste gerügt werden!« scherzte mein Bruder Joanot, während er mich heftig umarmte; der Lärm seines eisernen Kettenhemds und die Schläge seiner Schwertscheide gegen die Beinschienen weckten mich brüsk aus einem langen Traum.

»Brüder!« stammelte ich, ohne aus meinem Staunen herauszukommen. »Wie kommt Ihr denn hierher?«

»Mit der Ruhe ist es jetzt vorbei, Bruder, du mußt zurück an deine Arbeit«, meinte Gerard lachend und umarmte mich ebenfalls.

»Deinetwegen sind wir gekommen, damit du nicht noch mehr einrostest und Fett ansetzt bei diesem sorglosen Leben eines Klostermönchs.«

Überwältigt ließ ich mich auf einen der Schemel fallen und

betrachtete begeistert meine Brüder. Da standen, mir genau gegenüber, die beiden ehrenwertesten und redlichsten Hospitaliter der christlichen Welt in ihren schwarzen Mänteln, mit ihren langen aus der Brünne quellenden Bärten und ihren geweihten Schwertern am Gürtel. Wie viele Schlachten hatten wir Schulter an Schulter geschlagen, wie viele Meilen des Weges waren wir zusammen fast bis in den Tod geritten, wie viele Stunden des Studiums, der harten militärischen Übung, des gemeinsamen Dienstes hatten wir zusammen verbracht! Und ich hatte bis dahin nicht einmal bemerkt, wie sehr ich sie vermißte, wie sehr ich meine Heimkehr ersehnte ...

»Ist ja gut«, erklärte ich und richtete mich auf, »gehen wir, hier habe ich alles gelernt, wozu ich hergekommen bin!«

»Halt ein! Wohin willst du?« Den Kettenhandschuh gegen meine Brust gestemmt, hielt mich mein Bruder Gerard zurück.

»Habt ihr nicht eben gesagt, ich müsse abreisen?«

»Doch nicht nach Rhodos, Bruder. Du fährst vorerst noch nicht nach Hause.«

Ich zog vermutlich ein ziemlich dummes Gesicht.

»Das kommt ja nun wirklich nicht in Frage!« bemerkte Joanot. »Mein Wort darauf: Ich ertrage keine Tränen in den Augen eines Hospitaliters!«

»Sei kein Dummkopf, Bruder. Tränen werden in euren hinterlistigen Augen glitzern, wenn ich mein Schwert erst wieder in Händen halte ... und sobald ich natürlich wieder die Kraft habe, es zu schwingen.«

»Du tust gut daran, Bruder, denn du siehst aus wie ein ...«

»Seid jetzt endlich still, ihr beiden!« brüllte Gerard. »Und du, Joanot, gib ihm die Briefe!«

»Briefe? Was ...?« Ich hielt inne und blickte Jonas streng an. »Jonas, geh hinüber ins Noviziat.«

Widerwillig, weil er sich jene interessante Unterhaltung eigentlich nicht entgehen lassen wollte, trottete Jonas davon. Erst als er weit genug entfernt von uns war, fuhr ich fort:

»... Was für Briefe?«

»Drei sehr wichtige, Bruder Galcerán: einen des Seneschalls von Rhodos höchstpersönlich, unter dessen Befehl du stehst; der zweite vom Großkomtur der Hospitaliter von Frankreich, dem du in Zukunft zur Verfügung stehen wirst; und schließlich einen dritten von Seiner Heiligkeit Papst Johannes XXII., den der Herr beschützen möge und der die Schuld an diesen ganzen Briefen trägt.«

Ich konnte nur noch ein trauriges »O Gott!« murmeln, bevor ich wie ein Sack ohnmächtig auf meine armseligen chirurgischen Instrumente sank.

Die Schreiben duldeten keinen Widerspruch. Das des Seneschalls forderte mich auf, mich noch vor Ende Mai den Befehlen des Großkomturs von Frankreich unterzuordnen; das des Großkomturs von Frankreich, ich hätte mich vor dem 1. Juni am Papstsitz in Avignon einzufinden, und das Seiner Heiligkeit Papst Johannes XXII. enthielt meine Ernennung zum päpstlichen Gesandten mit allen Rechten und Würden, die dies umfaßte, im besonderen – wie er explizit herausstellte – das Recht, die schnellsten Pferde benutzen zu können, die ich in den Stallungen eines jeden Klosters oder jeder Pfarrei oder christlichen Wohnstätte von Ponç de Riba bis Avignon vorfinden würde ... oder was, kurzgefaßt, auf dasselbe herauskam, daß ich binnen zwei Wochen dort einzutreffen hatte ... Erstaunlich.

Ich kümmerte mich persönlich darum, meine Brüder in den Zellen des Pilgerhauses unterzubringen, und danach, der Abend war schon vorgerückt, zog ich mich in die Kirche zurück, um nachzudenken. Man sollte nie etwas tun, ohne vorher alle möglichen Spielzüge zu überdenken, alle Eventualitäten durchzuspielen – die wahrscheinlichsten zumindest –, noch ohne vorher genauestens Gewinne und Verluste abzuwägen oder an die eventuellen Konsequenzen und Auswirkungen auf das eigene Leben und das derjenigen zu denken, die von einem abhängen ... selbst wenn sie, wie in Jonas' Fall, nichts davon wissen sollten. So verbrachte ich den Rest des Abends und die ganze Nacht allein in der Kirche und hüllte mich ein letztes Mal in das weiße Klosterhabit, das ich bei Tagesanbruch ablegen sollte, um wieder in meine eigene Ritterrüstung zu schlüpfen, jene, die Galcerán de Born wiederauferstehen ließ, der siebzehn Monate zuvor in Barcelona an Land gegangen war.

Ich betete mit den Mönchen im Kapitelsaal die Frühmette und bat dann den Prior, er möge mich für einige Augenblicke in seiner Zelle empfangen, um ihn über meine überstürzte Abreise aus dem Kloster in Kenntnis zu setzen. Nie hätte ich ihm Näheres über die Gründe dafür dargelegt, hätte ich nicht im Gegenzug dazu etwas viel Wertvolleres von ihm zu erhalten gedacht, weshalb ich nun also vor seinen Augen das Schreiben des Papstes entrollte, was ihn vollkommen verblüffte. Ich ließ ihn in dem Glauben, daß ich mich ihm wie einem Freund anvertraute, als ich ihm gestand, wie sehr mich jene besagte Ernennung verwirrte und wie sehr mir meine Abreise von Ponç de Riba mißfiel, gerade jetzt, wo er zum Abt gewählt werden würde. Bevor er noch den Mund aufmachen konnte, so fassungslos und überwältigt wie er war, bat ich ihn um die Erlaubnis, den Novizen García mitnehmen zu dürfen, um seine Ausbildung nicht unterbrechen zu müssen, und ich versicherte ihm, daß ich den Jungen zweifellos noch vor Ablauf eines Jahres gereift und gebildet zurückschicken würde, bereit, die klösterlichen Weihen zu empfangen. Ich schwor ihm, daß der Junge immer im nächstgelegenen Mauritiuskloster nächtigen und er sämtlichen Verpflichtungen nachkommen und die Regeln seines Ordens befolgen würde.

Es erübrigt sich zu sagen, daß ich wissentlich einen Meineid beging und jener ganze Wortschwall nichts weiter war als ein Gespinst aus lauter Lügen, eine größer als die andere; doch ich mußte den Prior überzeugen, daß er mir Jonas in die Obhut gab, um ihn aus jenen Mauern rauszuholen, hinter die er selbstverständlich nie wieder zurückkehren würde.

Unter der sengenden Mittagssonne verließ ein Gefolge aus drei Hospitalitern, zwei ebenfalls dem Orden der Hospitaliter angehörenden Schildknappen, den sogenannten *armigeri*, einem Mauritiusnovizen, der kurz vor seinem vierzehnten Lebensjahr stand, und zwei mit Gepäck beladenen Mauleseln das Kloster in Richtung Norden, nach Barcelona.

Die ständigen Auseinandersetzungen zwischen den beiden römischen Adelsfamilien Gaetani und Colonna, die Rom in ein blutiges Schlachtfeld verwandelt hatten, zwangen Papst Benedikt XI. dazu, sich außerhalb Italiens in Sicherheit zu bringen. Sein Nachfolger, Clemens V., der vor seiner Wahl durch das Konklave das Amt des Erzbischofs von Bordeaux innehatte, beschloß angesichts der politischen Wirren im Kirchenstaat, Frankreich nicht eher zu verlassen, bis sich die Lage in Rom beruhigt hatte, wodurch jene Zeit anbrach, die man, ohne genau zu wissen warum, als die »babylonische Gefangenschaft« bezeichnet. Doch die Dinge wurden keineswegs besser, und Johannes XXII., der zwei Jahre nach dem Tod Clemens' V. zum Papst gewählt wurde – Jahre, in denen der Petrusstuhl erstmalig in seiner Geschichte vakant geblieben war –, zog es vor, in seiner Residenz in Avignon zu bleiben, die so zum Zentrum der Christenheit wurde. Nach zwei französischen Päpsten, wer konnte da schon wissen, ob das Pontifikat je wieder nach Italien zurückkehren würde?

Keineswegs ungewiß war hingegen in jenen letzten Tagen des April 1317, daß Jonas und ich vierhundertsiebzig Meilen auf dem Rücken unserer Pferde, quer über die gefährlichen Bergpässe der Pyrenäen, zurücklegen mußten und wir keine Zeit vergeuden durften. Dennoch hielten wir uns länger als wünschenswert in Barcelona auf, um uns von Joanot und Gerard zu verabschieden, die nach Rhodos zurückkehrten.

Im Nu durchquerten Jonas und ich dann Foix und das

Languedoc und machten erst in Narbonne wieder halt, um ein paar Tage auszuruhen und die Pferde und Maulesel zu wechseln. Fast immer übernachteten wir am Wegesrand, bereiteten uns im Schutz eines lodernden Feuers aus unseren Umhängen ein Lager, und auch wenn der Junge sich anfangs etwas über die ungewohnten Unannehmlichkeiten beklagte, so fand er dennoch bald Gefallen daran, unter dem Sternenhimmel zu schlafen und seinen Körper Mutter Erde anzuvertrauen. Zwar konnte ich ihm vorerst nicht erklären, wie wichtig die Verbindung zu den geheimen Kräften des Lebens war, da er noch nicht initiiert war, jedoch sah ich ihn innerhalb kurzer Zeit wie eine Pflanze im Frühling erblühen, und der dürre und blasse Novize von Ponç de Riba, der nun fast schon so groß war wie ich, verwandelte sich vor meinen Augen in einen kräftigen *armiger*, den Schildknappen, auf den ein jeder Hospitaliter von Standes wegen Anrecht hatte.

In fliegendem Galopp ließen wir bald Béziers hinter uns und erreichten von Montpellier aus in nur einer Tagesreise Nîmes, das antike *Nemausus* der Provinz *Galia Narbonensis*. Schließlich, am späten Abend des 31. Mai, die Sonne hinter unserem Rücken war noch nicht ganz untergegangen, trafen wir in der strategisch zwischen Frankreich, dem Deutschen Reich und Italien gelegenen Grafschaft Venaissin ein, die sich im Besitz des Papstes befand, und unsere Tiere setzten ihre Hufe endlich auf die wunderbare Pont St. Bénézet, die über die schwarze Rhône führte.

Das bischöfliche Palais, Zentrum der christlichen Welt, war das erste der beeindruckenden Gebäude, auf das wir gleich hinter den Mauern von Avignon stießen; wir warfen allerdings nur einen erschöpften Blick darauf und setzten dann unseren Ritt gemäßigten Schrittes Richtung jüdisches Viertel fort, hinter dem sich die Komturei der Ritter vom Hospital des Heiligen Johannes befand.

Ein dienender Bruder öffnete uns das Tor und nahm uns die Pferde ab, woraufhin ein *armiger* uns hineinführte.

»Wo wollt ihr Euren Schildknappen unterbringen?« fragte er, ohne den Kopf zu wenden.

»Nehmt ihn mit zu Euch, Bruder. Er soll bei den *armigeri* schlafen.«

Jonas zuckte zusammen und schaute mich beleidigt an.

»Es tut mir leid, Frère Galcerán«, sagte er, »aber ich kann nicht in einem Ordenshaus der Hospitaliter übernachten.«

»Ach nein?« entgegnete ich amüsiert, während ich unbeirrt den breiten, mit kostbaren Tapisserien ausgeschmückten Flur entlangging. »Und wo willst du dann schlafen?«

»Wenn es Euch nichts ausmacht, so würde ich gern zum nächstgelegenen Konvent der Mauritiusmönche gebracht werden. So habt Ihr es dem Prior meines Klosters zugesichert, und Ihr habt Euer Versprechen im Laufe unserer Reise schon ziemlich oft gebrochen, meint Ihr nicht auch?«

Seine Unverschämtheit war so schnell gewachsen wie sein Körper, trotzdem wollte ich ihn lieber so ertragen, als ihn in einen unterwürfigen Klosterbruder von Ponç de Riba verwandelt zu sehen.

»In Gottes Namen, geh. Aber morgen bei Tagesanbruch möchte ich dich hier im Innenhof abmarschbereit und mit gesattelten Pferden stehen sehen.«

Der *armiger* räusperte sich.

»Bruder …«

»Sprecht.«

»Es tut mir leid, Eurem Schildknappen sagen zu müssen, daß es in Avignon keine Klostergemeinschaften des heiligen Mauritius gibt.« Er blieb vor einer wunderschön gearbeiteten Tür stehen und hielt mit beiden Händen die Türknaufe fest. »Wir sind da.«

»Sehr gut, Jonas, also hör zu«, sagte ich und drehte mich erbost zu ihm um. »Du wirst jetzt diesem dienenden Bruder hier folgen und bei den Knappen schlafen, und morgen früh wäschst du dich dann am ganzen Körper gründlich mit kaltem Wasser, säuberst dich vom Schmutz der Reise und schaffst mir dieses alte Klosterhabit aus den Augen ... und nun, verschwinde.«

Drinnen im Saal erwarteten mich der Großkomtur von Frankreich, der Prior von Avignon und weitere Würdenträger meines Ordens. Mein äußeres Erscheinungsbild schickte sich nicht gerade für eine Begegnung auf solcher Rangebene, doch sie schienen meinem schmutzigen Habit, dem schlechten Geruch und dem mehrtägigen Bart keine sonderliche Bedeutung beizumessen. Schließlich handelte es sich lediglich um einen kurzen Willkommensgruß und darum, mich darüber ins Bild zu setzen, wie die bevorstehende Audienz beim Papst verlaufen würde: Einzig der Großkomtur, Robert d'Arthus-Bertrand, Herzog von Soyecourt, und ich würden zu dem Empfang des Pontifex eilen. Zu meiner Überraschung erklärte mir der Herzog, daß wir uns dazu als Franziskaner verkleiden – zu denen Seine Heiligkeit, nebenbei bemerkt, aufgrund deren Thesen von der Armut unseres Herrn Jesus Christus keine besonders guten Beziehungen unterhielt – und zu Fuß gehen würden, ohne uns zu erkennen zu geben, bis wir seine privaten Gemächer erreicht hätten, wo er uns zur Stunde der Frühmette erwartete.

»Zur Stunde der Frühmette!« rief ich erschreckt. »Mein edler Herr Robert, seid barmherzig und laßt mir schnellstens ein Bad bereiten! So, wie ich aussehe, kann ich nicht vor dem Heiligen Vater erscheinen. Auch würde ich gern noch etwas essen, wenn es uns die Zeit gestattet.«

»Ruhig, Bruder, beruhigt Euch. Das Abendmahl steht bereit, und hinter dieser Tür wartet schon der Barbier. Seid unbesorgt; noch bleiben uns drei Stunden.«

Es war tiefe Nacht, als der Großkomtur und ich, plötzlich in ein paar *poverellos di Francesco* verwandelt, uns den Fragen der päpstlichen Wachen stellten, welche die nächtlichen Posten der Zitadelle abschritten. Mit dem größten Gleichmut entgegneten wir schlicht, man habe uns von der Kathedrale Notre-Dame des Doms rufen lassen, in deren Sakristei eine alleinstehende Alte mit dem Tode rang. Unsere Antwort war absurd, und wenn die Soldaten gründlich darüber nachgedacht hätten, wäre ihnen aufgefallen, daß zu jener nächtlichen Stunde nicht einmal mehr die Franziskaner wegen einer alten Frau ihr Kloster verließen, zumal die Alte bereits sehr gut von irgendeinem Prälaten der Kirche, in der sie angeblich im Sterben lag, mit Sakramenten und seelischem Beistand versehen worden wäre. Aber sie wurden sich dessen nicht bewußt, so daß sie uns ohne weiteres passieren ließen.

Notre-Dame des Doms, die unmittelbar neben dem bischöflichen Palais in dem von alten römischen Mauern umgrenzten Bezirk lag, war ein ideales Ziel, denn es erlaubte uns, die richtige Richtung einzuschlagen, ohne Verdacht zu erregen. Schließlich ließen wir die Kathedrale links liegen, und nach einem kleinen Umweg standen wir auf einmal vor den Toren der päpstlichen Stallungen.

»Schaut genau hin«, flüsterte Bruder Robert mir zu, »sie sind nur angelehnt.«

Es schien sich niemand in unmittelbarer Nähe zu befinden, so daß wir die Holztore aufdrücken und hineinschleichen konnten. Drinnen war es warm und feucht. Einige Tiere wurden auf uns aufmerksam und wieherten und tänzelten unruhig. Doch glücklicherweise erschien keine Menschenseele, um nachzusehen, was dort vor sich ging.

Eine Laterne, die wohlweislich in der Sattelkammer aufgehängt worden war, wies uns den rechten Weg. Ähnlichen Zeichen folgend, schlichen wir durch die Flure, bis wir schließlich durch eine Geheimtür, die auf der anderen Seite von einem schweren Wandteppich aus Damast verborgen wurde, in die Privatgemächer des Papstes gelangten. Ein prasselndes Kaminfeuer erwärmte den Raum. In der Mitte stand ein riesiges Bett mit Baldachin, dessen Vorhänge mit dem päpstlichen Wappen bestickt waren. Auf einem einfachen Holztisch zeigten uns drei goldene Becher und ein Silberkrug voll Wein, daß wir erwartet wurden und dem Eintreffen unseres Gastgebers nun entgegenzusehen hatten.

»Das Seltsame daran ist ...«, meinte Bruder Robert flüsternd – ich überragte ihn um einen ganzen Kopf, so daß er mich schwerlich anschauen konnte, wenn er das Wort an mich richtete – »... daß man ein bischöfliches Palais so leer stehen lassen kann, ohne daß jemand darauf kommt, Fragen zu stellen.«

»So hört doch«, erwiderte ich, »sie sind alle unten, Sire. Vernehmt Ihr nicht die Gesänge der Matutin zu Euren Füßen? Der Papst muß wohl alle zum Gebet gerufen haben, um uns unbehindert Zutritt zu verschaffen.«

»Ihr habt recht. Dieser Papst ist ein schlauer Fuchs ... Wußtet Ihr, daß er trotz seines fortgeschrittenen Alters in weniger als einem Jahr die Zügel der Kurie in die Hand genommen und die leeren Schatzkammern des Apostolischen Stuhls wieder gefüllt hat? Man spricht von Millionen von Florinen ...«

»Ich habe fast eineinhalb Jahre hinter den Mauern eines Mauritiusklosters verbracht«, entschuldigte ich mich für meine Unwissenheit, »und ich weiß nicht viel über die Dinge, die inzwischen in der Welt vorgefallen sind.«

»Nun, man ist allgemein der Ansicht, daß die Konzilsväter beschlossen, sich mit dem kleineren Übel abzufinden und endlich einen Schlußstrich zu ziehen, als sie nach zwei Jahren hinter den verschlossenen Türen des Konklave noch immer zu keiner Entscheidung gelangt waren. Obwohl er also letztlich aus Überdruß zum Papst ernannt worden war, erwies sich Johannes XXII. als exzellente Wahl: Er ist ein Mann von Charakter, äußerst wagemutig und zäh, und er löst eine Schwierigkeit nach der anderen, welche die Kirche noch vor seiner Wahl hatte.«

Während Bruder Robert mir in offensichtlicher Bewunderung die aufsehenerregenden Großtaten des neuen Papstes darlegte, bemerkte ich, wie kurz darauf die Gebete verstummten und nun auf den Fluren wieder die diskreten Schritte und erstickten Stimmen der Dienerschaft zu hören waren. Wir mußten denn auch nicht lange warten, bis sich die Tür öffnete und Seine Heiligkeit Johannes XXII. im Schlafgemach erschien. Ein strebsamer und emsiger *Cubicularius* eilte ihm voran.

Johannes XXII., mit weltlichem Namen Jacques Duèse, war ein Mann von kleiner Statur und unscheinbarem Äußeren, der sich mit Sanftheit und Eleganz bewegte, als vollführe er einen geheimnisvollen Tanz, dessen Musik nur er hören konnte. Er hatte kleine, runde, sehr eng zusammenstehende Augen, und sein ganzes Gesicht – Ohren, Nase, Lippen – verschmälerte sich zum Kinn hin, was ihm das seltsame Aussehen eines gefährlichen Raubvogels verlieh. Gekleidet war er mit einem purpurnen Umhang, dessen Schleppe er hinter sich herzog, als hinge ein Hund an den Fersen seines Herrn. Als er seinen Kardinalshut abnahm, kam ein edler, kleiner Kopf, so blank und rund wie ein Ball, zum Vorschein. Trotz unseres Franziskanerhabits beugten Bruder Robert und ich die Knie in militärischem Gestus und senkten unsere Häupter in der Erwartung seines Segens, eines Segens, der bis zur Erschöpfung auf sich warten ließ, denn der Pontifex setzte sich erst einmal gemächlich in einen mit Brokat überzogenen Sessel, wies daraufhin seinen *Cubicularius* an, seine Gewänder sorgfältig zu richten, und trank anschließend einen großen Becher heißen Wein, ohne unserer Gegenwart auch nur die geringste Aufmerksamkeit zu schenken. Erst dann räusperte er sich und bot uns seinen nur aus einem einzelnen großen Rubin gearbeiteten Bischofsring zum Kusse an.

»*Pax vobiscum …*«, murmelte er unwillkürlich.

»*Et cum spiritu tuo*«, entgegneten Robert und ich einstimmig.

»Erhebt Euch, Ritter vom Hospital, und nehmt Platz.«

Der *Cubicularius* bewirtete uns gleichfalls mit Bechern voll heißen Weins, die wir begierig zwischen beide Hände nahmen. Dann setzten wir uns zurecht, um zu hören, was der Heilige Vater zu sagen hatte.

»Ihr müßt Galcerán de Born sein«, begann er, »den man auch den *Perquisitore* nennt.«

»So ist es, Eure Heiligkeit.«

»Ihr könnt stolz auf Euch sein, Galcerán de Born« – seine Stimme klang scharf und spitz, und beim Sprechen trommelte er mit den Fingern auf die Sessellehnen –, »Euer Seneschall auf Rhodos hebt Euch wahrhaft in den Himmel. Auf unser Bittgesuch hin antwortete er, er habe genau den geeigneten Ritter für die heikle Mission, mit der ich Euch betrauen werde. Er meinte, daß Ihr nicht nur ein ehrfürchtiger Mönch, sondern auch ein findiger und mit großer Schläue ausgezeichneter Mann seid, der hinter jede Wahrheit komme. Und Ihr könntet Euch nicht nur eines guten Rufs als weiser, verantwortungsvoller und kompetenter Arzt erfreuen, sondern verstündet es darüber hinaus auch, Probleme anzupacken und zu lösen, wie dies kein zweiter vermag. Ist dem so, Sire Galcerán?«

»Ich würde nicht so weit gehen, Heiligkeit ...«, murmelte ich überwältigt, »jedoch entspricht es der Wahrheit, daß ich mit gewissem Erfolg an der Aufdeckung einiger Rätsel mitgewirkt habe. Wie Ihr wißt, sind wir letztendlich auch nur Menschen, selbst wenn der Heilige Geist sich der Rettung unserer Seelen annimmt.«

Der Papst winkte gelangweilt ab und raffte gedankenverloren den Faltenwurf seines Mantels. Ich glaubte, zuviel geredet zu haben, und sagte mir, daß kein Laut mehr über meine Lippen käme, bis man es nicht ausdrücklich von mir verlangte.

»Nun gut, Sire Galcerán, ich zähle auf Eure Fähigkeiten, um eine gewichtige Entscheidung zu treffen, die den Lauf meiner Herrschaft verändern könnte. Natürlich darf von dem, was heute hier besprochen wird, nicht das geringste nach außen dringen. Ich berufe mich auf Euer Gehorsamkeitsgelübde.«

»Bruder Galcerán de Born wird schweigen, Eure Heiligkeit«, bekräftigte Herzog Robert meine Ergebenheit.

Der Papst nickte.

»So sei es. Ich vermute, Ihr seid über die unangenehmen Vorfälle im Bilde, die meinen Vorgänger Clemens V. dazu bewegten, den gefährlichen Orden der Templer aufzulösen, nicht wahr?« fragte er mich und blickte mir dabei tief in die Augen.

Für einen flüchtigen Augenblick stand mir wohl ungläubige Überraschung und tiefstes Mißbehagen im Gesicht geschrieben, als ich mir aber dessen bewußt wurde, gewann ich schnell die Fassung zurück. Stand die Mission, mit der mich Seine Heiligkeit betrauen wollte, etwa in Zusammenhang mit den Templern? Gott behüte! Wenn dem so war, hatte ich mich soeben in die Höhle des Löwen begeben.

So viele Male hatte ich deren Geschichte schon gehört, kannte sie bis in alle schrecklichen Einzelheiten, daß mir nun all jene Ereignisse durch den Kopf schossen, während mich Johannes XXII. mit kaltem und inquisitorischem Blick von oben bis unten maß.

Drei Jahre zuvor, am 19. März 1314, waren Jacques de Molay, Großmeister des verbotenen Templerordens, und Geoffroy de Charney, Präzeptor der Normandie, auf dem Scheiterhaufen verbrannt, angeklagt des Meineids und der Ketzerei. Dies war der tragische Höhepunkt von sieben Jahren Verfolgung und Folter gewesen, die dem mächtigsten Ritterorden der Christenheit ein Ende setzten. Zwei Jahrhunderte lang hatten die Tempelherren über mehr als die Hälfte der europäischen Territorien geherrscht und dabei so große Reichtümer angehäuft, daß niemand jemals deren Ausmaß zu schätzen vermochte. Der Templerorden war de facto der wichtigste Bankier des Adels und der bedeutendsten christlichen Reiche des Abendlandes gewesen, und in seinen Händen lag seit der Regentschaft Ludwig IX. des Heiligen der Staatsschatz von Frankreich. Wie man sich erzählte, und das völlig zu Recht, so war genau dies der Anlaß für seinen Untergang gewesen, denn der Enkel des heiligen Ludwig, Philipp IV. der Schöne, der unter ständigem Geldmangel litt und sich durch dieses wirtschaftliche Vasallentum gedemütigt fühlte, hatte seinen Siegelbewahrer und Vertrauten Guillaume de Nogaret mit der Aufgabe betraut, nach und nach die Voraussetzungen für die Auflösung und endgültige Vernichtung des Templerordens zu schaffen. Die ersten Verhaftungen waren daraufhin im Oktober 1307 erfolgt.

Um einen solchen Affront gegen den allmächtigen Orden vor den überraschten europäischen Fürsten zu rechtfertigen, behauptete Philipp, in seiner Macht befänden sich untrügliche Beweise, die seiner Meinung nach zeigten, daß die Templer zahlreiche Verbrechen begangen hatten, die von Ketzerei, Freveltaten und Sodomie bis zu Götzendienst, Blasphemie, Zauberei und Glaubensabfall reichten. Es kam zu insgesamt vierzehn Anklagen, die auf unter Folterqualen abgelegten Geständnissen von Brüdern des Ordens beruhten. Doch während die Monarchen Englands, des Deutschen Reichs, Aragóns, Kastiliens und Portugals solche Anschuldigungen stark in Zweifel zogen, beschloß Seine Heiligkeit Papst Clemens V. – von König Philipp, der ihm zur Papstwürde verholfen hatte, stark unter Druck gesetzt –, den Orden der Tempelherren mittels der Bulle ›*Considerantes Dudum*‹ aufzulösen, und gleich darauf zwei weitere, ›*Pastoralis praeementiae*‹ und ›*Faciens misericordiam*‹, zu erlassen, mittels derer er sämtliche christlichen Reiche zwang, alle Templer, die sich in ihren Hoheitsgebieten befanden, der Heiligen Inquisition zu überantworten.

Von diesem Zeitpunkt an fühlte sich der französische Monarch rechtmäßig dazu befugt, seine persönliche Rache an ihnen zu stillen; zu diesem Zweck erteilte er seinem königlichen Siegelbewahrer Guillaume de Nogaret vollkommene Handlungsfreiheit. So starben sechsunddreißig *fratres militiae Templi* während der Verhöre, vierundfünfzig erlitten den Feuertod, jene, die sich weigerten, ihre Verbrechen zu gestehen, wurden zu lebenslanger Kerkerhaft verurteilt, und nur die, die aus freien Stücken öffentlich ihre Schuld bekannten, wurden 1312 freigelassen, woraufhin sie im Laufe der folgenden Tage eiligst aus Paris und ganz Frankreich flohen.

An all das dachte ich, als die Stimme Seiner Heiligkeit Johannes XXII. mich wieder in die Realität zurückholte:

»Folglich werdet Ihr auch über die Diaspora der französischen Templer in wohlgesonneneren Reichen als das der Kapetinger Bescheid wissen und über die mit unserer Erlaubnis erfolgte Gründung neuer, kleinerer und ungefährlicherer Ritterorden, die jetzt einen Teil der Dienste übernommen haben, die früher die Tempelherren leisteten. Nun gut, all dies ist jetzt in einem seltenen Gemisch miteinander verbunden, welches das heikle politische Gleichgewicht erheblich stört, das zur Zeit zwischen den christlichen Königreichen besteht. Ihr wißt, daß die portugiesischen Tempelherren eine wesentlich andere Behandlung erfuhren als ihre Brüder in anderen Ländern ...«

Beifällig nickte ich.

»Tatsächlich war Portugal das einzige Reich der ganzen Christenheit, das sie nicht der Inquisition überantwortete und sie so vor der Folterbank und den Beinschrauben rettete. Warum dieses Reich allen päpstlichen Befehlen zuwiderhandelte? Weil Don Dinis, der portugiesische König, ein glühender Verfechter des Templergeistes ist ... Und jetzt beabsichtigt er«, schrie Seine Heiligkeit plötzlich entrüstet auf, »jetzt beabsichtigt er, noch weiter zu gehen und uns gar zum Gegenstand seines Spotts zu machen!«

Er leerte den Inhalt seines Bechers in einem Zug und setzte ihn dann mit Wucht auf dem Tisch ab. Eilfertig schenkte ihm sein *Cubicularius* nach.

»Hört mir nun aufmerksam zu, Bruder: Vor kurzem sprach bei uns ein Emissär von Don Dinis vor, der uns um die Erlaubnis bittet, in Portugal einen neuen Ritterorden ins Leben zu rufen, den er Orden der Ritter Christi zu nennen gedenkt. Die Unverschämtheit des portugiesischen Königs geht sogar so weit, uns als Abgesandten einen bekannten Templer zu schikken, João Lourenço, der in der Zitadelle geduldig auf unsere Antwort wartet, wie auch immer sie ausfallen möge, um damit in gestrecktem Galopp zu seinem König zurückzukehren. Was denkt Ihr darüber, Galcerán de Born?«

»Ich glaube, daß der König von Portugal äußerst wohlüberlegten Plänen folgt, Heiliger Vater.«

»Wie das, Bruder?«

»Es liegt auf der Hand, daß er vorhat, den Fortbestand des Templerordens in seinem Reich zu gestatten, und die Tatsache, einen Templer als Boten entsandt zu haben, beweist, daß er sich nicht im geringsten davor fürchtet, Euch mit seinem Ungehorsam zu beleidigen.« Angesichts des offensichtlichen Interesses des Papstes beschloß ich, mit meinen Überlegungen fortzufahren. »Wie Ihr wißt, lautete der ursprüngliche Name des Templerordens ›Orden der armen Ritter Christi‹; die Bezeichnung ›Templerorden‹ geht zurück auf seinen ersten Sitz im Heiligen Land, den Tempelbezirk von Salomo, einem Geschenk König Balduins II. von Jerusalem an die neun Gründer. Deshalb besteht der Unterschied zwischen den Namen, jenem, den er gründen will, ›Orden der Ritter Christi‹, und jenem aufgelösten, nur in einem Wort, welches wohlweislich getilgt wird, denn die Templer waren offenkundig alles andere als arm ... Zumindest in diesem Punkt erweist sich der König von Portugal als Ehrenmann.«

»Und was weiter?«

»Wenn er gestattet, daß der Templerorden in seinem Reich fortbesteht, wird er nicht nur den Namen ändern, sondern ihnen auch ihre alten Besitztümer zurückgeben müssen. Und wem gehören diese gerade?«

»Dem König!« rief der Papst voll Groll aus. »Er ließ die Templergüter beschlagnahmen, wie dies die Bullen unseres Vorgängers, Clemens V., anordneten, und nun teilt er uns seelenruhig mit, daß er dem neuen Orden besagte Güter stiften möchte. Aber nicht genug damit: Mit noch größerer Unverschämtheit gibt er uns kund, daß die Christusritter den Regeln des Ordens von Calatrava folgen werden, die sich wiederum auf die der Zisterzienser stützen und die – und hier merkt erneut auf, denn das sagt der König von Portugal nicht, nein, das verschweigt er! – vollkommen mit denen der *Pauperes commilitones Christi Templique Salomonis* übereinstimmen.«

Der Papst nahm erneut einen großen Schluck aus seinem Becher, leerte ihn bis zum Grund und ließ ihn wiederum mit einem dumpfen Schlag auf den Tisch fallen. Er war so entrüstet und wütend, daß sogar seine Augen blutunterlaufen waren. Zweifellos war er von sanguinischem und wohl auch cholerischem Temperament, was im Grunde genommen in auffälligem Widerspruch zu dem Bild gleichmütiger Sanftheit stand, das er bei seinem Eintreten ausgestrahlt hatte, und es konnte mich nun nicht weiter in Erstaunen versetzen, was mir Bruder Robert über seine schnellen Triumphe und sein tatkräftiges Wesen erzählt hatte.

»Ihr werdet Euch jetzt fragen: Was soll das alles? Nun, wenn wir einmal die Kleinigkeit beiseite lassen, daß Don Dinis uns vor der ganzen Welt demütigen und sich über die Kirche und ihren Hirten lustig machen will, so bleiben doch noch einige Fragen offen. Stellt Euch einmal vor, daß wir ihm aus diesen beschämenden Gründen unsere Bestätigung verweigern. Was würde dann geschehen?«

»Ich weiß nicht, was ...«, unterbrach ich ihn, ohne es zu merken.

»Wir sind noch nicht fertig, Bruder!« stieß er aufbrausend aus. »Also, falls ich dem Templerorden seinen Wunsch versage, in Portugal wieder wie Phönix aus der Asche zu erstehen, wird er womöglich auf den Gedanken kommen, einen neuen Papst anzustreben, der seinen Plänen gewogener scheint. Wir schließen auch nicht die Möglichkeit aus, daß sich außer diesem João Lourenço, den Don Dinis uns gesandt hat, in der Zitadelle noch weitere getarnte Templer befinden, die unsere Antwort erwarten, um uns dann, falls erforderlich, ein schnelles Ende zu bereiten.«

»Wenn dem so wäre, Heiliger Vater«, wagte ich zu äußern, »würde der Templerorden Gefahr laufen, daß der nachfolgende Pontifex ihm ebenfalls die Erlaubnis verweigert. Und dann, was würde er dann tun ...? Einen Papst nach dem anderen ermorden, bis einer seinen Wünschen entspräche?«

»Ja, ja, ich weiß schon, worauf Ihr hinauswollt, Sire Galcerán, allein Ihr irrt Euch! Es handelt sich nicht um den nächsten Pontifex oder einen der nächsten fünfzig ... Es geht um uns, Bruder, um unser armseliges, Gott und der Kirche geweihtes Leben! Die Frage lautet: Werden die Templer es wagen, uns zu töten, wenn wir ihnen die Bestätigung des neuen Ordens verweigern? Vielleicht ja nicht, vielleicht sind die Gerüchte über den Orden auch übertrieben ... Erinnert Ihr Euch an den Fluch Jacques de Molays? Habt Ihr davon reden gehört?«

Wie die Legende berichtet, die in der ganzen Welt von Mund zu Mund ging, hatten sich bei der Hinrichtung plötzlich durch einen Windstoß die Flammen des Scheiterhaufens geteilt, auf dem Jacques de Molay, der letzte Großmeister der Templer, lebendig verbrannte, so daß der Angeklagte kurz zu sehen war. Und genau in diesem Augenblick schrie der Großmeister mit voller Lunge folgendes zum Palastfenster hinauf, von dem aus der König, der Papst und der königliche Siegelbewahrer das Geschehen beobachteten:

»Nekan, Adonai! ... Chol-Begoal! Papst Clemens ... Ritter Guillaume de Nogaret ... König Philipp: Ich rufe Euch auf, noch vor Ablauf eines Jahres vor Gottes Thron zu erscheinen, um Eure gerechte Strafe zu empfangen ... Verdammt sollt Ihr sein! ... Verdammt! ... Verdammt seid Ihr bis zur dreizehnten Generation Eures Geschlechts!«

Eine bedrohliche Stille setzte seinen Worten ein Ende, noch bevor sich seine Erscheinung für immer in den Flammen verlor. Das Furchtbare daran war, daß tatsächlich alle drei vor Ablauf dieser Frist starben.

»Vielleicht sind die Gerüchte, die darüber in Umlauf sind, ja nichts anderes als Hirngespinste, Geschwätz des Pöbels oder durch den Templerorden selbst verbreitete Lügen, um sein Ansehen als bewaffnete, geheime und einflußreiche Macht, der niemand entkommen kann, noch zu erhöhen. Was meint Ihr, Bruder?«

»Das ist gut möglich, Eure Heiligkeit!«

»Ja, es ist möglich ... Doch uns behagen diese Unwägbarkeiten ganz und gar nicht, und wir wünschen, daß Ihr die Wahrheit herausfindet. Dies ist die Mission, mit der wir Euch betrauen: Wir wollen Beweise, Bruder Galcerán, Beweise, die untrüglich belegen, daß der Tod von König Philipp, seinem Vertrauten de Nogaret und Papst Clemens V. Gottes Wille war oder eben im Gegenteil dem Willen jenes unseligen Jacques de Molay gehorchten. Euer Stand als Medikus und Eure wohlbekannte Hartnäckigkeit sind für diese Aufgabe von unschätzbarem Wert. Stellt Eure Begabung in den Dienst der Heiligen Kirche und bringt uns die Beweise, die wir fordern. Falls die Todesfälle Wille unseres Herrn waren, können wir Don Dinis' Ansinnen ruhigen Gewissens ablehnen, ohne Angst haben zu müssen, selbst ermordet zu werden; falls sie allerdings das Werk der Templer waren ... dann ist das Leben der ganzen Christenheit bedroht vom mörderischen Schwert einiger Verbrecher, die sich Mönche nennen.«

»Das ist eine unheimlich schwierige Aufgabe, Eure Heiligkeit«, protestierte ich; ich spürte, wie mir der Schweiß über den Körper strömte und das Haar an meinem Hals klebte. »Ich glaube nicht, daß ich sie bewältigen kann. Was Ihr von mir verlangt, vermag ich unmöglich herauszufinden, vor allem, wenn es tatsächlich die Templer waren, die sie umbrachten.«

»Dies ist ein Befehl, Bruder Galcerán de Born«, flüsterte mir da der Großkomtur von Frankreich sanft, doch mit Bestimmtheit ins Ohr.

»So ist es, Ritter Galcerán, beginnt so bald wie möglich! Wir verfügen über nicht viel Zeit; denkt daran, daß der Templer in der Zitadelle wartet.«

Ohnmächtig schüttelte ich den Kopf. Die Mission war in jeder Hinsicht unmöglich zu erfüllen, jedoch befand ich mich in einer ausweglosen Lage: Ich hatte einen Befehl erhalten, dem ich mich unter keinen Umständen widersetzen konnte, weshalb ich also meinen Unwillen beschwichtigen und mich den Anordnungen fügen mußte.

»Ich werde einige Dinge benötigen, Eure Heiligkeit: Erzählungen, Chroniken, medizinische Gutachten, die kirchlichen Dokumente bezüglich des Todes von Papst Clemens ... und auch die Genehmigung, bestimmte Zeugen befragen zu dürfen, Archive zu konsultieren, um ...«

»Für all dies ist bereits gesorgt, Bruder.« Johannes XXII. hatte die nervenaufreibende Angewohnheit, andere nicht ausreden zu lassen. »Hier habt Ihr die Berichte, Geld und alles, was sonst vonnöten sein wird.« Und er überreichte mir ein ledernes *chartapacium,* das er aus einer Truhe unter dem Tisch hervorzog. »Selbstredend werdet Ihr darin nichts finden, was Euch als päpstlichen Abgesandten ausweist, und Ihr werdet auch nicht auf meine Rückendeckung zählen können, falls man Euch auf die Schliche kommen sollte. Euer eigener Orden wird Euch mit allen Vollmachten, die Ihr benötigt, ausstatten müssen. Ich nehme an, Ihr versteht ... Habt Ihr noch eine letzte Bitte?«

»Nein, Eure Heiligkeit.«

»Wunderbar. Ich erwarte Euch also baldmöglichst zurück.« Und er streckte mir den Rubinring des Peterstuhls, den Ring des Menschenfischers, zum Kusse hin.

Auf dem Rückweg zu unserer Komturei bewahrten mein Herr Robert und ich vollkommenes Stillschweigen. Die Energie des kleinwüchsigen Johannes XXII. hatte uns vollständig erschöpft, und jedes Wort wäre zuviel gewesen, ehe sich unsere Ohren nicht von seinem atemberaubenden Wortschwall erholt hatten. Als wir aber beim ersten Tageslicht, das sich am Himmel zeigte, in den Hof unseres Ordenshauses traten, lud Bruder Robert mich noch zu einem letzten Becher heißen Weins in seine privaten Gemächer ein. Trotz meiner Müdigkeit und Besorgnis wäre es mir niemals in den Sinn gekommen, diese Einladung auszuschlagen.

»Bruder Galcerán de Born ... Das Hospital des Heiligen Johannes hat noch eine weitere Mission für Euch«, begann der Komtur, als wir uns gesetzt hatten und den Becher Wein in Händen hielten.

»Die Mission, mit der mich der Papst beauftragt hat, ist schon ziemlich schwierig, Sire; ich hoffe, daß die meines Ordens nicht so anspruchsvoll ist.«

»Nein, nein ... beide sind miteinander verknüpft. Schaut, da Ihr Euch sowieso in einem bestimmten Umfeld bewegen, mit gewissen Personen in Kontakt treten und gewisse Dinge in Erfahrung bringen müßt, haben sich der Großmeister und der Seneschall gedacht, daß Ihr dabei auch einige für unseren Orden sehr wichtige Auskünfte einholen könntet.«

»Ich höre.«

»Wie Ihr wißt, sollten nach der Auflösung des Templerordens dessen immense Schätze und gewaltigen Besitztümer zu gleichen Teilen unter den christlichen Monarchen und uns, dem Orden der Hospitaliter, aufgeteilt werden. Die endgültige Verteilung all der zahlreichen Güter hat uns drei Jahre harter Verhandlungen mit den Königen von Frankreich, England, Deutschland, Italien und den spanischen Reichen gekostet. Ich kann Euch versichern, daß sich die Hospitaliter, die diese Übereinkünfte ausgehandelt haben, das Paradies der Geduldigen und Sanftmütigen wohlverdient haben. Nie zuvor habe ich so mühevolle Vereinbarungen und so unbefriedigende Siege erlebt. Die Aufteilung des Templerschatzes hing auch von den Beträgen ab, die sich laut den Urkunden im Besitz der Steuereintreiber, Verwalter, Rechnungsprüfer und königlichen Schatzmeister sowie der lombardischen Bankiers und Juden befanden. Als wir dann jedoch das Gold aus der Staatskasse holen wollten, fanden wir nicht einmal mehr eine Kupfermünze.«

»Wie bitte???«

Bruder Robert beschwichtigte mich mit einer Geste.

»Sofort wurden höhergestellte Beamte und Auditoren mit

ernsthafteren Nachforschungen beauftragt. Man versuchte herauszufinden, was mit dem Gold geschehen war, da ja die Burgen und Ländereien, das Vieh, die Mühlen und Schmieden glücklicherweise nichts verbergen konnten. Man durchforschte den Briefwechsel über die wirtschaftlichen Transaktionen des Ordens: Schenkungen, Käufe und Wechsel; Verträge über Leihgaben, Bankengeschäfte, Arbitragen, Steuereinnahmen ... Nun denn«, fuhr der Komtur d'Arthus fort, während er seinen Becher in einer hoffnungslosen Geste zur Decke hob, »die Gutachten offenbarten, daß die Tempelherren entweder ärmer als Kirchenmäuse oder aber so schlau gewesen waren, die stattliche Summe von 1500 Koffern voller Gold, Silber und Edelsteinen spurlos verschwinden zu lassen, soviel wie sie grosso modo zum Zeitpunkt ihrer Festnahme besessen haben mochten ... vielleicht sogar noch mehr.«

»Und was geschah mit all diesen Reichtümern? Wo sind sie?«

»Niemand weiß es, Bruder. Dies ist ein weiteres der großen Geheimnisse, das dieser verdammte Orden nach seinem Untergang hinterlassen hat. Man könnte jetzt behaupten, daß wir uns mit der ersten Erklärung der Gutachter zufriedengegeben haben, nämlich, daß die Templer so arm wie Kirchenmäuse waren; besser dies, als die offensichtliche Demütigung hinzunehmen, daß wir an der Nase herumgeführt worden sind. Wenn nun auch die Könige ihre Ehre wahren und deshalb die Wahrheit nicht erfahren wollen, so wollen doch wir die Reichtümer bergen, die uns rechtlich zustehen. Deshalb ist jede Auskunft, die Ihr, Bruder Galcerán, während Eurer päpstlichen Mission über den Verbleib des Goldes erhalten könnt, von größter Bedeutung für unseren Orden. Denkt daran, wie viele Spitäler man von diesem Geld errichten könnte, wie viele barmherzige Taten vollbracht werden, wie viele Waisenhäuser wir bauen könnten ... «

»... und wie mächtig und einflußreich wir wieder werden könnten«, fügte ich kritisch hinzu, »fast so wie die Templer vor ihrem Untergang.«

»Ja … auch das, natürlich. Doch auf dieses heikle Thema sollten wir lieber nicht näher eingehen.«

»Sicher«, brummte ich, »lieber nicht.«

»Noch ein Letztes, Bruder Galcerán. Ihr wißt, daß unser Orden und der der Tempelherren aus Gründen des Renommees verfeindet gewesen waren. Da bei dieser Untersuchung so viele Interessen auf dem Spiel stehen, hat man deshalb auf Rhodos gedacht, daß es besser wäre, Ihr würdet Euch währenddessen nicht als Hospitaliter zu erkennen geben.«

»Und als was, wenn ich fragen darf, soll ich dann diese Nachforschungen anstellen?«

»Seid einfach nur Ihr selbst, Bruder. Wenn es jedoch irgendwann vonnöten sein sollte, Eure Identität preiszugeben, so behauptet, Ihr gehört dem Ritterorden Santa María de Montesa an, der erst kürzlich von Jaime II. de Aragón gegründet wurde, um seine Ehre zu retten, die durch die Anschuldigung befleckt worden war, er habe sich wie ein Geier auf das Eigentum des Templerordens gestürzt. Aus diesem Grund hat er wohl die weniger appetitlichen Überreste dieser Besitztümer im Reich von Valencia dem neuen kleinen Orden gestiftet, dessen Ritter, die Monteser, sich selbst als geistige und ideologische Erben der Tempelherren betrachten, obgleich sich in ihren Reihen kaum eine Handvoll ehemaliger valencianischer *fratres milites* befinden, die sich nicht zur Flucht entschließen konnten.«

»So bin ich also ein Monteser aus Valencia.«

»Vor allem seid Ihr ein gelehrter und bedachtsamer Mann, Bruder *Perquisitore,* und als solcher wißt Ihr sehr wohl, daß wenn ihr als Hospitaliter auftretet, dies zweifellos Eure Arbeit behindern würde, während ein Monteser an den Orten, die Ihr auf jeden Fall aufsuchen müßt, immer herzlich empfangen wird.« Der Großkomtur band sorgfältig die Kordel auf, die sein falsches Franziskanerhabit umgürtete, und zog dann zwischen den Falten einige versiegelte Schreiben hervor, die er mir reichte. »Dies sind die Geleitschreiben, Genehmigungen und

Affidavits, die der Papst erwähnte, ausgestellt vom Orden der Monteser. Ihr erscheint darin als Medikus; wir dachten, dies würde sich als sehr nützlich erweisen, falls Ihr in Gefahr geratet.«

Micer Robert erhob sich schwerfällig aus seinem Sessel und lockerte mit schmerzverzerrten Gesten seine Muskeln. Auch meine Knochen knirschten, als ich aufstand.

»Es ist spät, Bruder, die Sonne ist bereits aufgegangen. Ihr solltet Euch zur Ruhe begeben und etwas schlafen. Ihr habt einen langen Weg vor Euch. Womit wollt Ihr beginnen?«

»Mit den Dokumenten, die ich hier in dieser Mappe habe«, erwiderte ich und klopfte leicht auf das Bündel Urkunden, welches mir Johannes XXII. überreicht hatte. »Es ist nie gut, etwas in Angriff zu nehmen, ohne zuvor sämtliche Spielzüge genau überdacht zu haben.«

Anfang Juni, wenige Tage nach der Audienz im Palais des Papstes, machten Jonas und ich uns bei Anbruch einer eiskalten und wolkenverhangenen Morgendämmerung auf den Weg nach Norden, Richtung Paris. Unsere Pferde sahen nach jenen Tagen hinreichenden Futters und der Rast in den Stallungen der Komturei prächtig aus und schienen darüber hinaus auch sehr zufrieden zu sein mit ihrem neuen und luxuriösen Geschirr. Ich hingegen konnte von mir nicht gerade dasselbe behaupten: Ich war nicht nur müde, sondern fühlte mich auch reichlich unbehaglich und fremd in diesen engen Kleidern des Hofes, eingezwängt in Seide, feine Pelze und einen vornehmen Brokatmantel. In den schrecklichen Schnürstiefeln mit ihren gebogenen, in Rot und Gold bestickten Schuhspitzen kam ich mir ziemlich lächerlich vor.

Jonas war noch immer böse auf mich, fühlte sich nahezu als Opfer einer beschämenden Entführung; seit der ersten Nacht hatte er kaum den Mund aufgemacht und nur die nötigsten Worte mit mir gewechselt. Da ich allerdings keine Zeit für solche Dummheiten vergeuden konnte, so vertieft wie ich in das Studium der päpstlichen Dokumente war, achtete ich nicht weiter auf ihn.

Nur wenige Stunden nach unserem Aufbruch aus Avignon hielt ich unvermittelt vor einem Weiler namens Roquemaure an.

»Hier bleiben wir«, verkündete ich. »Reite zur Schenke voraus und laß uns ein Mahl zubereiten.«

»Hier?« protestierte Jonas, »aber dieses elende Nest scheint doch überhaupt nicht bewohnt.«

»Das ist es sehr wohl. Frag nach der Schenke von François. Dort werden wir einkehren. Kümmere dich um alles, ich will inzwischen die Umgebung erkunden.«

Ich sah ihm nach, wie er mit zwischen den Schultern eingezogenem Kopf das Dorf betrat und die Pferde hinter sich herzog, die man uns in Avignon für unser Gepäck überlassen hatte und die aufgrund ihrer Größe dort sehr geschätzt und *haquenées* genannt wurden. Eigentlich war Jonas ein bemerkenswerter Junge; nicht einmal für seinen Stolz konnte er etwas, handelte es sich doch um ein Familienerbe, das sich erst mit der Zeit und den Wechselfällen des Lebens legen würde.

Roquemaure bestand aus gerade einmal fünf bis sechs Häusern von Kleinbauern, die – da der Weg von Avignon nach Paris durch ihr Dorf führte – sich ihren Lebensunterhalt damit verdienten, daß sie die vorbeiziehenden Reisenden verköstigten und beherbergten. Die Nähe zur Stadt verringerte zwar etwas ihre Einnahmen, jedoch munkelte man, daß gerade wegen dieser Lage die Prälaten des Hofes von Avignon häufig dorthin kamen, um sich heimlich mit ihren Geliebten zu treffen, was das Geschäft in Gang hielt.

Nun, in Roquemaure hatte am Morgen des 20. April 1314 auch das Gefolge des bedauernswerten, kranken Papstes Clemens haltgemacht, der zu einer Reise nach seiner Heimatstadt Wilaudraut in der Gascogne aufgebrochen war, um sich von dem zu erholen, was die medizinischen Berichte in meiner ledernen Mappe als »Attacken unerklärlicher Angst und plötzlich auftretende Schmerzen, begleitet von hartnäckigem Fieber« bezeichneten. Die Schwäche des Papstes zwang den Hofstaat dazu, die Reise zu unterbrechen und Obdach in der einzigen offiziellen Schenke des Weilers zu suchen, die François gehörte. Einige Stunden später starb Papst Clemens; er wurde von heftigen Krämpfen geschüttelt, und aus allen seinen Körperöffnungen strömte das Blut.

Man fügte sich in das Unvermeidliche, und um Gerüchte und

peinliches Gerede wegen des üblen Rufs des Dorfes zu verhindern, beschlossen die Kardinäle der Apostolischen Kammer, den Leichnam diskret in das dominikanische Priorat von Avignon zu überführen, wo der Papst seit dem Konzil von Vienne 1311 residiert hatte. Der päpstliche Leibkämmerer, Kardinal Henri de Saint-Valéry, hatte auf das Kreuz geschworen, daß Seine Heiligkeit seit dem Frühstück und dem Aufbruch aus Avignon keinerlei Speis oder Trank mehr zu sich genommen hatte. Seltsamerweise hatte Kardinal Saint-Valéry kurz darauf um seine Versetzung nach Rom gebeten, wo er sich fortan als Vikar um die Überwachung der Steuereinnahmen des Kirchenstaats kümmerte.

Im kleinen, dunklen Schankraum roch es penetrant nach Essen, und er war voller Dämpfe, die aus den Schmortöpfen über der Feuerstelle stiegen. Zwischen den überall aufgestapelten Weinfässern zeigten die Wände schmierige Fettflecken, was nicht gerade eine besonders gute Empfehlung für empfindliche Mägen war. Jonas erwartete mich gelangweilt am einzigen sauberen Tisch des Hauses und spielte mit den Krümeln eines Landbrots, das man ihm schon einmal vor dem Essen gebracht hatte. Ich setzte mich ihm gegenüber und legte meinen Umhang neben mich.

»Was wird man uns auftischen?«

»Fisch. Das ist alles, was sie heute haben.«

»Sehr gut, also Fisch. Und bis sie ihn bringen, haben wir zu reden. Ich weiß, daß du gekränkt bist, und ich möchte das gern klären.«

»*Ich* habe nichts zu sagen«, stieß er hochmütig hervor, um gleich darauf hinzuzufügen, »Ihr habt dem Prior meines Klosters ein Versprechen gegeben und Euer Wort gebrochen.«

»Wann habe ich dergleichen getan?«

»Neulich, bei unserer Ankunft in Eurer Komturei in Avignon.«

»Aber wenn es doch kein Mauritiuskloster in der Stadt gab! Falls es eines gegeben hätte, Jonas, so hättest du selbstverständlich dort schlafen können. Erinnere dich daran, daß ich dir sagte, du könnest gehen.«

»Ja, schon, aber... aber auch während unserer gesamten Reise von Ponç de Riba bis hierher habt Ihr mich nicht in Klöstern meines Ordens übernachten lassen.«

»Wenn ich mich recht entsinne, hatten wir auf unserer Reise solche Eile, daß wir fast jeden Tag im Freien schlafen mußten.«

»Schon, auch das stimmt ...«

»Also, worüber beklagst du dich dann?«

Ich sah, wie er mit sich rang, sich abquälte mit der Suche nach Argumenten und der nicht beweisbaren Gewißheit, daß ich ihn nie wieder ins Kloster zurückkehren ließe. Daß ich seine Hilflosigkeit nur schweigend beobachtete, war jedoch keine Grausamkeit von mir; ich wollte lediglich, daß er einen Weg fand, das logisch zu verteidigen, was nur erste, wenn auch treffende Eindrücke waren, die in seinem Innern darum kämpften, richtig formuliert zu werden.

»Euer Verhalten«, stammelte er schließlich. »Ich beklage mich über Euer Verhalten. Ihr versagt mir die Unterstützung, die ein Lehrmeister seinem Adlatus gewähren sollte, damit dieser seinen Pflichten nachkommt.«

»Welche Pflichten meinst du?«

»Das Gebet, der tägliche Gottesdienst, die Messe ...«

»Und ich soll derjenige sein, der dich zu etwas zwingt, was eigentlich aus dir entspringen sollte? Schau, Jonas, niemals werde ich dich daran hindern, diese Aufgaben zu erfüllen; was ich aber sicher nie und nimmer tun werde, ist, dich daran zu erinnern. Wenn es dein Wunsch ist, so komme ihnen nach, und wenn nicht, so bist du alt genug, deine Berufung ernsthaft zu hinterfragen.«

»Aber ich bin nicht frei!« seufzte er jetzt wie das kleine Kind, das er trotz seiner Körpergröße im Grunde genommen noch immer war. »Ich wurde vor dem Kloster ausgesetzt, und mein Schicksal ist es, die heiligen Gelübde abzulegen. So steht es in der Ordensregel des heiligen Mauritius geschrieben.«

»Das weiß ich doch«, bestätigte ich geduldig. »Auch in den Zisterzienserklöstern und anderen kleineren Konventen ist dies üblich. Vergiß aber nie, daß man immer wählen kann. Immer. Dein Leben, seit du dir deiner Taten bewußt bist, setzt sich aus einer Reihe von Entscheidungen zusammen, mal sind sie richtig, mal sind sie falsch. Stell dir vor, du kletterst auf einen hohen Baum hinauf, dessen Spitze du von unten nicht sehen kannst; um jedoch die Krone zu erreichen, mußt du stets die Äste wählen, die dir am geeignetsten dazu erscheinen, die einen wählst du aus, die anderen verwirfst du, was dich dann wiederum vor eine neue Entscheidung stellt. Wenn du dort ankommst, wohin du gelangen wolltest, dann hast du deinen Weg gut gewählt; wenn nicht, so hast du dich an einem bestimmten Punkt geirrt, die falsche Entscheidung getroffen, und deine nachfolgenden Präferenzen wurden alle durch jenen ersten Fehltritt bestimmt.«

»Wißt Ihr, was Ihr da gerade sagt, Bruder?« warnte er mich eingeschüchtert. »Ihr fechtet die Vorbestimmung an, die göttliche Vorsehung, Ihr erhebt den freien Willen über die geheimen Pläne Gottes.«

»Nein. Der einzige, der sich hier gerade erhebt, ist mein hungriger Magen, der bereits wütend sein Recht verlangt. Und denk daran, daß du mich ab jetzt nicht mehr *Bruder* nennen sollst ... Wirt!«

»Was ist?« erklang eine zornige Stimme aus der Küche.

»Kommt der Fisch nun endlich, oder müßt Ihr ihn erst noch im Fluß angeln gehen?«

»Der Herr beliebt zu scherzen, wie?« antwortete der Wirt, der plötzlich hinter dem Tresen erschien. Er war ein beleibter, derb aussehender Mann, der ein schweißbedecktes Doppelkinn und, um sein schmieriges Äußeres noch zu vervollkommnen, eine schmutzige Schürze zur Schau stellte, an der er sich jetzt seine vom Fisch tranigen Hände abwischte, während er an unseren Tisch trat. Das Provenzalische, dessen er sich bediente, glich meiner katalanischen Muttersprache sehr. Dank der starken Ähnlichkeit zwischen den romanischen Sprachen hätten wir uns aber auch so ohne große Schwierigkeiten verständigen können.

»Wir haben Hunger, Wirt. Aber ich sehe schon, Ihr seid mitten bei der Arbeit, und zu meinem eigenen Wohl will ich Euch nicht dabei stören.«

»Nun, das habt Ihr bereits getan!« erklärte er schlechtgelaunt. »Jetzt wird das Essen eben noch länger brauchen, bis es fertig ist. Außerdem bin ich heute allein; meine Frau und die Kinder sind zu Verwandten gereist. Also stellt Eure knurrenden Mägen mit dem Landbrot ruhig.«

»Seid Ihr der berühmte François?« fragte ich nun, Bewunderung vortäuschend, während ich ihn genau beobachtete. Er wandte sich mit einem neuen Gesichtsausdruck zu mir um. Dein wunder Punkt ist also die Eitelkeit, gut, sehr gut, sagte ich mir. Wenn ich auf Befehl meines Ordens in irgendeiner Mission unterwegs war, hatte ich es mir angewöhnt, Schwert, Dolch und Lanze zu vergessen, denn schon des öfteren hatte ich feststellen können, daß sie zu nichts taugten, wenn man etwas in Erfahrung bringen wollte. Aus diesem Grund hatte ich bis zur Perfektion die Kunst des Schmeichelns verfeinert, die freundschaftliche Überzeugungsgabe, die Anwendung verbaler Tricks und die Manipulation des Wesens und des Temperaments meines Gegenübers.

»Woher kennt Ihr mich? Ich erinnere mich nicht, Euch schon einmal hier gesehen zu haben.«

»Ich war auch noch nie hier, doch Euer Essen wird im ganzen Languedoc gerühmt.«

»Tatsächlich?« fragte er überrascht. »Und wer hat Euch von mir erzählt?«

»Oh ... na ja ... viele Leute!« log ich; er brachte mich in große Verlegenheit.

»Nennt mir einen!«

»Also, laßt mich nachdenken ... Ah, ja sicher! Der erste war mein Freund Langlois, der irgendwann einmal auf dem Weg nach Nevers hier vorbeikam und dann hinterher zu mir sagte: ›Solltest du einmal durch Avignon reisen, so mußt du unbedingt in François' Schenke in Roquemaure einkehren.‹ Auch Graf Fulgence Deslisle kommt mir jetzt in den Sinn, an den Ihr Euch zweifellos erinnern werdet. Er hatte vor einiger Zeit das Vergnügen, bei Euch zu tafeln, und lobte danach Eure Kochkunst während eines Festes in Toulouse. Und schließlich mein Cousin zweiten Grades, Kardinal Henri de Saint-Valéry, der Euch ganz besonders empfahl.«

»Kardinal Henri de Saint-Valéry ist Euer Cousin?« hakte er nach und sah mich dabei verstohlen und voller Argwohn an. Aha, sagte ich mir, wir haben hier also jemanden, der ein Geheimnis wahrt. Die einzelnen Teile begannen sich allmählich so zusammenzufügen, wie ich es vermutet hatte.

»Oh, vielleicht habe ich übertrieben!« berichtigte ich mich mit einem Lachen. »Unsere beiden Mütter waren Cousinen zweiten Grades. Wie Ihr wahrscheinlich an meinem Akzent bemerkt habt, bin ich nicht von hier; ich komme von der anderen Seite der Pyrenäen, aus Valencia. Doch meine Mutter stammte aus der Provence, aus Marseille.« Unter dem Tisch stieß ich Jonas leicht an, damit er seine Augen nicht noch weiter aufriß. »Meines Wissens besuchte Euch mein Cousin des öfteren, als er noch Kämmerer des Papstes Clemens war. Er selbst berichtete es mir bei mehr als einer Gelegenheit, bevor er starb.«

Ich setzte zwar alles auf eine Karte, aber es war eine interessante Partie.

»Er ist tot?«

»O ja, er starb vor zwei Monaten in Rom.«

»Teufel noch mal!« entschlüpfte es ihm überrascht; als er seinen Fluch aber bemerkte, verbesserte er sich schnell: »Herrje, wie leid mir das tut, Sire!«

»Nicht so schlimm. Seid unbesorgt.«

»Jetzt gleich werde ich Euch das Essen servieren«, sagte er und verschwand eilfertig in der Küche.

Jonas sah mich erschreckt an.

»Bruder Galcerán, Ihr habt einen Haufen Lügen aufgetischt!« stammelte er.

»Mein lieber Jonas, ich habe dir doch schon mal gesagt, daß du mich hier nicht *Bruder* nennen sollst. Du mußt lernen, mich mit Sire, *Micer*, Ritter Galcerán oder was dir sonst noch so einfällt anzusprechen, alles, nur nicht mit Bruder.«

»Ihr habt gelogen!« wiederholte er beharrlich.

»Ja, gut, na und? Ich werde dafür in der Hölle schmoren, wenn dich das tröstet.«

»Ich glaube, ich werde schon sehr bald in mein Kloster zurückkehren.«

Einen Augenblick lang war ich wie gelähmt. In der irrigen Annahme, eine geheime Macht auf den Jungen auszuüben, hatte ich nicht damit gerechnet, daß er an seine Freiheit appellieren könnte, nach Ponç de Riba zurückzureiten; ich hatte vielmehr angenommen, daß er sich an meiner Seite zum ersten Mal in seinem Leben wirklich frei fühlen würde, wenn er so weit weg von den Mönchen durch die Welt reiste. Allerdings hatte er natürlich von meinen Zukunftsplänen für ihn keine Ahnung und wußte auch nicht, daß seine eigentliche Erziehung gerade erst begann. Ich hatte mich jedoch anscheinend vollkommen in meiner Vorgehensweise getäuscht. Ich sollte mich fragen, was mir an Jonas' Stelle gefallen und wie ich in seinem Alter handeln würde.

»In Ordnung, mein Junge«, sagte ich nach einigen Minuten des Schweigens. »Es gibt da etwas, das du wissen solltest. Dieses Wissen erfordert allerdings strengste Verschwiegenheit von dir. Wenn du zu schwören bereit bist, das Geheimnis bis in alle Ewigkeit für dich zu behalten, werde ich es dir verraten. Falls nicht, so kannst du sofort in dein Kloster zurückkehren.«

Ich nehme an, daß er im Grunde genommen nie die Absicht gehabt hatte, mich zu verlassen, selbst wenn es nur aus Furcht vor dem langen Heimweg war. Doch der Strolch war so gewitzt wie ich und lernte gerade von mir, wie man mit hohem Einsatz spielt.

»Ich wußte, daß irgend etwas dahinter steckt«, bemerkte er nun zufrieden, »Ihr habt mein Wort.«

»Ja, das stimmt, allerdings werde ich darüber jetzt kein Wort verlieren. Wir befinden uns gerade mitten in der Höhle des Löwen, verstehst du?«

»Aber natürlich, Sire. Wir tun gerade etwas, das mit dem Geheimnis in Zusammenhang steht.«

»So ist es, aber nun Vorsicht, der Wirt kommt zurück.«

Der dicke François näherte sich mit einem großen dampfenden Topf, der nach allen Seiten hin einen wunderbaren Duft verbreitete. Auf seinem Gesicht zeichnete sich sein breitestes Lächeln ab.

»Sire, hier bekommt Ihr den besten Fisch der ganzen Rhône, auf provenzalische Art mit wohlriechenden Kräutern der Grafschaft Venaissin zubereitet!«

»Hervorragend, lieber Wirt! Gibt es auch ein wenig Wein dazu? Oder schenkt Ihr etwa keinen aus?«

»Den besten!« behauptete er und zeigte auf die Fässer am anderen Ende des Schankraums.

»So leistet uns beim Essen Gesellschaft und trinkt einen Becher mit uns.«

Ich ließ ihn reden, bis wir den Topfboden sehen konnten. Auch der Fischbrühe sprachen wir gut zu, in die wir das Landbrot tunkten. Jonas schenkte dem Wirt immer wieder Wein nach, sobald dieser sein Glas bis zur Neige geleert hatte, was während unseres Mahls etliche Male der Fall war. Schließlich hatte er mich über sein ganzes Leben, das seiner Frau und seiner Kinder und das eines Großteils der Apostolischen Kurie in Kenntnis gesetzt. Noch immer habe ich keine bessere Methode gefunden, die gewünschte Auskunft zu erhalten, als das Vertrauen des Befragten zu erlangen, indem ich ihn über sich und seine geliebten Anverwandten sowie über jene Dinge reden ließ, auf die er besonders stolz war, während ich ihm aufmerksam zuzuhören schien und seine Erzählungen mit wertschätzenden Gesten unterstrich. Als wir mit Käse und Trauben unsere Mahlzeit beendeten, hatte ich den Wirt in der Hand.

»So seid Ihr also der Mann, in dessen Haus der Heilige Vater Clemens starb«, bemerkte ich zu guter Letzt, während ich mir die Finger an der Seide meiner feinen Hose abwischte.

François' speckig glänzendes Gesicht erbleichte plötzlich.

»Wie? Woher wißt Ihr ... ?«

»Laßt es gut sein, François. Wollt Ihr behaupten, daß Euch mein Besuch genau zwei Monate nach dem Tod meines Vetters nicht seltsam anmutet?«

François öffnete den Mund, um etwas zu sagen, aber es kam kein Wort heraus.

»Hat solch merkwürdiger Zufall tatsächlich keinen Argwohn bei Euch erweckt? ... Das kann ich von einem solch intelligenten Mann, wie Ihr es seid, nicht glauben!«

Wieder machte er seinen Mund auf, doch war nur ein erstickter Laut zu hören.

»Wer seid Ihr?« brach es schließlich mit einem Stöhnen aus ihm heraus. »Seid Ihr irgendein Spitzel des Königs oder des neuen Papstes?«

»Aber François, das habe ich Euch doch schon gesagt. Ich bin Galcerán de Born, ein Cousin des verstorbenen Henri de Saint-Valéry, und das ist die ganze Wahrheit. Ich würde Euch nie betrügen, das müßt Ihr mir glauben. Als einziges habe ich bisher nur den Grund meines Besuches verschwiegen. Ich wollte feststellen, was für ein Mensch Ihr seid, und ich bin hochzufrieden. Deshalb werde ich Euch nun erklären, weshalb wir hierhergekommen sind.«

Zwei Augenpaare betrachteten mich aufmerksam; das von Jonas voll lebhaftem Interesse, das des armen François mit einem kummervollen Schimmer.

»Mein Cousin Henri sah den Augenblick seines Todes in einem Traum voraus, in dem ihm die Heilige Jungfrau erschien.« Der arme Wirt zitterte unter seiner Schürze, als liefe er nackt durch den Schnee. »Deshalb schrieb er mir einen langen Brief, in dem er mich bat, ihm in seinen letzten Stunden beizustehen ... Weil aber die Galeere, mit der ich von Valencia nach Rom reiste, schon ziemlich alt war, kam ich nur noch rechtzeitig, um seine Hand zu halten, bevor er abberufen wurde. Wenige Augenblicke vor seinem Tod zog mich Henri jedoch noch einmal zu sich heran, um mir etwas zu gestehen, was er dann aber nicht mehr zu Ende erzählen konnte ... wißt Ihr, wovon ich spreche, François?«

Der Wirt nickte und verbarg mit einem Klagelaut sein Gesicht in den Händen.

»Was der Kardinal zu mir sagte, war folgendes: ›Ich werde zur Hölle fahren, Cousin, wenn du François, den Wirt von Roquemaure, nicht findest und ihm von mir ausrichtest, er solle dir die Wahrheit erzählen. Die Jungfrau sagte mir voraus, daß sowohl ich als auch François in der Hölle schmoren werden, wenn wir nicht vor unserem Tod den Schwur brechen, den wir einst leisteten ... Sag ihm das, Cousin, sag ihm, er solle seine Seele retten.‹ Und dann starb er ... Einige Tage später fand ich unter seinen Dokumenten einen an mich gerichteten Brief. Da mein Schiff auf sich warten ließ und sein Leben sich dem Ende näherte, hatte Henri mir in einem versiegelten Umschlag ein paar Zeilen hinterlassen, in denen er mich bat, Euch aufzusuchen, ›den Mann, in dessen Haus der Heilige Vater Clemens starb‹. Könnt Ihr uns das erklären ...?«

»Alles ging so schnell!« wimmerte François verängstigt. »Weder Euer Cousin noch ich trugen daran die Schuld.«

»Kann man um Gottes willen erfahren, wovon zum Teufel Ihr redet?« fragte ich scheinbar entsetzt.

»Was ich zu sagen habe, sollte Euer Diener besser nicht mit anhören! Wer ist er, um in Geheimnisse eingeweiht zu werden, die nur ein paar ..., das heißt nur drei Menschen auf der ganzen Welt kennen?«

»Um die Wahrheit zu sagen, François, dieser junge Mann hier ist nicht nur mein Diener und Schildknappe, sondern auch mein Sohn, mein einziger; leider wurde er unehelich geboren, ein Bastard ... deshalb reist er mit mir als mein Diener. Ihr seht also, daß Ihr ruhig reden könnt. Er wird schweigen.«

»Seid Ihr Euch dessen gewiß?«

»Schwöre, Jonas!« befahl ich meinem überraschten Adlatus, der sich noch nie zuvor in einer solch wahnwitzigen Lage befunden hatte.

»Ich, Jonas ...«, wisperte er benommen, »... schwöre, daß ich nie etwas davon preisgeben werde.«

»So fangt an, François!«

Der Wirt trocknete sich die Tränen, putzte sich die Nase mit den Zipfeln seiner schmierigen Schürze und begann, nun etwas gefaßter, zu berichten.

»Wenn die Heilige Jungfrau verlangt, daß ich meinen Schwur breche, so sei es, so werde ich zum ewigen Heil meiner Seele alles gestehen.« Und er bekreuzigte sich dreimal, um den Teufel zu bannen. »Unsere Liebe Frau hat eigentlich recht, denn Ihr müßt wissen, edler Ritter, daß Euer Cousin und ich den Eid einzig aus Angst ablegten, man könnte uns des Todes des Heiligen Vaters bezichtigen.«

»Warum sollte man das tun? Habt Ihr ihn etwa umgebracht?«

»Nein!!!« schluchzte er verzweifelt. »Wir wollten ihn doch nur retten!«

»Mein lieber François, Ihr fangt wohl besser ganz von vorne an.«

»Ja, ja ... gewiß ... Seht, Sire, an jenem Tag hielt das päpstliche Gefolge vor meiner Schenke, und aus der größten Kutsche halfen etliche Diener dem Heiligen Vater heraus, den ich an seinem roten Gewand und der Papsttiara erkannte. Er war ein Mann um die Fünfzig und trug einen dichten Bart, und er schien sich nicht gerade bester Gesundheit zu erfreuen. Einer seiner Soldaten befahl mir laut schreiend, ich solle sofort alle meine Gäste hinauswerfen, und Euer Cousin, der danach die Schenke betrat, bat mich, für Seine Heiligkeit ein Bett zu richten, damit er sich vor seiner Weiterreise etwas ausruhen könne. Mein Weib und meine Kinder gaben sich alle Mühe, unsere beste Kammer herzurichten, die letzte im oberen Stockwerk, und dort hinauf brachte man den Papst, der totenblaß war und stark schwitzte.«

»Sagt«, unterbrach ich ihn, »habt Ihr auf die Farbe seiner Lippen geachtet? Waren sie gräulich oder blau?«

»Wenn ich jetzt so darüber nachdenke ... Ich erinnere mich, daß ich durchaus darauf geachtet habe, weil mir ihre hochrote Farbe auffiel ... als ob sie geschminkt gewesen wären.«

»Aha! ... Fahrt bitte fort.«

»Die Stunden verstrichen, und der Zustand des Kranken besserte sich nicht. An den Tischen dort hinten tranken seine Soldaten schweigend, als wären sie ganz eingeschüchtert, und dort in der Ecke, am großen Tisch, unterhielt sich leise eine Gruppe Kardinäle der Kammer und der Kanzlei. Einige von ihnen waren alte Bekannte, jene, die über die Hintertreppe hier einkehren, damit niemand sie sieht ... Kurz und gut, ich kochte für alle, und danach trug ich auch das Essen für den Papst und Euren Vetter hinauf, der ihn gemeinsam mit einem jungen Priester pflegte. Von Kissen gestützt, saß Clemens aufrecht im Bett und schnaufte mühsam, Ihr wißt schon, ganz schnell und geräuschvoll ... als ob er ersticken würde; er schien tatsächlich keine Luft mehr zu bekommen.«

»Und was geschah dann?«

»Seine Heiligkeit wollte nichts essen, er meinte, er habe ein flaues Gefühl im Magen, er wolle nur etwas Wein. Der Kämmerer, Euer Vetter, wandte jedoch ein, daß dies vielleicht nicht angebracht wäre, da sonst das Fieber steigen würde, man solle lieber nach Avignon zurückkehren, damit ihn sein Leibarzt untersuchen könne. Doch der Papst weigerte sich. Er schnellte hoch, wißt Ihr, so als ob ihn die Wut dazu treiben würde, obwohl er sehr schwach war, und schrie Euren Vetter an, daß er so bald wie möglich Wilaudraut erreichen müsse, daß sein Arzt ein Dummkopf sei, der es nicht verstanden hätte, ihn zu heilen, und daß er sehr bald sterben würde, wenn man ihn nicht schleunigst nach Hause in die Gascogne brächte. Kurzum, ich fühlte mich sehr befangen, weshalb ich mich entschuldigte und hinausging; kaum war ich jedoch draußen auf dem Flur, kam Euer Vetter hinterher und hielt mich auf. Er meinte, er sei sich wohl bewußt, wie unwahrscheinlich es wäre, in Roquemaure einen Medikus zu finden, doch wolle er wissen, ob möglicherweise einer in den umliegenden Dörfern aufzutreiben wäre. Er müsse nicht gut sein, sagte er, wenn er einen guten Eindruck mache, reiche es schon. ›Ich wünsche jemanden, der die Nerven Seiner Heiligkeit mit schönen Worten beruhigt, jemanden, der ihn davon überzeugt, daß es ihm gutgeht und er die Reise fortsetzen kann.‹«

»Dies hat Henri wortwörtlich gesagt ...?«

»Ja, Sire, genau dies. Und hier stellte sich das Problem ein, denn einige Tage zuvor waren zwei arabische Ärzte in meine Schenke gekommen, die mich um Unterkunft für vier bis fünf Nächte baten. In dieser Gegend sind normalerweise keine Mauren unterwegs, es ist aber auch nicht ungewöhnlich, daß reiche Händler, ja sogar Abgesandte auf dem Weg nach Spanien oder Italien durch Roquemaure reisen, und sie zahlen gut, Sire, mit guten Goldunzen. Die Medizi schlossen sich vom ersten Tag an in ihre Kammer ein und verließen sie nur zum Essen oder um am frühen Abend einen Spaziergang zu machen. Einer meiner Söhne sah sie einmal ihre Teppiche am Flußufer ausbreiten und sich niederwerfen und verbeugen, wie sie das eben bei ihren Gebetszeremonien so machen.«

»Deshalb sagtet Ihr also meinem Vetter, daß sich zufälligerweise zwei arabische Ärzte in einer der Gästekammern befänden und wenn er wolle, könntet Ihr sie benachrichtigen und um Hilfe bitten.«

»So war es, edler Ritter ... Zunächst wagte es Kardinal Henri nicht, dem Papst vorzuschlagen, sich von zwei Mauren untersuchen zu lassen; weil er allerdings keine andere Möglichkeit sah, fragte er nach, und der Papst gestattete es. Allem

Anschein nach war Clemens V. bereits früher einmal von arabischen Ärzten geheilt worden und darüber sehr erfreut gewesen. So klopfte ich also bei den beiden an und erzählte ihnen, was vorgefallen war. Sie zeigten sich durchaus willens, ihm zu helfen, und berieten sich zunächst lange mit Eurem Vetter, bevor sie die Kammer des Papstes betraten. Ich weiß nicht, worüber sie sprachen, doch Euer Vetter muß ihnen wohl viele Anweisungen gegeben haben, denen sie höflichst zustimmten. Dann gingen sie hinein, und ich folgte ihnen, falls sie etwas benötigen sollten. Ich muß hinzufügen, daß von all dem die unten Gebliebenen nichts erfuhren, da sogar der junge Priester, der Eurem Vetter bei dessen Pflichten zur Hand ging, das päpstliche Gemach verlassen hatte, um unten mit den Kardinälen für die Genesung des Heiligen Vaters zu beten, daß also alle hier in diesem Schankraum saßen, während sich oben das zutrug, was ich Euch berichte ... Nun gut«, fuhr er nach einem kräftigen Schluck Wein fort, »die arabischen Ärzte untersuchten Seine Heiligkeit mit größter Sorgfalt: Sie blickten in seine Pupillen und den Mund, sie fühlten den Puls und tasteten seinen Bauch ab, und schließlich verordneten sie ihm zu Pulver zerriebene und in Wein aufgelöste Smaragde, einen Trank, der in wenigen Minuten seine Magenbeschwerden lindern und das Fieber senken sollte. Es schien ein gutes Heilmittel zu sein, und der Heilige Vater zeigte sich durchaus geneigt, drei wundervolle Smaragde aus seinem Besitz zerstoßen zu lassen. Er war überzeugt, dadurch zu genesen. Die Medizi baten mich um einen Mörser und etwas Wein, zerstießen dann gewissenhaft die Edelsteine und vermischten das Pulver schließlich langsam mit dem Getränk. Es waren wunderschöne, funkelnde, riesige Juwelen ... von einem transparenten Grün, das mich bezauberte. Ich weiß wohl, daß Edelsteine Heilkräfte besitzen, trotzdem tat es mir in der Seele weh, sie so zerkleinert im Mund Seiner Heiligkeit verschwinden zu sehen.«

»Und was geschah danach?«

»Die Mauren kehrten in ihre Kammer zurück, und der

Papst fühlte sich sofort besser. Er kam wieder zu Atem, das Fieber sank, er hörte auf zu schwitzen ... Aber dann, als er gerade nach unten gehen wollte, um seine Reise fortzusetzen, krümmte er sich plötzlich und begann Blut zu spucken. Euer Vetter und ich erstarrten vor Schreck. Als erstes fiel uns ein, die arabischen Ärzte zu Hilfe zu rufen, weshalb ich wieder zu ihrer Kammer lief. Doch in den knapp zehn Minuten waren sie verschwunden; im Zimmer war keine Spur mehr von ihnen zu entdecken, als ob es sie nie gegeben hätte; weder Kleidung noch Bücher, nicht einmal zerdrückte Betten, keinerlei Essensreste ... nichts. Ihr könnt Euch unser Entsetzen vorstellen! Der Papst spuckte ununterbrochen Blut und wand sich vor Schmerzen. Euer Vetter packte mich daraufhin am Kragen und sagte zu mir: ›Hör zu, Spitzbube! Ich weiß nicht, wieviel dir diese Mörder dafür bezahlt haben, daß du ihnen hilfst, den Papst umzubringen, aber ich schwöre dir, daß dich die Folter der Inquisition erwartet, wenn du mir nicht augenblicklich verrätst, was für ein Gift ihr ihm verabreicht habt.‹ Ich beteuerte ihm wiederholt, daß ich nicht wüßte, wovon er sprach, da auch ich getäuscht worden wäre, und daß man auch ihn der Heiligen Inquisition überantworten würde, obwohl er Kardinal und Kämmerer sei, weil er die Erlaubnis erteilt habe, daß zwei Mauren den Papst vergiften konnten.«

François tat einen tiefen Seufzer und verstummte. Im Geiste schien er noch einmal die Agonie jenen Tages zu durchleben, die Angst, die Panik, die er gefühlt haben mußte, als er Papst Clemens in seinem Haus sterben sah, dazu fast noch durch sein eigenes Verschulden.

»Der Heilige Vater verlor auch Blut durch ... hinten, Ihr wißt schon, wo ich meine. Ein Fluß, Sire, ein wahrer Sturzbach floß aus ihm, oben und unten.«

»Rot oder schwarz?«

»Wie meint Ihr ...?«

»Das Blut, großer Gott, das Blut! War es rot oder schwarz?«

»Schwarz, Sire, pechschwarz, ganz dunkel!« rief er aus.

»Und dann, so verstört wie Ihr wart, habt Ihr und mein Vetter Kardinal Henri de Saint-Valéry Euch geschworen, niemandem etwas davon zu erzählen, und da die Medizi sich ja schon in Luft aufgelöst hatten, gabt Ihr Euch Euer Wort, diesen Zwischenfall in Euren Aussagen nach des Papstes Tod nicht zu erwähnen. Oder irre ich mich?«

»Nein, Sire, Ihr irrt Euch nicht, genauso war es ...«

»Gott war indessen nicht damit einverstanden, mein Freund, und schickte die Heilige Mutter Gottes, damit mein Vetter jenen bösen Schwur bereue, der ihn sicherlich bis zum heutigen Tage im Fegefeuer büßen ließ, bis zu dem Augenblick, als Ihr Euch ausgesprochen habt.«

»Ja, ja!« schluchzte der Unglückselige und zerfloß fast in Tränen. »Ihr wißt nicht, wie glücklich ich mich jetzt schätze, meine Seele von der Last befreit und Euren Vetter vor dem Feuer der Hölle bewahrt zu haben.«

»Und ich freue mich, Werkzeug Unseres Herrn gewesen zu sein und diese wunderbare Aufgabe bewältigt zu haben«, erklärte ich stolz. »Nie werde ich Euch vergessen können, François, mein Freund. Ihr habt mich glücklich gemacht, diese heilige Mission erfüllen zu können.«

»Immer werde ich Euch für die Rettung meiner Seele Dank schulden, mein ganzes Leben lang, Sire!«

»Nur eins noch ... Erinnert ihr Euch zufällig an die Namen jener Ärzte?«

»Ist das wichtig?« fragte er mich überrascht.

»Nein, ganz und gar nicht ...«, beruhigte ich ihn. »Mit größter Wahrscheinlichkeit handelt es sich sowieso um falsche Namen. Sollte ich allerdings jemals auf einen Arzt desselben Namens stoßen, so seid gewiß, daß er den Schmerz und den Schaden, den er meinem Vetter und Euch zugefügt hat, mit seinem Leben bezahlen wird.«

François sah in tiefster, tränenfeuchter Verehrung zu mir auf, und ich konnte nicht umhin, leichte Gewissensbisse zu spüren.

»Ich kann mich nicht genau entsinnen, aber ich glaube, daß einer der beiden *Fat* Soundso lautete, und der andere …« Er runzelte die Stirn, als er angestrengt versuchte, sich zu erinnern. »Der andere klang so ähnlich wie *Adabal …, Adabal, Adabal, Adabal …*«, leierte er vor sich hin. »*Adabal Ka,* glaube ich, ich bin mir allerdings nicht ganz sicher … Wartet! Wartet einen Augenblick! Mir fällt gerade ein, daß ich in jener Nacht, als alles vorbei und das päpstliche Gefolge mit dem Leichnam abgereist war, die Namen der Ärzte aufgeschrieben habe, falls man mich doch noch einem Verhör unterziehen sollte.«

»Gut habt Ihr daran getan! Sucht bitte diesen Zettel!«

»Ich habe ihn hier irgendwo versteckt«, antwortete er, erhob sich und schlurfte in eine Ecke des Schankraums, wo im Gebälk tönernes Geschirr und Würste zum Dörren hingen. Mühevoll stieg er auf einen Schemel und holte einen der Tonkrüge von seinem Haken herunter. Allein, er war es nicht. Keuchend stieg er herunter, schob den Schemel etwas weiter nach rechts und kletterte wieder hinauf. Im zweiten Krug fand sich wohl, was er suchte, denn nun lächelte er zufrieden und zog aus dessen Innern mit zwei Fingern einen fettigen Zettel hervor.

»Hier ist er!«

Ich stand auf und trat zu ihm, um ihm das Stückchen Papier aus der Hand zu nehmen. Wie er dort oben auf dem Schemel stand, reichte der Wirt mir gerade mal bis zum Hals.

In der miserablen Handschrift eines Mannes, der nur das Nötigste zu schreiben gelernt hatte, um sein Geschäft führen zu können, stand auf dem Papierfetzen *»Adab Al-Acsa* und *Fat Al-Yedom«* zu lesen.

»Das ist alles?« fragte ich. »Kann ich den Zettel behalten?«

»Das ist alles«, bestätigte der beleibte und schwitzende Wirt. »Ja, natürlich könnt Ihr ihn behalten.«

»Sehr gut. Und jetzt laßt uns unser Mahl bezahlen, und mein Schildknappe und ich werden glücklich und dankbar aufbrechen.«

»Um Gottes willen, edler Herr! Habt Ihr mich nicht schon genug entlohnt, indem Ihr meine Seele vor dem Teufel gerettet habt? Ihr schuldet mir nichts, vielmehr bin ich es, der in Eurer Schuld steht.«

»Nun denn, so werde ich das Geld den Priestern meiner Gemeinde in Valencia überreichen, damit sie für die Seele meines Vetters Messen lesen.«

»Gott möge Euch Euer gütiges Herz reichlich vergelten. Wartet einen Augenblick, ich werde sofort Eure Pferde bringen.«

Ich schaute Jonas an und erwartete eigentlich einen tiefen mißbilligenden Blick, doch waren seine Wangen vor Aufregung gerötet, und seine Augen funkelten vor Begeisterung.

»Ich habe Euch tausend Fragen zu stellen«, flüsterte er.

»Wenn wir von hier fort sind.«

Drei Stunden später stiegen wir an einer geschützten Wegkehre von unseren Pferden. Es war ein perfekter Platz am Ufer der Rhône, deren Lauf wir gen Norden, in Richtung ihres Ursprungs folgten. Dort wollten wir übernachten, denn vor dem folgenden Tag würden wir Vienne nicht mehr erreichen. Die vergangenen Stunden hatte ich darauf verwendet, Jonas vom Auftrag des Papstes zu erzählen sowie ihm die Einzelheiten der Geschichte darzulegen, die er aufgrund seines geringen Alters und seiner bisherigen Lebensweise nicht kennen konnte und die direkt mit unserer Aufgabe verknüpft waren. Während wir das Feuer entfachten, meinte er:

»Bruder, ich glaube, der Papst hat so große Angst vor dem Tod, daß er dem Gesuch von Don Dinis stattgeben wird, wenn Ihr ihm sagt, daß die Templer seinen Vorgänger tatsächlich getötet haben, um nicht mit der Bedrohung leben zu müssen; und wenn Ihr ihm sagt, daß dem nicht so war, daß die Templer dessen Tod nicht verschuldet haben, er es ablehnen wird, um sich ihrer ein für allemal zu entledigen.«

»Du hast möglicherweise recht, mein Junge. Jedenfalls müssen wir genau das ergründen.«

»Und Ihr wißt bereits etwas, nicht wahr? All diese Lügen und Verstöße gegen das erste Gebot haben Früchte getragen, stimmt's?«

»Das einzige, was wir sicher wissen, ist, daß zwei arabische Ärzte Clemens V. vor seinem Tod untersuchten. Mehr nicht.«

»Und was sagt Ihr zu dem Heilmittel? Den Smaragden?«

»Es ist eine gängige Arznei für diejenigen, die es sich erlauben können, zur Bekämpfung von Krankheiten Edelsteine zu sich zu nehmen.«

»Und stimmt es, daß sie Wirkung zeigen?«

»Eigentlich nicht, das muß ich zugeben. Aber mit der Zeit wirst du lernen, daß nicht nur die richtige Zubereitung Krankheiten heilt. Es ist dir hoffentlich nicht entgangen, daß es dem Papst besser ging, als er den Trank eingenommen hatte, oder?«

»Aber an was litt er? Ihr habt viele Fragen dazu gestellt.«

»Aus allem, was ich herausfinden konnte, folgere ich, daß Seine Heiligkeit kein besonders reines Gewissen hatte ... Stell dir vor, Jonas, du wärst Clemens V. Am neunzehnten Tag des März Anno Domini 1314 bist du beim schrecklichen Spektakel zugegen, wie auf dem Scheiterhaufen ein paar Männer sterben, die du seit Jahren kennst, wichtige, mächtige Persönlichkeiten, deren Schuld nicht erwiesen ist und die darüber hinaus dir, als Mönche, untergeben sind, nur dir allein, und nicht dem französischen Monarchen. Als Papst hast du nur zaghaft versucht, sie vor den Wutanfällen und dem Machtstreben des Königs zu schützen, vor ihm, der dir das Papstamt übertrug und dir als solcher den Rücken stärkt, doch Philipp hat nun damit gedroht, einen Gegenpapst zu ernennen, falls du seinen Forderungen nicht nachkommst. Deshalb stehst du also dort, wohlwissend, daß Gott dich beobachtet und über dich richtet, und in dem Augenblick, als das Feuer an ihrem Fleisch zu lecken beginnt, verflucht dich der Großmeister des Templerordens und zitiert dich vor Gottes Thron, noch bevor ein Jahr um ist. Du erschrickst natürlich, versuchst, nicht daran zu denken, trotzdem kannst du es nicht verhindern; du hast Alpträume, es verfolgt dich ... Du willst mit deinem ganz alltäglichen Leben eines Hirten der Kirche fortfahren, doch weißt du, daß über deinem Haupt das Damoklesschwert schwebt. Dann lassen dich deine Nerven im Stich. Nicht alle sind gleich, Jonas, es gibt Menschen, die standhaft auch noch das größte körperliche Leid ertragen und dennoch angesichts eines kleinen seelischen Kummers zusammenbrechen; andere hingegen überstehen tapfer große Schwierigkeiten und brüllen indessen beim kleinsten körperlichen Schmerz wie Tiere. Sicher war unser Papst ein willensschwacher und gläubiger Mensch und begann schon Höllenqualen zu leiden, ehe er überhaupt gestorben war. Fieber ist ein Symptom, das du bei gesunden und kranken Menschen beobachten kannst; selbst die Nerven können Fieberschübe hervorrufen und Erbrechen und ›flaue Mägen‹. Erinnerst du dich an die Weigerung des Papstes, etwas zu essen? Auch eine schwerfällige Atmung kann ein Anzeichen für verschiedene Leiden sein, ein Herzleiden kann man allerdings ausschließen, denn seine Lippen hatten eine gesunde Farbe, und er verspürte keinerlei körperliche Schmerzen. Folglich bleiben also nur die Lungen. Oder wiederum die Nerven. Bei Clemens V. glaube ich, daß alles auf einen schweren Fall von heftigen Gefühlswallungen zurückzuführen ist.«

»Ging es ihm also deshalb besser, nachdem er die Smaragde zu sich genommen hatte?«

»Er fühlte sich besser, weil er dachte, daß er wieder gesund würde.«

»Und stimmte das?«

»Die Fakten sprechen dagegen«, erklärte ich lachend.

»Aber das schwarze Blut ... die Blutungen durch Mund, Nase und ...«

»Nun, wir können zwischen zwei Erklärungen wählen: Die erste – aufgrund der Todesart die wahrscheinlichere von beiden – ist, daß die Splitter der zerstoßenen Smaragde dem Papst den Magen und die Gedärme verletzt haben, und die zweite – reine Spekulation –, daß jene beiden arabischen Ärzte verkleidete Templer waren, die ihm irgendein Gift in den Trank gemischt haben.«

»Und welche, denkt Ihr, trifft zu?«

»Los, Jonas, streng dich ein wenig an. Ich habe es dir so einfach wie möglich gemacht, führe mir jetzt deine deduktiven Fähigkeiten vor.«

»Aber ich habe doch nicht die leiseste Ahnung!« rief er gereizt aus.

»In Ordnung, ich helfe dir auf die Sprünge, allerdings nur, weil wir gerade erst damit begonnen haben. Später wirst du derjenige sein, der mir helfen muß.«

»Ich werde tun, was ich kann.«

»Schauen wir also mal... So jemand wie der Papst, der an ein bequemes Leben gewöhnt ist, der nicht weiß, was Kälte ist noch Hunger, dem Dutzende von Menschen jeden seiner Wünsche erfüllen, der Köche hat, die ausschließlich ihn bekochen, Konzilsväter, die ihm als Lakaien dienen, und vieles mehr... glaubst du, daß so jemand eine Arznei aus zerstoßenen Smaragden einnimmt, die ihm die Eingeweide verletzen könnte?«

»Selbstverständlich nicht«, stimmte er zu, während er an seiner Unterlippe nagte und aufmerksam in die Flammen des Lagerfeuers blickte. »So jemand hätte lautstark protestiert, sobald auch nur der kleinste Splitter seine Zunge geritzt hätte.«

»Eben. So daß nur die Theorie vom Giftmord durch die Templer übrigbleibt. Du mußt wissen, daß es unzählige Giftstoffe und ebenso viele Mittel gibt, die, ohne zunächst giftig zu sein, es dann sehr wohl werden können, wenn man sie mit anderen, gleichermaßen harmlosen Substanzen mischt. Viele der Mittel, die wir zur Heilung von Krankheiten anwenden, enthalten Gift in Mengen, die die Kräuterkundler und Medizi sorgfältig abwägen müssen, um damit nicht den gegenteiligen

Effekt zu erzielen. Wenn deshalb diese beiden Ärzte Templer waren und man die umfassenden medizinischen Kenntnisse in Betracht zieht, über die der Orden aufgrund seines langjährigen Aufenthalts im Orient verfügt …«

»Dasselbe kann man auch von den Hospitalitern behaupten.«

»… also, aufgrund der vielen Jahre, die sie im Orient verbracht haben, ist es fast unmöglich herauszubekommen, welche Substanz sie in den Mörser des Wirts getan haben, während sie die Smaragde zerstießen. Was wir aber sehr wohl daraus folgern können, ist, daß es ein sehr starkes und schnellwirkendes Gift gewesen sein muß. Der Wirt erzählte uns, das Blut sei schwarz, jedenfalls sehr dunkel gewesen … Wenn das Blut von den durch die Smaragde verursachten inneren Verletzungen hergerührt hätte, so wäre es rot gewesen.«

»Warum?«

»Der menschliche Körper birgt große Geheimnisse, und das Blut ist eines davon. Man weiß es schlichtweg nicht. Sicher ist jedoch, daß das Blut, je nachdem, wo es aus dem Körper herausströmt, unterschiedlich gefärbt ist. Daher weiß ich, daß die Smaragde nicht seine Gedärme verletzt haben, denn dann müßte das Blut rot gewesen sein, rot und glänzend, so wie das Blut, das aus deinem Arm flösse, wenn ich ihn dir jetzt mit einem Messer aufritzen würde. Clemens' Blut war aber schwarz, das heißt, es stammte nicht von Schnitten, weshalb das Mittel irgendeine Substanz enthalten haben mußte, welche die Farbe veränderte, das Blut verschmutzte. Allerdings werden wir wohl nie erfahren, was dies für eine Substanz war.«

»Und die Templer? Wie konnten sie sich als Mauren ausgeben?«

»Ich habe dir doch gerade erzählt, daß die Templer sich eingehende Kenntnisse über die maurische Welt und ihre Sekten erworben hatten, über die Sufis zum Beispiel oder die Ismailiten. Sich als sarazenische Ärzte auszugeben, war für sie ein leichtes. Nehmen wir also an, es waren zwei Templer. So erfüllt sich damit zuerst einmal das kabbalistische Gebot der beiden Eingeweihten ...«

»Worauf spielt Ihr an?«

»Das wirst du schon noch lernen, Jonas. Du kannst nicht verlangen, dir gleich am ersten Tag die tiefsten, geheimnisvollsten und ehrwürdigsten Kenntnisse des Menschen und der Mutter Natur anzueignen. Es reicht vorerst zu wissen, daß die Tempelherren immer zu zweit auftreten: Auf ihrem Siegel sind sogar zwei Templer abgebildet, die auf demselben Pferd sitzen; es ist dies der allegorische Sattel des Wissens, der den *adeptus* auf dem Weg der Initiation leitet.«

»Ich verstehe kein Wort von dem, was Ihr da gerade sagt.«

»So muß es augenblicklich auch noch sein, mein Junge. Laß mich jetzt aber mit meinem Gedankengang fortfahren: Es waren also zwei, und sie lieferten ein so getreues Abbild ihrer arabischen Herkunft, daß sie sogar den einfältigen Sohn des Wirts glauben ließen, er habe sie durch Zufall entdeckt, als sie in Richtung Mekka ihre Gebete verrichteten. Alles tadellos. Die Templer sind indessen eitel. Sie sind von ihrer Überlegenheit, ihrer Leistungsfähigkeit und Tapferkeit so überzeugt, daß sie für gewöhnlich kleine Spuren hinterlassen, winzige Zeichen, die jahrelang darauf warten, von jemand entschlüsselt zu werden.«

»Und welche haben sie dieses Mal hinterlassen, Bruder?« fragte Jonas nun ganz aufgeregt.

»Ihre falschen Namen. Weißt du sie noch?«

»Ja. *Adab Al-Acsa* und *Fat Al-Yedom*.«

»Erinnere mich daran, daß ich dir als erstes die arabische und hebräische Sprache beibringen muß. Ohne deren Kenntnis kann man heutzutage die Welt nicht bereisen.«

»Diese Namen verbergen sicherlich etwas, was ich zu begreifen nicht in der Lage bin.«

»Genau. Schau, zunächst einmal muß man ihrem Klang lauschen. Du mußt bedenken, daß wir nur über die Transkription eines ungebildeten Mannes verfügen, dessen Gehör nicht an die Kadenzen der arabischen Sprache gewöhnt ist. Deshalb muß man zunächst auf den Klang horchen.«

»*Adab Al-Acsa* und *Fat Al-Yedom.*«

»Sehr gut. Und jetzt Wort für Wort. *Adab:* Adab steht unbestritten für *Ádâb,* was ›Strafe‹ bedeutet, du siehst also, wir sind auf dem richtigen Weg. Auch *Al-Acsa* stellt kein Problem dar, handelt es sich hier offensichtlich um die Al-Aqsa-Moschee – was soviel heißt wie ›die Einzige‹ –, die im Innern des Tempelviertels von Jerusalem liegt und die die Tempelherren seit den Zeiten König Balduins II. bis zum Verlust Jerusalems als Residenz wählten, als Mutterhaus. Selbst wenn es etwas wirr erscheint, könnte die Übersetzung von *Adab Al-Acsa* also ›Strafe der Einzigen‹ lauten oder eben ›Strafe der Templer‹.«

»Erstaunlich!«

»Es bleibt uns jedoch noch der zweite Name zu entziffern: *Fat Al-Yedom.* Wie *Adab* bereitet auch *Fat* nicht viele Schwierigkeiten. Es handelt sich dabei um *Fath,* was ›Sieg‹ bedeutet. Aber der Sieg von wem? Ehrlich gesagt entsinne ich mich nicht, jemals etwas über einen Mann oder einen Ort namens *Al-Yedom* gelesen zu haben, aber die Welt ist groß und wie Muhammad ibn Musa Al-Khowarizmi zeigte, ist sie eine riesige runde Kugel, die man ewig bereisen kann, ohne deren Anfang oder Ende zu finden. Vielleicht gibt es ja irgendwo einen Ort, der diesen Namen trägt.«

»Die Welt ist rund?« Jonas war empört und riß die Augen weit auf. »Was für ein Blödsinn! Wo doch jeder weiß, daß sie flach ist und sich im Osten und Westen auf zwei Säulen stützt und wir in einen unendlichen Abgrund stürzen würden, sollten wir diese äußersten Punkte überschreiten wollen.«

»Bis du genügend von Mathematik und Astronomie verstehst, lassen wir dich vorerst bei diesem dummen Glauben.«

»Es entspricht der Wahrheit, was die Kirche erklärt!«

»Wunderbar! Ich sagte dir bereits, daß ich das jetzt nicht eingehend zu besprechen gedenke. Es interessiert mich weit mehr, das Rätsel zu lösen, das sich hinter *Al-Yedom* verbirgt.

Wenn unser Templerpaar wollte, daß man ihren Spuren bereits im Zwielicht folgen kann, wie dies beim ersten Namen der Fall war, so muß die Lösung des zweiten ebenfalls naheliegend sein, und wir müssen nur den Weg zurückgehen, den sie uns vorgezeichnet haben, als sie ihre arabischen Rufnamen aussuchten. Der erste bedeutet also so etwas Ähnliches wie ›Strafe der Templer‹, und der zweite beginnt mit ›Sieg des ...‹. Ja, von wem? Einer Person, eines Orts, eines Symbols? *Al-Yedom, Al-Yedom* ...«, murmelte ich unaufhörlich vor mich hin, um irgendeine Fährte im Klangbild zu finden. »Es kann doch nicht so kompliziert sein, sie wollten schließlich, daß es jemand entdeckt ... Nehmen wir zunächst einmal an, es handelt sich um den Sieg von jemandem, wobei dieser Jemand *Al-Yedom* heißt ...« Jäh hielt ich inne, so erstaunt war ich über die Brillanz des Einfalls. »Aber natürlich! Teufel, es liegt ja geradezu auf der Hand! Es ist so leicht, daß sie wahrscheinlich sogar unglaublich darüber lachen mußten, als sie es erfanden!«

»Also, *ich* verstehe es nicht.«

»Denk nach, Jonas. Wie lautet die erste Regel, wenn man eine Botschaft verschlüsseln will?«

»Ich habe wirklich keine Ahnung, obwohl ich's sehr gern wüßte.«

»Man muß mit der Buchstabenfolge spielen, Jonas! Einfach nur die Wörter und Buchstaben vertauschen! Vor Jahren, aus Gründen, die jetzt nichts zur Sache tun, mußte ich einmal einige Traktate über den Gebrauch von Geheimalphabeten und verschlüsselten Sprachen studieren, und in allen empfahl man immer das einfachste System: Wortspiele, Antimetabolen, Assonanzen, Anagramme und Bilderrätsel. Denn bestimmt wird der Unwissende immer ein komplexes und unmögliches System oder einen Kode suchen und die einfachste und offensichtlichste Lösung übersehen.«

»Wollt Ihr damit sagen, daß man aus den Buchstaben von *Al-Yedom* auch ein anderes Wort bilden kann?« hakte Jonas gähnend nach und ließ sich dabei langsam auf seinen Umhang sinken. Trotz seines Aussehens war er doch nichts weiter als ein übermüdeter Junge.

»Denk nach, Jonas, los, denk nach! Es ist kinderleicht!«

»Ich kann nicht mehr denken, Sire! Ich schlafe gleich ein.«

»Molay, Jacques de Molay, der Großmeister! Das *Y* von *Yedom* hat mich darauf gebracht, verstehst du? Indem sie mit den Buchstaben spielten, bildeten sie aus de Molay *Al-Yedom*. ›Der Sieg des Molay‹ ... Was hältst du davon, na? Äußerst einfallsreich, nicht wahr? ... ›Strafe von Al-Aqsa‹, das heißt, die ›Strafe der Templer‹ und ›Molays Sieg‹. Mein lieber Junge, ich glaube, wir werden ...«

Doch Jonas schlief bereits tief und fest vor dem Feuer, den Kopf auf seine Arme gebettet.

Eine Nacht ruhten wir uns in Vienne aus, und von dort ritten wir dann nach Lyon und weiter hinauf bis nach La Chaise Dieu, Nevers, Orléans und schließlich Paris. Eine lange, zehn Tage dauernde Reise, während der ich Jonas meine kärglichen Kenntnisse der französischen Sprache beibrachte, die ich meinerseits bei jeder Gelegenheit, die sich mir des Weges bot, zu vertiefen suchte, indem ich mal mit diesem, mal mit jenem sprach, bis ich mich meines Ausdrucks sicher fühlte. Nie habe ich die Leute verstanden, die behaupten, unfähig zu sein, eine Sprache zu erlernen; Wörter sind Werkzeuge wie die eines Schmieds oder Steinmetzen, und sie bergen nicht mehr Geheimnisse als sonst eine Kunst. Der Unterricht, der sowohl für den Meister als auch den Schüler von Tag zu Tag besser wurde, erlaubte mir gleichermaßen, Jonas die Grundkenntnisse in Fächern wie Philosophie, Logik, Mathematik, Astronomie, Astrologie, Alchimie und Kabbalistik zu vermitteln ... Jonas sog jedes einzelne meiner Worte förmlich in sich auf und war danach imstande, Punkt für Punkt alles zu wiederholen, was ich ihm erzählt hatte. Er hatte ein eindrucksvolles Gedächtnis: Nicht nur, daß er eine große Merkfähigkeit besaß, nein, er verfügte auch über die erstaunliche Gabe, all das sofort wieder zu vergessen, was ihn nicht interessierte.

Des Nachts, vor allem wenn wir mitten auf dem Feld übernachteten, betrachtete ich den im Schein der Glut schlafenden Jungen und forschte in seinen Gesichtszügen nach denen seiner Mutter. Und zu meiner Qual fand ich sie auch. Er hatte dieselben feinen Brauen und dieselbe hohe Stirn, und im Oval seines Gesichts zeichneten sich dieselben perfekten Kanten und Schatten ab. Eines Tages müßte ich ihm die Wahrheit erzählen ... Aber jetzt noch nicht. Noch war der Augenblick nicht gekommen, ich war noch nicht darauf vorbereitet. Und ich fragte mich voll Angst, ob ich es jemals sein würde.

Wenige Tage nach Jonas' vierzehntem Geburtstag erreichten wir an einem heißen und sonnigen Sommermorgen Paris. Durch den Tour de Nesle ließ man uns die von Philipp II. August errichteten Stadtmauern passieren, und genau auf der anderen Seite ließ man uns auch wieder hinaus: Da wir nicht in der Provinzialkomturei meines Ordens übernachten konnten, suchten wir Unterkunft im *suburbium* von Marais außerhalb der Stadtmauern, in einer Herberge namens »Au Lion d'Or«. Meine Wahl war nicht zufällig darauf gefallen: Wenige Häuser weiter begann jenes Viertel, das einst das dicht besiedelte jüdische Viertel von Paris gewesen war und nun nach der von König Philipp angeordneten Vertreibung der Juden fast verlassen schien. Gleich daneben erhoben sich imposant und majestätisch die spitzen Türme des ehemaligen Bergfrieds der Tempelherren in den Himmel. Man mußte nur für einen Augenblick jenes von dicken Mauern umschlossene Bollwerk inmitten eines teilweise gerodeten Sumpfgebiets bestaunen, um zu begreifen, wie weit die Macht der Templer gereicht hatte und wieviel Reichtum sie dabei anhäufen konnten. Mehr als viertausend Menschen, Waffenbrüder, vor der königlichen Justiz Zufluchtsuchende, Handwerker, Bauern und Juden hatten dort gewohnt. Das wahrlich Unglaubliche war nicht, daß Philipp IV. hinlänglich Mut gezeigt hatte, mitten in der Nacht die massenhafte Verhaftung seiner Bewohner anzuordnen, nein, was vielmehr nicht zu fassen war, daß er es tatsächlich auch geschafft hatte: Diese außerhalb Paris' gelegene Festung galt eigentlich als uneinnehmbar.

Unsere Kammer im »Au Lion d'Or« war groß und sonnig, verfügte über ein breites Schreibpult, einen kleinen Tisch mit einer Waschschüssel und einen vortrefflichen Ausblick auf die Felder des *forisburgus* von Marais; und außerdem, und das war am wichtigsten, waren die von der Wirtin zubereiteten Mahlzeiten durchaus nicht zu verachten. Mein Holzbett stand mitten im Zimmer, und Jonas' Strohsack lag unter den Fenstern. Zuerst dachte ich, es wäre besser, ihn anderswo hinzulegen, um den Jungen vor einer Lungenentzündung zu bewahren, dann änderte ich allerdings meine Meinung, denn von dort aus könnte er die Konstellationen der Sterne und die Himmelsphänomene beobachten. Ein paar Decken würden ausreichen, ihn vor der nächtlichen Kälte zu schützen.

Man möge mir die Bemerkung erlauben, daß das einzig Schlechte an Paris seine vielen Bewohner sind. Überall begegnet man Studenten, Gauklern, feilschenden Händlern, Adligen auf der Jagd nach Abenteuern, Bauern, Arbeitern, Kaplänen auf dem Weg zu ihren Wohnhäusern oder einem der zahlreichen Klöster der Stadt, Juden, Vagabunden, Armen, Malern, Goldschmieden, Dirnen, Taschenspielern, königlichen Wachen, Rittern, Nonnen ... Man erzählt, daß in Paris zweihunderttausend Menschen leben, weshalb die Obrigkeiten schwere Ketten am Ende der Straßen anbringen mußten, um sie absperren zu können und damit den Verkehr von Menschen, Wagen und Reitern zu regeln. Nie zuvor habe ich in irgendeiner Stadt eine so schreckliche Betriebsamkeit erlebt wie in Paris, und ich habe in meinem Leben schon viele Städte gesehen; es vergeht kein Tag, an dem nicht irgend jemand unter die Räder eines Wagens gerät. Natürlich sind bei einem solchen Tumult Diebstähle so häufig an der Tagesordnung wie das Pater Noster, und man muß sehr aufpassen, daß einem nicht der Beutel mit Gold gestohlen wird, ohne daß man es merkt. Und um die Auflistung der Mißstände in Paris abzuschließen, bleibt zu sagen, daß, wenn es etwas gibt, was hier neben den vielen Menschen ebenfalls noch im Überfluß vorhanden ist, es die Ratten sind, Ratten so riesig wie Spanferkel. Jedweder Tag in dieser Stadt kann anstrengend sein.

Mitten in diesem Wahnsinn mußte ich eine Frau namens Beatrice d'Hirson finden, ihres Zeichens Gesellschaftsdame von Mathilde d'Artois, der Schwiegermutter des französischen Königs Philipp V. des Langen. Bei näherer Überlegung nützten mir die vom valencianischen Montesa-Orden ausgestellten Geleitschreiben recht wenig, um von einer Dame wie Beatrice d'Hirson empfangen zu werden, die, auch wenn sie anscheinend über keinen Titel verfügte, doch vom französischen Altadel abstammen mußte, um den Rang einer Gesellschaftsdame der mächtigen Mathilde bekleiden zu können. Ich grübelte eine ganze Weile darüber und kam schließlich zu dem Schluß, daß ich ihr am besten ein Schreiben schicken sollte, in dem ich mit erlesenem Feingefühl durchblicken ließ, daß mein Interesse, sie zu sehen, mit irgendeiner Sache bezüglich ihres ehemaligen Geliebten Guillaume de Nogaret zu tun hatte. Wenn ich mich in meinen Vermutungen nicht täuschte, so würde dies eine unmittelbare Einladung zur Folge haben.

Ich schrieb den Brief mit größter Sorgfalt und sandte Jonas dann zur Île-de-la-Cité, damit er ihn, falls möglich, persönlich überreichte; ich wollte nicht, daß mein Schreiben in die Hände von irgend jemand x-Beliebigem fiel. Währenddessen verbrachte ich den Vormittag damit, meine Aufzeichnungen durchzusehen und mir die folgenden Schritte zu überlegen. Es drängte sich geradezu auf, dem Waldstück von Pont-Sainte-Maxence wenige Meilen nördlich von Paris einen raschen Besuch abzustatten, um persönlich den Ort in Augenschein zu nehmen, wo, wie man sich erzählte, der Vater des gegenwärtigen Königs, Philipp IV. der Schöne, vom Pferd gefallen und von einem riesigen Hirsch angegriffen worden war. Laut den Berichten, die mir Seine Heiligkeit zur Verfügung gestellt hatte, war der König am Morgen des 26. November 1314 in Gesellschaft seines Kämmerers Hugo de Bouville, seines persönlichen Sekretärs Maillard und einiger Verwandter in den Wäldern von Pont-Sainte-Maxence auf die Jagd gegangen. Als man ankam – der König kannte jene Gegend gut, da er dort des öfteren jagte –, machten sie die Bauern darauf aufmerksam, daß in der Umgebung bereits zweimal ein seltsamer zwölfendiger Hirsch mit einem herrlich gräulichen Fell gesichtet worden wäre. Der König, begierig, ein solch eindrucksvolles Stück Wild zu erlegen, machte sich mit einem solchen Eifer an seine Verfolgung, daß er sein Gefolge schließlich weit hinter sich ließ und sich im Wald verlor. Als man ihn etliche Zeit später fand, lag er auf dem Waldboden und stammelte fortwährend »Das Kreuz, das Kreuz ...« Man brachte ihn sofort nach Paris, obschon er bat – er konnte kaum noch sprechen –, man solle ihn in sein geliebtes Schloß nach Fontainebleau bringen, wo er geboren worden war. Das einzige Anzeichen von Gewalt, das die Ärzte an seinem Körper entdecken konnten, war eine Beule am Hinterkopf, die er sich höchstwahrscheinlich bei seinem Sturz vom Pferd und dem Angriff des Hirsches zugezogen hatte. Er verschied nach zwölf Tagen Demenz, während denen er immerzu nur nach Wasser verlangte, und als er starb, wollten sich seine Augen zum Entsetzen aller Anwesenden und des ganzen Hofes nicht schließen. Gemäß der sich in meinem Besitz befindenden Abschrift vom Bericht des französischen Großinquisitors Rénald, der dem König in seinen letzten Tagen beigestanden hatte, öffneten sich die Lider des verstorbenen Monarchen ein ums andere Mal, weshalb man ihm schließlich eine Binde anlegen mußte, bevor man ihn beerdigte.

Mir war klar, daß jene Dokumente viele Fragen aufwarfen, die ohne Antwort blieben: warum der König nicht sein Jagdhorn blies, als er vom Hirsch angegriffen wurde, wo eigentlich die Hundemeute war, wer zuvor jenen Hirsch mit dem unmöglichen Geweih gesehen hatte, ob irgend jemand dieses Tier nach dem Unfall wirklich erlegt hatte, wie der König sich in einer Gegend verirren konnte, die er anscheinend sehr genau kannte... Betrachtete man die Symptome, die sich bei ihm zeigten, wie Durst, mangelnde Ausdrucksfähigkeit, Wahnsinn, rebellische Lider, so paßten sie gut zu dem Schlag auf den Kopf. Ich hatte über Fälle von Patienten gelesen, die nach einem solchen Sturz zwar wieder zu sich kamen und nicht daran starben, deren Wesen danach jedoch vollkommen verändert war, oder die den Verstand verloren hatten, oder ständig und ganz mechanisch sinnlose Wörter oder Bewegungen wiederholten, oder Wahnvorstellungen hatten, oder einen derart großen, unersättlichen Hunger bekamen, der sie schließlich umbrachte, oder auch, wie im Fall des Königs, einen unerträglichen Durst. Indessen war es nicht das, was mich beunruhigte: Der Schlag auf den Kopf war ganz offensichtlich die Todesursache gewesen; aber was bedeutete »Das Kreuz, das Kreuz...«? Welches Kreuz meinte der König?

Jonas kam einige Stunden später wieder zurück. Das Hemd hing ihm aus dem Wams, die Strümpfe waren schlammverkrustet und seine Wangen gerötet.

»Was bringst du mir für Neuigkeiten?« fragte ich ihn lächelnd.

»Paris ist die schönste Stadt der Welt!« rief er aus und warf sich der Länge nach auf seinen Strohsack.

»Hast du etwa ein hübsches Mädchen kennengelernt?«

Er hob ein wenig den Kopf und warf mir einen vorwurfsvollen Blick zu.

»Noch bin ich Novize.«

»Anscheinend nicht mehr lange«, bemerkte ich und legte meine Schreibfeder und das *scaepellum* beiseite. »Konntest du Beatrice d'Hirson den Brief überreichen?«

»Es war schrecklich! Ich drang bis zum Schloß vor, das man La Conciergerie nennt und wo der Hof wohnt. Das wahrhaft schönste Bauwerk Frankreichs, Sire! Die Wachen am Gitter verwehrten mir natürlich den Zutritt, weshalb ich sie bat, sie möchten doch besagte Dame benachrichtigen, da ich eine wichtige Botschaft für sie hätte. Zuerst lachten sie mich aus, aber angesichts meiner Beharrlichkeit schickten sie zu guter Letzt einen Knappen zu ihr. Es dauerte eine halbe Ewigkeit, bis er zurückkam, um mir auszurichten, daß die Dame mich nicht empfangen könne, da sie weder wüßte, wer ich sei, noch wer Ihr seid, Sire. Ich verstehe ehrlich gesagt nicht, warum Ihr mir so unbedarft eine so komplizierte Mission übertragen habt«, meinte er schlechtgelaunt. »Wißt Ihr denn nicht, daß einem der Adel nicht ohne weiteres Zugang gewährt?«

»Der Adel, mein lieber Jonas, der wirkliche Adel, hat nicht viel mit diesen Höflingen zu tun.«

»Nun denn, Sire, Höflingen kann man jedenfalls solche Botschaften auch nicht einfach so überbringen.«

»Und wie hast du das Problem dann gelöst?«

»Woher wißt Ihr, daß ich es gelöst habe?«

»Weil du dich im gegenteiligen Fall ganz anders verhalten hättest. Erstens wärst du nicht mit einem so fröhlichen Gesicht hier hereinspaziert, und zweitens würdest du mir deine Odyssee nicht in diesem vorwurfsvollen Ton erzählen, wenn sie nicht von Erfolg gekrönt gewesen wäre. Auf diese Weise betonst du deinen Sieg.«

»Was ist eine Odyssee?«

»Donnerwetter, Jonas! Wie ungebildet du bist! Hast du denn im Kloster nicht das wunderbare *›De bello Troiano‹* von Iosephus Iscanus gelesen oder die bekannte Übersetzung der homerischen Ilias, *›Ilias Latina‹*, von Silius Italicus, die sogar die Vaganten an den Universitäten rezitieren?«

»Wollt Ihr das Ende meiner Geschichte nun hören oder nicht?« unterbrach er mich verärgert.

»Ja, ich will, aber an einem der nächsten Tage müssen wir einmal ernsthaft über deine Erziehung sprechen.«

»Nun gut, eine ganze Weile lang strich ich also durch die Cité, sah mir die Baustelle der neuen Kathedrale von Notre-

Dame an, besichtigte die Kapellen von St.-Denis-du-Pas und St.-Jean-le-Rond, auf deren Stufen des Nachts Kinder wie ich ausgesetzt werden. Wußtet Ihr das?«

»Woher sollte ich das wissen?«

»Schön ... Nach einer Weile kehrte ich dann zur Conciergerie zurück, um mich von dort nicht mehr wegzubewegen, bis sich eine geeignete Gelegenheit ergäbe, die Botschaft zu überbringen. Da ich mich langweilte, setzte ich mich neben eine Alte, die fritierte Küchlein verkaufte, und begann mit ihr eine interessante Unterhaltung über die Gewohnheiten der Schloßbewohner. Sie erzählte mir, daß die Kutsche von Mathilde d'Artois so wie jeden Tag bald durch eine der seitlichen Pforten der Rue de la Barillerie herauskäme, und wenn ich aufpassen würde, könne ich sie am Tour de l'Horloge vorbeifahren sehen. Da sagte ich mir, daß eine so wichtige Dame am hellichten Tag nicht ohne Begleitung ihrer Hofdamen den Palast verlassen kann, weshalb besagte Beatrice d'Hirson sicherlich im Innern der Kutsche sitzen mußte. Als die Alte mir das luxuriöse Gefährt der Königinmutter zeigte, schätzte ich deshalb geschwind die Entfernung und den Anlauf für den nötigen Sprung ab, um mich an der Kutschentür hochziehen zu können.«

»Allmächtiger Gott, Jonas!«

»Ihr würdet gut daran tun, in meiner Gegenwart nicht zu fluchen, Sire, oder ich sehe mich dazu gezwungen, nicht mehr mit Euch zu reden!«

»Sei nicht so zimperlich, mein Junge!« protestierte ich zornig und stampfte so heftig auf, daß es auf dem Holzfußboden wie ein Paukenschlag klang. »Mehr als ein Novize scheinst du manchmal eher eine empfindliche junge Dame zu sein. Ich habe Novizen mit einem weitaus schlechteren Vokabular kennengelernt als dem meinen.«

»Das werden wohl solche Eures Ordens gewesen sein, die weder Novizen noch sonst etwas sind.«

Ich hatte gute Lust, ihn zu ohrfeigen, erinnerte mich jedoch gerade noch rechtzeitig daran, daß er nicht umsonst und in hohem Maß durch meine Schuld vierzehn Jahre lang bei den Mönchen des heiligen Mauritius gelebt hatte. Er machte erstaunliche und große Fortschritte, so daß ich ihm etwas mehr Zeit lassen sollte.

»Verdammt noch mal!« schrie ich deshalb aus voller Lunge und schlug mit der Faust auf mein Schreibpult, »erzähl endlich weiter!«

Jemand anderes an seiner Stelle wäre eingeschüchtert gewesen, doch nicht Jonas: Er setzte sich bequem zurecht, lehnte den Rücken gegen die Wand und schaute mich herausfordernd an.

»Schön, also ... als die Kutsche von Mathilde d'Artois fast auf meiner Höhe angekommen war, nahm ich Anlauf und sprang. Direkt an der Schnauze eines der Pferde der Wachen vorbei. Meine Statur begünstigte die List. Ich steckte meinen Kopf durch die Fensterluke und fragte mit sanfter und galanter Stimme: ›Ist Beatrice d'Hirson unter Ihnen?‹ Drei Frauen saßen darin, aber ich hätte nicht sagen können, wer wer war; lustig war indes, daß sich die Augen zweier Damen auf eine dritte richteten, die still und verschreckt in einer Ecke der Karosse saß. Ich folgerte daraus, daß besagte Dame Beatrice sein mußte und streckte ihr Euer Schreiben entgegen, doch da zogen von hinten auch schon die Wachen an mir, die wie verrückt schrien und mit all ihrer Kraft auf meinen Rücken und Hintern einschlugen. Ich schaute die Dame an, widmete ihr mein schönstes Lächeln, um wie ein junger Galan zu erscheinen, und ließ die Nachricht in ihren Schoß fallen, während ich freundlich zu ihr sagte: ›Lest es, Madame, es ist für Euch.‹ Dann sprang ich ab und fiel zum Glück in eine Schlammpfütze.« Er seufzte und betrachtete kummervoll seine schmutzigen neuen Strümpfe. »Die Wachen prügelten auf mich ein, bis ich Richtung Pont aux Meuniers losrannte wie jemand, hinter dem der Teufel her ist, und dort verlor ich mich dann in der Menschenmenge. Nun«, schloß er zufrieden, »was haltet Ihr von meinem Auftritt?«

Meine Brust zersprang vor väterlichem Stolz.

»Nicht schlecht, nicht schlecht ...«, murmelte ich mit gerunzelter Stirn. »Du hättest in den Kerkern des Königs enden können.«

»Aber ich bin hier, und alles ist hervorragend ausgegangen: Madame hat Eure Botschaft, und nun müssen wir nur noch ihre Antwort abwarten ... Paris begeistert mich wirklich! Euch nicht auch?«

»Wenn ich wählen könnte, zöge ich eine etwas ruhigere Stadt vor.«

»Ja, ich verstehe«, murmelte er arglos. »Im fortgeschrittenen Alter hat man andere Vorlieben.«

Der Wald von Pont-Sainte-Maxence war so undurchdringlich und dunkel, daß man, obwohl es ein sonniger Frühlingstag war, das dumpfe Gefühl nicht loswurde, einen Ort voller Gefahren und tiefer Geheimnisse zu betreten. Ab und zu blickte ich zu den Baumkronen hoch, vermochte dort aber kaum einen Spalt zu erspähen, durch den sich das Sonnenlicht mogeln konnte. Nur die Vögel schienen sich in den Wipfeln wohl zu fühlen. Zweifellos war Pont-Sainte-Maxence ideal für die Jagd von Hochwild, dessen Röhren überall zu hören war, doch schien es eher ein verwunschener Wald in der Gewalt von Teufelsanbetern zu sein denn ein Ort der Muße.

Er lag nicht sehr weit von Paris entfernt – wenn man die Pferde antrieb, konnte man in zwei Stunden bequem die fünfzehn Meilen Entfernung zurücklegen –, der Unterschied zwischen Stadt und Wald war allerdings so groß wie der zwischen jedem Ort dieser Welt und der Hölle. Es war darum nicht weiter verwunderlich, daß nach dem betrüblichen Tod Philipps des Schönen der Hof die Jagd in jenen Hoheitsgebieten der Krone aufgegeben hatte.

Auf einem kleinen Pfad drangen Jonas und ich in das Dickicht vor, ließen dabei aber unsere Umgebung nicht aus den Augen, als ob wir den plötzlichen Angriff eines Heers böser Geister fürchteten. Als wir die dumpfen Hiebe einer Axt vernahmen, blieb uns fast das Herz stehen, und wir hielten die Pferde mit einem jähen Zerren der Zügel an.

»Was war das?« fragte Jonas verängstigt.

»Beruhige dich, mein Junge. Das ist nur ein Holzfäller. Laß uns ihn suchen gehen, vielleicht ist er derjenige, den wir brauchen.«

Wir gaben den Pferden wieder die Sporen und trieben sie zum Galopp an, um uns schnell der Waldlichtung zu nähern, woher die Axthiebe zu uns drangen. Ein buckliger Alter von ungefähr sechzig Jahren bearbeitete schwerfällig die Überreste eines Baumstamms; er sah müde und verschwitzt aus, und aufgrund des bläulichen Schimmers seiner Haut schien es mir, daß er nicht mehr lange zu leben hatte. Ein gewaltiger feuchter Fleck zeichnete sich zwischen seinen Hosenbeinen ab und verriet eine Inkontinenz, die mein Geruchssinn schon von weitem bemerkt hatte. Als er uns kommen sah, richtete er sich auf, so weit ihm sein Höcker dies erlaubte, und schaute uns mißtrauisch entgegen.

»Was habt Ihr in dieser Gegend verloren?« schnauzte er uns geradeheraus mit rauher und barscher Stimme an.

»Eine seltsame Begrüßung, mein Freund!« rief ich aus. »Wir sind rechtschaffene Männer, die ungewollt vom Weg abgekommen sind und die sich gerettet glaubten, als sie Eure Axthiebe hörten.«

»So habt Ihr Euch denn geirrt!« brummte er und wandte sich wieder seiner Arbeit zu.

»Mein Freund, bitte, wir werden Euch auch reichlich entlohnen. Sagt, wie findet man aus diesen Wäldern wieder hinaus? Wir wollen nach Paris zurückkehren.«

Er hob den Kopf, und ich konnte einen überraschten Ausdruck in seinem Gesicht sehen.

»Wieviel bezahlt Ihr?«

»Was haltet Ihr von drei Goldmünzen?« schlug ich vor,

wohlwissend, daß dieses Angebot übertrieben war; ich wollte verzweifelt erscheinen.

»Weshalb nicht fünf?« feilschte dieser Gauner noch weiter.

»Ist gut, mein Freund, wir werden Euch zehn geben, zehn Goldmünzen, aber für diese Summe wollen wir auch einen Becher Wein. Wir sind durstig und müde nach einer so langen Zeit des Herumirrens.«

Die Äuglein des Strolchs glänzten im Sonnenlicht wie Glasperlen; er hätte sich zu Tode geärgert, hätte er gewußt, daß ich mein Angebot sogar bis auf zwanzig Goldmünzen erhöhen wollte; seine Habsucht hatte ihn hingegen verraten.

»Gebt mir das Gold«, forderte er mit ausgestreckter Hand. »Gebt es mir.«

Ich ritt hin und beugte mich dann zu ihm hinunter, um in seine schmutzige Hand die Münzen zu legen, die er sofort gierig umklammerte.

»Wenn Ihr dahin zurückreitet, woher Ihr gekommen seid, und dabei immer den rechten Waldweg nehmt, gelangt ihr zur Straße nach Noyon.«

»Danke, mein Freund. Und der Wein?«

»Ah, ja ... Schaut, hier habe ich keinen, aber wenn Ihr eine Meile in jene Richtung reitet«, sagte er und deutete gen Norden, »stoßt Ihr auf mein Haus. Richtet meinem Weib aus, daß ich Euch geschickt habe. Sie wird Euch aufwarten.«

»Gott möge es Euch vergelten, mein Freund.«

»Das habt Ihr schon getan, Sire.«

»Warum behandelt Ihr einen gewöhnlichen Untertanen mit soviel Höflichkeit?« fragte mich Jonas, sobald wir weit genug entfernt waren, um nicht mehr gehört zu werden. »Dieser Mann ist ein Leibeigener, wenn auch einer des Königs, und außerdem ein Langfinger.«

»Ich gehöre nicht zu denen, die Unterschiede aufgrund der Abstammung machen, Jonas. Unser Herr Jesus Christus war Sohn eines Zimmermanns, und die meisten seiner Apostel waren nichts weiter als einfache Fischer. Die einzig mögliche Ungleichheit zwischen Menschen liegt in deren Güte und Intelligenz, obwohl ich zugeben muß, daß in diesem Fall hier weder das eine noch das andere hervorstach.«

»Und folglich?«

»Wenn ich ihm mit der Arroganz, die er verdiente, begegnet wäre, hätte er mir die zehn Goldmünzen ebenfalls abgenommen, aber wir wären jetzt nicht auf dem Weg zu seiner Hütte. Das Glück ist mit uns, Jonas: Vergiß nicht, daß eine Frau, so ordinär sie auch sein mag, immer freundlicher und gesprächsbereiter ist, vor allem, wenn sie ihr Leben eingesperrt in einer elenden Hütte mitten im Wald verbringt.«

Wir fanden die Häuslerin vor der Tür ihrer Hütte, wie sie gerade die Beine auf einen Stuhl legte und dabei einen tiefen Schluck aus einem Krug nahm. Die Hütte war schäbig und schmutzig ... genauso wie die Frau selbst, die irgendwann einmal Zähne und Haare gehabt haben mußte, auch wenn dies fast unmöglich schien. Auf Jonas' Gesicht zeichnete sich Ekel ab, und wie er dachte auch ich, daß wir meinetwegen jenen Ort schnellstens hinter uns lassen könnten. Aber diese Frau, oder irgend jemand, der wie sie in jener Gegend hauste, mußte mir die Auskunft verschaffen, die ich benötigte.

»Der Friede Gottes sei mit Euch, Madame!« rief ich, als wir näherkamen.

»Was wollt Ihr?« fragte sie völlig ungerührt.

»Euer Mann schickt uns, dem wir zehn Goldmünzen dafür bezahlt haben, daß Ihr uns etwas Wein zu trinken gebt, bevor wir unseren Weg nach Paris fortsetzen.«

»So steigt von Euren Pferden und bedient Euch, gleich hier habe ich einen Krug voll stehen.«

Jonas und ich saßen ab, banden die Tiere an einen Baum und wandten uns der Frau zu.

»Ihr habt ihm die zehn Goldmünzen auch ganz sicher bezahlt?«

»Gewiß, Madame, da ich allerdings merke, daß Ihr mir mißtraut, gebe ich Euch noch eine weitere Münze. Wir hatten uns im Wald verirrt, und wäre Euer Mann nicht gewesen, so hätten wir hier nie im Leben wieder herausgefunden.«

»Setzt Euch und trinkt!« sagte sie und deutete auf ein paar hölzerne Bänke. »Der Wein ist gut.«

Der Wein war eigentlich widerlich, er schmeckte wie Essig; doch was sonst hätte als Vorwand dienen können, um eine Unterhaltung in Gang zu setzen?

»Und was wolltet Ihr hier in der Gegend? Schon lange ist niemand mehr aus der Stadt nach Pont-Sainte-Maxence gekommen.«

»Mein junger Freund und ich sind *coustilliers* des Königs Philipp des Langen, den Gott noch viele Jahre beschützen möge.«

Die Frau glaubte mir nicht.

»Wie könnt Ihr *coustillier* des Königs sein, wenn Ihr keine Franzosen seid? Euer Akzent ist ... seltsam, jedenfalls nicht von hier.«

»Wahrlich, Ihr habt recht, Madame! Ich sehe, Ihr seid eine intelligente Frau. Meine Mutter war Französin, Tochter des Grafen Brongeniart, von dem Ihr sicherlich schon gehört habt, denn er war Berater Philipps III. des Kühnen. Mein Vater hingegen stammte aus Navarra und war Untertan Ihrer Majestät Königin Blanche d'Artois, die er auf der Flucht mit ihrer kleinen Tochter Johanna nach Paris begleitete, als sie den aragonesischen und kastilischen Machtbestrebungen entkommen wollten. Diese alte Geschichte kennt jeder. Als meine Mutter starb, kehrte mein Vater in sein Heimatland zurück und nahm mich mit. Erst vor kurzem bin ich nach Frankreich zurückgekommen, und der König hielt es für richtig, mich zum *coustillier* seines *gabinet* zu ernennen, weil ich ein Brongeniart bin.«

Die Alte war angesichts solcher Anhäufung von Namen von altem Adel überwältigt, und ich schloß meinen Vortrag, indem ich mit unschuldiger und zerstreuter Miene einen Schluck des essigsauren Weins nahm, so wie jemand, der etwas so Wohlbekanntes und Offensichtliches erzählt hat, daß dem nichts mehr hinzuzufügen war.

»Sagt mir, Sire, was hat Euch in diese Wälder geführt?«

»Nun, Madame, Papst Johannes hat den König um einen vollständigen Bericht über den Tod seines Vaters, König Philipp IV. des Schönen, ersucht; ich weiß nicht, ob Ihr darüber im Bilde seid, daß er nur ›Das Kreuz, das Kreuz ...‹ stammelte, als man ihn hier in diesen Gefilden nach seinem Sturz vom Pferd fand. Der Papst zeigt großes Interesse, ihn heilig zu sprechen, so wie Bonifaz VIII. 1297 Louis IX., den Urgroßvater unseres jetzigen Monarchen, heilig gesprochen hat. Jedoch laßt mich Euch ein Geheimnis anvertrauen, Madame ...« Ich senkte die Stimme, als ob wir uns nicht inmitten eines dunklen Waldes, sondern auf einem Viehmarkt oder auf einem öffentlichen Platz befänden: »Der König wünscht nicht, daß man seinen Vater heilig spricht. Das fehlte gerade noch, wenn er sich bis in alle Ewigkeit mit einem heiligen Urgroßvater *und* einem heiligen Vater belasten müßte! Jeder Vergleich würde zu seinen Ungunsten ausfallen.«

»Gewiß, gewiß ...«, stimmte die häßliche Alte begeistert zu.

»Deshalb hat der König anstelle der königlichen Wache oder der Bischöfe oder seiner Berater uns geschickt, zwei *coustilliers,* um die Hintergründe aufzudecken, die den Tod seines Vaters begleiteten, jedoch wies er uns mit Nachdruck darauf hin, daß wir etwas finden sollten, was die Wünsche des Papstes Johannes zunichte mache. Aus diesem Grund müssen wir unbedingt jemanden ausfindig machen, der genau Bescheid weiß, was an jenem Tag tatsächlich geschah, der alle Einzelheiten kennt und der gegen eine kleine Belohnung bereit ist zu reden. Kennt Ihr vielleicht so jemanden?«

»Ich selbst, Sire!«

»Ihr, Madame? Wie ist das möglich?« fragte ich überrascht.

»Mein Mann und ich sind über alles im Bilde. Wißt Ihr nicht, daß in diesen Wäldern nichts geschieht, ohne daß es die zehn oder fünfzehn hier hausenden Leibeigenen erfahren?«

»Ah, das ist aber interessant! Schau, Jonas, diese Frau ist die Person, die wir gesucht haben. Wie heißt Ihr, Madame?«

»Marie, Sire, Marie Michelet, und mein Mann, Pascale Michelet.«

»So seht, ich gebe Euch hier noch weitere fünf Goldmünzen, die mit der von vorher und den zehn, die ich Eurem Mann schon überreicht habe, ein kleines Vermögen bilden.«

»Was geht mich das an?« fuhr sie verärgert auf. »Was Ihr meinem Mann in die Hand gedrückt habt, war für den Wein und die Wegbeschreibung, und die Münze bei Eurer Ankunft gabt ihr mir aus Wohlgefallen. Für nur fünf Goldmünzen weiß ich nicht, ob ich mich an alles erinnern kann.«

»Aber seht doch her, Marie, ich habe nicht mehr bei mir, und was ich Euch gab, löst Eure sämtlichen Probleme«, wandte ich ein. »Also gut ... Ihr habt recht. Vielleicht birgt Eure Auskunft irgendeine wichtige Einzelheit, die großzügig entlohnt werden muß. So nehmt denn ... Das sind meine letzten vier Goldmünzen. Zwanzig hatte ich bei mir, und keine bleibt mir jetzt noch.«

»Ihr könnt fragen, was Ihr wollt«, antwortete die alte Marie und griff gierig nach den Münzen. Bei mir dachte ich, daß das Elend neues Elend erzeugt. Wenn diese Frau im Schoß einer vornehmen Familie geboren worden wäre, so wäre sie heute vielleicht eine großzügige und elegante Dame, geachtete Mutter und Großmutter, und würde Geld höchstwahrscheinlich eher geringschätzen.

Marie berichtete, daß sich etwa einen Monat vor dem Unglückstag zwei freie Bauern in der Gegend von Pont-Sainte-Maxence niedergelassen hatten und mangels anderer Arbeit den Holzfällern zur Hand gegangen waren. Hin und wieder, wenn irgend jemand ein Stück Wild erlegt hatte – »das dürft Ihr allerdings Seiner Heiligkeit nicht erzählen, Sire, denn Ihr wißt schon, es ist ein Vergehen, die Tiere des Königs zu erlegen« –, zogen sie ihm auch das Fell ab und fertigten aus dem Leder Hosen, Hemden und Dolchhüllen. Jene beiden Bauern nannten sich Auguste und Felix und kamen aus Rouen, und sie waren es, die den Hirsch gesichtet hatten, »ein riesiger Hirsch,

Sire, ein Hirsch so groß wie ein Pferd, mit glänzendem Fell und gewaltigem Geweih, ein Zwölfender«.

»Hat ihn sonst noch jemand gesehen, Marie?«

»Wen denn, meine Güte?«

»Den Hirsch! Sah ihn sonst noch jemand außer Auguste und Felix?«

»Ich wüßte nicht, ob ...« Die Alte dachte angestrengt nach; sie schien schlau und aufgeweckt zu sein – Hunger rüttelt wohl den Dümmsten wach –, ihr Leben war hingegen hart gewesen, und das Gehirn war nicht gerade der Körperteil, der bei ihr am besten entwickelt war. »Ja, ich glaube schon, aber ich bin mir nicht sicher. Ich erinnere mich nicht genau, ob der Sohn von Honoré, einem Holzfäller, der etwas weiter oben im Norden wohnt, behauptete, ihn ebenfalls gesehen zu haben, oder es ihm zumindest so schien ... ich weiß nicht.«

»Ist gut, macht Euch keine Gedanken. Erzählt weiter.«

Auguste und Felix waren von dem Tier begeistert. Tag und Nacht folgten sie ihm durch den Wald, erlegten es jedoch nicht; die beiden jagten nie, und außerdem meinten sie, daß ein solches Tier es verdiene, durch die Hand eines Königs zu sterben. Als Philipp der Schöne an jenem Tag mit seinem Gefolge eintraf, berichtete Pascale ihm von dem Hirsch und den Wundern, welche die Bauern aus Rouen über das Tier erzählt hatten.

»Und der König jagte daraufhin begeistert dem Hirsch mit dem wunderbaren Geweih nach.«

»Hihihi, das will ich wohl meinen! Und brachte sich dabei um!«

»Und wo waren Auguste und Felix an jenem Tag?«

»Sie meinten, sie wollten sich die Jagd nicht entgehen lassen und auf jenen Hügel dort hinaufsteigen.« Mit einem dicken, schmutzigen Finger zeigte sie auf einen Hügel zu ihrer Rechten. »Dort hinauf, seht Ihr? Um alles von oben beobachten zu können.«

»Waren sie bewaffnet?«

»Bewaffnet? Auguste und Felix? Unsinn! Die beiden trugen niemals Waffen bei sich. Hatte ich Euch nicht bereits gesagt, daß sie nie auf die Jagd gingen?«

»Indessen wußten sie Scheiden für Dolche herzustellen.«

»Und das sogar sehr gut! Im Haus müßte ich eine haben, wollt Ihr sie sehen?«

»Nein, das wird nicht nötig sein.«

»Auguste und Felix stiegen unbewaffnet den Hügel hinauf. An jenem Tag trugen sie nur ihre Stöcke bei sich, mit denen sie sich einen Weg durch das Gestrüpp bahnten.«

»Und die Hunde, Marie? Warum waren sie nicht beim König, als er vom Hirsch angefallen wurde?«

»Der König war schneller als die Hunde.«

»So schnell ritt er?«

»Er flog! Die Meute rennt immer voran, um die Fährte des Wildes aufzuspüren, doch glaubte der König, den Hirsch in einer anderen Richtung gesichtet zu haben, weshalb er sich von seinem Gefolge trennte.«

»Und das Jagdhorn? Warum blies er es nicht, als er sich verirrt hatte und der Hirsch ihn angriff?«

»Er trug es nicht bei sich.«

»Er trug es nicht bei sich?« fragte ich überrascht. »Kein Jäger geht ohne sein Horn auf die Jagd.«

»So ist es, und der König hatte auch ein sehr gutes, das an seinem Gürtel befestigt war; ich habe es gesehen. Es war mittelgroß, aus purem Gold und mit Edelsteinen besetzt. Es muß ein Vermögen wert gewesen sein.«

»Und wie ist es möglich, daß er es danach nicht mehr bei sich führte?«

»Was weiß ich! ... Ich weiß nur, daß Pascale danach eine Woche lang die Gegend, wo das Wild den König angefallen hatte, absuchte, denn er meinte, daß das Horn schon nicht mehr da war, als man den Fürsten fand und er nur noch ›das Kreuz, das Kreuz ...‹ schrie. Und er muß es wohl auch nicht mehr bei sich gehabt haben, als er angegriffen wurde, sonst hätte er seine Begleiter doch zu Hilfe gerufen. Sie haben es beschworen.«

»Pascale suchte es natürlich, um es wieder zurückzubringen«, bemerkte ich spöttisch.

»Natürlich ...«, brummte Marie.

»Ich will nur noch eines wissen, Marie. Wo sind Auguste und Felix jetzt?«

»Huch, was für eine Frage. Das wissen sie nicht einmal selbst.«

»Warum?« wollte Jonas wissen.

»Weil sie uns verließen, um sich irgendwo anders Arbeit zu suchen. Bis Ostern blieben sie noch hier, und danach kehrten sie nach Rouen zurück. Kurz darauf brach die Hungersnot aus. Die Leute krepierten wie Hunde, die sich um einen Bissen Brot balgen. Die beiden besuchten uns noch einige Male, vielleicht ein Jahr lang, und dann erzählten sie, sie würden in Flandern Arbeit suchen, in den Tuchwerkstätten. Seither haben wir nichts mehr von ihnen gehört ...« Marie rekelte sich bequem auf ihrem Schemel und erklärte damit die Unterhaltung für beendet. »Habt Ihr nun gefunden, was Ihr gesucht habt, um dem König gefällig zu sein?«

»Ja«, entgegnete ich und stand auf; Jonas tat es mir nach. »Ich werde ihm erzählen, daß Ihr mir wirklich sehr behilflich wart.«

Neugierig betrachtete uns die Alte von ihrem Schemel aus.

»Wenn es nicht so wäre, wie Ihr ... würde ich sagen ...«

Brüsk wandte ich mich ab. Ich, der ich mich rühme, bei meinen Lügengespinsten besonders zu glänzen, benehme mich wie ein Adlatus, wenn die Dinge aus dem Ruder zu laufen drohen.

»Aufs Pferd, Jonas. Adieu, Marie, ich wünsche Euch, daß Ihr Euch des Geldes erfreuen könnt, welches Ihr dank des Papstes verdient habt!«

Zwei Tage, nachdem Jonas auf jene höchst diskrete und maßvolle Weise Beatrice d'Hirson meinen Brief überbracht hatte, erreichte uns schließlich ihre Antwort durch einen alten Diener, der wie Espenlaub zitterte, als er sie mir übergab.

Aus der Art, wie ich ihn danach mit der Geschwindigkeit eines jungen Burschen die Treppen hinunterrennen sah, schloß ich, daß seine völlig ungerechtfertigte Angst nur ein matter Widerschein dessen war, was er bei seiner Herrin erahnt hatte, als sie ihm die Nachricht übergab, die nun in meinen Händen lag.

An jenem Tag fühlte ich mich erschöpft und verspürte einen bitteren Schmerz in irgendeinem Teil meiner Seele, den zu identifizieren ich nicht in der Lage war, weshalb ich Jonas auf die Straße hinunterschickte – er verschwand äußerst zufrieden, da er sich jetzt so frei wie ein Vogel fühlte und große Abenteuerlust verspürte – und mich bequem hinsetzte. Die Augen halb geschlossen, nahm mein ganzer Körper eine meditative Haltung ein, um Gedanken und Gefühle zu ordnen, die mein Innerstes seit einiger Zeit schon bewegten, ohne daß ich ihnen viel Aufmerksamkeit geschenkt hätte. Ich hatte meine Studien der Kabbala vollkommen vernachlässigt – das *›Sepher Jezira‹,* das Buch der Schöpfung, und das *›Sohar‹,* das Buch des Urgrunds – ebenso wie ich meine seelische Entwicklung und die meines Geistes außer acht gelassen hatte, oder auch die Zwiesprache mit Gott ... Ich befand mich in einem Zustand höchster Erregung. Erinnerungen an meine Vergangenheit quälten mich, als wäre ich eine Burg, die von einem mächtigen Heer gespenstischer Gefolgsleute belagert wird. Ich benötigte etwas Ruhe. Darum konzentrierte ich mich zunächst auf meine Atmung und danach auf meine beängstigenden Gefühle. Nun war ich in meiner Innenwelt angekommen. Beruhige dich, Galcerán, du mußt deine Gelassenheit wiederfinden, sagte ich mir, es paßt nicht zu dir, dich von diesen bitteren Gefühlen hinreißen zu lassen. Du wirst zur Ruhe kommen, wenn du nach Rhodos zurückfährst, die Hänge des

Ataviro wieder hinaufkletterst, dich an den feinen Sandstränden ausruhst und dem Meeresrauschen des Dodekanes lauschst … Aber um nach Rhodos zurückkehren zu können, mußt du so schnell wie möglich das beenden, was dir Seine Heiligkeit aufgetragen hat, und Jonas zu seinen Großeltern nach Taradell bringen. Danach wirst du aufs neue deinen inneren Frieden finden.

Ich blieb lange Zeit in mich gekehrt und hielt mit mir Zwiesprache, bevor ich wieder emportauchte und Gott dankte, etwas Ruhe gefunden zu haben. Dann ging ich den Pfad der Konzentration zurück, atmete tief ein und streckte und dehnte meine Glieder und den Hals.

»Gott sei Dank!« seufzte Jonas erleichtert. »Ich glaubte schon, Ihr seid tot. Ehrlich.«

»Was zum Teufel treibst *du* denn hier?« fragte ich überrascht. »Hatte ich dich nicht hinausgeschickt?«

»Ich war draußen«, beteuerte er. »Ich habe ein Puppentheater in der Bûcherie gesehen und den *operarii* von Notre-Dame beim Bau der Strebebogen zugeschaut. Es ist drei Uhr nachmittags, Sire. Seit einer Stunde beobachte ich Euch. Was für eine Art von Gebet habt Ihr da gerade verrichtet? Nicht einmal Eure Augenlider bewegten sich.«

»Von Beatrice d'Hirson ist ein Brief gekommen«, gab ich als einzige Antwort.

»Ich weiß, ich habe ihn gesehen. Er liegt dort, auf Eurem Schreibpult. Gelesen habe ich ihn allerdings nicht; was steht denn drin?«

»Sie möchte uns heute abend sehen, zur Vesper, gegenüber der Zugbrücke des Louvre.«

»Außerhalb der Stadtmauern?« fragte Jonas erstaunt.

»Sie wird uns in ihrer Kutsche abholen. Vermutlich ist ihr für unser Treffen kein Ort geeignet erschienen, den sie für vollkommen sicher hält, deshalb, fürchte ich, werden wir wohl während unserer Unterhaltung einige Runden um das *suburbium* fahren.«

»Wie wunderbar! Die Kutschen der Höflinge sind so bequem wie die Gemächer eines Prinzen, Sire!«

»Was weißt du schon von Prinzengemächern, wenn du noch nichts von der Welt gesehen hast, Jonas, du hast doch gerade erst deine Klostermauern hinter dir gelassen«, brach es ungerechterweise aus mir heraus.

»Euer seltsames Gebet hat Euch nicht gerade entspannt.«

»Mein seltsames Gebet hat dazu gedient, zu begreifen, daß das einzig Wichtige für mich gerade ist, diese verdammte Mission zu beenden, den Papst und den Großkomtur über deren Ergebnisse in Kenntnis zu setzen und schnellstmöglich nach Hause, nach Rhodos zurückzukehren.«

»Und ich?« fragte er.

»Du? ... Glaubst du etwa, daß ich mich für den Rest meines Lebens mit dir belaste?«

Es war offensichtlich, daß ich äußerst schlecht gelaunt war.

In den Straßen von Paris herrschte grimmige Kälte. Aus unseren Mündern traten dampfende Wolken, während wir im Dunkeln auf die Kutsche von Beatrice d'Hirson warteten. Glücklicherweise waren die Pelzmäntel, die wir aus Avignon mitgebracht hatten, lang genug, um auch unsere Beine zu bedecken. Der Junge hatte außerdem noch ein Filzbirett aufgesetzt, und ich hatte mir einen Hut aus Biberfell übergestülpt, der meinen Kopf vor dem eisigen Wind schützte. An diesem Nachmittag war die Wirtin der Herberge auf meine Bitte hin in unserer Kammer erschienen, um uns den Bart zu scheren und das Haar zu stutzen. Jonas hatte sich allerdings rundheraus geweigert, seine Mähne kürzen zu lassen: In Paris' Gassen hatte er die gleichaltrigen Jungen mit langem Haar gesehen – Symbol für den freien Adelsstand – und beschlossen, es ihnen gleichzutun; stolz auf seine erwachende Männlichkeit hatte er sich ebenso geweigert, das Messer über seine Wangen schaben zu lassen, obwohl sich nur ein leichter, dunkler Flaum am Kinn abzeichnete. Ich glaube, daß dieses neue Verhalten, das er hinsichtlich seines Aussehens an den Tag legte, seine Art war, mir zu zeigen, daß er nicht mehr ins Kloster zurück wollte.

»Ich habe gerade über unseren Ritt neulich nach Pont-Sainte-Maxence nachgedacht, Sire«, begann er, während er auf und nieder hüpfte, damit ihm nicht kalt wurde.

»Und was ist dabei rausgekommen?« fragte ich lustlos.

»Wollt Ihr, daß ich Euch meine Theorie über den Tod Philipps des Schönen darlege?«

»Nur zu, ich höre.«

Noch immer hüpfte er wie ein Hase umher und stieß dabei große Wolken milchigen Atems aus. Hinter unserem Rücken wurden im beeindruckenden, quaderförmigen Louvre die letzten Fackeln in den Geschütztürmen gelöscht. Obschon in wenigen Minuten Paris völlig im Dunkeln liegen würde, sah man doch noch einige diskrete Leuchter hinter ein paar Fenstern und Balkonen des Schlosses funkeln, dank derer man vor dem pechschwarzen, nächtlichen Hintergrund die hohe Silhouette des Festungsturms ausmachen konnte, der sich aus dem Innenhof des Schlosses wie ein Pfeil erhob, der bedrohlich auf den Himmel zielte.

»Ich glaube, daß Auguste und Felix unsere beiden alten Templer-Freunde *Ádâb Al-Aqsa* und *Fath Al-Yedom* sind und daß sie sich mit reichlich Zeit in Pont-Sainte-Maxence häuslich niederließen, um ihre Falle vorzubereiten: Sie wußten, daß der König früher oder später dort auf die Jagd gehen würde. Deshalb verbreiteten sie unter den Leibeigenen das Gerücht über das wundervolle Hochwild, und als der König erschien, stiegen sie auf den Hügel hinauf und warteten den günstigsten Moment ab. Das Glück war ihnen hold, und der König trennte sich von seiner Jagdgesellschaft, als er glaubte, das Tier gesehen zu haben. Dann ...«, er hielt einen Moment nachdenklich inne, bevor er fortfuhr, »... das kann allerdings nicht sein, denn wenn sie auf dem Hügel waren ...«

»Sie waren aber nicht auf dem Hügel«, sprang ich ihm bei.

»Aber die Alte hat doch gesagt ...«

»Kehren wir zum Anfang zurück. Woher weißt du, daß es unsere Templer waren?«

»Also, ich habe keine Beweise, aber ist es nicht seltsam, daß die arabischen und die französischen Namen mit denselben Buchstaben, A und F, beginnen? Es muß sich um dieselben Templer handeln, die auch in der Schenke von François in Roquemaure waren, oder?«

»Du folgerst richtig, aber es gibt etwas, was deine Theorie noch viel besser bestätigt. Den Templern wird die Jagd durch ihre Ordensregeln ausdrücklich untersagt. Du hast gehört, wie die Frau des Holzfällers sagte, daß Auguste und Felix nie auf die Pirsch gegangen sind, nicht wahr? Ein Ritter des Templerordens darf weder mit Vögeln oder Hunden noch mit Bogen oder Armbrust jagen. Die einzige Jagd, die ihm erlaubt ist, ist die Jagd auf Löwen, aber nicht etwa auf echte Löwen, sondern die auf den symbolischen, Sinnbild des Satans. Aus diesem Grund sah man Auguste und Felix nie Wild erlegen.«

»Verflu ...«

»Aber mein Junge, du fluchst ja«, bemerkte ich spöttisch.

»Das ist nicht wahr!«

»Doch, ich hab's genau gehört. Du wirst deine Sünde beichten müssen«, entgegnete ich boshaft.

»Gleich morgen früh werde ich gehen.«

»So ist es recht. Aber fahren wir fort. Bevor ich dich unterbrach, hast du bezweifelt, daß sie den König getötet haben, da sie oben auf dem Hügel waren.«

»Und Ihr habt eingewandt, das stimme nicht, sie hätten nicht dort oben gestanden.«

»Natürlich. Wenn sie auf dem Hügel gewesen wären, hätten sie ihn nicht umbringen können. Und selbstredend waren sie es.«

»Wo waren sie dann?«

Ich wickelte mich enger in meinen Mantel und hoffte inständig, daß die edle Dame Beatrice d'Hirson nicht mehr lange auf sich warten ließ.

»Zuerst einmal ist es wichtig, daß wir den Hirsch als gegeben ansehen, es gab ihn wirklich, zwar nicht irgendeinen wunderbaren, sondern möglicherweise nur einen gezähmten, sehr großen mit stattlichem Geweih, der heute frei durch die Wälder streift, die wir vor zwei Tagen gesehen haben. Auguste und Felix mußten ihn kurz nach ihrer Ankunft – also kurz nachdem sie Guillaume de Nogaret umgebracht hatten, dessen Tod zwischen dem von Papst Clemens und dem von König Philipp lag – gefangen und dann einigermaßen gefügig gemacht haben. Nebenbei setzten sie ein falsches zwölfendiges Geweih aus den Resten der Hörner anderer Tiere zusammen. Vergiß nicht, daß sie es übernahmen, das Leder des Wildes zu gerben, welches die Bewohner des Waldes erlegt hatten, und dies bedeutet, daß sie auch die Köpfe an sich nahmen. Sie stellten also das falsche Geweih so her, daß es den Kopf des Tieres einfaßte. Auch mußten sie irgendeine Vorrichtung vorbereitet haben, um in wenigen Sekunden aus ihren Hirtenstäben ein perfektes Kreuz zu bilden, das zwischen die falschen Hörner paßte. Kannst du dir die Wirkung vorstellen? Der König sieht den Hirsch und folgt ihm, trennt sich von seiner Jagdgesellschaft; manchmal verschwindet das Tier aus seinem Blickfeld im Dickicht, jedoch entdeckt er es sofort wieder und setzt seine verrückte Jagd fort, die ihn immer weiter von seinem Gefolge trennt. Es ist gut möglich – und hier bewegen wir uns auf unsicherem Boden –, daß Auguste oder Felix das Tier irgendwann einfingen und an einem im voraus ausgewählten Ort verbargen, weshalb der König stehenbleiben mußte, in der Hoffnung, den Hirsch wieder irgendwo springen zu sehen. Dann erscheint Auguste, oder Felix, und bietet ihm seine Hilfe an, den Hirsch zu finden. Er führt ihn hin und her, behauptet, er sehe ihn hier und da, und der König läßt sich vertrauensselig leiten, besessen von dem brennenden Wunsch, diesen so seltsamen Hirsch zu erlegen, dessen Geweih den Hof in Staunen setzen würde. Das

Tier taucht plötzlich wieder auf, und der dankbare König sagt zu unserem Freund: ›Erbitte dir, was du willst‹, worauf dieser antwortet: ›Euer Jagdhorn‹, das ihm der König dann auch bereitwillig überläßt. Ohne es zu merken, ist er nun völlig von seinem Gefolge abgeschnitten, bereit, in die Falle zu gehen. Er galoppiert hinter dem Hirsch her, und genau an der Stelle, wo er später am Boden gefunden wird, verliert er ihn wieder aus den Augen. Er hält inne, aufmerksam, reglos und allein ... mutterseelenallein. Dann hört er ein Geräusch, ein Rascheln der Blätter und dreht sich geschwind um; und was sieht er? Ah! ... Hier setzt unsere Vorstellungskraft ein. Er sieht das gefügige und gezähmte Tier völlig unbeweglich vor sich stehen, so nah, daß er fast seinen Atem hören kann. Sein gewaltiges, wunderbares Geweih, in dessen Mitte sich ein großes Holzkreuz befindet, glänzt womöglich in der Sonne unter einer dicken Schicht Harz. Der König erschrickt, weicht auf seinem Pferd ängstlich zurück, mit Sicherheit kommt ihm wieder Molays Fluch in den Sinn, den er nicht zu verdrängen vermocht hatte – denk daran, daß er als letzter der drei starb, weshalb ihn schreckliche Angst quälen mußte, daß auch seine letzte Stunde bald schlagen würde. Plötzlich fühlt er sich elend; er will seine Jagdkameraden rufen, seine Hand findet allerdings kein Horn mehr am Gürtel: Er hatte es dem Bauern gegeben. Und schon kann er nicht mehr weiterdenken, denn ein heftiger Schlag auf den Kopf wirft ihn aus dem Sattel – erinnere dich auch daran, daß das einzige Zeichen von Gewalteinwirkung, welches die Ärzte fanden, eine Beule hinten am Schädelansatz war, was beweist, daß die Person, die ihn anging, unten auf dem Boden stand. Der König stürzt und beginnt zu phantasieren: ›Das Kreuz, das Kreuz ...‹ Auguste und Felix nehmen dem Tier das falsche Geweih und ihre Stöcke ab und lassen es frei; vielleicht laufen sie auch auf den Hügel hinauf, um die Hörner dort zu vergraben. Außerdem sollte man sie von dort oben zurückkehren sehen, wenn der König später entdeckt werden würde.«

»Aber man wird sie doch gefragt haben, ob sie etwas beobachtet hätten.«

»Sicherlich antworteten sie, daß sie nur sahen, wie der König vom Hirsch angegriffen wurde und vom Pferd stürzte, daß sie aber, obwohl sie die königliche Jagdgesellschaft schreiend darauf aufmerksam machen wollten, zu weit weg waren, um gehört zu werden.«

»Wir sollten die Stelle in Augenschein nehmen, wo man den König fand.«

»Wozu, Jonas? Nach drei Jahren ist dort nichts mehr zu entdecken. Außerdem wird das Dickicht wohl inzwischen jegliche Spur getilgt haben, obwohl ich bezweifele, daß unsere Freunde auch nur irgendeine Fährte hinterlassen haben.«

»Möglich«, gab er nicht sonderlich überzeugt zu. »Schaut, dort kommt ein Wagen!«

Beatrice d'Hirsons Kutsche näherte sich dem Louvre so leise wie ein dunkler Schatten in der Nacht. Am Kutschbock baumelte eine kleine Laterne hin und her. Der Kutscher zügelte die Pferde und hielt direkt vor uns. Taktvoll trat ich an das kleine Fenster der Kutschentür, an der kein Wappen oder Wappenspruch glänzte, der dazu dienen konnte, deren Eigentümer zu bestimmen. Ohne mich hineinzulehnen, fragte ich leise:

»Madame Beatrice d'Hirson?«

»Steigt ein.«

Als Jonas und ich es uns im Inneren bequem gemacht hatten, fuhr die Kutsche wieder los. Zwei Frauen erwarteten uns: Die eine, besser gekleidete, die ihr Gesicht hinter der weiten Kapuze eines Umhangs verbarg, war zweifellos die Dame, die wir zu sehen wünschten; die andere, ein junges Mädchen, das dem äußeren Anschein nach deren Dienerin war, saß stumm und verschüchtert neben ihrer Herrin in einer Ecke.

»Ich muß Euch zunächst um Verzeihung bitten für den offensichtlichen Kummer, den ich Euch bereitet habe«, sagte ich zur Begrüßung. »Ihr braucht nichts von mir zu befürchten, Madame; nie würde ich Euch in Gefahr bringen.«

»Ich weiß nicht, ob ich Euch glauben kann, Ritter De Born; wie Euer junger Freund mir jenes Schreiben zukommen ließ, war nicht gerade die angemessenste Art und Weise. Ich mußte meine Herrin Mathilde d'Artois ziemlich belügen.«

»Es tut mir leid. Wir fanden keine andere Möglichkeit.«

Nur drei Lampen brannten in ganz Paris des Nachts: am Cimetière des Innocentes, beim Tour de Nesle und beim Grand Châtelet. Unter einer von ihnen – oder einer, die uns in jener Nacht rein zufällig leuchtete – fuhren wir gerade in diesem Augenblick vorbei, was mir Gelegenheit gab, das Antlitz von Beatrice d'Hirson zu bewundern. Sie war eine Frau fortgeschrittenen Alters, um die vierzig vielleicht, aber noch sehr schön. Ihre Augen, von einem dunklen Meeresblau, strahlten jedoch einen eisigen Glanz aus, und als sie später die Kapuze zurückschlug und uns eine Laterne erneut etwas Licht spendete – wir fuhren Runde über Runde vom Tour Barbeau bis zum Ausfalltor von St-Paul, wobei wir natürlich auch mehrere Male am Tour de Nesle vorbeikamen –, sahen wir, daß ihr Haar rot gefärbt war und sie es zu einem Haarknoten hochgesteckt hatte, den ein perlenbesetztes Netz zierte.

»Ihr werdet verstehen, daß ich über nicht viel Zeit verfüge. Ich habe das Schloß mit einer List verlassen, und es wäre nicht angebracht, wenn mich jemand um diese Nachtzeit sehen würde.«

»Ich werde Euch nicht lange aufhalten.«

Die Sache war kompliziert; ich wußte nichts über die Dame, und so viel ich nach dem Studium der päpstlichen Berichte auch darüber nachgedacht hatte, war mir dennoch kein wunder Punkt aufgefallen, mit dessen Hilfe ich mich in die für mich günstigste Position hätte versetzen können. Beatrice war nicht so ungebildet wie der jämmerliche François oder die unglückliche Marie, die man mit einem einfachen Lügengespinst einfangen konnte, ausgeschmückt mit etwas Aberglauben oder adligem Glanz, und selbst wenn dem so wäre, konnte ich mir dessen nicht sicher sein. Deshalb sah ich keine andere Möglichkeit, als eine einigermaßen glaubwürdige Theorie zu entwickeln, in die ich sie so raffiniert einbinden mußte, daß ihr Mienenspiel – oder besser gesagt die Bewegungen ihres Körpers, da wir ja fast völlig im Dunkeln fuhren – und auch der Tonfall ihrer Stimme mich durch das dunkle Labyrinth der Wahrheit leiten würden. In diesem Fall waren meine einzigen Waffen meine Intuition und ein wenig Böswilligkeit.

»Seht, Madame, ich bin Medikus und gehöre einer Schule an, die ihren Sitz in Toledo hat, im Reich unseres Monarchen Alfonso XI. von Kastilien. Vor kurzem gelangten einige seltsame Dokumente in unsere Hände – verzeiht, wenn ich Euch nicht ihre Herkunft verraten kann, da sich wichtige französische Ritter darin verstrickt sehen –, in denen man versichert, daß Euer... Euer Freund, der Siegelbewahrer König Philipps des Schönen, Guillaume de Nogaret« – hier raschelten erstmals die Kleider meiner Dame – »eines schrecklichen Todes starb: Er sei völlig wahnsinnig geworden und habe entsetzliche Schreie ausgestoßen, er habe Blut erbrochen und sich in unerträglichen Muskelkrämpfen gewunden, die seinen Körper peinigten. Jenen Dokumenten war ein Schreiben beigefügt, dessen Siegel sogar unsere bedeutendsten Lehrmeister beeindruckten und in dem man uns bat, den Verfasser vertraulich darüber in Kenntnis zu setzen, welche Krankheit es sein könnte, die de Nogaret umgebracht hatte, und falls es sich nicht um eine Krankheit handele, was für ein Gift der Mörder verwendet haben könnte.« An dieser Stelle bewegten sich die Stoffe ein zweites Mal, und auch Beatrices Körperhaltung änderte sich. »Fragt nicht, Madame, wem die Siegel des Schreibens gehörten, denn aufgrund Eurer Nähe zu besagter Persönlichkeit ist es für Euch nicht ratsam, es zu wissen, noch steht es mir zu, ihre Identität zu lüften, einerseits aus Umsicht und andererseits um meinen Schwur zu halten. Aber seht, weder wir noch die Medizi anderer herausragender Schulen, die wir diskret zu Rate gezogen haben, konnten ein Leiden benennen, das diese Symptome hervorruft und bezüglich des Gifts...

nicht einmal unsere Kräuterkundler vermochten die tödliche Substanz zu bestimmen – und ich versichere Euch, daß Toledo nicht nur über die besten Ärzte verfügt, sondern auch über die besten *pharmacopolae*. Aus all diesen Gründen hat sich meine Schule entschlossen, mich nach Paris zu entsenden, damit ich hier vielleicht irgendeine Auskunft bekäme, die uns dazu dienen könnte, angemessen auf das Ersuchen dieser fürstlichen Person zu antworten, die ich vorhin erwähnte.«

Nach diesem Vortrag wußte ich zweierlei: erstens – wie ich schon zuvor angenommen hatte –, daß Nogarets Geliebte darüber unterrichtet war, daß man beim Tod des Siegelbewahrers etwas verschleiert hatte, und zweitens, daß dies mit Gift in Zusammenhang stand; folglich wußte Beatrice d'Hirson etwas über das Gift, das Nogaret getötet hatte.

»Gut, edler Ritter De Born«, entgegnete Madame mit gleichgültiger Stimme, »und wie kann ich Euch jetzt behilflich sein? Alles, was Ihr mir erzählt habt, überrascht und bekümmert mich zutiefst. Ich hatte keine Ahnung, daß er möglicherweise vergiftet wurde, und wußte noch viel weniger, daß ... daß irgendeine mächtige, namhafte Persönlichkeit des französischen Hofes Interesse daran bekunden könnte, dies aufzudecken.«

Hier lag also ihr Schwachpunkt, das war ihre Achillesferse!

»O ja, Madame! Und wie ich Euch schon sagte, handelt es sich um jemanden von großer Bedeutung!«

»Jemanden wie den König?« fragte sie mit unsicherer Stimme.

»Um Gottes willen, Madame Beatrice, ich habe einen Schwur geleistet!«

»Schon gut, ich werde Euch nicht zwingen, Euer Wort zu brechen!« rief sie ohne große Überzeugung aus. »Aber nehmen wir einmal an, es ist der König ...« Ihre Stimme zitterte erneut. »Wozu sollte er so etwas nach drei Jahren noch wissen wollen?«

»Mir fällt keine Erklärung dazu ein. Möglicherweise wißt Ihr das besser als ich.«

Einige Augenblicke schwieg sie, ganz in Gedanken versunken.

»Mal sehen …«, sagte sie schließlich. »Wer ermutigte Euch, mich zu befragen? Wer nannte Euch meinen Namen?«

»In einem der Dokumente, die wir in Toledo erhielten, wurde behauptet, daß Ihr die erste Person wart, die in die Gemächer des Siegelbewahrers eilte, als er zu schreien begann, und daß Ihr in der Stunde des Todes nicht von seiner Seite gewichen seid. Deshalb dachte ich, daß Ihr mir vielleicht irgendeine Einzelheit offenbaren könntet, etwas, das, selbst wenn es Euch unbedeutend erscheint, für meine Arbeit von höchster Bedeutung sein könnte.«

»Mir ist zu Ohren gekommen«, begann sie, die sich noch immer damit quälte, die Identität jener »fürstlichen Persönlichkeit« zu entschlüsseln, »daß gewisse Gerüchte dem König Kummer bereiten, gemäß denen sowohl sein Vater als auch Guillaume von Rittern des Templerordens getötet wurden. Kennt Ihr die Geschichte?«

»Alle Welt kennt sie, Madame. Der Großmeister der Templer, Jacques de Molay, verfluchte den König, Papst Clemens und Euren Freund auf dem Scheiterhaufen. Vielleicht möchte Philipp der Lange die Wahrheit über den Tod seines Vaters herausfinden«, sagte ich und bestätigte damit indirekt die Identität der geheimnisvollen Persönlichkeit, welche die Dame so sehr bekümmerte.

»Und er will es wohl liebend gern wissen, sonst hätte er nicht heimlich Schreiben und Dokumente bis zu den Schulen von Toledo gesandt.«

»So ist es«, stimmte ich zu und jagte ihr damit absichtlich noch mehr Angst ein, »und da Ihr es erraten habt, will ich Euch nichts vormachen: Es würde mich nicht wundern, wenn er nicht nur uns um Nachforschungen gebeten hätte.«

In jener Nacht drehte sich das Herz der ehemaligen Geliebten Nogarets wohl mehrmals im Leib herum. Seit etwa einer Stunde unterhielten wir uns nun schon in ihrer Kutsche, und so groß Paris auch sein mochte, die Wachtposten an der Stadtmauer würden letztlich Verdacht schöpfen, wenn sie uns weiterhin ein ums andere Mal vorbeifahren sähen.

»Laßt uns einen Pakt schließen, Sire Galcerán de Born. Wenn ich Euch die nötige Auskunft verschaffe, damit Ihr diesen Bericht erfolgreich abschließen könnt, vermögt Ihr dann beim Namen unseres Herrn Jesus Christus zu schwören, daß Ihr mich von aller Verantwortung enthebt und meinen Namen für alle Zeit von jeglichen Verdächtigungen befreit?«

»Ihr habt ihn umgebracht, Madame Beatrice!« rief ich übertrieben überrascht aus, wohlwissend, daß es nicht stimmte.

»Nein, ich habe ihn nicht umgebracht! Das kann ich vor Gott beschwören! Doch hege ich begründeten Argwohn, daß man mich dazu benutzte, ihn zu töten, und Eure Gegenwart und alles was Ihr mir erzählt habt, läßt mich glauben, daß die wahren Mörder mich vor dem König schuldig scheinen lassen wollen.«

»Ich schwöre bei Gott, der Heiligen Jungfrau Maria und meinem eigenen Leben«, sagte ich und legte meine Hand auf die Brust, falls sie es merken sollte, »daß mein Bericht Euch auf alle Ewigkeit von jeglichem Verdacht befreit, wenn Ihr ihn wirklich nicht getötet habt.«

»Möge Jesus Christus Euch bestrafen, wenn Ihr Euren Schwur brecht«, flüsterte sie mit ernster Stimme zurück.

»Ich willige ein, Madame. Und nun erzählt, denn Ihr werdet nicht mehr viel Zeit haben, und ich will Euch nicht verlassen, ohne die Wahrheit zu kennen.«

Beatrice d'Hirson räusperte sich und schob den Vorhang der Tür etwas beiseite, um einen Blick auf die Straße zu werfen, die so dunkel wie das Kutscheninnere vor uns lag.

»Mein lieber Medikus, Ihr habt keine Ahnung von den Dingen, die am Hof vor sich gehen, von den Verbrechen, den Machenschaften und den Machtkämpfen, die sich jeden Tag innerhalb der Mauern des Schlosses zutragen … Guillaume war ein sehr intelligenter Mann; er und der königliche Berater Enguerrand de Marigny besaßen das volle Vertrauen Philipps IV.; man könnte sagen, daß die beiden de facto das Land regierten. Guillaume und ich waren seit der Zeit der Auseinandersetzungen des Königs mit Bonifaz VIII. ein Liebespaar, seit Guillaume nach der Befreiung des Papstes durch die Volkserhebung von Anagni zurückgekehrt war. Was waren das noch für Zeiten! … Ich war damals frisch verwitwet, und er war der mächtigste Mann am Hof.« Sie seufzte melancholisch. »Dann begannen die Schwierigkeiten mit den Templern. Guillaume sagte, man müsse ihnen ein Ende setzen, denn sie würden einen ›verfaulten Staat innerhalb eines gesunden‹ bilden. Er führte den ganzen Feldzug gegen den Orden durch, setzte Molay fest, und er war es auch, der ihn wirklich auf den Scheiterhaufen brachte. An jenem Tag …«, sie hielt einen Augenblick nachdenklich inne, »… an jenem Tag, als Molay starb, schäumte Guillaume vor Wut. ›Sie werden mich umbringen, Beatrice‹, sagte er zu mir vollkommen überzeugt, ›diese Bastarde werden mich umbringen. Ihr Großmeister hat es vor seinem Tod vom Scheiterhaufen herunter angeordnet, und du kannst dir dessen gewiß sein, daß ich nicht mehr länger als ein Jahr zu leben habe.‹ Als dann der Papst starb, verschlechterte sich sein Gesundheitszustand, das heißt sein mentaler Zustand, erheblich.«

»Was fehlte ihm?«

»Er schlief fast nicht mehr. Er tat die ganze Nacht kein Auge zu, weil er arbeitete, und da er nicht zur Ruhe kam, war er immer schlechtgelaunt. Wegen jeder Kleinigkeit brüllte er los. Er ließ in seiner Gegenwart einen Diener Speis und Trank vorkosten, um zu vermeiden, daß man ihn vergiftete, und ohne seine zwölfköpfige Leibgarde ging er nicht auf die Straße. Darüber hinaus war das Reich zu jener Zeit in ernsthaften Schwierigkeiten, am Hof gab es etliche Skandale wegen der Veruntreuung des Staatsvermögens. Adel, Bürgertum und Klerus widersetzten sich der Steuerpolitik des Königs, und es kam zu gefährlichen Allianzen zwischen Burgund, der Normandie und dem Languedoc. Doch nicht genug damit, Machtkämpfe zwischen den Mitgliedern der Königsfamilie waren an der Tagesordnung, und zu allem Unglück war König Philipp wegen Molays Verwünschung sogar noch besorgter als Guillaume. Alles lief schlecht.« Sie seufzte erneut. »Schließlich, in einer Nacht, die in mir nur traurige Erinnerungen weckt, verkündete er mir, daß unsere Freundschaft enden müsse, daß wir uns nicht mehr besuchen sollten, und mir – obwohl ich zunächst noch protestierte, etwas, das eine Dame nie tun sollte, doch ich tat es – blieb keine andere Wahl als zu verstummen, als er mir versicherte, er würde mich nicht mehr lieben und er habe eine neue, jüngere Geliebte gefunden.« Ein erstickter Seufzer entwich ihrer Kehle. »Ich weigerte mich, es zu akzeptieren! Ich wußte, daß das mit der neuen Geliebten nicht stimmte, daß Guillaume mich nur in Sicherheit bringen wollte, indem er mich von sich wies, so daß ich keine andere Möglichkeit sah, als mich an ...« Sie verstummte.

»An wen wandtet Ihr Euch, Madame? Haltet nicht damit zurück.«

»Ich suchte eine Zauberin auf, die meiner Herrin Mathilde bereits einige gute Dienste geleistet hatte.«

»Ihr wandtet Euch an eine Zauberin?« Mein Erstaunen kannte keine Grenzen. »Ihr?«

»Ja, an eine Jüdin, die im jüdischen Viertel wohnt und in Magie bewandert ist. Sie hatte auch schon für andere Damen des Hofes gearbeitet.«

»Und was war Euer Begehr?«

»Ich wollte ein Mittel, das Guillaume helfen sollte, seine zerrütteten Nerven zu beruhigen, das ihm helfen sollte, Schlaf zu finden. Und etwas, das ihn an meine Seite zurückbringen würde.«

»Und was gab Euch die Zauberin?«

»Zuerst verlangte sie, daß ich ihr eine Kerze aus Guillaumes Gemächern brächte, und dann wies sie mich an, ich solle von meiner Herrin Mathilde eine Prise jener wundersamen Asche erbitten, welche die übernatürliche Macht hat, den Teufel anzulocken.«

»Wie ist das möglich? Die Schwiegermutter des Königs im Besitz von Pulvern zur Beschwörung des Satans?«

»Es handelte sich um die Asche der Zunge eines der beiden Brüder d'Aunay, jedoch nehme ich an, daß Ihr nicht wißt, von wem ich spreche.«

»Nein, ich habe keine Ahnung.«

»Die Brüder d'Aunay«, flüsterte sie, »waren die Geliebten von Johanna und Blanche von Burgund.«

»Den Gattinnen König Philipps des Langen und seines Bruders Karl, Mathilde d'Artois' Töchter!«

»Genau. Die Brüder d'Aunay wurden zum Feuertod verurteilt, weil sie die Geliebten der Königin und ihrer Schwester waren. Auf Anweisung der Zauberin sammelte meine Herrin Mathilde die halb verkohlte Zunge eines der beiden Brüder vom Scheiterhaufen auf und äscherte sie danach völlig ein, um damit den Teufel zu beschwören. Diese Asche scheint sehr viel Macht zu besitzen, allem Anschein nach gewährt der Satan einem damit alles, was man von ihm verlangt. Meine Herrin Mathilde schenkte mir eine Prise, die ich, zusammen mit der Kerze aus Guillaumes Kammer, der Zauberin brachte. Diese sagte mir, ich solle am folgenden Tag wieder vorbeikommen, dann würde sie mir die mit dem Zauberspruch versehene Kerze zurückgeben, die ich nur wieder zurückstellen müsse, um dann auf die Wirkung zu warten.«

»Und das tatet Ihr denn auch.«

»Gewiß, zu meinem Unglück, denn Guillaume starb noch in derselben Nacht.«

Beatrice d'Hirson begann bitterlich zu weinen. Ihre Dienerin reichte ihr ein Taschentuch, um sich die Augen zu trocknen, aber sie wies es zurück. Diese Frau war durch tausend höfische Schlachten abgehärtet, welche nicht weniger gefährlich waren als irgendein Kampf zwischen feindlichen Heeren, aber drei Jahre nach seinem Tod ließ sie die Erinnerung an den hochgeschätzten Mann noch immer wie eine verliebte Zofe in Tränen ausbrechen. Zweifellos war das Gift, das Nogaret getötet hatte, in der Kerze verborgen gewesen; angesichts der Tatsache, daß es nicht eingenommen, sondern verbrannt worden war, handelte es sich vielleicht um irgendeine Schwefelverbindung oder irgendein gasförmiges Derivat des Quecksilbers, aber ich war mir dessen nicht sicher; ich mußte irgendein Verzeichnis über Gifte und Gegengifte konsultieren, oder, noch besser, ich mußte besagte Zauberin dazu befragen.

»Glaubt Ihr, daß die Jüdin Euch eine vergiftete Kerze gab?«

»Natürlich. Ich könnte es beschwören.«

»Und warum habt Ihr sie dann nicht denunziert? Warum habt Ihr nicht die Wahrheit erzählt?«

»Denkt Ihr wirklich, mir hätte auch nur irgend jemand geglaubt? Zu Recht kommt Ihr aus einem so barbarischen Reich wie Kastilien. Mein verehrter Medikus, hört genau zu, was ich Euch zu sagen habe: Die Person, die Guillaume umbrachte, war dieselbe, die mir die Asche gab. Gott möge mir verzeihen, was ich soeben gesagt habe!«

»Mathilde d'Artois?«

»Schluß jetzt«, schrie sie, »unser Gespräch ist beendet! Kein weiteres Wort kommt mehr über meine Lippen. Ihr habt, was Ihr wolltet. Ich erwarte nun, daß Ihr den heiligen Schwur haltet, den Ihr bei Eurem Leben vor Gott und der Heiligen Jungfrau geleistet habt.«

Beatrice d'Hirson irrte sich; ich hatte noch nicht alles, was ich wollte. Trotz des zurückgelegten langen Wegs verfügte ich noch nicht über die nötigen Beweise bezüglich der Todesfälle, die Seine Heiligkeit mir zu untersuchen aufgetragen hatte. Es bestand keinerlei Aussicht, den arabischen Ärzten von Avignon und den freien Bauern von Rouen auf die Spur zu kommen, jene Jüdin hingegen gab es, sie lebte irgendwo im jüdischen Viertel und hatte gewiß die Mörder von Nogaret kennengelernt.

»Ich werde ihn nicht brechen, Madame, habt keine Angst.

Doch brauche ich noch etwas, nur eine Kleinigkeit, um dieses Rätsel zu lösen und Euch für immer von jeglicher Anklage zu befreien. Sagt mir, wie die Zauberin heißt und wo ich sie finden kann.«

»Unter einer Bedingung«, entgegnete Beatrice. »Nur, wenn Ihr ihr nicht sagt, daß ich Euch geschickt habe; solltet Ihr es dennoch tun, so wird meine Herrin Mathilde morgen früh darüber unterrichtet sein; Ihr würdet damit eine Reihe von Ereignissen auslösen, durch die Euer eigenes Leben Gefahr laufen könnte. Vergeßt nie Mathilde d'Artois' Macht! Für sie gibt es nur ein Ziel im Leben: ihre zukünftigen Enkel als Könige von Frankreich gekrönt zu sehen. Und dafür wäre sie ... dafür war und ist sie zu allem fähig.«

»Seid diesbezüglich unbesorgt, Madame Beatrice. Ich weiß, daß Ihr mich nicht genug kennt, um mir zu vertrauen, und trotzdem habt Ihr es getan. Ich bin mir bewußt, daß Ihr nur auf meinen Schwur zählen könnt, um von Stund an unbekümmert zu leben. Nun, so wißt denn auch, daß ich bei der Zauberin vollkommenes Stillschweigen über Euch bewahren werde, und daß ich nicht wünsche, daß Ihr auch nur eine einzige Stunde ruhigen Schlafes verliert aus Angst vor meinen Worten ihr gegenüber. Niemals werde ich etwas verraten, auch mein junger Begleiter nicht.«

»Danke, Sire Galcerán. Ich hoffe, Ihr haltet Euer Versprechen, mehr verlange ich nicht.«

Die Gesellschaftsdame der Königinmutter klopfte mit der Hand gegen das Kutschendach, die jetzt mitten in der Nacht anhielt.

»Den Namen, Madame Beatrice, den Namen der Zauberin«, drängte ich sie, als ich merkte, daß Jonas und ich aussteigen sollten.

»Ach ja ... Sara, sie heißt Sara. Sie lebt im jüdischen Viertel, das heißt in dem, was nach der Vertreibung der Juden noch davon übriggeblieben ist, in der Straße der Silberschmiede. Fragt dort nach ihr. Alle kennen sie.«

Augenblicke später rollte die Kutsche davon und ließ uns mitten auf dem Quai des Celestins zurück. Bis zum Komplet waren es noch fast anderthalb Stunden, und es herrschte eine beißende Kälte.

»Kehren wir in die Herberge zurück, Sire«, bat Jonas zähneklappernd. »Mir ist kalt, ich habe Hunger und ich bin müde.«

»Nun, es tut mir leid, aber noch mußt du ein wenig warten, bis du dich am Feuer wärmen, essen und dich auf deinem Strohsack ausstrecken kannst«, antwortete ich ihm in der gleichen Reihenfolge auf seine Bedürfnisse. »Als erstes gehen wir ins jüdische Viertel. Ich fürchte, die Nacht wird sehr lang werden.«

Er blickte mich mit weit aufgerissenen Augen an.

»Ins jüdische Viertel?«

Zwischen den sauberen, engen Gassen des jüdischen Viertels von Paris, wo es nach Zimt, Oregano und Nelken roch, und den Judenvierteln Kastiliens, die ich in meiner Jugend kennengelernt hatte, oder selbst den aragonesischen und mallorquinischen *calls* meiner Kindheit sah ich keinen Unterschied. Im bläulichen Licht des Mondes schlenderten wir dahin, vollkommen verloren zwischen Reihen aneinandergeschmiegter Häuschen, von denen die meisten leer standen, und vertrauten darauf, daß früher oder später irgend jemand aus einer Tür heraustreten oder sich aus einem Fenster lehnen würde, den wir nach dem Haus von Sara der Zauberin fragen konnten. Die Juden waren zwar 1306 aus allen Reichen Frankreichs vertrieben worden, einige waren jedoch zurückgeblieben und hatten sich schließlich den veränderten Lebensbedingungen angepaßt.

Gerade als wir die baufällige Synagoge zu unserer Rechten ließen und unsere Schritte dorthin lenkten, wo das wahre Herz des jüdischen Viertels zu liegen schien, stießen wir auf einen Greis, der aus einem verfallenen Haus trat und uns erschreckt ansah.

»Gelobt sei der Herr ewiglich, amen«, begrüßte ich ihn auf hebräisch. Dieser Vers des 89. Psalms war so etwas Ähnliches wie ein ritueller Gruß unter den Juden, eine Formel des Wiedererkennens, welche der Alte sofort mit Wohlgefallen aufnahm.

»Gelobt sei er ewiglich, amen«, antwortete er und deutete ein freundliches Lächeln an. »Was treibt Euch zu dieser Zeit noch hierher?«

»Wir suchen das Haus von Sara der Zauberin. Vielleicht könnt Ihr uns helfen.«

»So sucht denn nicht weiter. Saras Tür ist jene dort vorne mit dem kleinen Sonnendach. Sie wird heute abend wohl vergessen haben, es abzunehmen.«

»Der Friede sei mit dir«, verabschiedete ich mich.

»War das Hebräisch, was Ihr mit dem Juden geredet habt?« fragte mich Jonas, als wir uns einige Schritte von dem Alten entfernt hatten.

»Ja, sicher.«

»Und warum könnt Ihr Hebräisch?«

»Ach Jonas, Jonas ... Wie viele Dinge willst du nur vorzeitig wissen! Schau, hier ist die Straße der Silberschmiede, tatsächlich, siehst du die Zeichen dort an den Hauswänden? Laß uns klopfen.«

Ich mußte mehrere Male gegen die Tür hämmern, bevor sich jemand dazu herabließ, uns zu öffnen. Im Türspalt erschien eine Frau, deren Alter aufgrund der Dunkelheit nicht genau zu bestimmen war. Über dem schwarzen, weiten Kleid trug sie einen Lederschurz.

»Was wollt Ihr?«

»Wir wollen mit Sara der Zauberin sprechen.«

»Wozu?«

»Wir brauchen ihre Hilfe.«

»Wer schickt Euch?«

»Ein Händler, der außerordentlich zufrieden war mit dem, was sie einst für ihn getan hatte.«

Neugierig betrachtete uns die Frau einige, mir ewig vorkommende Sekunden lang und öffnete dann schließlich die Tür, um uns hereinzulassen.

»Tretet ein, aber kommt bloß nicht auf die Idee, irgend etwas anzufassen.«

Anfangs, als ich ihr Alter schätzen wollte, hatte mich ihre ungewöhnliche weiße Haarpracht, die ihr offen über die Schultern fiel, verwirrt, aber schon bald merkte ich, daß sie noch nicht einmal dreißig Jahre alt sein mußte. Sie ging barfuß über den kalten Boden, und als sie sich umdrehte, sah ich, daß ihre schneeweiße Haut mit unzähligen Sommersprossen und Muttermalen aller Größen, Farbabstufungen und Formen gesprenkelt war. Zu Hunderten bedeckten sie ihre Haut, sogar die Füße. Sie war die schönste und ungewöhnlichste Frau, der ich in meinem Leben je begegnet war.

Seltsamerweise rührte mich der Raum, den wir nun betraten: In dem Versuch, ihn wie einen Hort der Magie wirken zu lassen, hatte die geheimnisvolle Sara ihn mit den absurdesten Gegenständen ausgeschmückt, die man sich nur vorstellen konnte. So sehr ich auch alles mit meinen Blicken absuchte, konnte ich doch keinerlei Zeichen eines wahren Zaubermeisters entdecken, bis auf den Kessel vielleicht, in dem ein schäumendes Gebräu vor sich hin köchelte. An einer Seite war ein Altar aufgebaut, auf dem mehrere dicke Wachskerzen brannten. Dazwischen standen Dutzende von Schüsseln, Gläsern, Krügen, Gefäßen und Bechern in tausenderlei Farben und Größen, die flüssige, feste, tote und sogar lebende Substanzen unterschiedlicher Herkunft enthielten: Quecksilber, Wurzeln, Schwefel, Würmer, Samen, Blumen, wunderliche Gebräue, Steine, Sand, Schnäbel und Krallen von Vögeln, Kräuter... An einer weiteren Wand war ein riesengroßer Zauberkreis mit einem blauen Hexagramm in der Mitte aufgemalt, an dessen Spitzen sechs goldene Sterne funkelten. Im äußeren Kreis, den Speichen des Hexagramms folgend, hatte sie die Symbole für den Mond (Montag), Mars (Dienstag), Merkur (Mittwoch),

Jupiter (Donnerstag), Venus (Freitag) und Saturn (Samstag) gezeichnet, allerdings fehlte ihr ein Stern, um das Sonnensymbol für den Sonntag hinzuzufügen. Gezwungenermaßen mußte einer der sieben Tage der Woche übrigbleiben, denn dazu hätte sie ein Heptagramm benötigt; doch dann wäre es wohl nicht mehr dasselbe gewesen.

Nun, um mich kurz zu fassen: Daneben gab es noch einen jüdischen, siebenarmigen Leuchter, eine Schlangenhaut, einen Wolfsbarsch in einem Glas, einen Zauberkessel sowie ein gabelförmig gebogenes Kreuz. Glänzende Vorhänge, ein weißer Totenschädel und eine auf einem Olivenbaumast sitzende schwarze Krähe vervollständigten die Szenerie.

Jonas kam aus dem Staunen nicht mehr heraus, als er all die ihm unverständlichen Gegenstände sah, und eine gewisse kindliche Angst ließ ihn nicht von meiner Seite weichen. Die Zauberin setzte sich nun an einen kleinen Tisch, auf dem eine mit goldenen Punkten übersäte Tischdecke lag, und wies auf zwei Schemel, die hinter unseren Rücken standen.

»Ich höre. Was wollt Ihr von mir?« fragte sie.

»Ich will nicht lange um den heißen Brei herumreden«, begann ich und führte meine Hand langsam und herausfordernd zum Schaft meines zweischneidigen Schwerts. »Ich brauche eine Auskunft, die nur Ihr mir geben könnt, und um sie zu bekommen, bin ich zu allem bereit.«

»Was seid Ihr doch für ein Einfaltspinsel!« rief sie vergnügt aus und lehnte sich zurück; ihre Augen und Lippen lächelten voll Ironie. »Mir ist es einerlei, ob Ihr Bürger, Ritter, Adliger oder der König von Frankreich höchstpersönlich seid; Ihr seid ein Dummkopf, Sire. Ihr versucht mich mit einer kindischen, kraftstrotzenden Geste einzuschüchtern. Aber seht, ich bin bereit, Euch Eure Anmaßung in meinem Haus nachzusehen, wenn Ihr den Preis bezahlt, den ich von Euch für das verlange, weswegen Ihr gekommen seid.«

Ich muß gestehen, daß sie mich verblüffte. Selbstverständlich hatte ich keinen Augenblick daran gedacht, meine Waffe auch wirklich zu gebrauchen, aber ich hatte geglaubt, daß diese Geste ihr hinreichend Angst einjagen würde, um sie für unser Gespräch in eine verwundbare Position zu versetzen. Ich hatte mich getäuscht; ich hatte sie für weniger gewitzt gehalten als sie war. Und sie nützte meine Fassungslosigkeit weidlich aus.

»So sprecht endlich. Oder wollt Ihr hier etwa die ganze Nacht verbringen?«

»Laßt uns den Zweikampf beenden, Zauberin, ich gestehe Euch meine Niederlage ein«, sagte ich und lächelte dabei, meine Taktik ändernd, so freundschaftlich wie möglich. Ihre semitischen Gesichtszüge, die kleinen dunklen Augen, die Adlernase und die breite Stirn, harmonierten sehr gut mit ihrem schlohweißen Haar, der milchweißen Haut und den unzähligen Muttermalen und Sommersprossen. Offen gestanden war die Jüdin von hinreißender Schönheit. Ich ertappte mich selbst bei diesen sündigen Gedanken, die gegen mein Keuschheitsgelübde verstießen, das mir den Umgang mit dem weiblichen Geschlecht untersagte, und ich mußte mich gewaltig anstrengen, um sie wieder zu verscheuchen. Da sah sie mich lange und geringschätzig an, was mich wiederum in Verwirrung stürzte. Ich gab alle Zurückhaltung auf. »Schön, seht, ich habe erfahren, daß Ihr es wart, die die Kerze mit dem Gift präparierte, welches dem Leben Guillaume de Nogarets ein Ende setzte.«

Kein Wort kam über ihre Lippen. Gelassen blickte sie mich weiterhin voller Verachtung an.

»Habt Ihr mich verstanden oder seid Ihr taub?«

»Ich habe Euch verstanden, ja und? Soll ich nun vielleicht in Tränen ausbrechen oder vor Schreck zu schreien beginnen?«

In diesem Augenblick kreischte die Krähe »Vor Schreck, vor Schreck!«, woraufhin Jonas mit einem solchen Satz von seinem Schemel aufsprang, daß er fast der Länge nach hingefallen wäre.

»Das hier ist Teufelswerk, Sire!« rief er aus und ordnete sich dann verlegen seine Kleider.

»Euer kleiner Sohn ist nicht gerade sonderlich kühn ... sich wegen eines Vogels so zu erschrecken!«

Nun war ich es, der verräterisch in die Höhe schreckte. War sie vielleicht wirklich eine Hexe? Langsam wurde mir unheimlich zumute.

»Jonas ist nicht mein Sohn, Madame, er ist mein Schildknappe, und wenn es Euch nichts ausmacht, würde ich jetzt gern wieder auf unsere Angelegenheit zu sprechen kommen, die mir weit interessanter erscheint als Eure Bemerkungen oder die Eurer Krähe.«

»Ich sagte bereits, daß ich Euch zuhöre.«

»Schön, wie Ihr wollt. Habt Ihr das Gift gemischt, das Guillaume de Nogaret tötete?«

»Und warum sollte ich auf diese Frage antworten?«

»Wie viele Münzen wollt Ihr für die richtige Antwort?«

»Goldmünzen oder päpstliche Gulden?«

»Goldmünzen.«

»Zwei.«

»In Ordnung. Habt Ihr das Gift gemischt, das Guillaume de Nogaret tötete?«

»Nein, ich habe es nicht gemischt. Und nun legt die zwei Goldmünzen auf den Tisch.«

Ich knüpfte den Beutel mit Münzen von meinem Gürtel, so daß sie ihn gut sehen konnte, und legte vier davon auf die Tischdecke mit den goldenen Punkten.

»Wenn Ihr es nicht gewesen seid, wer war es dann?«

Einen Augenblick lang überlegte sie und schaute dabei begierig auf das Geld; etwas Unsichtbares schien sie allerdings zurückzuhalten.

»Nehmt zwei dieser vier Münzen wieder an Euch, Sire. Diese Frage werde ich nicht beantworten.«

»Wie Ihr wollt, dann werde ich sie eben nachher noch einmal anders formulieren.«

Sara lächelte und hob skeptisch die Augenbrauen, sagte jedoch nichts.

»Arbeitet Ihr für Mathilde d'Artois?«

»Ich arbeite für viele Leute, aber wenn Ihr wissen wollt, ob ich ihr besonders verpflichtet bin, so lautet meine Antwort nein. Ich habe zwar keine Ahnung, warum, aber alle, die hierherkommen, denken im Grunde, daß ich in ihren Diensten stehe.« Sie lachte. »Aber das stimmt nicht. Ich habe weder Herren noch Gebieter, weshalb meine Antwort lautet: Nein, ich arbeite nicht für Mathilde d'Artois; ich habe dieser Dame einige Gefälligkeiten erwiesen, und sie hat sie mir großzügig entlohnt, weiter nichts.«

Für jede Antwort legte ich weitere Goldmünzen auf den Tisch.

»Gehörte zu diesen Gefälligkeiten, von denen Ihr sprecht, auch, Guillaume de Nogaret zu vergiften?«

»Nein. Mathilde d'Artois weiß weitaus mehr über Gifte als ich, und sie hätte mich dafür nicht gebraucht; sie allein wäre dazu durchaus in der Lage gewesen. Tatsächlich ... Aber wißt Ihr denn nicht, was sich jüngst in Frankreich zugetragen hat, Sire?« fragte sie überrascht. »Nein, ich sehe schon. Natürlich, Ihr seid kein Franzose. Woher kommt Ihr?« Ich schüttelte den Kopf. »Ah, Ihr wollt es mir nicht sagen! Schön, es ist auch nicht nötig, aufgrund Eures Akzents würde ich sagen, daß Ihr auf der anderen Seite der Pyrenäen geboren wurdet, in irgendeinem spanischen Königreich, doch lebt Ihr sicherlich schon lange nicht mehr dort. Für gewöhnlich bedient Ihr Euch des ... laßt mich raten ... des Lateins, ja, des Lateins. Seid Ihr ein verkleideter Mönch? Verratet es mir, ich möchte wissen, ob ich richtig liege.«

Und sie schob zwei der sechs Goldmünzen, die sie vor sich liegen hatte, wieder zu mir hin. Das Spiel begann mir Spaß zu machen, weshalb ich danach griff.

»Ihr habt ins Schwarze getroffen«, sagte ich.

»Also Mönch«, lächelte sie. »Jedoch kein Klosterbruder und

auch kein Geistlicher. Welche Art von Mönch könntet Ihr dann sein? ... Einer, der bereit ist, das Schwert zu zücken ...«, begann sie aufzuzählen, »einer, der nach geheimnisumwitterten Hofintrigen fragt, der mit einem Schildknappen reist ... Zweifellos müßt Ihr irgendeinem Ritterorden angehören. Seid Ihr Templer? ... Oder vielleicht Hospitaliter?«

Sie schob zwei weitere Goldmünzen zu mir hin.

»Ich gehöre dem Orden von Montesa an, Madame.«

»Montesa? Ich kann mich nicht erinnern, jemals davon gehört zu haben.«

»Das ist ein Orden, der erst vor kurzem von König Jaime II. von Aragón im Königreich Valencia gegründet worden ist.«

»Aha! ... Die letzten beiden Münzen habt Ihr jedenfalls nicht verdient.« Sie zog sie wieder zu sich. »Ihr versteht es nicht zu lügen, Sire.«

»Nun bin ich wieder an der Reihe«, bemerkte ich argwöhnisch. »Hat Euch Mathilde d'Artois' Gesellschaftsdame, Beatrice d'Hirson, aufgesucht, um Euch um etwas zu bitten, was ihren Geliebten Guillaume de Nogaret wieder zu ihr zurückbringt?«

»Ja, sie war hier«, bestätigte sie und unterstrich ihre Worte mit einem Kopfnicken, »sie wollte einen Zauber, der dem königlichen Siegelbewahrer sein inneres Gleichgewicht zurückgeben und zur gleichen Zeit wie ein Liebestrank wirken sollte.«

»Und Ihr habt ihr beides verschafft?«

»Ja.«

»In der Kerze?«

»Ja, im Kerzenwachs.«

»Auch habt Ihr sie um etwas Asche der Zunge eines der beiden Brüder d'Aunay gebeten, um die Macht des Teufels heraufzubeschwören.«

»Auch das trifft zu. Mathilde d'Artois ist im Besitz dieser Asche, und ich bat Beatrice d'Hirson, sie solle mir eine ganz kleine Menge davon bringen, nur so viel, daß man sie mit dem

Wachs vermengen und die notwendigen Zaubereien damit betreiben konnte.«

Die Goldmünzen begannen sich vor Sara zu einem kleinen Berg anzuhäufen.

»Aber in der Kerze war noch etwas anderes ...«

»Ja, das stimmt.«

»Was war noch darin?«

»Pharaoschlange und weißes Glas.«

»Quecksilberrhodanid und Vitriol!«

»Ihr seid also auch Alchimist!«

»Warum habt Ihr das Quecksilber und die Säure zu der Mischung hinzugefügt, Madame?«

»Ihr werdet viel Geld verlieren, wenn Ihr ständig jede Frage zweimal stellt. Ich sagte Euch doch bereits, daß nicht ich es war, die das Gift mischte.«

Ich sah ihr fest in die Augen und stellte fest, daß ich nur zwei Möglichkeiten hatte, um den Kampf gegen diese Frau zu gewinnen: Entweder ich bot ihr für den Namen des Giftmischers eine so große Summe, daß sie sie nicht abschlagen konnte, oder ich erachtete meinen Verdacht hinsichtlich der Templer als begründet und wartete ab, bis sie von selbst in die Falle tappte. Ich entschloß mich, ein gewagtes Spiel mit beiden Optionen zu treiben.

»Vortrefflich, Madame, ich sehe, daß der Mörder jemand ist, der Euer Vertrauen genießt oder aber Euch einen so hohen Preis für Euer Schweigen zahlte, daß meine Goldmünzen für Euch nichts weiter sind als etwas Kleingeld. Wenn letzteres allerdings zuträfe, wenn Ihr jetzt über viel Geld verfügtet, so würdet Ihr sicherlich nicht mehr hier leben und Euch auch nicht mehr der Zauberei widmen, weshalb die zweite Möglichkeit ausgeschlossen werden kann und uns nur noch die erste bleibt: Der Mörder ist jemand, den Ihr schätzt.«

»Mein Herr, ich wiederhole nochmals, daß Ihr ein Dummkopf seid«, meinte sie nur. Die Handflächen auf den Tischrand gestützt, lehnte sie sich über den Tisch und kam mir dabei gefährlich nahe. Sie war wirklich sehr schön; ungewollt heftete ich meinen Blick auf ein paar Strähnen ihres weißen Haares, die sanft ihr Gesicht umrahmten, während die Krähe unablässig »Dummkopf, Dummkopf!« schmetterte.

»Habe ich irgend etwas Ungehöriges gesagt?«

»Vorerst habt Ihr mir noch nicht einmal Euren Namen verraten.«

»Ihr habt recht. Es tut mir leid. Mein Name ist Galcerán, Galcerán de Born, und ich bin Medikus. Und der Name meines Knappen lautet García, doch nenne ich ihn lieber Jonas.«

»Eine schöne Symbolik ...«, bemerkte sie. Warum beschlich mich nur das Gefühl, daß diese jüdische Zauberin das Bindeglied zwischen Jonas und mir erraten hatte? »Aber hört zu, denn diese Unterhaltung zieht sich allmählich in die Länge, und ich möchte, daß ihr so bald wie möglich wieder geht: Es gab nicht nur einen *Mörder*, wie Ihr ihn bezeichnet, sondern deren zwei, zwei würdige und ehrenwerte Ritter, die mein unbegrenztes Vertrauen und meine ganze Hochachtung genießen. Vor langer Zeit retteten beide meine Familie vor dem Feuertod.« Ihre Stimme klang plötzlich düster und grausam. »Mein Vater war einst der wichtigste Geldgeber des jüdischen Viertels gewesen und hatte unter den Nichtjuden unzählige Feinde, die ihn auf dem Scheiterhaufen der Inquisition brennen sehen wollten. Jemand bezichtigte ihn darum vorsätzlich, eine geweihte Hostie aufgespießt und verbrannt zu haben. Was für eine Torheit! In größter Eile mußten wir unser Haus verlassen und mit leeren Händen fliehen, um unser Leben zu retten. Die beiden besagten Ritter halfen uns zu entkommen, gewährten uns Unterschlupf und versteckten uns, bis die Gefahr vorüber war. Wie Ihr verstehen werdet, stand ich so tief in ihrer Schuld, daß ich mich anbot, mit ihnen gemeinsame Sache zu machen, wenn sie mich jemals um meine Hilfe ersuchen sollten. Tatsächlich haben sie mir, wenn auch gegen meinen Willen, eine beträchtliche Summe dafür bezahlt, viel höher noch, als Ihr Euch wahrscheinlich vorstellen könnt, aber soll ich deshalb meine Künste aufgeben? Jeder übt in diesem Leben einen Beruf aus, und ich bin Zauberin, und ich bin es gern, und ich werde es auch nicht sein lassen, selbst wenn ich dreimal so viel Geld besäße, wie mir meine Freunde gaben.«

»Ich schließe also daraus, daß Eure Freunde Tempelherren waren und daß Ihr Euch und Eure Familie im Bergfried des Pariser Temple in Sicherheit brachtet, als Ihr vor der königlichen Justiz und der Inquisition geflohen seid.«

»Ihr habt es erraten«, rief sie überrascht aus. »Diese beiden Goldmünzen gehören Euch!«

»Laßt die Spielchen, Madame!« polterte ich und schlug mir mit der Faust schmerzhaft aufs Knie. »Seht Ihr diesen Beutel hier? Er enthält hundert Münzen und ebenso viele Gulden aus Gold. Nehmt ihn, es gehört alles Euch! Verstrickt mich jedoch nicht weiter in Eure Netze, denn ich bin nicht gewillt, dies hinzunehmen. Ich möchte die Namen Eurer Freunde erfahren, und zwar auf der Stelle! Ihr sollt wissen, daß sie keine Gefahr laufen, daß ich sie nicht verraten werde. Ich bin nur auf der Suche nach der Wahrheit. Ich möchte einzig und allein herausfinden, ob Guillaume de Nogaret von den Templern getötet wurde oder nicht.«

Sara begann lauthals zu lachen.

»Aber ich habe es Euch doch gerade offenbart! Ihr seid so wütend, daß Ihr nicht einmal bemerkt habt, daß ich Euch bereits eingestand, daß meine Freunde das Gift mischten und tatsächlich Tempelherren sind.«

Ich hatte diese verfluchte Frau satt. Noch ehe Jonas sich zu mir herüberbeugte und mir ein dummes »Es stimmt, Sire, sie hatte es Euch schon gesagt« ins Ohr flüsterte, mußte ich mir eingestehen, daß sie verflixt geistreich war und mich in der Kunst, den anderen zu verwirren, bei weitem übertraf.

»Obwohl ich nicht weiß, wozu Ihr die Auskunft benötigt, *Micer* Galcerán, kann ich Euch zudem ihre Namen verraten, ohne sie in Gefahr zu bringen, da einer von ihnen inzwischen nicht mehr in Frankreich weilt und auch nie wieder zurückkehren wird ...« – mir schien, als läge ein Rest Bitterkeit in ihrer Stimme – » ... und der andere in den Kerkern des Königs sitzt. Welch Hohn, meint Ihr nicht auch? Mein Freund ist genau in jenen Verliesen der Festung von Marais eingekerkert, die zuvor sein Zuhause waren und nun zu seinem Gefängnis wurden.«

»Festgesetzt? Unter welcher Anklage?«

»Es ist so grotesk!« zischte sie. »Er wurde festgenommen, weil er König Philipp den Schönen getötet haben soll, und obwohl es stimmt, glaubt nicht einmal sein Ankläger, König Philipp der Lange, daß er dieses Verbrechen tatsächlich auch begangen hat.«

»Ich verstehe kein Wort.«

Mitleidig schaute sie mich an.

»Als Philipp IV. starb, ging das Gerücht, die Templer hätten ihn getötet; meine Freunde hatten indessen gute Arbeit geleistet, und man konnte keinerlei Beweise beibringen, um es ihnen nachzuweisen. Vermutlich kennt Ihr die Einzelheiten, oder?« Ich nickte. »Dann bestieg sein ältester Sohn, Ludwig X., König von Navarra, den Thron. Doch zwei Jahre später starb er plötzlich und ließ seine Gattin Margarethe schwanger zurück, die kurze Zeit darauf einen Sohn gebar. Alle waren erfreut. Alle, bis auf Mathilde d'Artois. Man nannte das Kind Johann, König Johann I., doch ehe man sich's versah, starb auch das Neugeborene eines mysteriösen Todes. So kam schließlich Philipp von Poitiers an die Reihe, der gegenwärtige König Philipp V. der Lange, verheiratet mit Johanna von Burgund, Mathilde d'Artois' Tochter. Versteht Ihr nun?«

»Ich bedauere, eingestehen zu müssen, daß ich nicht weiß, worauf Ihr hinauswollt.«

»Philipp der Lange ist davon überzeugt, daß seine Schwiegermutter Mathilde für alle drei von mir aufgezählten Todesfälle verantwortlich ist: den seines Vaters, den seines älteren Bruders und den seines neugeborenen Neffen. Und so wie der König denkt auch der Hof und das gesamte Reich. Mathilde d'Artois' großer Traum war es immer gewesen, daß eine ihrer Töchter Königin von Frankreich würde, weshalb sie sie mit zweien der drei Söhne des Königs vermählte, mit Philipp und Karl, da der älteste, Ludwig, schon mit Margarethe verlobt war. Mathilde will um jeden Preis ihre Nachkommen auf dem Thron dieses Landes sehen, und einen Teil dieses Preises zahlte sie, als sie Ludwig X. und dessen Sohn Johann I. vergiften ließ.«

»Aber König Philipp der Lange«, sagte ich und setzte ihre Erzählung fort, »kann nicht gelassen in die Zukunft sehen. Jeden Augenblick kann ihm jemand vorwerfen, daß er nur König geworden ist, weil seine Schwiegermutter ihm den Weg zum Thron ›freigeräumt‹ hat.«

»Genau. Der Unglückselige irrt sich nur darin, daß Mathilde auch seinen Vater tötete. Das ist das einzige Verbrechen, das sie nicht begangen hat, aber da er es nicht mit Sicherheit weiß, gerät er ins Wanken. Was tun, fragt er sich. So ordnet er eine lächerliche Treibjagd auf die wenigen, noch in Paris verbliebenen Tempelherren an, jene, die sich, aus welchen Gründen auch immer, der dummen Anklage seines Vaters und Guillaume de Nogarets schuldig bekannten und die gerade deswegen zu geringfügigen Strafen verurteilt und fast unmittelbar danach wieder freigelassen worden waren. Als Rechtfertigung für diese neuen Verhaftungen führt er an, sie seien für den Tod Philipps des Schönen verantwortlich, wodurch er den Verdacht von Mathilde d'Artois ablenken und damit seine eigene Krönung legitimieren und reinwaschen kann.«

»Wie schrecklich!« rutschte es Jonas heraus, den die Erzählung vollkommen in ihren Bann gezogen hatte; jungen Menschen gefällt diese Art von Geschichten über alle Maßen.

»Mein Freund Evrard war schon schwer krank und konnte nicht mehr rechtzeitig aus Paris fliehen, und jetzt ...«, sagte sie wütend und mit blitzenden Augen, »... jetzt krepiert er langsam im Kerker des Königs, ungerechterweise angeklagt eines Verbrechens, das er tatsächlich beging.«

»Habt Ihr gerade Evrard gesagt?« fragte ich mit so erstickter Stimme, wie ich sie eben noch mühevoll herausbringen konnte.

»Kennt Ihr ihn etwa?« Sara stutzte.

Ihn kennen? dachte ich. Nein. In Wirklichkeit hatte ich ihn nur ein einziges Mal gesehen, vor unendlich vielen Jahren, und das nennt man nicht einen Menschen kennen. Evrard... Evrard und Manrique de Mendoza.

Ich war nur wenig älter als Jonas gewesen, als Isabels Bruder Manrique in die Burg seines Vaters zurückkehrte, nachdem er lange Jahre auf Zypern verbracht hatte, wo sein Orden seit dem Verlust der syrischen Stadt Akkon 1291 residierte. Manrique war Tempelherr, und er kam in Begleitung seines Freundes Evrard zurück. Während der wenigen Wochen, die sie im Schloß verbrachten, lauschten wir unendlichen Geschichten über die Kreuzzüge und Schlachten, über Monarchen und Krieger... sie erzählten vom großen Maurenführer Salah Al-din, vom leprakranken König, dem Schwarzen Stein von Mekka, dem »Alten vom Berge« und seinen fanatischen Anhängern, den Assassinen, vom Süßwasser des Sees Genezareth, vom Verlust des Heiligen Kreuzes in der Schlacht von Hattin... Isabel, Jonas' Mutter, betete ihren großen Bruder an, und ich, ich betete schlicht und ergreifend Isabel an. In jenen unvergeßlichen Nächten, während denen Manrique und Evrard am Feuer des Waffensaals der Mendoza ihre Geschichten erzählten, beobachtete ich schweigend aus dem Dunkeln heraus Isabels wunderschönes Gesicht, das von den Flammen erhellt wurde, dieses Gesicht, das ihr Sohn mir nun zurückgab, Tag für Tag, Woche für Woche, als wäre er das lebendige Abbild seiner Mutter. Sie wußte, daß ich sie unablässig anschaute, und all ihre Gesten, ihr Lächeln und ihre Worte waren an mich gerichtet. Bis in alle Ewigkeit waren Manriques und Evrards Namen in meinem Gedächtnis mit den wundervollen Erinnerungen an jene Jahre verbunden, die ich, zuerst als Page und dann als Schildknappe, in der Festung derer von Mendoza verbrachte, die am Ufer des Río Zadorra in Álava errichtet worden war.

»Ihr kennt ihn?« wiederholte Sara.

»Wie? ... Ah, ja, ... ja ...! Ich lernte ihn vor vielen Jahren kennen, vor so vielen, daß ich ihn schon fast vergessen hatte. Sagt ... Euer anderer Freund, Evrards Gefährte, ... heißt er Manrique, Manrique de Mendoza?«

Das Gesicht der Zauberin erstarrte plötzlich zur steinernen Maske, über die ein Blitz aus Zorn und Trauer zuckte.

»Auch Manrique kennt Ihr!« flüsterte sie.

Offenbar teilten Sara und ich für zwei Mitglieder derselben Familie ähnliche Gefühle des Verlusts und der Sehnsucht. War das nicht zum Lachen? Mein ganzes Leben habe ich damit zugebracht, vor den Gespenstern meiner Vergangenheit zu fliehen, um nun im bescheidenen Haus einer Zauberin im jüdischen Viertel von Paris wieder auf sie zu treffen. Ich brauchte Zeit, um meine Gedanken zu ordnen, doch gerade die hatte ich nicht.

»Sagt mir, Sara, was ist mit Evrard?«

»Er liegt im Sterben. Er hat schrecklich hohes Fieber und ist abgemagert bis auf die Knochen. In letzter Zeit kommt er kaum noch zu sich.«

»Erlaubt man Euch etwa, ihn zu besuchen?« fragte ich verwirrt.

Sara brach in Lachen aus.

»Nein, natürlich nicht, aber ich brauche niemandes Erlaubnis, um mich um Evrard zu kümmern. Vergeßt nicht, daß er in den Verliesen der Festung eingesperrt ist, in der ich aufgewachsen bin.«

»Wollt Ihr damit sagen, daß Ihr irgendeinen geheimen Zugang kennt?«

»Genau das. Seht, der Untergrund von Paris ist durchzogen von Hunderten von Tunneln und Stollen, die mit den ehemaligen römischen Abwasserkanälen verbunden sind. Auf der linken Seite der Seine gibt es drei Hügel: den Montparnasse, den

Montrouge und den Montsouris. Ihr Inneres wurde schon vor den Römern durchlöchert und als Steinbruch genutzt. Es sind lange Gänge, die den Fluß und die Stadt unterirdisch kreuzen und bis zu einem weiteren Berg, dem Montmartre, führen. Im Laufe der Jahrhunderte gerieten sie in Vergessenheit, und heute erinnert sich kaum noch einer an ihre Existenz. Die Tempelherren jedoch benutzten diese Stollen, um dort kostbare Gegenstände zu horten und Teile des Kronschatzes zu verstecken, als sie noch dessen Wächter waren. Und auch um dort einige ihrer Gottesdienste abzuhalten.«

»Und warum kennt Ihr sie?«

»Weil wir durch sie vor den königlichen Wachen entkamen«, erinnerte sie sich voll Wut. »Später dann, als ich schon älter war, bin ich gemeinsam mit anderen Kindern, die ebenfalls in der Festung lebten, wieder dort hinuntergegangen, natürlich heimlich. Die Tunnel sind größtenteils verschüttet. Vor allem in den Gängen, die unter dem Fluß durchführten, sind die Wände eingestürzt. Aber der Teil, der das jüdische Viertel mit der Festung verbindet, ist noch in gutem Zustand, denn die Templer stützten die Gewölbe ab und verstrebten sie. Auf alle Fälle muß man diese Unterwelt aber gut kennen; wenn man sich dort unten nicht auskennt, kann man vielleicht einen Eingang finden, auch wenn es schwierig ist, aber keinesfalls kommt man wieder heraus.«

»Und Ihr benutzt diese Gänge, um zu Evrard zu gelangen.«

Sara lächelte wortlos.

»Führt mich zu ihm«, bat ich sie inständig. »Führt mich zu Eurem Freund.«

»Warum?«

»Aus verschiedenen Gründen. Erstens bin ich Arzt und könnte, wenn ihn schon nicht heilen, ihm doch zumindest etwas Erleichterung verschaffen. Zweitens, weil Evrard mich kennt; und drittens, weil er meine letzte Hoffnung ist, die Beweise zu sammeln, die ich brauche, um nach Hause zurückkehren zu können. Ich kann Euch dafür nicht entlohnen;

ich habe Euch schon mein ganzes Geld gegeben. Aber wenn Ihr Euren Freund wirklich schätzt, werdet Ihr mich zu ihm bringen.«

Die Zauberin sah mich eine ganze Weile aufmerksam an, ohne mit der Wimper zu zucken oder ihren Blick abzuwenden. Sie war eine Frau von hohem Geist und unlenkbarem Wesen, und vermutlich wog sie gerade das Für und Wider ab, das mein Besuch bei ihrem geschätzten kranken Freund Evrard mit sich bringen konnte. Schließlich faßte sie den umsichtigsten Entschluß.

»Ich kann Euch nichts versprechen«, erklärte sie. »Aber kommt morgen zur selben Stunde wieder hierher, dann kann ich Euch mitteilen, was Evrard beschlossen hat. Heute nacht werde ich ihn fragen.«

»Nennt ihm meinen Namen, sagt ihm, daß wir uns vor fünfzehn Jahren im Schloß der Mendozas kennenlernten. Sagt ihm das, bitte. Er wird sich an mich erinnern.«

»Morgen, Sire Galcerán, morgen um dieselbe Stunde.«

Evrard willigte in die Unterredung ein, indes entbehrte solche Ehre nicht der Gefahren und Schwierigkeiten. Der alte Templer sei sehr krank, warnte mich Sara, er befinde sich in einem vollkommen verwahrlosten Zustand. Ich sollte mich nicht durch den Schmutz und den unerträglichen Gestank beeindrucken lassen, der von den blutigen Exkrementen und Evrards Geschwüren herrühre. Um die Entzündung der schmerzhaften Beulen zu hemmen, hatte Sara auf Wundverbände zurückgegriffen, die sie auf der Basis von Wachsen, Ölen, Schmalz, Gummiharzen und Salzen hergestellt hatte, die zwar sehr wirksam waren, um jegliche Art von Abszessen zum Abklingen zu bringen, bei Evrards Krankheit allerdings überhaupt nichts nützten. Daneben gab sie ihm Absude von Schlafmohn zu trinken, um seine unerträglichen Schmerzen zu lindern, aber auch sie zeigten keine Wirkung. Evrard verendete in seinem Gefängnis wie ein räudiger Hund, und es gab nichts, was ihm helfen könnte, ruhig zu sterben.

All dies erzählte sie mir, während sie einen Beutel mit allem Nötigen packte, um in die Gänge hinabzusteigen: Fackeln, Phosphor, Wolle, ein wenig Kalk und einen todbringenden Silberdolch mit wunderschön gearbeiteter Klinge, auf der hebräische Schriftzeichen standen, die ich nicht rechtzeitig entziffern konnte; sicherlich war es das Stilett, das sie bei ihren Zauberritualen verwendete. Zwar sei sie bei ihren nächtlichen Gängen bisher noch nie auf jemanden gestoßen, gestand sie mir, doch müsse man vorsichtshalber gegen die Festungswachen gerüstet sein.

Als Sara sich den Beutel über die Schulter hängte, mußte ich Jonas die schlechte Nachricht verkünden, daß er uns nicht begleiten könne. Im ersten Moment war er einfach sprachlos, als ob er das Gesagte nicht richtig verstanden hätte; dann jedoch packte ihn regelrecht die Wut:

»Ihr dringt in eine Festung der Tempelherren ein und nehmt mich nicht mit! Das ist nicht zu fassen! Ich habe Euch zu allen Euren Unterredungen begleitet, und nun laßt Ihr mich im Haus einer Zauberin zurück mit einer verrückten Krähe als einziger Gesellschaft!« Er stampfte heftig auf den Boden. »Nein, nein und nochmals nein! Auch ich gehe mit, egal, was Ihr sagt!«

»Dieses Mal werde ich meine Meinung nicht ändern, Jonas. Deshalb setz dich bequem hin oder warte in der Herberge auf unsere Rückkehr. Nutze die Zeit, um deine Kenntnisse des Hebräischen und der Kabbala zu vertiefen, hier findest du vieles, was dir dabei behilflich sein kann.«

»Ist gut, Sire«, brüllte er wutschnaubend, »Ihr habt es so gewollt. Aber vielleicht ist es ja auch besser so, denn ich habe es satt. Ich gehe ins Kloster zurück.«

»Im Ernst?« fragte ich, während ich mich umdrehte, um Sara nachzugehen, die mich bereits an der Tür zur Straße erwartete. »Und wie gedenkst du, dorthin zu kommen?«

»Keine Ahnung, aber sicher werden die Mönche des Pariser Mauritiusklosters entzückt sein, mich aufzunehmen und mir zu helfen, nach Ponç de Riba zurückzukehren! Gleich morgen werde ich zu ihnen gehen. Ich bin es leid, mit Euch zu reisen.«

Seine Worte ließen mich einen Augenblick lang innehalten, dann aber ging ich traurigen Herzens hinaus, ohne mich nochmals umzusehen. Wenn er gehen wollte, so würde ich ihn nicht zurückhalten. Auf keinen Fall wollte ich ihn jedoch in Gefahr bringen, nur weil ich ihm erlaubte, mit uns in die königlichen Verliese der alten Templerfestung hinunterzusteigen. Seine Gegenwart war nicht nur unnötig, er konnte uns sogar zur Last fallen, wenn uns die Wachen faßten. Vierzehn Jahre sind kein Alter, um danach den Rest seines Lebens im Kerker zu verbringen oder sogar auf dem Scheiterhaufen zu enden, den die Franzosen so lieben. Allerdings muß ich gestehen, daß mein Gemüt auch die Tatsache beunruhigte, daß Evrard Jonas aufgrund der großen Ähnlichkeit zwischen dem Jungen und seiner Mutter als Isabels Sohn erkennen könnte. Gerade daran dachte ich, als Sara mir im Schutz der Dunkelheit zuflüsterte:

»Sire Galcerán, Euer Sohn besitzt eine erstaunliche Ähnlichkeit mit Manrique de Mendoza. Der einzige Unterschied, den ich zwischen den beiden feststellen kann, ist Jonas' große Statur, die eher der Euren gleicht.«

Mein erschöpfter Geist fand nicht die nötige Kraft, um weiterhin abzustreiten, was für jene Zauberin offensichtlich war:

»Hört zu, Sara, Jonas kennt die Wahrheit noch nicht. Ich bitte Euch inständig, ihm nichts zu verraten.«

»Macht Euch keine Gedanken«, beruhigte sie mich. »Aber sagt mir, ob es stimmt, was ich vermute.«

In meiner Seele verspürte ich nur unendliche Müdigkeit.

»Seine Mutter ist in der Tat Isabel de Mendoza, die einzige Schwester Eures Freundes.«

»Wenn ich mich allerdings recht entsinne, trat Manriques einzige Schwester ins Kloster ein.«

»Ich möchte nicht weiter darüber reden ... Bitte.«

»Wißt Ihr, was Euer Problem ist?« sagte sie und bereinigte damit jäh die Angelegenheit. »Ihr könnt Eure Gefühle nicht zeigen.«

Schweigend liefen wir durch die engen Gassen des jüdischen Viertels, bis wir vor einem kleinen verlassenen Haus standen, dessen Wände kurz vor dem Einsturz standen und dessen morsches Gebälk schon vor langer Zeit hätte zusammenbrechen müssen. Die klapprige, aus den Angeln gehobene Tür lehnte nur halb gegen ihre ursprüngliche Türöffnung; im Innern war es stockfinster. Dennoch drang Sara dort mit der Zuversicht desjenigen ein, der einen sicheren und vertrauten Weg beschreitet, weshalb ich ihr auch ohne Angst folgte. Am Ende, inmitten eines von Gestrüpp überwucherten Innenhofes, stellte sich ein trockengelegter Brunnen als Eingang zu den alten Gängen heraus. Im Dunkeln stiegen wir die Stufen einer versteckten Treppe hinab, und erst als wir wieder auf festem Boden standen und etwa fünfzig Schritte durch einen schmalen und modrigen Stollen geschlichen waren, entschloß sich die weißhaarige Zauberin, die Fackeln zu entzünden.

»Jetzt sind wir in Sicherheit«, brach sie mit lauter Stimme das lastende Schweigen; das Echo warf ihre Worte aus tausend Tiefen zurück.

Im Schein der Fackeln konnte ich die Mauern aus ungebrochenem Stein sehen, die jene alten Tunnel bildeten, in die Erde getrieben in längst vergangenen Zeiten. Sara führte mich durch Seitenstollen, die sich immer wieder gabelten, und ich dachte besorgt, daß ich nicht in der Lage wäre, den Ausgang wiederzufinden, falls jene Frau mich im Stich lassen würde. Sie kannte den Weg auswendig und schritt schnell voran, jedoch machte sie, vielleicht zur Sicherheit, ab und zu gewisse Umwege, denn einmal sah ich sie sich zum Boden beugen und daraufhin die Richtung ändern. Ohne anzuhalten wanderten wir eine gute halbe Stunde durch Nebenstollen, die in Höhlen mündeten, die dann ihrerseits den Zugang zu weiteren Stollen und Höhlen darstellten. Je näher wir der Festung kamen, desto häufiger stießen wir auf Anzeichen dafür, daß die Templer diese Unterwelt einst tatsächlich genutzt hatten: eine beschädigte Skulptur des Erzengels Michael, die verlassen in einer Ecke stand, eine geöffnete, leere Truhe mit drei Siegeln mitten auf dem Weg, Nischen in den Felswänden mit seltsamen Zeichnungen (Sonnenzeichen, Mondkähne mit drei Masten, doppelköpfige Adler...). Hier und da stießen wir auch auf Steinhaufen, die durch eingestürzte Gewölbe entstanden waren. Sara erzählte mir, daß Jahre zuvor, als sie heimlich dieses Labyrinth aufsuchte, Truhen voller Gold, Schmuck und Edelsteinen sich zu Hunderten entlang der Wände stapelten, ja sogar bis zur Decke aufeinandergetürmt waren. In den geöffneten hatte sie glänzende Münzen, Ringe, herrliche Halsketten, Diademe, mit Rubinen, Perlen und Smaragden besetzte Kronen, Medaillons aus Ebenholz und Elfenbein, Becher, Kelche, Schmucketuis aus Perlmutt, Kruzifixe mit schönen Verzierungen und Einlegearbeiten aus Gemmen, mit wertvollen Gold- und Silberfäden gewirkte Stoffe, Kandelaber so groß wie ein Mensch und so glänzend wie die Sonne und noch viele weitere gleichermaßen wunderbare Dinge gesehen. Ein Schatz, den man sich nur schwer ausmalen könne, wenn man ihn nicht mit eigenen Augen gesehen hätte, behauptete sie. Wie war es möglich, daß all dieser Reichtum sich in Luft aufgelöst hatte, fragte ich mich überrascht, vor den Augen der Wachen, des Königs und selbst der Pariser Bürger, als wäre alles nur Schall und Rauch gewesen? Wann, und vor allem wie hatten die Templer die Truhen aus diesen Stollen geschafft, ohne Verdacht oder Neugierde zu erregen? Ich konnte es mir nicht erklären.

Schließlich hielten wir an einer Wegkreuzung an.

»Wir sind da. Jetzt müssen wir mucksmäuschenstill sein, oder die Wachen hören uns.«

Die Jüdin stellte sich vor eine der Felswände, die sich auf den ersten Blick in nichts von den anderen unterschied, und begann wie eine Katze daran hochzuklettern, wobei sie sich einige strategisch in den Felsen gehauene Vertiefungen zunutze machte. Was dann zunächst so aussah, als wäre es die Mündung eines anderen Stollens, stellte sich als der Zugang zu den Abwasserkanälen der Templerfestung heraus; plötzlich schlug uns eine penetrante Dunstwolke aus verwesenden Exkrementen entgegen. Über unseren Köpfen war das gedämpfte Echo von fernen Stimmen zu hören und nicht enden wollende polternde Schritte, die in alle Richtungen strebten. Wir schlichen die übelriechenden Kanäle entlang, bis wir vor einem hohen Eisengitter standen, das sich trotz seines furchteinflößenden Aussehens von der Hand der Zauberin widerstandslos zur Seite schieben ließ. Minuten später wurde das Gewölbe niedriger, und als meine Haare die Steine über mir schon streiften, blieb Sara stehen, reichte mir ihre Fackel und drückte mit beiden Händen einen der riesigen Quadersteine nach oben. Der Stein gab geheimnisvollerweise nach, und als ob er nicht mehr als ein Lufthauch wiegen würde, glitt er beiseite und gab uns den Weg frei.

»Löscht die Fackeln! Aber Vorsicht, sie sollen nicht feucht werden, sonst können wir sie nachher nicht mehr für den Rückweg benutzen.«

Nachdem ich ihrem Befehl Folge geleistet hatte, stieg ich hinter ihr in Evrards dunkles Verlies.

»Gab es irgendwelche Schwierigkeiten?« erklang die Stimme eines Alten aus einer Ecke. Es war so stockdunkel, daß ich nicht einmal meine eigene Hand vor den Augen hätte erkennen können.

»Nein, keine Sorge. Wie geht es dir heute?«

»Besser, viel besser... Aber... wo ist Galcerán?... Galcerán?«

»Hier bin ich, mein Herr Evrard, glücklich darüber, Euch nach so vielen Jahren wiederzusehen.«

»Komm her, mein Junge«, bat er mich mit schwacher Stimme. »Komm näher, damit ich dich betrachten kann. Nein, du mußt nicht überrascht sein«, sagte er dann mit einem leisen Lachen, »meine Augen sind so an diese Finsternis gewöhnt, daß das, was für dich Schatten, für mich Licht ist. Komm! ... O mein Gott, du bist ja ein Mann geworden.«

»So ist es, mein Herr Evrard.« Ich lächelte.

»Manrique erfuhr von jemandem, der dich kannte, daß du auf Rhodos lebst. Ich glaube, er sagte, du hättest das Hospitalitergelübde abgelegt.«

»So ist es, Bruder. Ich bin Ritter des Ordens des Hospitals vom Heiligen Johannes. Für gewöhnlich arbeite ich als Medikus im Spital des Ordens auf Rhodos.«

»Also Hospitaliter, wie?« wiederholte er sarkastisch. »Immer hat man behauptet, daß unsere Orden erbitterte Feinde wären, obwohl weder Manrique noch ich jemals Schwierigkeiten mit den Hospitalitern hatten, die wir im Laufe unseres Lebens kennenlernten. Glaubst du nicht auch, daß wir Brüder uns manchmal in falsche Mythen und unbegründete Legenden verstrickt sehen?«

»Ich bin ganz Eurer Ansicht, Sire. Ihr solltet nun allerdings aufhören zu reden. Ich bin gekommen, um Euch zu untersuchen, und ich möchte, daß Ihr Eure Kräfte schont, um später meine Fragen beantworten zu können.«

Ich hörte ein gedämpftes Lachen. Allmählich gewöhnte ich mich an die Dunkelheit, und obwohl ich nach wie vor nicht besonders viel sah, konnte ich nun doch Evrards Gesicht und seine Gestalt erahnen. Jener Ritter– nie habe ich seinen Nachnamen erfahren –, der in meinen Träumen die Dimension eines Riesen einnahm, in dem die Kraft von tausend Titanen steckte, hatte sich zu meiner Überraschung in wenig mehr als einen Haufen Haut und Knochen verwandelt, die einen Kopf stützten, der schon einem Totenschädel glich. Selbst wenn ich zuvor um seinen schlechten Gesundheitszustand gewußt hätte, wären seine tiefliegenden Augen, die hervorstehenden Wangenknochen, das ausgezehrte Gesicht, der gelichtete und schmutzig-gräuliche Bart nicht mit dem Bild des unschlagbaren Kreuzritters meiner Jugend zu vereinen gewesen, den ich dummerweise gehofft hatte wiederzufinden. Der Gestank in der Zelle war jedoch unverwechselbar: Jede Krankheit hat eine charakteristische Ausdünstung, so wie das Alter einen anderen Geruch verbreitet als die Jugend. Es gibt vieles, was den Körpergeruch eines Menschen beeinflussen kann: die Speisen, die man zu sich nimmt, die Stoffe, aus denen unsere Kleidung hergestellt wird, die Beschaffenheit der Haut, die Materialien, mit denen man arbeitet, oder die Orte, wo man wohnt, und sogar die Menschen, mit denen man zusammenlebt. Evrards Krankheit roch nach einer Geschwulst, jenen Geschwülsten, die den Körper verzehren und die Eingeweide auflösen, indem sie sie mit Erbrechen und Exkrementen aus dem Organismus treiben. Seinem Aussehen nach blieben ihm nur noch ein bis zwei Tage zu leben.

Evrard litt ohne jeden Zweifel an der Pest.

Ich trat zu ihm und schob ihm das zerschlissene Hemd hoch, tastete dann vorsichtig seinen geschwollenen und verhärteten Bauch ab, wobei ich mich vorsah, nicht die schmerzhaften, entzündeten Beulen zu streifen, die seinen Körper von den Leisten bis zum Unterleib und von der Brust über die Achselhöhlen bis zum Hals bedeckten. Seine Finger und Zehen waren schwarz, Arme und Beine mit Blutergüssen übersät, und seine Zunge war weiß belegt und geschwollen. Trotz der Vorsicht, mit der ich ihn untersuchte, zeigte mir sein Wehklagen das erschreckende Ausmaß der Zersetzung seines Organismus. Er litt an furchtbar hohem Fieber, das ich sogar bis in meine Fingerspitzen spürte, sein Puls raste unregelmäßig, und heftige Schüttelfroste überkamen ihn gelegentlich, als ob man ihn mit einem Holzhammer schlagen würde.

»Es muß mich wohl ein Floh gebissen haben«, murmelte er erschöpft.

Ich zog ihm das Hemd wieder herunter und dachte nach. Das einzige, was ich für ihn tun konnte, war das, was ich auch für den sterbenden Abt von Ponç de Riba getan hatte: ihm

Opium in großen Dosen zu verabreichen, damit er einen sanfteren Tod fände. Wenn ich ihm aber Opium geben würde – und ich hatte es in meinem Beutel bei mir –, könnte ich nicht mehr die letzten Stunden seines Lebens ausnützen, um mit ihm zu reden, könnte ihn nichts von alldem fragen, was ich wissen mußte, um meine Nachforschungen zufriedenstellend abzuschließen. Ich glaube, es war eine der schwierigsten Entscheidungen, die ich jemals in meinem Leben zu treffen hatte.

In der Stille des Verlieses (wo war nur Sara?) hallte das Stöhnen des Sterbenden wie die gellenden Schreie eines Gefolterten wider. Er litt, und es gibt nichts Absurderes als körperliches Leiden, das nicht mehr dazu dient, auf eine bevorstehende Krankheit aufmerksam zu machen noch deren Schwere zu bestimmen. Jene Pein war reiner Schmerz, absurd und grausam, und ich hatte das Mittel in meinem Beutel, das Abhilfe schaffen konnte.

»Sara!« rief ich.

»Ja?« Sie stand genau hinter mir.

»Vorwärts, Ihr Ritter, verteidigen wir Jerusalem!« schrie in diesem Augenblick der alte Tempelherr; er phantasierte. »Jesus schützt uns, und die Jungfrau Maria steht uns vom Himmel aus bei. Die Heilige Stadt wartet auf uns, unser Tempel erwartet uns! Ah, ich sterbe …! Ein sarazenischer Krummsäbel hat meine Arme amputiert … er reißt mir meine Eingeweide heraus!«

»Sara, bereite etwas Wasser für das Opium vor.«

»Holt die Bücher aus ihren Verstecken! Laßt nichts im Tempel zurück! Stellt die Truhen zusammen, und versammelt Euch alle bei Sonnenuntergang vor den Toren von Al-Aqsa!«

»Das ist der Todeskampf«, meinte die Jüdin und reichte mir eine Schüssel mit Wasser. Ihre Hände zitterten.

»Das ist das Delirium der Pest. Wie kommt es, daß Ihr Euch nicht angesteckt habt?«

Ihre Stimme klang schneidend, als sie antwortete:

»Das hier ist nicht die schwarze Pest, Sire, es ist lediglich die

Beulenpest. Haltet Ihr mich für so ahnungslos, daß Ihr mir eine derartige Falle stellt? Sogar eine Jüdin wie ich weiß, daß die Beulen nicht berührt werden dürfen und man sich danach gründlich waschen muß, um sich nicht anzustecken.«

»Der Baphomet! Versteckt den Baphometen!« schrie Evrard so angespannt wie die Sehne eines Bogens. »Man darf nichts mehr finden, gar nichts! ... Die Bundeslade! Die Bücher! ... Das Gold!«

»Die Bundeslade!« rief ich beeindruckt aus. »Dann stimmt es also, daß sie im Besitz des Tempelschatzes sind!«

»O Bruder vom Hospital des Heiligen Johannes, Ihr werdet doch nicht gleichfalls diesen Unsinn glauben?« hielt Sara mir vor und betonte dabei voll Sarkasmus meine aufgedeckte Identität. Offensichtlich hatte sie meiner Unterhaltung mit Evrard aufmerksam gelauscht.

Kurz darauf waren Evrards Schreie verstummt. Seine Atmung ging nun wieder gleichmäßig. Ab und zu stieß er einen Seufzer aus wie ein Kind, oder er gab ein Wehklagen von sich; der Trank tat seine Wirkung und erlöste ihn allmählich von seinem Leiden. Und leider auch vom Leben.

»Er wird diese Nacht nicht überstehen; vielleicht schafft er es noch bis zum Morgen, länger wohl nicht.«

»Ich weiß«, entgegnete sie und ließ sich am Rand des mit schmutzigem Stroh bedeckten Steins nieder, der Evrard als Lager diente.

Bis zum Morgengrauen wachten wir schweigend an seinem Krankenlager. Meine Mission war zu Ende. Sobald der alte Templer gestorben wäre, würde ich nach Avignon aufbrechen, dort Seine Heiligkeit darüber in Kenntnis setzen, daß ich nicht die nötigen Beweise gefunden hatte, um seinen Verdacht zu bestätigen, und danach nach Rhodos zurückkehren, um meine Arbeit im Spital wiederaufzunehmen. Was Jonas betraf, so würde ich ihm die Rückkehr nach Ponç de Riba ermöglichen, so wie er es wünschte, und es dem Schicksal überlassen, sich des Geheimnisses seines Lebens anzunehmen. Wenn seine

Mutter sich für alle Zeit der Verantwortung für ihn entzogen hatte, warum konnte ich, sein Vater, dann nicht dasselbe tun? Was für eine Bedeutung hatte letzten Endes ein Bastard mehr oder weniger im Leben? Auf jeden Fall würde es mir aber weh tun, mich von meinem Sohn zu trennen. Vermutlich machte mich die so lange empfundene, völlige Gefühllosigkeit in meinem Inneren so hilflos bei der Vorstellung, ihn zu verlieren.

Als das erste Licht des neuen Tages sich durch eine kleine Fensterluke oben an der Decke stahl, verließen die Zauberin und ich den tief schlafenden Sterbenden. Sollte er überleben, so erwartete ihn ein Tag der einsamen Agonie.

Bei meiner Rückkehr in die Herberge war Jonas schon wach und erwartete mich ungeduldig.

»Ich möchte wissen, warum Ihr mich nicht mitgenommen habt.«

»Das hatte mehrere Gründe«, erklärte ich ihm und gähnte. Erschöpft ließ ich mich aufs Bett fallen. »Aber wenn du es unbedingt wissen willst, so war der wichtigste deine Sicherheit. Falls man uns gefaßt hätte, hättest du nicht mehr Zukunft gehabt als der arme Alte, der dort im Kerker verfault. Ist das dein Begehr?«

»Nein. Aber auch Ihr liefet Gefahr.«

»Sicher«, murmelte ich schläfrig. »Aber ich habe mein Leben schon gelebt, mein Junge, wohingegen du noch viele Jahre vor dir hast.«

»Ich habe beschlossen, bei Euch zu bleiben.«

»Das freut mich ... sehr sogar.« Und ich schlief ein.

Als Sara und ich in der folgenden Nacht in die Festung zurückkehrten, lebte Evrard noch zu unserer Überraschung. Das Opium hatte ihm geholfen, den Tag zu überstehen, auch wenn es ihn nicht mehr zu vollem Bewußtsein kommen ließ. Bei Anbruch der Morgendämmerung tat der alte Templer jedoch nach einigen Krämpfen seinen letzten Seufzer, und sein grauhaariger Kopf fiel mit geöffnetem Mund zur Seite. Um der Vergangenheit willen war ich froh, ihm geholfen zu haben, in Frieden zu scheiden, obwohl dies verhindert hatte, daß sich gewisse Einzelheiten klärten, die nun für alle Zeiten verborgen blieben. Ich muß zugeben, daß mich dieser Gedanke irgendwie schmerzte. Sara strich ihm sanft mit der Hand übers Gesicht, um den traurigen Ritus zu erfüllen, ihm die Augen zu schließen. Danach beugte sie sich über ihn und gab ihm einen Kuß auf die Stirn, richtete ihm die Kleider, zog das schmutzige Stroh unter ihm hervor, und mit gefalteten Händen rief sie ihren Gott Adonai an und verrichtete einige Gebete für Evrards Seele. Auch ich betete; es tat mir leid, daß der arme Mann ohne die Sakramente der Beichte und der letzten Ölung gestorben war, obwohl ich im Grunde nicht sicher war, ob er es sich wirklich gewünscht hätte, weil die Tempelherren eigentlich ausschließlich von ihren eigenen *fratres capellani* damit versehen werden durften, um die Unverletzbarkeit ihrer Geheimnisse zu wahren.

Wir beendeten unsere Gebete, und während Sara ihre Siebensachen zusammenpackte, begann ich jegliches Zeichen unseres Besuchs zu tilgen; früher oder später würde man merken, daß der Gefangene tot war, und dann die Zelle betreten, um den Leichnam zu holen und ihn zu verbrennen. Wie ich so meinen Gedanken nachhing, fiel mir plötzlich etwas auf: Warum erblickte man nirgends etwas von Evrards Habe? So sehr ich mich auch umsah, entdeckte ich doch nichts, was den langen Aufenthalt eines Menschen in jener Zelle verriet, außer natürlich dem Leichnam des Templers. Es mußte etwas geben, sagte ich mir, irgend etwas, was eigentlich immer im Verlies eines Verurteilten zu finden war: irgendein Manuskript, Gebrauchsgegenstände, Pergamente, persönliche Dinge ... Gefangene horteten stets kleine, unbedeutende Schätze, die für sie von unermeßlichem Wert waren, Evrard hingegen schien seltsamerweise überhaupt nie dort gewesen zu sein, und das ergab keinen Sinn.

»Wie lange war Evrard hier in dieser Zelle eingesperrt?« fragte ich die Zauberin gespannt.

»Zwei Jahre.«

»Zwei Jahre ... und es gab nichts, was ihm gehörte, rein gar nichts?«

»Doch, natürlich besaß er etwas«, erwiderte Sara und wies mit dem Kopf in eine Ecke, »seinen Löffel und seine Suppenschale.«

»Und mehr nicht?«

Die Zauberin, die bereits ihren Beutel geschultert hatte, starrte mich an. Ihre Pupillen durchzuckte ein Zweifel, der dann der Gewißheit wich. Ich spürte plötzlich, daß noch nicht alles verloren war.

»Vor einer Woche, als er merkte, daß er sterben würde«, murmelte sie, »gab er mir einige Pergamente, die er unter seinem Hemd verwahrte. Er bat mich, sie zu vernichten, was ich allerdings nicht tat. Ich glaube, daß Eure mildtätigen Dienste es wohl verdienen, daß ich sie Euch zeige.«

Meine Ungeduld kannte keine Grenzen. Ich bat sie inständig, möglichst schnell zu ihrem Haus zurückzukehren, um jene Dokumente in Augenschein nehmen zu können, und ich trieb sie mit solcher Eile durch die Stollen, daß wir beide hinterher völlig erschöpft waren. Die Hähne krähten schon auf den Dächern, als wir durch den Brunnenschacht nach oben ins Freie stiegen.

»Ich weiß nicht, ob ich wohl daran tue«, meinte sie, während wir aus dem verlassenen Haus traten. »Wenn Evrard mich ersuchte, seine Dokumente zu verbrennen, müßte ich eigentlich seinen Wunsch erfüllen. Vielleicht enthalten sie Dinge, die Ihr nicht wissen solltet.«

»Ich schwöre Euch, verehrte Sara«, entgegnete ich ihr, »daß ich, was auch immer ich finden sollte, nur das verwenden werde, was wirklich zur Erfüllung meiner Aufgabe dient; das Übrige werde ich bis in alle Ewigkeit vergessen.«

Sie schien nicht sonderlich überzeugt zu sein, doch in ihrem

Haus zog sie dann unter ihrem Strohsack einige vergilbte und schmutzige Bogen hervor, die sie mir mit schuldbewußter Geste überreichte. Hastig griff ich danach und stürzte an den Tisch, wo ich sie – ganz vorsichtig, um nichts zu zerreißen – auseinander rollte. In diesem Augenblick wurde mir ein wenig schwindlig, ein beklemmendes Gefühl machte sich im Magen breit, und ich mußte mich auf einen der Schemel setzen, um meine Arbeit fortsetzen zu können; kein Unwohlsein, das durch einige schlaflose Nächte hervorgerufen worden war, sollte mich jetzt aufhalten.

Auf dem ersten Bogen war die grobe Zeichnung eines *Imago Mundi* zu sehen, das eilig und reichlich unpräzise angefertigt worden war. In einem Quadrat, welches das Weltmeer darstellen sollte, war ein Kreis zu sehen, der von zwölf Halbkreisen mit den Namen der Winde umgeben war: Afrikos, Boreas, Euros, Rochos, Zephyros ... Im Inneren des Kreises war die Erde in Form eines T mit den drei Kontinenten Asien, Europa und Afrika dargestellt, an dessen Schnittstellen Rom, Jerusalem und Santiago – die drei Achsen der Welt, die *Axi Mundi* – und im Norden der Garten Eden hervorstachen. Jenes ungenaue *Imago Mundi* spiegelte daneben die himmlischen Konstellationen über der Erde wider; möglicherweise sollte es eine kosmische Ordnung zu einem bestimmten Zeitpunkt zeigen, wobei die Sonne und der Mond ganz links gezeichnet waren.

Unendlich behutsam entrollte ich über dem ersten den zweiten Bogen, auf dem eine etwas kleinere Bildtafel voller Ziffern abgebildet war, die in Spalten gegliedert und mit hebräischen Daten und lateinischen Initialen versehen waren. Die Hand, die jene Anmerkungen geschrieben hatte – die Farbe der Tinte spiegelte die verstrichene Zeit zwischen den ersten und den letzten wider –, war dieselbe, die auch die Buchstaben des *Imago Mundi* gezeichnet hatte, woraus ich folgerte, daß wohl beide von Evrard angefertigt worden waren. Nach einigem Kopfzerbrechen kam ich zu dem Schluß, daß es sich um eine

Auflistung von Unternehmungen handeln mußte, die im Laufe von zehn Jahren – von Mitte des jüdischen Monats *Shevat* des Jahres 5063, das heißt seit Anfang Februar 1303, bis Ende des Monats *Adar* 5073 – ausgeführt worden waren. Ich versuchte herauszufinden, was es gewesen sein könnte, das der alte Templer da so sorgfältig aufgelistet hatte, jedoch ließ keine der Angaben es auch nur erahnen. Falls sie sich auf heimlich aus Paris herausgeschafftes Gold bezogen, so war dessen Menge jedenfalls unermeßlich.

Der dritte Bogen enthielt schließlich das, wonach ich so lange gesucht hatte: die von Evrard und Manrique unterzeichnete Abschrift eines Briefes, in dem einem unbekannten Adressanten der Erfolg ihrer Mission mitgeteilt wurde, die perfekte Ausführung dessen, was die beiden »*Al-Yedoms* Wiedergutmachung« nannten, oder, was auf dasselbe hinauslief, Jacques de Molays Fluch.

Befriedigt richtete ich mich auf und stieß einen tiefen Seufzer der Erleichterung aus. Nun, sagte ich mir, würde Papst Johannes XXII. so große Angst haben, ermordet zu werden, daß er dem König von Portugal zweifellos die Erlaubnis erteilen würde, den neuen Orden der Christusritter zu gründen. Meine Arbeit, zumindest der Teil, der sich auf das, was man jetzt als die Ermordung Papst Clemens' V., König Philipps IV. des Schönen und des Siegelbewahrers Guillaume de Nogaret durch die Hand der Templer bezeichnen konnte, war beendet. Ich mußte nur noch dieses Dokument in Avignon übergeben und konnte dann nach Hause zurückkehren.

Indes blieb noch ein viertes Pergament, eigentlich nur ein Zettel, nicht viel größer als meine Handfläche. Ich beugte mich nochmals über den Tisch und betrachtete es genau. Es handelte sich um einen seltsamen hebräischen Text, der keinen Sinn ergab:

מֶתנֶפרֶשׁ מאל֖דוֹקיב רֶפ ֶג֖פ

שׁנֶתֶפ מֶנוֹישׁשׁימֶר מאנגאמ

ֶ֖כשׁ֖ שׁ֖ר֖את ֶת ר֖תיבֶ֖ת

אנגֶר אֶתנאלתא דא

Er war nicht zu verstehen. Das verwendete Alphabet entsprach nicht der jüdischen Sprache, zumindest nicht der, die ich sehr gut zu kennen glaubte.

»Sara«, rief ich sie zu Hilfe, »schaut Euch das einmal an. Habt Ihr eine Ahnung, was das bedeuten soll?«

Die Zauberin beugte sich über meine Schulter.

»Tut mir leid«, rief sie wutschnaubend aus und wandte sich dann brüsk ab, »ich kann nicht lesen.«

Was zum Teufel sollte dieser Unsinn? Nun, jedenfalls war jetzt nicht der geeignete Augenblick, um das herauszufinden; mir wurde immer schwindeliger, und ich mußte unbedingt ein paar Stunden schlafen. Wie sehr trauerte ich doch meiner Jugend nach, als ich noch zwei oder gar drei Tage ohne Schlaf auskam, ohne daß mein Körper mir zu schaffen machte. Das Alter verzeiht nicht, dachte ich.

»Ihr seht nicht gut aus«, bemerkte Sara und betrachtete mich eingehend. »Ich glaube, Ihr solltet Euch auf meinen Strohsack legen und etwas ausruhen. Ihr seid ganz grün im Gesicht.«

»Ich bin einfach schon alt.« Ich lächelte. »Tut mir leid, ich muß gehen, obwohl ich gern ein paar Stunden schlafen würde. Jonas ist allein in der Herberge.«

»Na und?« brummte sie und zog mich am Wams von meinem Schemel hoch. »Wird er vor Angst sterben, wenn Ihr nicht erscheint? Wenn er ein vernünftiger Bursche ist, und diesen Eindruck erweckt er, wird er Euch schon hier suchen.«

Ich war zutiefst dankbar, daß jemand mir in jenem Moment die Entscheidung abnahm. Ich war wirklich schrecklich müde, als ob der Gedanke, daß meine Mission erfüllt war, meinen Körper entspannt hätte und mich jetzt eine Müdigkeit übermannte, die sich während vieler, vieler Jahre angesammelt hatte ... ein absurdes Gefühl, doch war dem so.

Die Decken der Zauberin rochen nach Lavendel.

Ende Juli verabschiedeten wir uns von Sara und Paris und machten uns in Ruhe auf den Rückweg nach Avignon. Von Jonas und mir war die ganze Anspannung gewichen, die sich während der zurückliegenden Wochen angestaut hatte, und unser Verhältnis war nun wieder gut und anregend: Wir hatten eine Wette abgeschlossen, wer von uns beiden zuerst das Rätsel um das vierte Pergament lösen würde – nur höchst widerwillig hatte Sara es uns zusammen mit der Abschrift von Evrards Schuldeingeständnis überlassen –, weshalb jeder für sich die mysteriöse Botschaft zu entschlüsseln suchte. Obschon ich eine ungefähre Ahnung davon hatte, wie das Rätsel zu lösen war, schenkte ich ihm nicht besonders viel Aufmerksamkeit, denn ich wollte die Wette nicht gewinnen, ohne dem Jungen Zeit gelassen zu haben, während der Reise so viel wie möglich Hebräisch zu lernen. Und seine Kampfeslust war so groß, daß er es schwindelerregend schnell lernte, um mich zu schlagen. Er hatte seinen Stolz, was mich freute. Letzten Endes, wiederholte ich mir ständig, ist er mein Sohn, und er wird immer mein einziger bleiben, da meine Gelübde keine weitere Nachkommenschaft zulassen. Im Laufe der letzten Tage war ich nach vielem Grübeln zu dem Schluß gekommen, daß er möglichst bald die Wahrheit über seine Herkunft erfahren sollte. Ich mußte es ihm noch vor unserer Rückkehr nach Barcelona gestehen und ihn dann entsprechend handeln lassen. Wenn er ins Kloster zurückkehren wollte, würde ich ihn natürlich nicht daran hindern, aber falls er dies nicht wünschte, wollte ich ihn in die Obhut meiner Verwandten in Taradell geben, damit sie ihn wie einen De Born auf dem Stammsitz der Familie erzögen. Eines Tages wollte ich auf meinen Sohn stolz sein. Was die Mendoza betraf ... so war es wohl besser, nicht mehr an sie zu denken.

In Lyon schlugen wir eine andere Route als auf der Hinreise ein, um nicht durch Roquemaure reiten zu müssen. Der unglückliche François konnte für uns gefährlich werden, wenn wir ihm wiederbegegnen würden, so daß wir über Vienne durch die Dauphiné in die Provence ritten und uns dann von Osten her der Grafschaft Venaissin und Avignon näherten.

Einen Tag nachdem wir Vienne hinter uns gelassen hatten, löste Jonas bei Einbruch der Abenddämmerung das Rätsel:

»Ich hab's, ich hab's!«

Ich war in jenem Augenblick abgelenkt, weil ich den Himmel betrachtete, wo sich vor dem Orion ein wunderbarer Sonnenuntergang abzeichnete, und achtete nicht auf das, was er sagte.

»Ich hab's gelöst, ich hab's gelöst!« schrie er, entrüstet über meine Gleichgültigkeit. »Ich habe die Botschaft entschlüsselt!«

So wie ich vermutet hatte, handelte es sich eigentlich nur um einen einfachen Austausch von Alphabeten. Ruhig zog ich Brot und Käse für unser Abendmahl aus den Satteltaschen.

»Seht, Sire«, begann er mir zu erklären, »derjenige, welcher die Botschaft schrieb, tauschte nur einige Buchstaben gegen andere aus, achtete aber darauf, deren Gleichwertigkeit zu bewahren. Was uns so lange Zeit verwirrt hat, war möglicherweise die Aussprache. Wenn wir die Nachricht nicht auf hebräisch lesen, sondern ihre gleichbedeutenden lateinischen Lettern verwenden, was lesen wir dann?«

»Pi'he feér bai-codí ...«, buchstabierte ich mühselig, was ich auf dem Pergament las.

»Nein, nein. In Latein, Sire, in Latein.«

»Das kann man nicht auf lateinisch lesen!« protestierte ich, während ich einen in Wein getunkten Brotkrumen hinunterschluckte.

Jonas lächelte zufrieden. Stolz schwellte seine Brust.

»Nicht, wenn man wie Ihr Hebräisch beherrscht. Eure Sprachkenntnisse machen Euch blind und taub, Sire. Wenn Ihr allerdings alles vergeßt, was Ihr wißt, wenn Ihr Euch auf das Niveau eines Schülers wie mich begebt, dann seht Ihr es sehr deutlich. Beachtet, daß der erste Buchstabe einem *feh* entspricht.«

»... dessen richtige Aussprache vor dem Vokal *qibbuts,* wenn ich mich nicht irre, *pi* oder *pu* wäre«, deutete ich an, um ihn zu ärgern.

»Ich habe Euch doch gesagt, Ihr sollt alles vergessen, was Ihr wißt! Möglich, daß es auf hebräisch *pi* oder *pu* heißt, auf lateinisch klingt es jedenfalls wie *fu*.«

»Wie das?« bohrte ich interessiert nach.

»Weil das *feh,* wie Ihr mich gelehrt habt, auch wie ein *ph* klingen kann, so daß, wenn man es wie ein Ungebildeter liest, die Botschaft folgendermaßen lauten müßte ... Wollt Ihr es hören?«

»Ich bin ganz gespannt.«

»Nun, so hört zu: *Fuge per bicodulam serpentem magnam remissionem petens. Tuebitur te taurus usque ad Atlantea regna,* das heißt übersetzt: ›Fliehe entlang der doppelschwänzigen Schlange und suche die Große Vergebung. Der Stier wird Dich bis in Atlas' Reiche beschützen.‹« Neugierig schaute er mich an. »Habt Ihr irgendeine Ahnung, was das bedeutet?«

Ich ließ ihn die Botschaft einige Male wiederholen, erstaunt über die Einfachheit und zugleich Gewitztheit jener dringlichen Nachricht. Plötzlich fügte sich alles zusammen; wenn nach den langen Nachforschungen in Paris noch irgendein Teil nicht gepaßt hatte, so lag nun die Lösung vor uns. Das plötzliche Verständnis der Nachricht trieb mich wie ein Wirbelsturm in die Vergangenheit zurück, ließ mich den Tunnel der Jahre und des Vergessens erneut durchqueren, als ob ich mich nie daraus befreit hätte. Ich war von dem tiefen Eindruck wie gelähmt, in Angst und Schrecken versetzt durch die Macht des *fatum*, der Schicksalsfügung: Mein eigenes Leben vermischte sich unverständlicherweise immer wieder mit jener Geschichte aus Verbrechen, Ambitionen und verschlüsselten Botschaften. Ich glaube, damals überkam mich zum ersten Mal eine Ahnung von jenem höheren Schicksal, von dem die Kabbala spricht, jenem Schicksal, das sich hinter den offensichtlichen Wechselfällen des Lebens verbirgt und das die geheimnisvollen Fäden der Ereignisse webt, die unsere Existenz ausmachen. Ich mußte mich wahrhaft anstrengen, um wieder in die Gegenwart zurückzufinden, um jenen Bann zu brechen, von einer ungeheuren Kraft zurück in die Vergangenheit gezogen zu werden. Mein ganzer Körper schmerzte, und ein tiefer Kummer lastete schwer auf meiner Seele.

»Hört Ihr mich, mein Herr Galcerán? ... He ... he ...!« Überrascht fuchtelte Jonas mit der Hand vor meinen Augen herum.

»Ja, ja, ich höre dich«, versicherte ich ihm, nicht sonderlich überzeugt.

Nachdem ich ihn die Nachricht ein weiteres Mal hatte wiederholen lassen, erklärte ich ihm, was jene Mitteilung ziemlich deutlich zu verstehen gab: daß es Manrique de Mendoza – denn er mußte der Verfasser besagter Nachricht sein, wie man aus dem Inhalt schließen konnte – gelungen war, aus Frankreich zu entkommen, aber daß Evrard ihm damals auf seiner Flucht nicht folgen konnte, weil er vielleicht schon krank gewesen war. Besorgt um die Sicherheit seines Gefährten, hatte Manrique, wo auch immer er jetzt sein mochte, für ihn einen sorgfältigen Fluchtplan ausgearbeitet: Er flehte ihn an, er möge in Richtung der »Reiche von Atlas« fliehen und dabei dem Weg der »doppelschwänzigen Schlange« folgen, und er beruhigte ihn hinsichtlich möglicher auftauchender Schwierigkeiten, indem er ihm für die Reise den »Schutz des Stiers« zusicherte.

»Aber was soll das heißen?« fragte mich Jonas. »Das scheint der Einfall eines Verrückten zu sein.«

»Es gibt nur eine doppelschwänzige Schlange, mein Junge, die zudem tatsächlich bis zu Atlas' Reichen führt und die Schritte derjenigen lenkt, welche die ›Große Vergebung‹ suchen. Hast du keine Ahnung, wovon ich rede?«

»Tut mir leid, Sire, nein, ich weiß es nicht.«

»Hast du denn während unserer langen Reise bei Einbruch der Nacht nie auf die Sterne geachtet? Auf die Konstellationen, auf diese unglaublich lange *bicodulam serpentem,* welche den nächtlichen Himmel mit aller Macht durchzieht?«

Jonas runzelte nachdenklich die Stirn.

»Meint Ihr die Milchstraße?«

»Was sonst sollte ich meinen? Und auf was sonst sollte sich Manrique beziehen, als er seinem Gefährten den Weg aufzeigte, wie er zu Atlas' Reichen gelangen könnte?«

»Und was für Reiche sind das?«

»›... als der Tag sich schon neigt‹«, rezitierte ich und richtete den Zeigefinger gen Himmel, »›aus Scheu, sich der Nacht zu vertrauen, läßt er auf westlichem Grund in den Reichen des Atlas sich nieder...‹ Hast du denn auch Ovid nicht gelesen, mein Junge? ›... Atlas war hier, des Iapetos' Sohn, der die Menschen an Leibes Ausmaß überragt. Unter seiner Herrschaft gelegen war das äußerste Land und das Meer...‹«

»Welch wunderschöne Verse«, flüsterte Jonas. »Also war Atlas ein Riese, der sein Reich am Westrand des Erdkreises hatte? ... Das bedeutet ...«, und endlich begriff er, »am *Mare Atlanticus!* Von Atlas, *Atlanticus!*«

»Atlas, oder Atlant wie man ihn auch nennt, gehörte dem aussterbenden Geschlecht der Riesen an, Wesen, die von Anbeginn der Welt existierten und die den Göttern des Olymp in harten Kämpfen unterlagen. Atlas war der Bruder von Prometheus, jenem herrlichen Titanen, der neben vielen anderen nützlichen Dingen dem niederen Menschengeschlecht die Gabe des Feuers brachte und ihm so erlaubte, sich weiterzuentwickeln und den Unsterblichen ähnlich zu werden ... Kurzum, es war nun so, daß der Riese Atlas vom Göttervater Zeus dazu verurteilt wurde, die Himmelskuppel auf seinen Schultern zu tragen.«

»Aber ist all das, was Ihr da gerade erzählt, nicht Ketzerei?« unterbrach mich Jonas. »Wie könnt Ihr behaupten, daß diese seltsamen Wesen, diese Riesen, Götter waren? Es gibt nur einen wahren Gott, unseren Herrn Jesus Christus, der zu unserer Rettung am Kreuz starb.«

»Sicherlich, das stimmt, aber bevor er Fleisch wurde, glaubten die Menschen mit demselben Glauben, mit dem wir heute an unseren Erlöser glauben, an andere, gleichermaßen mächtige Götter, und vor den griechischen und römischen Göttern gab es wiederum andere, die in Vergessenheit geraten oder der Erinnerung fast gänzlich entfallen sind, und vor ihnen, mein lieber Jonas, existierte nur ein einziger Gott.«

»Unser Herr Jesus Christus.«

»Aber nein. Ein Gott, der in Wirklichkeit eine Göttin war: *Megálas Matrós, Magna Mater*, die Große Mutter: die Erde, die heute noch an vielen Orten der Welt im geheimen unter Namen wie Isis, Tanit, Astarte oder Demeter verehrt wird.«

»Aber, was sagt Ihr denn da?« Jonas erschrak und wich mit einem überängstlichen Blick zurück. »Das könnt Ihr nicht ernst meinen! Eine Frau ...!«

Ich lächelte und schwieg. Für seine erste Lektion war es genug.

»Kehren wir zu unserer Botschaft zurück. Manrique hat also Evrard darauf hingewiesen, der Milchstraße zu folgen, bis er zum Reich des Atlas gelange. Aber das ist sehr ungenau, vor allem, weil sie sich, wie ja auch die Botschaft bekräftigt, in zwei Stränge teilt, bevor sie sich im Atlantischen Ozean verliert. Wie läßt Manrique ihn wissen, welchen der beiden Evrard zu wählen hat?«

»Hat das mit der ›Großen Vergebung‹ damit zu tun?«

»Genau. Da ich sehe, daß du es nicht weißt, werde ich es dir erklären: Die ›Große Vergebung‹, oder das, was man auch als den ›Weg der Großen Verzeihung‹ kennt, ist der Pilgerpfad, dem Tausende parallel zu einem der Schwänze der Milchstraße folgen: es ist der *Camino de Santiago* in Spanien, der Jakobsweg, der Weg des *Apostolus Christi Iacobus*.«

»Evrard sollte Frankreich also über die Pyrenäen verlassen und den Jakobsweg bereisen?«

»Denk ein bißchen nach. Aus ganz Europa flohen die Tempelherren in Scharen nach Portugal. Höchstwahrscheinlich befindet sich auch Manrique dort, und es gibt nur zwei Wege, um nach Portugal zu gelangen, entweder zu Wasser oder zu Lande. Offensichtlich war Evrard nicht in der Verfassung, einer langen und gefährlichen Schiffsreise zu trotzen, wo er hohem Wellengang oder unerwarteten, gewaltigen Stürmen ausgesetzt gewesen wäre; dies hätte ihn zweifellos umgebracht. Trotz der größeren Langsamkeit und den Unannehmlichkeiten hätte er hingegen auf dem Landweg so oft wie nötig haltmachen können, er hätte von guten Ärzten behandelt werden und sogar im Falle eines Falles sterben können, umgeben von seinen eigenen Ordensbrüdern, da es, wie du weißt, viele Templer gibt, die scheinbar ihrem Glauben abgeschworen haben, um in der Nähe ihrer alten Besitztümer bleiben zu können.«

»Nun, besagter Manrique ist also in Portugal, und Evrard, der nicht gleich fliehen konnte, will sich mit ihm wieder vereinen. Aber warum sollte er dazu den Jakobsweg benutzen?«

»Wegen des Stiers, vergiß das nicht.«

»Wegen des Stiers? Was hat der Stier damit zu tun?«

»Der Stier, mein lieber Junge, ist die Antwort auf die zweite der Missionen, die mir übertragen wurde. Erinnerst du dich? Ich sollte alles über den Verbleib des Goldes der Templer herausfinden, dieses auf geheimnisvolle Weise verschwundenen, großen Schatzes. De Mendoza läßt seinen Gefährten wissen, daß er sich während seiner Reise um nichts zu kümmern braucht, er ersucht ihn zu fliehen, Frankreich möglichst schnell zu verlassen und den Weg zu benutzen, der ihm am sichersten erscheint: den *Camino de Santiago,* den Evrard, möglicherweise verkleidet als kranker Pilger auf der Suche nach einem Wunder, bereisen sollte und auf dem ihn der Stier, der *taurus,* das heißt, das *tau-aureus,* beschützen würde.«

»*Tau-aureus?*«

»Das Tau, das griechische T«, erklärte ich, »oder besser gesagt, das Zeichen des Taukreuzes, oder noch genauer, das Zeichen oder das Symbol des *aureus,* des Goldes.«

Nun machte Evrards *Imago Mundi* auch plötzlich Sinn. Jenes Pergament, das leider in Saras Händen geblieben war, enthielt keine Zeichen von lebenswichtiger Bedeutung, um die Botschaft zu vervollständigen, wie ich dies anfangs vermutet hatte. In ihm waren ganz sicher keine tiefen Geheimnisse verborgen. Was darin allerdings sehr wohl zu entdecken war, groß und hervorgehoben, war der Schlüssel schlechthin: die in Form eines T, eines Tau unterteilte Erde. Das war *das* Zeichen! Nach dieser neuen Erkenntnis war die Hand, die jenes *Imago Mundi* gezeichnet und die hebräischen Daten und lateinischen Initialen aufgelistet hatte, offenkundig nicht die Evrards, sondern die Manrique de Mendozas gewesen, der seinem Waffenbruder die Fährte des Taukreuzes auf jede nur erdenkliche Art und Weise zukommen lassen wollte. Diese Kleinigkeit brachte jedoch auch noch Licht in etwas anderes: Selbst wenn es stimmte, daß Sara, wie behauptet, nicht lesen konnte, so hatte sie doch durchaus die Handschrift ihres geliebten Manrique zu erkennen vermocht. Deshalb wollte sie also gerade diese beiden Dokumente aufbewahren.

»Das Zeichen des Goldes!« sagte gerade Jonas. »Des Goldes der Templer!«

»Genau«, bekräftigte ich und nahm den Faden der Unterhaltung wieder auf. »Die Tempelherren mußten ihr *aureus,* oder zumindest einen Teil davon, längs des Jakobswegs verborgen haben, und Evrard, der die Verstecke wahrscheinlich kannte oder zumindest wußte, wie er sie finden konnte, war befugt, sich dieser Reichtümer zu bedienen, um in bester

Verfassung nach Portugal zu gelangen. Zudem konnte er auf die Hilfe seiner Brüder zählen, die diese Schätze zweifellos bewachen, während es so aussieht, als ob sie sich aus allen alten Konflikten heraushalten, die ihrem Orden den Garaus machten, und wie einfache Ritter in der Nähe ihrer alten Schlösser, Festungen und Komtureien ohne Amt noch Pfründe leben.«

»Wenn *das* der Papst und der Großkomtur Eures Ordens erfahren!« rief Jonas mit glänzenden Augen aus.

Der, der nicht wußte, was ihn erwartete, sobald sie es erfuhren, war ich.

Eine gute Stunde lang lauschten Papst Johannes XXII. und der Großkomtur der Hospitaliter von Frankreich, Bruder Robert d'Arthus-Bertrand, Herzog von Soyecourt, höchst aufmerksam meiner Berichterstattung. Hin und wieder tauschten meine beiden Zuhörer eine Bemerkung untereinander aus, die ich nicht verstand, wie etwa, daß das bezichtigende Schreiben, der schlagkräftige Beweis, den der Papst von mir gefordert hatte, sofort zu vernichten wäre. Angesichts des von mir enthüllten Sachverhalts beschloß Johannes XXII., daß es unumgänglich war, die Genehmigung zur Gründung des neuen Kreuzritterordens zu erteilen, um die König Dinis von Portugal ersucht hatte.

Während des Monats, den ich für meine Ermittlungen benötigt hatte, hatten der Hospitaliterorden und das Papsttum ihre Beziehungen zueinander anscheinend vertieft. Nun waren beide vor allem am Gold der Templer interessiert. Ich vermute, daß meine Verblüffung und, mehr noch, meine offensichtliche, wenn auch im Zaum gehaltene Entrüstung angesichts einiger ihrer Fragen Bruder Robert dazu bewegten, mir eine knappe Erklärung dafür zu geben, was er, wenn ich nicht über solch heikle Dinge Bescheid gewußt hätte, sonst sicher nie getan hätte.

Eine der vom vorherigen Papst Clemens V. erlassenen Bullen während des Prozesses gegen die Tempelherren – die Bulle *›Ad Providam‹* – hatte verfügt, daß der Orden vom Hospital des Heiligen Johannes von Jerusalem, als wichtigster Nutznießer der Templergüter nach der Auflösung des Ordens, zu Lasten der Einkünfte, die eben aus diesen Gütern stammten, hohe Pensionen an diejenigen ehemaligen Waffenbrüder und Würdenträger der Templer zahlen sollte, die sich, nachdem sie ihrem Templergelübde abgeschworen hatten, dazu entschlossen hatten, in den christlichen Reichen zu bleiben, in denen die Verfolgung und Vernichtung nicht auf so brutale Weise wie in Frankreich vollzogen worden war. Aus diesem Grund, so erläuterte mir Bruder Robert, ergebe sich nun gerade die Widersinnigkeit, daß man Hunderten von ehemaligen Templern für den Rest ihres Lebens große Summen zahlen mußte, während weder der Hospitaliterorden noch die Kirche noch die Königreiche den gesamten Anteil des Templerschatzes erhalten hätten, der ihnen zustünde, da der Großteil der Reichtümer, die ganze bewegliche Habe, spurlos verschwunden wäre.

Angesichts dieser Situation würde Papst Johannes XXII. ernsthaft darüber nachdenken, eine neue Bulle zu erlassen, die jene von Clemens V. aufhob, vorausgesetzt, die Kirche erhielte im Tausch dafür eine hinreichend große Menge an Gütern, um besagte Gefälligkeit aufzuwiegen. Aus diesem Grunde war es von immenser Bedeutung, das Gold der Templer zu finden, eben jenes Gold, das laut meines Berichts teilweise entlang dem Jakobsweg versteckt sein mußte.

Nie, nicht einmal in meinen schlimmsten Träumen hätte ich mir vorstellen können, auf so habgierige Männer in so heiligen und wichtigen Ämtern zu stoßen. In ihren Augen glitzerte die Habsucht, die Begierde, sowohl das Papsttum als auch leider den Orden des Hospitals vom Heiligen Johannes zu bereichern (der nach dem Untergang der Tempelherren sowieso schon der mächtigste Ritterorden Europas war). Das war nicht die Art, wie ich das Ideal des Dienstes am Nächsten begriff, den Geist des Edelmuts, den Trost der Kranken. Offen gestanden war ich nach meiner Reise inzwischen sehr wohl im Bilde über den Ruf eines Halsabschneiders und Geizhalses, den Johannes XXII. sich erworben hatte, diesem Mann, der unzählige Bankiers, Händler und Geldwechsler nach Avignon gelockt hatte; der sich mit einem Hofstaat umgab, der prunkvoller und vermögender war als der jedes anderen Monarchen der Welt; ein Pontifex, der Bullen gegen Bezahlung erließ und der, wie ich gehört hatte, Kruzifixe gestattete, auf denen der Gottessohn nur mit einer Hand ans Kreuz genagelt war, da die andere in einem Beutel mit Münzen steckte. Eigentlich wollte ich solchen Gerüchten kein Gehör schenken, aber der goldene Schimmer, den ich nun in seinen zu schmalen Schlitzen verengten Augen bemerkte, ließ mich argwöhnen, daß man ihnen durchaus Glauben schenken konnte. Zu meinem Leidwesen konnte man dasselbe auch vom französischen Großkomtur des Hospitaliterordens behaupten, und eine Sekunde lang ließ mich meine Bestürzung darüber sogar ernsthaft erwägen, dem Seneschall von Rhodos zu schreiben und ihm alles zu schildern, was ich gehört und gesehen hatte, indessen erinnerte ich mich gerade noch rechtzeitig daran, daß es der Seneschall höchstpersönlich gewesen war, der mich dem unmittelbaren Befehl dieses niederträchtigen Mannes unterstellt hatte, weshalb mein Handlungsspielraum äußerst beschränkt war. Ich hatte keine andere Wahl als zu schweigen. Zu schweigen und zu gehorchen und mich mit dem Gedanken zu trösten, daß ich bald nach Rhodos zurückkehren würde und nicht weiter meinen Ruf in jenem demütigenden Umfeld schädigen müßte.

Man befahl mir, mich einen Augenblick in einen angrenzenden Saal zurückzuziehen, während Bruder Robert und Seine Heiligkeit sich über das austauschen wollten, was ich ihnen erzählt hatte. Sie müßten einige Entscheidungen treffen, erklärten sie mir, und würden mich in wenigen Minuten wieder hereinbitten. Während ich draußen wartete, wurde mir plötzlich bewußt, wie wichtig es war, mich persönlich um die Erziehung meines Sohnes zu kümmern: Um nichts auf der Welt wollte ich, daß Jonas Gefahr liefe, so verdorben und ehrgeizig zu werden wie diejenigen, die ich in letzter Zeit in den Zentren der Macht gesehen hatte. Ich wollte, daß sein einziges Streben der Bildung galt, weshalb ich ihn unbedingt nach Rhodos mitnehmen sollte, um ihn dort den besten Lehrmeistern meines Ordens anzuvertrauen und aus nächster Nähe seine Fortschritte beobachten zu können. Ich mußte ihn jener Welt von Verrückten entziehen, in die sich die Christenheit verwandelt hatte. Er war aus bestem Holz geschnitzt; aber was würde geschehen, wenn er seine Schritte in die falsche Richtung lenkte? Ich *mußte* ihn mit nach Rhodos nehmen, da galt keine Ausrede.

Diesen bedrückenden Gedanken hing ich gerade nach, als ich wieder vor dem Pontifex zu erscheinen hatte.

»Bruder Galcerán, wir und Euer Großkomtur«, begann der Heilige Vater sanft und zeigte dabei sein schönstes Lächeln, »haben beschlossen, daß Ihr eine Pilgerreise nach Santiago de Compostela unternehmen werdet.«

Ich war stumm vor Staunen.

»Wir wissen schon, Bruder«, fügte Bruder Robert in entschuldigendem Ton hinzu, »daß Ihr sofort nach Rhodos zurückzukehren wünscht, doch die Mission, mit der Euch Seine Heiligkeit zu betrauen gedenkt, ist für unseren Orden von größter Wichtigkeit.«

Noch immer brachte ich vor Staunen kein Wort heraus.

»Seht, Bruder, wenn wir ein christliches Heer über die Pyrenäen entsenden würden, um das Gold der Templer wiederzuerlangen, glaubt Ihr, wir würden etwas finden? Natürlich nicht, nicht wahr? So wie wir diese Schurken kennen, muß das Gold an unvermuteten, unzugänglichen Orten gut verborgen liegen, die möglicherweise auch noch voller Fallen stecken. Aber wenn Ihr …«, fuhr Seine Heiligkeit unbeirrbar fort und sah mir dabei in die Augen, » … wenn Ihr mit Eurer scharfsinnigen Intelligenz in der Lage seid, diese Verstecke zu entdecken, wird es für eine

Truppe unserer Soldaten ein leichtes sein, danach Euren Fund zu heben.«

»Was Seine Heiligkeit und ich, als Vertreter Eures Ordens, damit sagen wollen«, führte Bruder Robert aus, »ist, daß man unmöglich auf diese Schätze stoßen wird, wenn man die gängigen Mittel einsetzt. Die Templer waren nicht einmal unter Folter bereit, ihre sorgsam gehüteten Geheimnisse preiszugeben. Wenn Ihr Euch jedoch auf den Weg macht wie ein ... wie sagt man? ... ein *concheiro*, ein Büßer, der zum Grab des Apostels eilt, um in Santiago de Compostela den Generalablaß zu erwirken, so vermögen Eure Augen sehr viel mehr zu sehen als die von zwanzig bewaffneten Männern, meint Ihr nicht auch?«

Noch immer stand ich starr vor Staunen da.

»Ihr werdet unverzüglich aufbrechen«, befahl der Heilige Vater. »Ruht Euch noch ein paar Tage aus und bereitet Eure lange Reise nach Santiago de Compostela vor. Obwohl ... nehmt Euch in acht, daß Euch niemand außerhalb der Komturei sieht; denkt daran, daß wir von Spitzeln umgeben sind, die unserer Mission ein unglückliches Ende bereiten könnten. Wenn Ihr dann fertig seid, so reist so schnell wie möglich ab.«

»Aber ...«, stammelte ich, »wie? ... Das ist ausgeschlossen, Eure Heiligkeit!«

»Ausgeschlossen?« fragte dieser und drehte sich zum Großkomtur um, »habe ich da eben ›ausgeschlossen‹ verstanden?«

»Ihr habt keine andere Wahl, Galcerán«, rief mein Vorgesetzter in einem Ton aus, der keinen Widerspruch duldete; ich konnte hart bestraft werden, wenn ich Befehlen nicht nachkam, konnte sogar aus dem Orden ausgeschlossen werden. »Ihr habt das zu erfüllen, was man Euch aufgetragen hat. Ihr bleibt in der Komturei von Avignon, bis Ihr glaubt, für die Abreise gerüstet zu sein, genauso wie es Euch der Heilige Vater empfohlen hat, und dann macht Ihr Euch auf den Weg nach Santiago. Einige Männer des Papstes werden Euch auf Eurer Wanderschaft in einem gewissen Abstand folgen; ihnen könnt Ihr Eure Entdeckungen über bestimmte Kanäle mitteilen, die wir noch festzulegen haben. Ihr werdet als armer Pilger von all Euren Kenntnissen und Fähigkeiten Gebrauch machen, um dieses *Tau-aureus* zu finden, das Ihr so hervorragend aufgedeckt habt.«

»Laßt mich wenigstens einige Sekunden darüber nachdenken ...«, bat ich betrübt. »Und laßt mich zumindest meinen Knappen mitnehmen, den Novizen, den ich aus dem Kloster von Ponç de Riba geholt habe, um ihn in die Grundkenntnisse der Medizin einzuweihen. Er hat sich bei meinen Nachforschungen als guter Junge und hervorragender Gefährte erwiesen.«

»Was weiß dieser *novicius* von alldem?« fragte Papst Johannes wütend.

»Er war es, Eure Heiligkeit, der das Rätsel der Botschaft löste.«

»Daraus müssen wir also schließen, daß er über alles Bescheid weiß.«

»So ist es, Heiliger Vater«, entgegnete ich, fest entschlossen, Jonas um jeden Preis mitzunehmen, sogar auf Kosten einer harten Sanktion seitens meines Ordens. Bei genauerer Betrachtung konnte jene Reise sowohl für den Jungen als auch für mich das Wiedersehen mit der dritten Person bedeuten, die in unsere gemeinsame Geschichte verwickelt war: seine Mutter, Isabel de Mendoza.

»Ach, übrigens, Heiliger Vater«, fügte ich noch hinzu und hielt die Sache mit Jonas für bereinigt, »ich werde ein ganz bestimmtes Privileg benötigen, das nur Ihr mir verschaffen könnt ...«

Mit Hilfe einer wunderschönen Handschrift, welche die Mönche des katalanischen Klosters Ripoll vom *›Liber peregrinationis‹* des *›Codex Calixtinus‹* – jener Sammlung von Dokumenten, in denen der Weg nach Santiago beschrieben wurde – angefertigt hatten, bereiteten wir Anfang August Anno Domini 1317 sorgfältig jede Einzelheit unserer Reise nach Galicien zum Grab des Apostels Jakobus vor. Mehrere Geistliche, die erst in der jüngsten Vergangenheit von der Wallfahrt zurückgekehrt waren, gaben uns zudem ausführliche und nützliche Ratschläge und erzählten, daß die zahlreichen Pilgerstraßen durch ganz Europa in Frankreich in vier Hauptwegen zusammenfließen würden: in die *Via Tolosana* über Toulouse, die *Via Podensis* über Le Puy, die *Via Lemovicensis* durch Limoges und schließlich die *Via Turonensis* über Tours. Wenn Evrard also von Paris aus die Pyrenäen hätte erreichen wollen, so wäre der offensichtlich direkteste Weg für ihn die *Via Turonensis* über Orléans, Tours, Poitiers, Bordeaux und Ostabat gewesen, um dann über das Tal von Valcarlos und Roncevalles nach Spanien zu gelangen. Da Avignon weiter südlich lag, wollten wir jedoch bis Arles reisen, um dort die *Via Tolosana* von St-Gilles über Montpellier und Toulouse einzuschlagen, welche die Pyrenäen beim *Summus Portus,* dem Somport-Paß, überquerte.

So sehr ich es auch drehte und wendete, kam mir dennoch keine Idee, wie ich die Suche nach dem Gold in Angriff nehmen sollte, das zweifellos vortrefflich versteckt worden war. Ich beruhigte mich mit dem Gedanken, daß – falls diese Reichtümer wirklich längs des Jakobswegs zu finden sein sollten – diejenigen, welche die Verstecke ausgesucht hatten, Fährten hinterlassen haben mußten, um sie auch wiederzufinden. Leider war ich mir sicher, daß besagte Zeichen geheimen Kodes gehorchen würden, die es jedem, der nicht im Besitz des Schlüssels war, erschweren, wenn nicht gar unmöglich machen würden, sie zu entdecken, aber ich vertraute darauf, daß die Tempelherren – Initiierte, die sie waren – auf allgemeingültige kryptische Zeichen zurückgegriffen hatten, die auch ich kannte. Zudem sagte ich mir, daß sie das Gold nicht einzig und allein mit dem Ziel versteckt hatten, daß Evrard es während seiner Flucht fand, weshalb es möglicherweise von Vorteil war, unsere Wallfahrt auf spanischem Boden schon in Aragón und nicht erst in Navarra zu beginnen, da wir so die längere Route bereisten.

Ich würde mich vor allem auf den ehemaligen Grundbesitz des Templerordens konzentrieren müssen, wo ich mit größter Wahrscheinlichkeit Antworten auf meine Fragen finden würde, allerdings beunruhigte mich die große Zahl Burgen, Schlösser, Kirchen, Komtureien, Bauernhöfe, Mühlen und Schmieden, die Teil dieses Erbes waren. Der Orden hatte sich während des ersten Drittels des 12. Jahrhunderts in ganz Aragón, Cataluña und Navarra niedergelassen und später seinen Besitz auch über Kastilien und León ausgeweitet. Mutig hatten sie gekämpft und die Grenzen zum Maurenreich verteidigt; an allen wichtigen Schlachten hatten sie teilgenommen, wie etwa an den Besetzungen Valencias und Mallorcas an der Seite von Jaime I. de Aragón, an der Eroberung Cuencas, der Schlacht von Navas de Tolosa und der Einnahme Sevillas. Ihr ehemaliges Vermögen war folglich unermeßlich und über alle christlichen Königreiche Spaniens verteilt. Ein Weg wie der *Camino de Santiago* stellte für denjenigen ein schwieriges Unterfangen dar, der wie ich die von den Templern im Laufe von fast zwei Jahrhunderten errichteten oder erworbenen Besitztümer samt und sonders aufsuchen mußte, zumal ich jedem einzelnen Detail, das mir auffiel, nachzugehen hatte, da ich nicht wußte, welche Methode sie angewandt hatten, um ihre verborgenen Schätze zu kennzeichnen.

Vor unserer angeblichen Pilgerreise mußten sowohl Jonas als auch ich noch eine neue Identität annehmen, die uns vor den Gefahren schützen sollte, welche offensichtlich auf uns lauern würden. Nach langem Nachdenken und um den Bogen unserer Lügengeschichten nicht allzu sehr zu überspannen – es würde schon noch die Zeit kommen, wo wir dies bewußt tun mußten –, wurde ich zu dem, was auch sonst aus mir geworden wäre, hätte ich nicht der Stimme des Gewissens folgen müssen: Ich verwandelte mich in den Ritter Galcerán de Born, Zweitgeborener des Edlen Herrn von Taradell, frisch verwitwet von einer entfernten Cousine, der in Begleitung seines Erstgeborenen García Galceráñez zum Grab des Apostels pilgerte, um für alte Verfehlungen um Vergebung zu bitten, die er gegenüber seiner jungen, verstorbenen Gemahlin begangen hatte. Die Geschichte wurde noch um die von meinem Beichtvater auferlegte Buße ergänzt, den Jakobsweg in vollkommener Armut zurückzulegen und mich nur auf die Großherzigkeit der Menschen zu stützen. Zum Glück stand dazu im ›*Codex Calixtinus*‹:

> *Peregrini sive pauperes sive divites a liminibus Sancti Jacobi redientes, vel advenientes, omnibus gentibus caritative sunt recipiendi et venerandi. Nam quicumque illos receperit et diligenter hospicio procuraverit, non solum beatum Jacobum, verum etiam ipsum Dominum hospitem habebit. Ipso Domino in evangelio dicente: Qui vos recipit me recipit.*
>
> Die Pilger, seien sie nun arm oder reich, die vom Grab des heiligen Jakobus zurückkehren oder dorthin unterwegs sind, müssen von allen Menschen barmherzig aufgenommen und hochgeachtet werden. Denn wer jene aufnimmt und mit Eifer beherbergt, wird nicht nur den heiligen Jakobus, sondern den Herrn selbst als Gast haben, wie es der Herr selbst im Evangelium sagt: ›Wer euch aufnimmt, der nimmt mich auf.‹

Jonas, der seit unserem Aufbruch von Ponç de Riba nach und nach das respektvolle, bescheidene Auftreten eines Novizen verlor, protestierte energisch:

»Warum können wir diese anstrengende Wallfahrt nicht mit etwas Bequemlichkeit verbinden? Daran zu denken, was uns erwartet, ist einfach schrecklich! Ich glaube, ich habe keine Lust, Euch zu begleiten!«

»Du, García Galceráñez, wirst bis an ihr Ende mitgehen, ob du nun willst oder nicht.«

»Damit bin ich durchaus nicht einverstanden. Ich will zurück in mein Kloster.«

Geduld, Geduld!

»Schon wieder dieselbe Leier?« rief ich aus und verpaßte ihm eine Kopfnuß.

Am 9. August schließlich, einem Donnerstag, ließen wir die Stadtmauern von Avignon und die prächtige Pont St-Bénézet über die düstere Rhône hinter uns, als die Sonne sich gerade erst am Himmel zeigte. Es dauerte nicht lange, bis wir auf die erste Gruppe Pilger stießen, die wie wir auf dem Weg nach Arles waren. Es handelte sich um eine große deutsche Familie, die sich mit all ihren nahen Anverwandten und der Dienerschaft auf den Weg nach Santiago gemacht hatte, um ein altes Versprechen einzulösen. An jenem ersten Mittag teilten wir ihr Mahl und tranken von ihrem Wein, aber am späten Nachmittag bemerkten die Deutschen, daß sie viel Zeit verloren, wenn sie weiterhin die Geschwindigkeit ihrer Wagen und Pferde unseren Schritten anpaßten, weshalb sie sich fröhlich und mit großen Sympathiebekundungen verabschiedeten. Erleichtert sagten wir ihnen Lebewohl, denn es gibt keinen freundlicheren und aufdringlicheren Menschenschlag als die Deutschen, und wanderten allein weiter. Bei Sonnenuntergang zündeten wir am Flußufer ein Feuer an und bereiteten uns ein Nachtlager. Unermüdlich quakten die Frösche.

Bis Arles benötigten wir noch eine weitere halbe Tagesreise. Wir erreichten die Stadt in einem wirklich bedauernswerten Zustand, weil weder der Junge noch ich das viele Laufen gewohnt waren. Die Ledersandalen hatten unsere Füße fast bis auf die Knochen wundgescheuert, und darüber hinaus hatten wir die letzten Meilen so humpelnd und gequält zurückgelegt, daß wir außer den Geschwüren und blutigen Blasen allerlei Schmerzen am ganzen Körper, von den Haarspitzen bis in die Fußzehen, verspürten. Wenn wir doch wenigstens in einer Herberge wie in Paris hätten übernachten dürfen, so hätten wir uns auf weichen Strohsäcken von unseren Leiden erholen können, jedoch verweigerte die von einem nicht vorhandenen Beichtvater dem angeblichen Ritter de Born auferlegte Buße uns sogar diesen mageren Trost. Besagtes Armutsgelübde war jedoch kein dummer Einfall von mir gewesen, auch wenn Jonas es nicht anders zu sehen vermochte. Die Tatsache, auf Almosen und die Barmherzigkeit anderer angewiesen zu sein, erlaubte es uns, fast jedes Haus, jede Burg oder Festung, jedes Dorf oder Kloster, jede Pfarrei oder Kathedrale auf unserem Weg aufzusuchen, was uns das Anknüpfen von Gesprächen äußerst erleichtern würde. Keine Auskunft ist zu banal, wenn sonst sämtliche Hinweise fehlen.

Abgekämpft und übel zugerichtet suchten wir darum wie viele andere Pilger auch im Kirchenschiff der ehrwürdigen Basilika St-Honoré Unterschlupf, aus der uns der Sakristan noch vor Sonnenaufgang mit Fußtritten wieder verscheuchte, damit die erste Messe des Tages gelesen werden konnte. Wie dankbar war ich, als man uns vertrieb! Ich hatte den Gestank und Dreck, die Ratten, das Ungeziefer und die Flöhe wie auch die Ausdünstungen der Gefährten, die unsere Schlafstätte teilten, satt.

An diesem Morgen kaufte ich uns von meinen letzten Münzen Leinen und Salbe sowie etwas Gerstenbrot und Honig. Mit einer feinen Nadel aus Knochen stach ich die Blasen an unseren Füßen auf, achtete dabei aber darauf, nicht die tote Haut zu ritzen, als ich die Gewebsflüssigkeit herausdrückte, und strich danach sorgfältig die Salbe auf die Wunden. Obwohl wir große Lust verspürten, den berühmten Friedhof von Aliscamps zu besuchen, auf dem der Sage nach die zehntausend Krieger des Heeres Karls des Großen ruhten, versagten uns die Körper den Dienst und zwangen uns dazu, auf einem kleinen Platz neben einem Brunnen bis zum Einbruch der Nacht zu rasten. Dann gingen wir zur Kirche St-Honoré zurück, um dort den nächsten Tag, einen Sonntag, abzuwarten, an dem der feierliche Gottesdienst stattfinden sollte, während dem den zahlreichen *Concheiros*, die sich in den letzten Wochen zu diesem Zweck in Arles eingefunden hatten, der Segen erteilt werden sollte. Für gewöhnlich reisten die Pilger in Gruppen, um sich vor Banditen und Wegelagerern zu schützen, welche die Pilgerstraßen unsicher machten. Ich hatte jedoch nicht die Absicht, mich irgend jemandem anzuschließen (zumindest, wenn wir erst einmal in Aragón angekommen waren), es schien aber überaus ratsam, den langen Weg mit den Speisen und Geschenken in Angriff zu nehmen, welche die Stadt den Pilgern bei ihrem Aufbruch überreichte.

Bereits in den frühen Morgenstunden versammelte sich die Menschenmenge an den Portalen der Basilika. Es herrschte eine feierliche Stimmung, wozu auch das Wetter beitrug, denn die Sonne brannte unbarmherzig vom Himmel herab.

Mit großem Prunk feierten die Kanoniker sämtlicher Kirchen der Stadt das Hochamt, und danach überreichten sie den Pilgern die einzelnen Gegenstände, wobei sie jedes Ding oder Kleidungsstück zuvor weihten.

Der Segensspruch für die Pilgertasche lautete:

> Im Namen unseres Herrn Jesus Christus. Nimm diese Tasche als Zeichen deiner Pilgerschaft, damit du geläutert und befreit zum Grab des heiligen Jakobus gelangen mögest, zu dem du aufbrechen willst, und kehre nach Vollendung deines Wegs unversehrt mit Freude zu uns zurück. Dies gewähre Gott, der lebt und herrscht von Ewigkeit zu Ewigkeit. Amen.

Den Pilgerstab händigte man uns mit folgenden Worten aus:

> Nimm diesen Stab zur Unterstützung deiner Reise und deiner Mühen für deinen Pilgerweg, damit du alle Feindesscharen besiegen kannst, sicher zum Grab des heiligen Jakobus gelangst und nach Vollendung deiner Fahrt zu uns mit Freude zurückkehrst. Dies gewähre Gott, der lebt und herrscht von Ewigkeit zu Ewigkeit. Amen.

Hinzu kamen die Kalebasse für das Wasser, der Pilgerhut mit der umgeschlagenen Krempe gegen die Sonne und ein Umhang zum Schutz vor Kälte und schlechtem Wetter. Die meisten von uns trugen außerdem noch eine Zinnbüchse über der Schulter, in der wir die für die Reise nötigen Dokumente und Geleitschreiben aufbewahrten (Jonas' und meine waren natürlich falsch). Danach gab es auf dem Kirchplatz Speis und Trank für alle, während fahrende Spielleute kühne Verse vortrugen und Gaukler und Zauberer ihre Kunststücke zeigten. Jonas stopfte sich mit gezuckerten Mandeln voll, und ich mußte ihm einen randvollen Becher aromatisierten Weins aus der Hand reißen, den er bereits an die Lippen gesetzt hatte.

In einer großen Gruppe verließen wir Arles, um uns, nun schon deutlich verteilter, auf den Weg nach St-Gilles zu machen, das etwa zehn Meilen weiter westlich zwischen Nîmes und der Rhône lag, wo der heilige Aegidius begraben war, der in ganz Frankreich verehrt wurde, da er die Bitten der Gläubigen noch vor allen anderen Heiligen erhörte. Der Ort war eine unumgängliche Wallfahrtsstätte auf der *Via Tolosana,* da der Grabbesuch des Nothelfers und der Kuß seines ehrwürdigen Altars als glückverheißend und wundertätig galten.

Bei Einbruch der Nacht kamen wir in St-Gilles an, und nachdem wir unsere geringfügige Habe in der Herberge gelassen hatten, machten wir uns auf, dem Heiligen unseren Gruß zu entbieten. An die draußen schon herrschende Dunkelheit gewöhnt, mußten wir beim Betreten der Kirche die Arme erst einmal schützend vors Gesicht heben, was jedoch nur wenig nützte, denn das Gotteshaus funkelte wie Gold, erhellt von Tausenden von Kerzen, Leuchtern und Lämpchen. Ihr Licht blendete so stark, daß Jonas' Augen, dessen Bewunderung keine Grenzen kannte, eine ganze Weile tränten und er fortwährend blinzeln mußte, bis er sich daran gewöhnt hatte. Das Grabmal des heiligen Mannes war wirklich beachtlich und einen Besuch wert. Seine Gebeine lagen in einem goldenen Schrein, dessen Dach oben und allseitig Fischschuppen zierten und auf dessen First dreizehn Felskristalle befestigt waren. In der Mitte des Schreinvorderteils, umgeben von einem goldenen Kreis, den nochmals zwei Reihen Edelsteine umrahmten, thronte eine Christusfigur und erteilte mit der rechten Hand den Segen, während sie in der anderen ein aufgeschlagenes Buch hielt, auf dem geschrieben stand: »Liebet den Frieden und die Wahrheit.« Was allerdings am meisten meine Aufmerksamkeit erregte, war der zweite Rang des Schreins, auf dem die zwölf Sternzeichen abgebildet waren: Widder, Stier, Zwillinge, Krebs, Löwe, Jungfrau, Waage, Skorpion, Schütze, Steinbock, Wassermann und Fische. Ich fragte mich gerade neugierig, was jene Zeichen dort sollten, als ich plötzlich zusammenzuckte und meine Hand zum Gürtel griff, ohne daran zu denken, daß ich ja nicht bewaffnet war:

»*Beatus vir qui timet dominum.* Wohl dem, der den Herrn fürchtet«, erklang hinter mir eine dröhnende und tiefe Stimme.

»*Caeli enarrant gloriam Dei.* Die Himmel erzählen die Ehre Gottes«, antwortete ich und wandte mich schnell um, um endlich des päpstlichen Abgesandten ansichtig zu werden, den ich seit unserer Abreise aus Avignon erwartete.

Halbverborgen im Dunkel und eingehüllt in einen langen, dunklen Mantel betrachtete uns unbeweglich ein Mann beunruhigenden Aussehens. Einige Sekunden lang starrten wir uns feindselig an, bis er einen Schritt nach vorn tat und sich in der größeren Helligkeit sehen ließ. Ich machte Jonas ein Zeichen, daß er dort bleiben sollte, wo er gerade stand, und ging dann bedächtig auf ihn zu, ohne ihn aus den Augen zu lassen. Er trug die Haare kurz und den Bart lang, beides von einem intensiven Blond, das stark mit seiner dunklen Kleidung kontrastierte. Er war von großer Statur und Körperfülle und hatte hellblaue Augen, hervorstehende Wangenknochen und eine breite, massige Stirn. Unverkennbar mußte es sich um eine bedeutsame Persönlichkeit der Wachmannschaften des Heiligen Vaters handeln.

»Sire Galcerán de Born«, begrüßte er mich, als ich vor ihm stand, »ich bin Graf Joffroi de Le Mans, Euer Schatten.«

Dies mußte ich unbedingt berichtigen.

»Graf Joffroi de Le Mans, ich bin *Bruder* Galcerán, Ritter vom Hospital des Heiligen Johannes, Medikus und Eure Bürde.«

Meine Antwort schien ihn zu überraschen, weil er es sicherlich gewohnt war, eher Angst und Bestürzung als Gleichgültigkeit hervorzurufen.

»So lauten mein Befehle«, fuhr er fort, als ob er mich nicht gehört hätte oder alles belanglos wäre, was nicht mit diesen Anordnungen in Zusammenhang stand, »ich werde Euch Tag und Nacht folgen, bis Ihr den Schatz der Templer gefunden habt, Euch mit meinen Waffen und denen meiner fünf Gefolgsmänner unterstützen, falls Ihr Beistand benötigt, und Euch und Euren Novizen töten, falls Ihr die Heilige Mutter Kirche zu betrügen versucht.«

Ich spürte, wie die Entrüstung in mir wuchs. Mein Sohn und ich suchten einen Schatz, der uns nicht im geringsten interessierte; wir hatten eine anspruchsvolle Mission übernommen, die im Fall eines Erfolgs nur dazu diente, diejenigen zu bereichern, die sowieso schon reich waren; wir nahmen die Strapazen einer Pilgerfahrt auf uns, die wir eigentlich nicht machen wollten, und obendrein glaubte dieser Herumtreiber noch, uns mit dem Tode drohen zu müssen!

»Eure Befehle interessieren mich nicht, Graf«, entgegnete

ich gereizt. »Für mich existiert Ihr einfach nicht, denn Ihr seid nur mein Schatten. Ich habe einen Auftrag zu erfüllen, und ich *werde* ihn erfüllen.«

»Aus Gründen der Staatsräson wünscht Seine Heiligkeit Johannes XXII., daß Ihr Eure Aufgabe schnellstmöglich erledigt.«

»Das dachte ich mir schon, es überrascht mich keineswegs«, erwiderte ich. »Aber Ihr solltet wissen, Graf Joffroi, daß ich bisher noch keine Wunder zu vollbringen vermag und daß Seine Heiligkeit sich mit dem bescheiden muß, was die Schnelligkeit meiner Füße und die Schärfe meines Augenlichts hergeben. Von Euch will ich nur eins wissen, bevor ich Euch ersuche, mir aus den Augen zu gehen: Wie kann ich Euch um Hilfe bitten, falls dies vonnöten sein wird? Ihr seht ja, daß ich keine Waffen trage.«

»Wir werden im Bilde sein«, antwortete er, drehte sich um und ging davon. »Ich werde Euch auf Schritt und Tritt im Auge behalten.«

»Danke, Graf«, rief ich ihm als Abschiedsgruß hinterher.

Das Echo meiner Stimme verhallte im Kirchenschiff, nicht ohne daß ich mir des hohen, ängstlichen Tons bewußt wurde, der in der letzten Silbe mitschwang. Wußte mein Orden über diese Drohung Bescheid, oder war sie ausschließlich auf ein abgekartetes Spiel des Papstes zurückzuführen? Wie auch immer, ich konnte von niemandem Hilfe erwarten.

Bis Montpellier benötigten wir drei Tage und weitere zehn bis Toulouse, wo wir in der Nähe der Stadt, in Gellone, die Grabstätten des seligen Bekenners Wilhelm von Aquitanien – des Heerführers Karls des Großen, der im Kampf gegen die Sarazenen gefallen war – und die der heiligen Märtyrer Tiberius, Modestus und Florentia besuchten, die in der benediktinischen Abtei von Saint-Thibéry am Ufer des Hérault beigesetzt waren. Auch die Gebeine des heiligen Bischofs Saturninus in St-Serin suchten wir auf, der den Märtyrertod erlitten hatte, indem man ihn an einige wilde, ungezähmte Stiere band, die ihn dann vom Kapitol über Steintreppen hinabschleiften und ihm dabei den Kopf zertrümmerten.

Ich machte mir große Sorgen um den Einfluß, den diese schaurigen Geschichten auf Jonas haben konnten. Auch wenn ich die Aufgabe übernommen hatte, ihn in verschiedenen Dingen zu unterweisen und seinen Verstand zu schärfen, so war doch die Stunde seiner völligen Initiation noch nicht gekommen, denn es fehlten ihm noch einige Jahre, um zum Ritter geschlagen zu werden (seine Herkunft war offiziell ungewiß, und obwohl ich dieses Geheimnis früher oder später lüften müßte, würde es noch einige Zeit dauern, bis er fähig war, eine Ritterrüstung mit allem Drum und Dran zu tragen, mit der Lanze umzugehen und insbesondere mit aller Kraft ein schweres Schwert aus gutem fränkischen Eisen zu schwingen). Bedauerlicherweise machte ihn sein Noviziat im Kloster von Ponç de Riba sehr empfänglich für die wunderlichen und verlockenden Taten der Heiligen und Märtyrer, von denen die meisten – wenn sie nicht Krieger gewesen wären, die ihre Schlachten zu Gunsten der Kirche geschlagen hätten – nicht einmal Christen gewesen waren, womit sich bewahrheitete, daß der lange Arm der Kirche ihre fast immer heidnische oder initiierte Lebensführung beschönigt hatte, um sie dem römischen Kanon einzuverleiben.

Jonas' religiöser Eifer wuchs im Laufe unserer Pilgerfahrt mit der Anzahl der Grabstätten, die wir besuchten, doch meine Besorgnis erreichte ihren Höhepunkt, als wir Ende August in Borce am Fuße des *Summus Portus* ankamen und ich entdeckte, wie er gerade das Stück geräucherten Speck in seiner Pilgertasche verschwinden ließ, welches uns eine gütige Frau geschenkt hatte, als wir sie um der Liebe Gottes und des heiligen Jakobus willen um etwas zu essen baten.

»Was zum Teufel machst du da?« fragte ich ihn, während ich seine Hände herauszog und dann in seinen Beutel sah. Ein ekelerregender Gestank stieg mir in die Nase, als ich die zwei oder drei Dinge, die alles bedeckten, beiseite schob: Dort, am Boden des Futtersacks, schimmelte das Essen von mehreren Tagen vor sich hin. Ich hatte so etwas schon geahnt, aber den Augenblick abwarten wollen, ihn in flagranti zu ertappen. »Darf man erfahren, was das soll?«

Nicht der geringste Schimmer von Scham oder Angst spiegelte sich in seinem kindlichen Gesicht, das über den Lippen und am Kinn schon von einem leichten Flaum überzogen war. Vielmehr nahm ich eine Miene voll Eigensinn und unbändigem Trotz wahr, als ich ihn streng ansah.

»Ich muß Euch nichts erklären.«

»Ach nein? Du läßt die Lebensmittel verderben, die wir uns so mühevoll beschaffen, und statt sie aufzuessen, wirfst du sie achtlos in deine Pilgertasche.«

»Das geht nur mich und Gott was an.«

»Was für Dummheiten sind denn das?« polterte ich erzürnt. »Von Sonnenaufgang bis Sonnenuntergang sind wir ununterbrochen auf den Beinen, und du läßt einfach dein Essen verkommen, statt es zu vertilgen, um wieder neue Kräfte zu sammeln. Ich verlange sofort eine Erklärung, oder du wirst die Sanftheit dieser Rute auf deinem Allerwertesten spüren!« Ich riß eine lange, biegsame Rute von der Buche ab, die zu meiner Rechten stand.

»Ich will Märtyrer werden!« brummte er.

»Du willst *was* werden?«

»Märtyrer, ich will Märtyrer werden!«

»Märtyrer!« rief ich aus, während ein Rest von Vernunft mich warnte, daß ich bei dem verflixten Burschen letztlich mehr verlöre als gewänne, wenn ich mich nicht gleich beruhigen würde.

»Das Leiden und das Martyrium sind die Wege der Vervollkommnung und Annäherung an Gott.«

»Wer hat dir denn so etwas erzählt?«

»Das hat man mir im Kloster beigebracht, ich hatte es jedoch vergessen«, führte er zu seiner Entschuldigung an. »Jetzt aber weiß ich, daß mein Leben nur einen Sinn hat: Christus' Märtyrer zu sein, durch Leiden geläutert zu sterben. Ich möchte die Dornenkrone der Auserwählten tragen.«

Die Verblüffung hinderte mich daran, einen gotteslästerlichen Fluch auszustoßen. Mein Sohn benötigte dringend eine gründliche ritterlich-höfische Ausbildung. Wir waren zu jenem Zeitpunkt nur leider von Bergen umgeben – wir befanden uns gerade auf dem Weg von Borce nach Urdós, das sich schon in der Ferne abzeichnete, und ließen soeben das Vallée d'Aspe hinter uns, um den höchsten Paß der Pyrenäen, den *Summus Portus*, zu erklimmen –, und in dem Umfeld konnte ich sie ihm nicht zuteil werden lassen. Um die Situation zu retten, mußte ich mich irgendeiner List bedienen.

»Nun gut, mein Junge«, willigte ich deshalb ein. »Du kannst gern Märtyrer werden. Das ist eine glänzende Idee.«

»Wirklich?« fragte er voll Argwohn und sah mich schief an.

»Ja, wirklich. Ich werde dir dabei helfen.«

»Ich weiß nicht, ich weiß nicht ... Euer plötzlicher Sinneswandel kommt mir merkwürdig vor, Sire.«

»Du solltest nicht demjenigen mißtrauen, der dir nur beistehen möchte, an die Pforten des Himmels zu gelangen. Schau, machen wir uns deine Schwäche zunutze, da du ja wahrscheinlich schon mehrere Tage lang nichts mehr gegessen hast. Von heute an ...«

»Mit Brot und Wasser halte ich gut durch. Mehr nehme ich nicht zu mir«, warf er schnell ein.

»... von heute an, sagte ich, wirst du all unsere Habe, sowohl deine als auch meine, tragen«, erklärte ich und hängte ihm meinen Beutel und meine Büchse über die Schulter. »Und um dein Martyrium noch zu vervollkommnen, wirst du ab jetzt auch nichts mehr essen oder trinken, nicht einmal mehr Brot und Wasser.«

»Ich glaube, es ist besser, es auf meine Art zu machen«, murmelte er.

»Warum? Was du mit diesem Opfer doch eigentlich suchst,

ist der Tod. Hast du nicht behauptet, daß du das Martyrium und die Dornenkrone der Auserwählten anstrebst? Nun, soweit ich weiß, stellt das Martyrium den Opfertod um des Glaubens willen dar. Was für ein Unterschied besteht dann darin, heute oder morgen zu sterben? Die Zeit ist nicht wichtig, was zählt, ist das Ausmaß des Leidens, das du vor Gottes Thron vorweisen kannst.«

»Ja, aber ich glaube, wenn ich es so mache, wie ich es will, hat es mehr Wert. Der Todeskampf ist dann langsamer.«

Ich bekam große Lust, diesem einfältigen Jungengesicht eine schallende Ohrfeige zu versetzen, doch gab ich vor, seine Worte in Betracht zu ziehen und Für und Wider jeder Möglichkeit abzuwägen.

»In Ordnung, mach, was du willst. Wenn du allerdings weiterhin Brot und Wasser zu dir nimmst, solltest du dich zumindest zur Ader lassen. Du weißt ja, daß dies eine zuverlässige Methode ist, um keine Sünden mehr auf sich zu laden und die Reinheit der Seele zu bewahren. In Ponç de Riba wirst du wahrscheinlich gesehen haben, wie man die widerspenstigen Mönche zur Ader ließ.«

»Nein, nein, ich will nicht zur Ader gelassen werden«, stellte er hastig klar. »Ich glaube, wenn ich mir unsere ganzen Habseligkeiten aufhalse und mich bis zu meinem Tod nur mit Brot und Wasser ernähre, reicht es.«

»Wie du willst. Jetzt laß uns aber weitergehen.«

Wir ließen das Tal hinter uns und stiegen den Weg nach Fondería hinauf. Gegen Mittag kamen wir durch den Wald von Espelunguera und überquerten den Fluß, um uns an den Aufstieg nach Peyranera zu machen. Wir hätten keine bessere Jahreszeit wählen können, um die Berge zu bezwingen und die ganze Herrlichkeit der Natur zu genießen; umgeben von mächtigen Pinien, Tannen, Buchen, Pappeln und Wildrosenhecken marschierten wir dahin, und Gemsen, Eichhörnchen, Rehe und Wildschweine leisteten uns hin und wieder Gesellschaft. Dieselbe Strecke im Winter bei Sturm und Schnee zurückzulegen, wäre Selbstmord gewesen. Trotzdem zogen viele Pilger jene Jahreszeit vor, denn dann war die Gefahr geringer, auf Bären und Wegelagerer zu stoßen.

Den ganzen Tag wanderten wir auf den herrlichen Aspe zu, diesen spitzen Felsen, der sich vor unseren Augen gegen die Unendlichkeit abzeichnete und die Schritte der Pilger bis zu seinem höchsten Punkt leitete, dem *Portus Asperi* oder *Summus Portus,* wo der eigentliche Jakobsweg begann. Kaum hatten wir jedoch den Gipfel erreicht, fiel Jonas in Ohnmacht, vollkommen erschöpft durch den Aufstieg, das Gewicht unseres bescheidenen Besitzes und die Tage des Fastens.

Glücklicherweise befand sich bergabwärts in nächster Nähe das Hospital de Santa Cristina, eines der wichtigsten Pilgerhospize der Welt, das neben dem Hospiz auf dem Sankt Bernhard und dem Hospital von Jerusalem, welches mein Orden unterhielt, eine der unabdingbaren Säulen war, die Gott zur Unterstützung der Armen errichtet hatte, wie schon der Kompilator des ›*Codex Calixtinus*‹, Aimeric Picaud, feststellte. Während sich Jonas dort von seinem Martyrium und seinem Wunsch, die »Dornenkrone der Auserwählten« zu tragen, erholte, suchte ich in der Herberge des nahegelegenen Dorfs Canfranc Unterkunft.

Der Medikus von Santa Cristina, der Jonas untersuchte, meinte, daß er mindestens zwei Tage Ruhe bräuchte, um wieder zu Kräften zu gelangen und die Pilgerreise fortsetzen zu können. Meiner bescheidenen Ansicht nach hätten ein guter Eintopf mit viel Fleisch und Gemüse sowie zwölf Stunden Schlaf gereicht, um ihn vollkommen wiederherzustellen; aber da ich ja angeblich nur ein edler Ritter war, der in Armut nach Santiago de Compostela pilgerte, um alte Ehrenschulden zu begleichen, stand es mir nicht zu, ein medizinisches Urteil zu fällen.

Weil ich nichts anderes zu tun hatte, machte ich mich am

nächsten Tag frühmorgens auf den Weg nach Jaca. Den breitkrempigen Hut hatte ich fast bis über die Augen gestülpt; ich erinnere mich, daß an jenem Tag die Sonne noch stärker brannte als während unserer ganzen bisherigen Reise. Ich wollte die Gegend genau erkunden und mir kein Detail entgehen lassen, das mir nützlich sein könnte. Ich sagte mir, daß logischerweise dort, am Anfang des Weges, die ersten Zeichen beziehungsweise notwendigen Schlüssel zu deren Deutung zu finden sein müßten. Seitens der *fratres militiae Templi* wäre es absurd gewesen, große Schätze entlang einer vielbereisten Pilgerstraße zu verstecken, ohne an deren Anfang die notwendige Geheimsprache einzuführen, um sie zu bergen.

Ich verließ den Lauf des Río Aragón, um mir Villanúa näher anzuschauen. Ich weiß nicht genau, was mich dazu führte, dort haltzumachen, doch erwies es sich als glückliche Fügung, denn im Innern der kleinen Dorfkirche entdeckte ich das Bildnis einer schwarzen Madonna. Große Freude überkam mich und erfüllte mein Herz mit Jubel. Die Erde, die *Magna Mater*, strahlt ihre ureigenen, inneren Kräfte durch Adern aus, die unter der Erde verlaufen. Die untergegangenen Kulturen hatten diese Ströme »Erdschlangen« genannt und schwarze Farbe verwendet, um sie abzubilden. Die schwarzen Madonnen sind Symbole, Zeichen, welche diejenigen, die sie zu deuten wissen, auf die Orte hinweisen, wo diese inneren Kräfte mit größter Wucht hervorquellen. Heilige, archaische Orte, wunderbare Orte der Spiritualität. Würde der Mensch eines Tages nicht mehr im direkten Kontakt zur Erde stehen und daher nicht mehr ihre Energie aufnehmen, würde er auf alle Zeiten den Halt verlieren und nicht mehr Teil des wahren Wesens der *Magna Mater* sein.

Ich weiß nicht, wie lange ich dort unbeweglich und in Gedanken versunken verharrte. Für einige Stunden fand ich mein Gleichgewicht wieder, fühlte mich wieder als der Galcerán, der Rhodos verlassen hatte, um seinen Sohn zu finden und neues medizinisches Wissen zu erwerben. Ich fand den inneren Frieden wieder, meine inspirierende Gelassenheit, aus der wie ein Gebet der schöne Vers des Sufi-Dichters Ibn Arabi sproß: »Mein Herz birgt alles ...« Ja, sagte ich mir, in meinem Herzen ist alles geborgen.

Jaca erreichte ich an jenem Tag natürlich nicht mehr, dafür am darauffolgenden, als ich Villanúa links liegen ließ und den Fluß auf der steinernen Brücke überquerte. Dem Jakobsweg folgend, betrat ich durch das San-Pedro-Tor die Stadt, die mir sauber und freundlich, wenn auch ausgesprochen laut vorkam. Man hielt gerade Markt ab, und die Menschen drängten sich unter Stößen, Flüchen und Streitereien auf dem Platz und unter den Arkaden zusammen; es herrschte ein ohrenbetäubender Lärm und fürchterliches Durcheinander. Doch all diese Eindrücke verblaßten, als ich plötzlich das Tympanon über dem Westportal der Kathedrale entdeckte, durch das die Pilger strömten, um im Kircheninnern vor der Skulptur des Apostels und den Reliquien der Märtyrerin und Stadtpatronin Santa Orosia ihre Gebete zu verrichten.

Nicht das prächtige, achtarmige Christusmonogramm versetzte mich jedoch in Erstaunen, sondern die beiden großartigen Löwen, die es flankierten – zumal sie so vollendet dargestellt waren, wie ich es nur selten gesehen habe –, denn die beiden brüllten demjenigen, der sie hören konnte, zu, daß jene Kirche *etwas* enthielt, etwas so Wichtiges und Heiliges, daß man seine fünf Sinne zusammennehmen sollte, wenn man sie betrat.

Die Bedeutung des Löwen liegt im Zeichen der Sonne, er ist eng verbunden mit dem Licht. Der Löwe steht außerdem an fünfter Stelle im Tierkreis; zwischen dem 23. Juli und dem 22. August, der heißesten und hellsten Zeit des Jahres, geht die Sonne durch dieses Zeichen. In der universellen Symbolik ist der Löwe der heilige Wächter des geheimen Wissens, dessen kryptische Darstellung die schwarze Schlange ist. Und es war gerade eine Schlange, die sich unter dem Löwen auf der linken Seite des Christusmonogramms wand. Schützend war er über eine menschliche Figur gestellt, welche die Schlange festhielt. Der Löwe auf der rechten Seite zermalmte mit seiner Tatze den Rücken eines Bären, Symbol des Alters und des Todes. Das Interessanteste daran war indessen die am Fuß des Tympanons angebrachte Inschrift:

> *Vivere si queris qui mortis lege teneris. Huc splicando veni renuens fomenta veneni. Cor viciis munda, pereas ne morte secunda.*
>
> Wenn Du, gehalten vom Gesetz des Todes, verlangst zu leben, komm hierher zu flehen, absagend giftigen Speisen. Reinige das Herz von Lastern, damit Du nicht des zweiten Todes stirbst.

Worauf sonst sollte sich dieser Aufruf beziehen als auf den Beginn der Initiation? War Jaca etwa nicht die erste Stadt am Heiligen Weg, der durch die Sterne am Himmel vorgezeichnet und seit Anbeginn der Welt schon von Millionen Menschen bereist worden war? Santiago war nichts weiter als die christliche Deutung eines heidnischen Phänomens aus fernen Tagen. Lange vor Christi Geburt in Palästina pilgerte die Menschheit schon unermüdlich zu dem Ort, der als *Finisterrae*, das Ende der Welt, bekannt war.

Welch tiefes Geheimnis barg die Kathedrale von Jaca in ihrem Inneren? Ich hatte keine andere Wahl; ich mußte sie betreten und mich umsehen, denn die Löwen konnten zwar darauf aufmerksam machen, es aber niemals lüften. Ich suchte das ganze Gotteshaus ab, schnüffelte in jedem Winkel herum, nahm jedes Becken, jeden Stützpfeiler und Quader in Augenschein, bis ich schließlich neben dem Kreuzgang in der Kapelle der heiligen Orosia darauf stieß: In einer dunklen Nische verborgen hing das winzige Bildnis einer thronenden Gottesmutter, die ein Kreuz in der Form eines Tau trug. Das Tau! Zwar war es ein Abbild der Heiligen Jungfrau, doch habe ich nie eine weniger mit den Insignien ihrer Würde geschmückte Marienfigur gesehen: Dort thronte eine junge Frau in höfischen Gewändern, das Haupt mit einer gewöhnlichen Herzogskrone geschmückt, ein spöttisches Lächeln umspielte ihre Lippen. Ihr gesamtes Erscheinungsbild, die aufrechte Haltung, ihre Beine, die sich gegen den Boden stemmten, um das Gewicht des Kreuzes zu halten, und diese Art, genau am Rand des Throns zu sitzen: Ihr ganzer Habitus war darauf ausgerichtet, das Tau zur Schau zu stellen. Sie beugte sich nach vorn, als ob sie sagen wollte: »Seht genau hin, schaut Euch dieses Kreuz an; denn es ist kein Kreuz, sondern ein Zeichen, betrachtet es, ich halte es Euch direkt unter die Nase.« Ich nahm alles Gesehene genau zur Kenntnis und machte mich danach fröhlich auf den Rückweg zu meiner Herberge.

Als ich am nächsten Tag kurz nach der Morgendämmerung ins Hospital de Santa Cristina kam, um Jonas abzuholen, schlief dieser noch bäuchlings auf seinem Strohsack, als ob ihn ein Pfeil mitten im Rücken getroffen hätte und er so verrenkt auf die Nase gefallen wäre. Leise schlich ich näher, um die anderen Kranken im Saal nicht zu wecken, und atmete freudig die saubere, gesunde Luft ein. Ich konnte nicht umhin, an mein Spital auf Rhodos zu denken, das ebensogut gelüftet und reinlich war wie dieses. Wie sehr ich mein Zuhause vermißte! Die Erinnerungen daran begannen jedoch schon zu verblassen, und zum ersten Mal überkam mich das dunkle, unerklärliche Gefühl, daß ich nie wieder dorthin zurückkehren würde.

Von der Pritsche neben Jonas starrte mich ein seltsam aussehender Alter aus rabenschwarzen, leuchtenden Augen an. Nach einem großen Schluck aus seiner Kalebasse wischte er sich gerade die Lippen ab und stellte sie dann wieder neben sich auf den Boden. Er war von schmächtiger Gestalt und hatte riesige Segelohren. Und er war fast kahl, nur noch ein paar feine, graue Haare zierten wie ein Lorbeerkranz seinen Kopf. Sein Blick war hart und glühend, von mineralischem Glanz, und seine Bewegungen hatten irgend etwas Katzenhaftes, eine geschmeidige Sanftheit, die mit jenem verschlagenen Lächeln harmonierte, mit dem er mich aufmerksam musterte.

»Ihr seid Don Galcerán de Born, Garcías Vater«, sagte er mit einer Bestimmtheit, die mich überraschte. Ich erinnerte mich nicht daran, ihn an dem Tag gesehen zu haben, als ich Jonas dort zurückließ.

»Stimmt. Und Ihr, wer seid Ihr?« flüsterte ich, während ich mich vorsichtig auf den Rand von Jonas' Strohlager setzte.

»Oh, ich bin niemand, edler Ritter, ich bin niemand!«

Ich lächelte. Er war nichts weiter als ein armer halb übergeschnappter, alter Mann.

»Ihr erinnert mich an Odysseus, den von Troja«, erwiderte ich gutgelaunt, »als er behauptete, Niemand zu heißen, um den Kyklopen Polyphemos zu täuschen.«

»So nennt mich denn Niemand, wenn es Euch gefällt. Was macht es schon, heute so und morgen wieder anders zu heißen? Alles ist zur selben Zeit gleich und verschieden. Ich bleibe derselbe, welchen Namen Ihr mir auch gebt.«

»Ich sehe, Ihr seid ein weiser Mann«, sagte ich, um ihm zu schmeicheln, obwohl er mir in Wirklichkeit ein wenig leid tat, wie er so eine Dummheit nach der anderen von sich gab.

»Meine Worte sind nicht dumm, Don Galcerán, wenn Ihr sie ein wenig überdenkt, werdet Ihr es wohl merken.«

Verwundert schüttelte ich den Kopf und sah ihn neugierig an.

»Was überrascht Euch?« fragte er mich.

»Ihr habt auf das geantwortet, was ich gerade gedacht, und nicht auf das, was ich gesagt habe.«

»Welcher Unterschied besteht zwischen dem Gesagten und dem Gedachten? Wenn Ihr die Menschen aufmerksam beobachtet, werdet Ihr feststellen, daß Gesicht und Körper das ausdrücken, über was sie in Wirklichkeit gerade nachgrübeln, was auch immer sie laut sagen.«

Vergnügt lächelte ich wieder. Jener klapprige Alte war nur ein scharfsinniger und übertrieben freundlicher Mann. Weiter nichts.

»Euer Sohn hat mir erzählt, daß Ihr auf dem Weg nach Santiago de Compostela seid«, fügte er hinzu und wickelte sich in seine Wolldecke ein, so daß jetzt nur noch sein Kopf hervorschaute, »um den heiligen Gebeinen des Apostels Jakobus zu huldigen.«

»So ist es, dorthin sind wir unterwegs, so Gott will.«

»Ihr tut gut daran, den Jungen mitzunehmen«, erklärte er unbeirrbar. »Er wird während der Reise viele wichtige Dinge lernen, die er nie wieder vergißt. Ihr habt einen wunderbaren Sohn, Sire Galcerán. García ist ein außergewöhnlich aufgeweckter Junge. Ihr müßt sehr stolz auf ihn sein.«

»Das bin ich.«

»Er ähnelt Euch sehr. Es ist nicht von der Hand zu weisen, daß er Euer Sohn ist, selbst wenn seine Gesichtszüge nicht den Euren gleichen.«

»Das sagen alle.«

Ich wurde der Unterhaltung schon überdrüssig, da der barsche Ton meiner Antworten den Alten allerdings nicht zu stören schien, runzelte ich nun die Stirn und drehte mich zu Jonas um.

»Ihr wollt den Jungen wecken.«

Ich antwortete nicht. Ich wollte ihn nicht kränken, doch hatte ich andere Dinge zu tun.

»Ihr wollt den Jungen wecken«, wiederholte er mit Nachdruck.

Auch darauf gab ich keine Antwort.

»Und Ihr wollt nicht mehr weiterreden.«

Mit der Hand fuhr ich durch Jonas' zerzausten Haarschopf, um ihn zu wecken. Von seiner klösterlichen Tonsur war inzwischen nichts mehr zu sehen.

»Meinetwegen«, murmelte der Alte gleichgültig und drehte sich auf die andere Seite. »Aber denkt daran, Don Galcerán, ich heiße Niemand. Ihr selbst habt mir diesen Namen gegeben.«

Und glückselig schlief er ein, während die Sonne durch die Maueröffnungen flutete.

»Über was habt Ihr mit dem Großvater gesprochen?« fragte Jonas schläfrig, der jetzt allmählich zu sich kam und sich eben auf den Rücken drehte.

»Ach, über nichts Wichtiges«, entgegnete ich, »bist du wieder bei Kräften, um weiterzuwandern?«

»Natürlich.«

»Und hast du immer noch die Absicht, Märtyrer zu werden?«

»O nein, jetzt nicht mehr!« behauptete er überzeugt, während er die Augen öffnete und sich aufrichtete. »Jetzt möchte ich Ritter vom Heiligen Gral werden.«

»Ritter von was?« fragte ich überrascht.

»Ritter vom Heiligen Gral«, wiederholte er und stand auf, um seine Kleider zusammenzusuchen.

»Schon gut«, erwiderte ich resigniert und reichte ihm Hosen und Wams. So unglaublich es auch sein mochte, war Jonas in jenen zwei Tagen wieder gewachsen. Sein schlaksiger Körper war noch mehr in die Höhe geschossen, und die Hose war ihm zu kurz geworden. Wenn er so weitermachte, würde er mich binnen kurzer Zeit überragen. Er betrachtete seine bloßen Beine und lächelte zufrieden. Seine Herkunft war nicht zu verleugnen, die Ähnlichkeiten drängten sich viel mehr auf als die von mütterlicher Seite herrührenden Unterschiede, vor allem, wenn der eine immer neben dem anderen ging.

Leider mußte ich mir in den folgenden Tagen endlose Geschichten über die faszinierende Sage des Heiligen Grals anhören. Laut Jonas, der von dem alten Niemand – den er selbst »Großvater« nannte – in diesen Dingen unterwiesen worden war, wurde der Abendmahlskelch in einem geheimnisvollen Tempel auf einem Berg namens Montserrat versteckt gehalten und von dem bemerkenswerten König Amfortas eifersüchtig bewacht. Seine Mission führte er mit Hilfe der ehrwürdigen Ritter vom Heiligen Gral durch, die in allem Engeln glichen. Die besten von ihnen waren allem Anschein nach Parzival, Galaaz und Lanzelot, die neuen Helden des Jungen, zu deren religiösem Eifer sich unvorstellbare, ritterliche Heldentaten gesellten. Während der fünf Tage, die wir benötigten, um nach Eunate nahe Puente la Reina zu gelangen – letzterer der Ort, wo sich die beiden Routen über die Pyrenäen-Pässe *Summus Portus* und Roncevalles zum eigentlichen Pilgerweg vereinten –, wurde mir dann jede einzelne davon in aller Ausführlichkeit erzählt.

Ich muß gestehen, daß ich mit meinen Gedanken weit weg war, während Jonas unaufhörlich plapperte. Eine Zeitlang hörte ich ihm mit unendlicher Geduld zu, wenn ich allerdings nicht mehr konnte, versenkte ich mich in meine eigenen Angelegenheiten, bis irgendein Ausruf, eine Klage oder eine Bitte mich wieder in die harte Realität zurückholten. Nicht, daß es Jonas egal gewesen wäre, ob ich ihm Aufmerksamkeit schenkte oder nicht (vermutlich war er sich meiner Zerstreutheit vollkommen bewußt), doch war dies nun einmal seine unbeholfene und unbestimmte Art, eine Brücke zwischen uns zu schlagen, wobei er allerdings etwas über die Stränge schlug. Wenn seine Erziehung aber gut voranschritt, würde er bald die Erfahrung machen, daß sich menschliche Beziehungen nur aufbauen, wenn man dem anderen mit Interesse zuhört und nicht dessen Ohren ermüdet.

Auf unserer Wanderung von Jaca nach Puente la Reina kamen wir an vielen bedeutungsvollen Orten vorbei, die ich genau in Augenschein nahm. Dennoch begann sich eine gewisse Mutlosigkeit in meinem Kopf festzusetzen, die mich bedrückte und mir die Luft abschnürte. Offen gestanden hatte ich schon viel zuviel Zeit fern meiner Lieben verbracht, fern meiner Freunde, Gefährten und Ordensbrüder. Zu lange, ohne jemanden hinsichtlich meiner Zweifel zu Rate zu ziehen, ohne meine Studien betreiben und meinen Beruf ausüben zu können. Ich fühlte mich allmählich wie ein Verbannter, wie ein Aussätziger, der dazu verdammt war, weit weg von den Seinen zu leben. Es war, als ob ich plötzlich aus einem Traum erwacht wäre und entdeckte, daß nichts, was ich bis dahin erlebt hatte, auch in

Wirklichkeit geschehen war. Man hatte mein Leben und meine Identität ausgetauscht, ohne daß ich es bemerkt hatte, ohne daß ich jemals etwas anderes getan hatte, als Befehlen zu gehorchen. Die Vorstellung quälte mich, daß nicht einmal meinem eigenen Orden viel an den Folgen lag, die dies alles für mich haben konnte. Beunruhigte es etwa auch nur irgendwen, daß der *Perquisitore* sich jeden Tag mehr wie ein heimatloser Ordensritter fühlte? War der Orden des Hospitals vom Heiligen Johannes darüber unterrichtet, daß einer seiner Mönche von Schergen des Papstes mit dem Tode bedroht wurde? Wenn er auch unsichtbar blieb, so war Graf Joffroi de Le Mans doch mein ständiger Alptraum. Es entging mir nicht, daß er Seiner Heiligkeit im wahrsten Sinne des Wortes so treu ergeben war wie ein Hund und daß er nicht einmal mit der Wimper zucken würde, wenn er die Klinge seines Schwertes durch die Brust meines Sohnes bohren müßte, um dem Befehl des Heiligen Vaters Folge zu leisten.

Mitte September erwachten wir zum ersten Mal bedeckt mit Tau, und unsere Glieder waren ganz klamm vor Kälte. Der Sommer neigte sich offenkundig langsam seinem Ende zu. Der Herbst stand bevor. Tagsüber, wenn die Sonne hoch stand, war es nach wie vor noch unerträglich heiß, doch wenn sie unterging, wurde es grimmig kalt. Ich hatte den Wetterumschwung schon an meinen alten Narben und vor allem an meinen schwieligen Füßen gespürt, die übermäßig anschwollen und mir das Vorankommen erschwerten. Glücklicherweise hatte ich mir während der Rast in einer Herberge eine Salbe aus dem Knochenmark einer Kuh und frischem Schmalz rühren können, die die Entzündung und die Schmerzen beträchtlich linderte.

An Eneriz vorbei führt der Pilgerweg links zur Kapelle von Eunate. Verloren in der Einsamkeit der Felder, leitete deren Glockenturm den Pilger durch eine weite, trostlose Ebene.

Beim Näherkommen merkte ich, daß die Ermita Santa María de Eunate für uns sehr viel mehr bedeuten konnte, als dies auf den ersten Blick schien: Vielleicht nahm hier das, was wir seit Wochen ungeduldig erwarteten, endlich seinen verheißungsvollen Anfang. Mein Herz begann schneller zu schlagen, und ich mußte mich sehr beherrschen, um nicht loszulaufen und Jonas einfach hinter mir zu lassen. Jedoch mußte ich auch zusehen, daß mir die Kontrolle über meine Emotionen nicht entglitt, wußte man doch nie, wer einen beobachtete.

»Was sagt dir jene Kirche dort, Jonas?«

»Sollte sie mir denn etwas sagen?« fragte er herablassend. Seit der vergangenen Nacht hatte sich der Geist irgendeines allmächtigen Herrschers seiner bemächtigt. Hin und wieder überkam es ihn.

»Ich möchte, daß du ihre Architektur genau studierst.«

»Also, ich sehe eine Kirche einfachsten Stils mit spärlichen Verzierungen.«

»Aber was für einen Grundriß hat sie?« bohrte ich nach.

Hochmütig heftete er seinen Blick darauf.

»Wahrscheinlich achteckig. Genau kann ich es nicht erkennen. Und sie ist von einem offenen Arkadengang umgeben. Ehrlich gesagt finde ich es merkwürdig, daß eine Kirche den Kreuzgang außen und nicht wie gewöhnlich innen hat.«

»Siehst du? Jetzt beginnst du wirklich zu beobachten und nicht nur zu schauen.«

Das Lob zeigte Wirkung. Karl der Große verschwand und ließ den Novizen wieder zum Vorschein kommen.

»Hat das, was ich sagte, denn irgendeinen Sinn?«

»Ja, es spricht dafür, daß du einer Templerkirche reinster Bauart gegenüberstehst, die sich aufgrund von Papst Clemens' Bulle vielleicht jetzt im Besitz meines Ordens befindet.«

»Woher wißt Ihr das?« fragte er neugierig. »Woher wißt Ihr, daß es sich um ein Gotteshaus der Templer handelt?«

Wir waren bei der Kapelle angelangt und gingen soeben um den Zentralbau herum.

»Wegen seiner achteckigen Form. Jedes Gebäude mit einem solchen Grundriß wurde von den Tempelherren errichtet. Weißt du noch, wie wir auf die geheime Bedeutung der Namen der arabischen Ärzte stießen, die Papst Clemens V. in Roquemaure untersucht hatten? Damals erzählte ich dir, daß Al-Aqsa der Name einer Moschee im Bezirk des Salomo-Tempels von Jerusalem war, welche die Templer als Mutterhaus benutzt hatten.«

»Ja, gewiß.«

»Nun, so laß mich dir eine Geschichte erzählen.«

Erschöpft von der Hitze nahmen wir unsere Pilgerhüte ab, setzten uns auf den Boden und lehnten den Rücken gegen eine Mauer. Nach so vielen Stunden Sonne dankten uns unsere Körper den kühlenden Schatten.

»Salomo war ein gebildeter und weiser König, der Israel etwa tausend Jahre vor Christi Geburt regierte«, begann ich. »Um dir vorstellen zu können, was für ein Mensch er war, solltest du wissen, daß das ›Hohelied‹ aus der Bibel von ihm stammt und auch die Bücher der Weisheit, die Sprüche und das Buch ›Prediger‹ ihm zugeschrieben werden. Reicht dir das? ... Also, dieser weise und gerechte König wollte einen Tempel zu Ehren Jahwes errichten lassen. Wenn du ›Das erste Buch der Könige‹ gelesen hast, wirst du dich daran erinnern, daß sein Bau dort minutiös beschrieben steht. Die besten Materialien aus den Reichen des Orients verwendete man dafür: Zedernholz, Stein, Marmor, Kupfer, Eisen und Gold, riesige Mengen an Gold. Sämtliche Wände wurden damit überzogen, und auch die Kultgegenstände und den großen siebenarmigen Leuchter goß man aus massivem Gold. Nichts war schön genug, um die Bundeslade und die Gesetzestafeln aufzubewahren, die Moses eigenhändig auf dem Berg Sinai gemeißelt hatte. Denn das war es, was der Tempel bergen sollte, Jonas: die Bundeslade und die Gesetzestafeln. Für sie ließ Salomo eigens jenen Tempel errichten.« Ich verstummte einen Augenblick und schöpfte Luft. »Das ganze Gebäude war von gewaltigem Ausmaß und ebensolcher Schönheit: Die Cherubim über der Lade waren natürlich aus purem Gold und glichen Löwen mit Flügeln und menschlichen Häuptern, und die beiden riesigen Säulen vor dem Tempel trugen zwei brennende Öllampen, die ihn Tag und Nacht beleuchteten.«

Der Junge verrenkte sich fast den Hals in seinem Eifer, mich nicht aus den Augen zu lassen, während ich ihm jene Geschichte erzählte. Er war vollkommen fasziniert.

»Diese Materialien waren indessen nicht das Wertvollste am Tempel«, fuhr ich fort. »Wahrlich nicht! Ganz besondere Menschen spielten nämlich bei dessen Bau eine Rolle. Angezogen von der gerühmten Weisheit Salomos und seiner tiefen Spiritualität, unternahm Makeda, die Königin von Saba, eine lange Reise nach Norden, um ihn kennenzulernen und ihn ›mit Rätselfragen zu prüfen‹, wie die Bibel berichtet. Lange Zeit blieb sie bei ihm und vermittelte ihm aus Urzeiten die heilige Erkenntnis, damit er sie beim Bau des Tempels verwende.«

»Welcher Art war diese Erkenntnis?« fragte Jonas neugierig.

»Eine Erkenntnis, zu der auch du, mein Junge, eines Tages Zugang haben wirst, wenn du dich ihrer würdig erweist«, schwindelte ich ihm vor, denn seine Initiation hatte offensichtlich schon begonnen. »Doch sei nun still und hör zu. Salomos Tempel entsprach gewissen Modellen und Maßen, die auf geheime Traditionen der Initiation zurückzuführen waren.«

»Welche geheimen Traditionen der Initiation?«

Ich stellte mich taub und fuhr fort: »Zwei Arkadengänge umschlossen das Gotteshaus, welches das *Sancta Sanctorum* barg, das Allerheiligste, wo man die Bundeslade verwahrte und das nur der Hohepriester einmal im Jahr betreten durfte; ansonsten war es für jedermann unzugänglich. Vier Jahrhunderte später wurde die heilige Stadt Jerusalem von den Truppen des Königs Nebukadnezar II. zerstört und mit ihr auch der prächtige Tempel Salomos.«

Ich ließ meine Augen über die bröckelnden Mauern der Kapelle von Eunate schweifen. Ich hatte Durst bekommen, weshalb ich nun einen kräftigen Schluck aus meiner Kalebasse nahm, was Jonas mir gleichtat.

»Dort, wo er einst gestanden hatte, erhebt sich heute die Qubbat-al-Sakkra-Moschee, der Felsendom, der kurioserweise – da es sich nicht um eine Charakteristik islamischer Architektur handelt – ebenfalls zwei Umgänge zählt. Außerdem ist er oktogonal, und das ist noch unerklärlicher. Genau daneben steht die kleine Moschee Al-Aqsa, die die Tempelherren als Residenz benutzten, wie du ja schon weißt. Sie verwandelten Al-Aqsa in ein Kloster und Qubbat-al-Sakkra in eine Kirche ... in *ihre* Kirche. Zahlreiche Zitadellen und Festungen der Tempelherren im Heiligen Land und in Europa zeigen diese salomonische Bauweise der achteckigen Rotunde mit ihren mit Arkaden versehenen Wandelgängen, und bei unzähligen Kirchen und Kapellen, wie dieser hier in Eunate, hat man die seltsame achteckige Grundform von Qubbat-al-Sakkra, dem Felsendom, nachgeahmt.«

»So verdankt also diese kleine christliche Kapelle, die so verloren mitten in Navarra steht, ihre Form einer arabischen Moschee, die sich tausend Meilen von hier entfernt befindet?«

»So ist es.«

Er schien beeindruckt.

»Und was geschah mit dem Gold des Salomo-Tempels?«

»Als das israelitische Volk erfuhr, daß Nebukadnezar sich auf den Angriff vorbereitete, brachte man die Bundeslade in Sicherheit und versteckte das Gold an einem sicheren Ort, weshalb der babylonische König die erträumten Schätze nicht mit nach Hause nehmen konnte. Dafür verschleppte er, sozusagen als Entschädigung, die Juden als Sklaven. Aber das ist eine andere Geschichte. Jahrhunderte später, als die Israeliten nach Jerusalem zurückkehrten, wurde der Tempel wieder aufgebaut, wenn auch in bescheidenerem Ausmaß. Die Bundeslade, die Gesetzestafeln und Schätze blieben indessen verschollen. Und das bis zum heutigen Tag. Wie findest du das?«

»Seltsam«, meinte er argwöhnisch. »Aber genauso seltsam erscheint es mir, daß die Tempelherren sich den Namen von Salomos Tempel, ihrer ersten Wohnstatt, gaben. Ist das nicht etwas absurd?«

»Die Templer nannten sich selbst nicht so, in Wirklichkeit hießen sie *Pauperes commilitones Christi*, ›Arme Soldaten Christi‹, die ganze Welt kannte sie allerdings unter der Bezeichnung Tempelherren oder Templer. Trotzdem hast du guten Grund, dein Interesse auf diesen Punkt zu lenken, denn er steht gewiß in Bezug zu dem, worüber wir sprachen. 1118 wurde der französische Adlige Hugo von Payns bei König Balduin II. von Jerusalem vorstellig und bat ihn um Erlaubnis, mit weiteren acht französischen und flämischen Rittern die Pilger aus dem Abendland schützen zu dürfen, die zu den heiligen Stätten nach Jerusalem unterwegs waren. Es war dies ein großzügiges Anerbieten, welches ein dringendes Bedürfnis befriedigte, das vom König zuvor schon zur Sprache gebracht worden war, so daß dieser erfreut zustimmte. Die neun Ritter hatten im Gegenzug nur eine bescheidene Bitte: Sie wollten sich gern dort niederlassen, wo zuvor der Salomo-Tempel gestanden hatte.«

»Das war wirklich alles, worum sie bei ihrer Ankunft in Jerusalem baten?«

»Wahrlich ja. Erscheint dir das nicht merkwürdig?«

»Natürlich. Doch komme ich nicht dahinter, warum sie so erpicht darauf waren. Einzig um sich Tempelritter oder Templer nennen zu können?«

»Aber siehst du das denn nicht, Jonas? Als sie den ehemaligen Tempelbezirk erhalten hatten, zogen sich die neun Ritter darin zurück. Neun Jahre lang zogen sie kein einziges Mal aufs Schlachtfeld, lieferten sich weder irgendeine Schlacht mit den Ungläubigen, noch schützten sie einen einzigen Reisenden, wie sie es dem König von Jerusalem versprochen hatten. Wie sie behaupteten, widmeten sie sich ausschließlich dem Gebet und der Meditation. Stell dir vor, Jonas: neun Jahre lang neun im Tempel von Salomo zurückgezogen lebende Ritter, ohne Bedienstete und ohne jemanden rein oder raus zu lassen, der nicht ihre Einwilligung hatte. Ist das nicht sonderbar? Nach dieser Zeit kehrten sechs der neun Tempelherren nach Frankreich zurück, um auf dem Konzil von Troyes die Genehmigung ihrer Ordensregeln zu erwirken.«

»Wollt Ihr damit andeuten, daß die Templer irgendein geheimes Ziel vor Augen hatten, als sie nach Jerusalem kamen?«

»Die Templer suchten im Heiligen Land etwas ganz Bestimmtes, darüber besteht nicht der geringste Zweifel. Wahrscheinlich mußt du noch etwas wissen: Der heilige Bernhard von Clairevaux, *doctor Ecclesiae,* Stifter des Zisterzienserordens sowie erster Abt des gleichnamigen Klosters, von dem du sicher schon gehört hast, da er eine hochgeschätzte, kirchliche Persönlichkeit war«, – Jonas schüttelte den Kopf und ich seufzte resigniert –, »wurde damit beauftragt, die heiligen hebräischen Schriften, die man nach der Einnahme Jerusalems während des ersten Kreuzzuges dort gefunden hatte, zu übersetzen und zu studieren. Jahre später veröffentlichte er die polemische Schrift ›*De laude novae militiae*‹, das ›Lob der neuen Miliz‹, in der er die Notwendigkeit von Rittermönchen aufwarf, die den Glauben mittels des Schwerts verteidigen sollten, was für die damalige Zeit ein absolutes Novum darstellte. Nun, der heilige Bernhard war der leibliche Onkel eines der acht Ritter im Gefolge Hugos von Payns und zudem sein Freund. Deshalb stammte die Idee, den Orden der ›Armen Soldaten Christi‹ zu gründen, zweifelsohne vom heiligen Bernhard. Jetzt hast du alles, was du brauchst, um selbst zu einer logischen Schlußfolgerung zu gelangen.«

»Gut …«, stammelte er. »Vielleicht …«

»Los, schnell! Denk nach!«

»Der heilige Bernhard hatte irgend etwas in jenen hebräischen Schriften entdeckt, etwas, was er unbedingt haben wollte, weshalb er die neun Ritter nach Jerusalem schickte ... Jetzt verstehe ich!« rief er plötzlich freudig aus. »Was Ihr mir zu erklären versucht habt, ist, daß man die Bundeslade und die Gesetzestafeln irgendwo im Salomo-Tempel versteckt hatte und daß die vom heiligen Bernard übersetzten Dokumente genau den Ort verrieten, wo sie zu finden waren! Deshalb sandte er also die Ritter dorthin.«

»Wenn in den Schriften eindeutig die Stelle bezeichnet worden wäre, wo sie die Bundeslade und die Gesetzestafeln suchen sollten, so hätten die Ritter nicht ganze neun Jahre dazu gebraucht, um sie ausfindig zu machen, meinst du nicht auch?«

»Das ist auch wieder wahr. Nun gut, die Schriften deuteten also nur an, wo sie ungefähr versteckt waren, an irgendeinem Ort im Tempelbezirk, ohne aber näher darauf einzugehen.«

»Das klingt schon einleuchtender. Obwohl es natürlich ebenso möglich wäre, daß die ersten Tempelherren sie gleich fanden und sich während jener neun Jahre angesichts der Wichtigkeit und der Heiligkeit des Funds tatsächlich nur dem widmeten, was sie behaupteten: dem Gebet und der Meditation.«

»Wenn man das alles aber wußte, warum hat ihnen dann niemand die Bundeslade weggenommen? Warum hat die Kirche sie nicht eingefordert?«

»Weil die Templer es immer abgestritten haben. Und wenn jemand dies mit der nötigen Ausdruckskraft und Standhaftigkeit tut, so ist es ausgeschlossen, ihn der Lüge zu bezichtigen, wenn man es nicht beweisen kann, und Beweise fand man nie. Verdächtigungen gab es sehr wohl, alle möglichen, Beweise dagegen keinen einzigen.«

Mir kam jetzt plötzlich jene schon so fern scheinende Nacht in den Sinn, in der Evrard während seines Todeskampfes im Kerker der ehemaligen Templerfestung im Marais schreiend den Befehl gab, Al-Aqsa zu räumen und die Bundeslade zu retten.

»Und Ihr glaubt, Sire, daß wir in der Kapelle der Tempelherren dort«, fragte Jonas und wies mit dem Kinn auf Eunate, »irgend etwas diesbezüglich finden werden?«

»Was das alles betrifft, sicher nicht, Jonas«, antwortete ich und richtete mich mit Hilfe meines Pilgerstabs auf. »Unter den unzähligen Geheimnissen der Templer ist das der Bundeslade das unantastbarste. Aber ich bin mir ziemlich sicher, daß wir hier durchaus auf die ersten Spuren zu den Verstecken des Templerschatzes stoßen werden, den sie vor der Auflösung ihres Ordens am Jakobsweg verbargen.«

»Und die Bundeslade?« bohrte er halsstarrig nach.

»Der Lauf der Jahrhunderte wird sich ihrer schon annehmen.«

»Aber dann werden *wir* sie doch nicht mehr sehen!« murrte er, während wir nun auf die Kirche zugingen.

»Wir sind eben nicht unsterblich: Die Zukunft werden wir versäumen.«

Durch einen der beiden Eingänge betraten wir den äußeren Arkadengang, und als wir den Chor umrundeten, der ebenso achteckig war wie die Kirche, entdeckte ich die untrüglichen Kennzeichen der Initiation: Auf einem der Kapitelle sah man die Figur eines Gekreuzigten, jedoch ohne Kreuz, umgeben von den zwölf Aposteln; auf einem anderen sich gegenüberstehende Sonnenlöwen; des weiteren Teufelsfratzen, aus deren Mündern Schlingpflanzen quollen, die Labyrinthe oder Spiralen formten und an deren Ende oder in deren Mitte sich immer ein Pinienzapfen fand, Symbol der Fruchtbarkeit und Unsterblichkeit. Nichts von alldem brachte mir neue Erkenntnisse. Wenn ich nur ein einfacher Pilger gewesen wäre, so hätte ich möglicherweise Gefallen daran gefunden, diese Bildnisse zu betrachten, über sie nachzudenken, und sie zu entziffern versucht, um dann die Schlußfolgerungen daraus auf mein Leben anzuwenden; jedoch war mein Leben und das meines Sohnes in Gefahr, und ich hatte keine Zeit zu verlieren.

»Seht doch, Sire!« Jonas war vor einer der Doppelsäulen stehengeblieben und betrachtete aufmerksam das Kapitell.

»Dies hier ist die einzige normale Abbildung, die ich in diesem ganzen seltsamen Wandelgang entdecke.«

Ich trat näher und betrachtete das Kapitell genauer. Auf der einen Seite konnte man die Szene sehen, in welcher der am Wegesrand sitzende blinde Bartholomäus nach Jesus, dem Sohn Davids, schrie und ihn um das Wunder anflehte, ihm das Augenlicht zurückzugeben. Und auf der anderen Lazarus' Auferstehung in dem Augenblick, als der Grabstein zur Seite geschoben wurde und Jesus seinen Freund zur Überraschung aller Anwesenden anwies, herauszukommen. Sowohl Bartholomäus als auch Jesus standen auf winzigen steinernen Konsolen, die knappe Inschriften trugen: *»Fili David miserere mei«*, lautete die des Blinden, und Jesus' *»Ego sum lux«*. Nun, sagte ich mir, das war wenigstens etwas.

Nachdem wir den Arkadengang umrundet hatten, betraten wir durch die nördliche Pforte den Zentralbau. Ein langer Fries zum Säulengang hin führte jedem Vorbeigehenden die ganze Bandbreite der geheimen Initiation vor Augen. Das überraschte mich keineswegs: Es konnte sehr schwierig sein, die unerschütterlichen Geheimnisse ohne die Hilfe eines Meisters auszulegen, einige hatten es hingegen geschafft und waren danach im Studium der Erkenntnis sehr weit gekommen. Glücklicherweise benutzte die Erzählung des Frieses die kryptische Symbologie – weise Worte werden immer Auslegungen benötigen –, so daß einige von uns, die Eingeweihten, lesen konnten, was dort geschrieben stand, und andere ebenfalls dazu imstande waren, wenn sie ihr Geist dazu anregte. Ich folgerte daraus, daß der Jakobsweg, der Weg der Milchstraße, angelegt worden war, um denjenigen zu helfen, die fähig waren, aus eigener Kraft den Zustand der Gnade zu erreichen. Eine zwar schreckliche, aber keineswegs aussichtslose Aufgabe.

»Was bedeuten all diese Bilder?«

»Welche Bilder?«

»Die Köpfe dort zum Beispiel, die sich aufeinander stützen.«

«Das ist die Übertragung des Wissens, von dem ich dir vorhin erzählte. Die erste Stufe des Initiationsritus.«

»Und jene Chimären und Sirenen mit den Drachenschwänzen?«

»Der Schmerz und die Angst des Menschen angesichts der Gefahr und dem Unbekannten.«

»Und warum haben die Ungeheuer eine Blume auf dem Bauch?«

»Weil der Verlust der Angst den Menschen befreit und ihn dazu befähigt, die Wahrheit zu erlangen.«

»Warum trägt jene Figur dort mit der Kapuze ein Kind auf ihren Armen?«

»Weil das Kind nach seinem Tod wiedergeboren wurde.«

»Und die nackte Frau dort, die sich um eine Schlange windet?«

»Das, Jonas, ist die Große Mutter, die *Magna Mater*, die Erde. Erinnere dich, ich habe dir schon einmal von ihr erzählt.«

»Und warum bildet man eine heidnische Göttin in einem christlichen Gotteshaus ab?«

»Sämtliche Gotteshäuser der Welt sind einer einzigen Gottheit geweiht, wie auch immer man sie nennen mag.«

»Und was macht eine Göttin mit einer Schlange?«

»Die Schlange ist das Symbol des heiligen Wissens. Auch davon habe ich dir bereits erzählt.«

»Nur etwas verstehe ich nicht: Wie kann ein Kind geboren werden, nachdem es doch gestorben ist?«

»Das, mein lieber Jonas, erkläre ich dir ein andermal«, sagte ich und wischte mir mit dem Kuttenärmel den Schweiß von der Stirn. So eine Fragerei! »Jetzt möchte ich gern herausfinden, wohin man über jene Treppe dort gelangt.«

Auf der südlichen Seite der Kapelle sah man durch eine halbgeöffnete Tür eine Wendeltreppe. Noch waren wir hier niemandem begegnet, weshalb nichts dagegen sprach, hinaufzusteigen und zu erkunden, wohin sie führte. Ich sah mich nicht enttäuscht, als wir auf einen kleinen Turm kamen, von wo aus man eine wunderbare Landschaft betrachten konnte; zu unseren Füßen dehnten sich die weiten, stillen Felder um Eunate. In der Ferne war schon Puente la Reina zu erkennen.

»Hier muß sich der Turmwächter postiert haben, genau wie in Ponç de Riba«, meinte der Junge.

»Welcher Turmwächter, wenn hier niemand lebt?«

»Es wird doch jemand aufpassen müssen, falls die Mauren wieder einfallen!«

»Und wozu, glaubst du, dient dann jener Kirchturm dort in Puente la Reina, der sehr viel höher ist und weiter im Süden liegt?«

»Nun, sie werden wohl auf beiden Wache gehalten haben.«

»Möglich, das ist nicht ganz von der Hand zu weisen«, stimmte ich ihm zu. »Dieser Turm hier dient jedoch noch zu etwas anderem als nur zur Überwachung. Hast du die wunderbare Aussicht auf den Himmel bemerkt, die man von hier aus genießen kann? In einer schönen Sommernacht muß man das Firmament hier oben mit bloßen Händen berühren können. Zweifellos dient diese Plattform dem Studium der Sterne.«

»Und wer soll die Sterne beobachten, wenn hier niemand wohnt?«

»Sei dir gewiß, daß irgend jemand ab und zu hierherkommt, um den Himmel zu beobachten, nachts oder während der Sonnenwende oder der Tag- und Nachtgleiche. Und nicht nur dann; es gibt Zeiten im Jahr, in denen es lebenswichtig ist, die Konstellationen zu deuten. Ein so geeigneter Ort muß von Astrologen gut besucht sein.«

»Und die Stadt dort, Puente la Reina, ist sie unser nächstes Ziel?« fragte Jonas und wies mit dem Finger in die Ferne.

»So ist es. Dort werden wir heute essen, in irgendeinem Hospiz oder im Haus eines gutmütigen und barmherzigen Samariters.«

Quatuor vi sunt que ad Sanctum Jacobum tendentes, in unum al Pontem Regine, in horis Yspanie, coadunantur…

»Vier Wege führen nach Santiago, die sich zu einem einzigen in Puente la Reina in Spanien vereinen …«, erklärte Aimeric Picaud im ›*Codex Calixtinus*‹. Unsere Reise war bis dahin eher einsam verlaufen – wir waren gerade einmal auf zwei oder drei Pilgergruppen und den ein oder anderen ungeselligen Büßer gestoßen –, doch nun wurden wir in Puente la Reina der großen Zahl Menschen gewahr, die zur Buße ihrer Sünden mühevoll den heiligen Weg beschritten. Ich selbst hatte über die Großherzigkeit gestaunt, mit der wir bis dahin von den Dorfbewohnern, Bauern und Mönchen entlang des Wegs behandelt worden waren, indessen war nichts vergleichbar mit der Fröhlichkeit und dem Überschwang, mit denen uns die Navarreser jener Gegend bereits in Obanos empfingen. Wie falsch erschienen mir doch die Worte unseres Pilgerführers Aimeric Picaud:

> Die Navarreser sind ein barbarisches Volk, das sich von allen Völkern in Gebräuchen und Wesen unterscheidet, voller Bosheit, von schwarzer Farbe, unansehnlich, verrucht, schurkisch, falsch, treulos und korrupt, wollüstig, trunksüchtig, erfahren in Gewalttätigkeiten, unerschrocken und wild, unehrlich und verlogen, gottlos und von rauhen Sitten, grausam und streitsüchtig, kurzum: zu jeglichem Guten unfähig, aber Lastern und der Sündhaftigkeit aufgeschlossen. Es ist dem Volk der Geten und den Sarazenen an Bosheit ebenbürtig, unserem französischen Volk in jeder Beziehung feindlich. Für eine Münze tötet ein Navarreser oder Baske, wenn er kann, einen Franzosen.

Ich hatte jedoch bisher nur höchst selten so viele Menschen so glücklich vereint erlebt, und auch noch nie eine Stadt gesehen, die sich ausschließlich einem einzigen Ziel verschrieben hatte: der Betreuung und Bewirtung des Pilgers.

Kaum waren die ersten Häuser von Puente la Reina auszumachen, lenkte ich Jonas' Aufmerksamkeit auf den Kirchturm vor uns: Obwohl er unten quaderförmig begann, lief er an seiner Spitze in einer wunderbaren, zierlichen achteckigen Kuppel aus. Der Junge lächelte mich wissend an. Später erfuhren wir, daß es sich um die Pfarrkirche von Murugarren handelte, Nuestra Señora dels Orzs, die bis zur Auflösung des Ordens den Templern gehört hatte. Offenbar hatte König García VI. diesen östlichen Stadtkern 1142 den Tempelherren geschenkt, unter der Bedingung, daß sie die Pilger *propter Amorem Dei* aufnahmen. Diese Tradition der Gastfreundlichkeit war dort noch immer tief verwurzelt und lebendig.

Obwohl alle Pilger, die wie wir die Stadt betraten, zuerst Nuestra Señora dels Orzs aufsuchten, um zu beten, wanderten Jonas und ich zunächst auf der Pilgerstraße weiter. Wir hatten Hunger und wollten uns ausruhen, weshalb wir die Gebete und obligatorischen Kirchenbesuche auf später verschoben und uns zum anderen Ende des Ortes aufmachten, zur Pilgerherberge, die direkt neben einem der beiden Hospitäler der Stadt lag. Wir kamen an der Santiago-Kirche vorbei, die ein reich geschmücktes, von den Mozarabern errichtetes Portal zierte, und gingen dann die Hauptstraße entlang, die von zahlreichen Palästen adliger Familien gesäumt war, deren Wappen die Türstürze krönten. Am Ende der Calle Mayor befand sich die berühmte Brücke, die der Stadt Namen und Ruhm verliehen hatte.

Nie zuvor hatte ich eine so beachtliche, so anmutige und leichte Brücke gesehen wie die von Puente la Reina. Sie schien wie durch Zauberei von ihren Sockeln emporzustreben, und ihr Bild reflektierte sich so vollkommen im Wasser, daß man nicht unterscheiden konnte, wo die wirkliche Brücke begann und wo ihr Spiegelbild. Sechs weite Bögen über fünf Stützpfeilern mit kleinen Entlastungsbögen ließen den Stein in der Luft schweben und ermöglichten den Jakobspilgern die Überquerung des Río Arga. Königin Doña Mayor, die Gemahlin des

Königs von Navarra, Sancho Garcés III. des Großen, hatte die herrliche Brücke errichten lassen. Aber wer war der Brückenbauer gewesen? Selbst wenn ich nie seine wahre Identität erfahren würde, so war er sicherlich ein initiierter Meister gewesen. Und Jonas' großer Scharfsinn enttäuschte mich auch dieses Mal nicht.

»Was ich nicht verstehe«, sagte er mit gerunzelter Stirn und in unheilvollem Ton, »ist, warum man diese Brücke wie einen steilen Hügel gebaut hat, so daß wir bis zu ihrem höchsten Punkt hinaufgehen müssen, um auch nur das geringste von dem zu sehen, was uns auf der anderen Seite erwartet. Wo wir doch so müde sind!«

»Diese wunderbare Brücke mit ihren beiden Steigungen ist ein weiteres Symbol der vielen, die wir entlang dem Pilgerweg finden werden. Du solltest ihre Architektur eingehend studieren, um ihre Botschaft zu verstehen.«

»Wollt Ihr damit sagen, daß man diese schreckliche Rampe mit Absicht errichtete, obwohl man eine bequeme Brücke mit geradem Steg hätte bauen können? Als Strafe für die Wanderer?«

»Nun ja ... dies wird mehr oder weniger ihr Anliegen gewesen sein.«

»Das kann ich nun wirklich überhaupt nicht nachvollziehen!«

Ich seufzte. Mein Sohn kannte kein Mittelmaß: Entweder legte er eine erstaunliche Intelligenz und einen unglaublichen Wissensdurst an den Tag, oder aber er verwandelte sich angesichts der unbedeutendsten, körperlichen Unannehmlichkeiten in einen Dummkopf und war dann so schwer von Begriff wie ein Esel.

Im Hospiz aßen wir uns an gebratenem Zicklein, Kichererbsen und süßem Kürbis satt und hielten danach eine lange Siesta auf bequemen Strohsäcken. Am späten Nachmittag waren wir endlich soweit, die Stadt zu besichtigen.

»Es wird gleich regnen, glaube ich«, meinte der Junge, als

wir auf die Straße hinaustraten und den wolkenverhangenen Himmel entdeckten.

»Vielleicht. Eben deshalb sollten wir schneller gehen.«

»Ich wollte etwas mit Euch besprechen, Sire.«

»Was denn?« fragte ich zerstreut, während wir wieder die außergewöhnliche Brücke hinaufgingen.

»Erinnert Ihr Euch an den Grafen, der Euch in St-Gilles bedrohte?«

Abrupt blieb ich auf dem Scheitelpunkt der Brücke stehen. Zu unseren Füßen schien die Stadt unter dem trüben Licht zu versinken.

»Ja. Was ist mit ihm?«

»Seit Obanos folgt er uns.«

»Er folgt uns seit unserer Abreise aus Avignon«, knurrte ich und ging weiter.

»Sicher, Sire, aber jetzt tut er es wesentlich dreister. Mir scheint, er will wieder mit Euch reden.«

»Wenn er mich sprechen will, weiß er ja, was er tun muß!«

Plötzlich war meine Laune so getrübt wie der Abend. Ich hatte keine Lust mehr, die Stadt zu besichtigen. Die traurige Wahrheit war, daß ich bisher nicht die geringste Spur gefunden hatte, die mich zum Gold der Templer führen könnte – vielleicht mit Ausnahme des Kapitells in Eunate, das außer einem Irrtum des Steinmetzmeisters möglicherweise nichts weiter offenbarte –, und Joffroi de Le Mans wußte das, er wußte, daß ich mit leeren Händen dastand. Deshalb versuchte er mich einzuschüchtern. Seine Zudringlichkeit war nichts weiter als eine Drohgebärde. Indessen brauchte ich seine Wichtigtuerei nicht, um mir meines Scheiterns vollkommen bewußt zu sein. Ein entsetzlicher Donnerschlag hallte am Himmel wider und blieb zitternd in der Luft hängen, als ob man das Universum zweigeteilt hätte und die beiden Teile nun einstürzen würden.

»Es sieht nach Regen aus, Sire.«

»Ist gut. Laß uns dort in der Schenke einkehren«, murrte ich.

Über der Tür zeigte eine grobe, bunte Holzschnitzerei, die von einem Schürhaken herunterhing, eine kleine, sich ringelnde Schlange. *Coluver*, die Schlange, war darunter in gotischen Lettern zu lesen.

»Der Wirt muß Franzose sein«, meinte ich, während ich die Tür aufstieß.

»Der Wirt und all seine Gäste«, fügte Jonas überrascht hinzu, als wir drinnen standen.

Der Schankraum war mit einer nicht zu überblickenden Menge Dorfbewohner und französischer Pilger restlos überfüllt, die allesamt einen schrecklichen Lärm veranstalteten. Instinktiv hielt ich mir die Nase zu, um nicht den unangenehmen Geruch so vieler menschlicher Ausdünstungen einatmen zu müssen.

»Nicht ein einziger verdammter Tisch ist mehr frei!« brüllte ich dem Jungen ins Ohr.

»Was habt Ihr gesagt?« schrie er zurück.

»Daß kein einziger verdammter Tisch mehr frei ist!«

»Seht doch!« rief Jonas, ohne auf mich zu hören, und zeigte auf eine dunkle Ecke im hinteren Teil des Raumes. Dort, unter einer Reihe zum Dörren aufgehängter Würste, winkte uns ein abgezehrter Arm zu. Im ersten Moment erkannte ich den Mann nicht, aber dann wurden mir allmählich seine Züge wieder vertraut, und ich brachte schließlich Name und Gesicht zusammen. Daß mir sein Name wieder einfiel, ist natürlich nur so dahingesagt, denn dort hinten saß Niemand, der Alte aus dem Hospital de Santa Cristina, und begrüßte uns freudig. An dem langen, dicht besetzten Holztisch bot er uns einen Platz an seiner Seite an.

Mit großer Mühe zwängten wir uns zu ihm durch, begleitet vom Knurren einer Menge betrunkener Franzosen.

»Don Galcerán!« rief der Alte aus, als wir endlich bei ihm angelangt waren. »García, mein lieber Junge! Welch große Freude, Euch hier zu treffen!«

»Wie konntet Ihr Puente la Reina denn vor uns erreichen,

Großvater?« fragte ihn Jonas mit großen, staunenden Augen, während wir uns neben ihn setzten.

»Ich habe einen Teil des Wegs auf einem Karren zurückgelegt, in Gesellschaft von einigen Bretonen, die es eilig hatten, nach Santiago zu kommen. In Puente la Reina machte ich dann halt, um etwas auszuruhen; in meinem Alter sollte man es nicht mehr übertreiben.«

»Also, *wir* haben Euch nicht gesehen.«

»Ich Euch auch nicht, und das, obwohl ich Ausschau hielt. Die Bretonen, von denen ich Euch erzählt habe, reisten auch gern nachts. Sicherlich wart Ihr irgendwo in einer Kirche, als wir vorbeifuhren, oder Ihr habt am Wegesrand geschlafen.«

»Möglich«, gab ich unwirsch zu und schlug ein paarmal auf den Tisch, um die Wirtin herbeizurufen.

»Habt Ihr schon viel gesehen, mein junger García?«

»O ja, Großvater! Ich habe viel gesehen und viel gelernt.«

»Erzählt, erzählt, ich habe große Lust, Euch zuzuhören!«

Das waren die Zauberworte, welche die Schleusen für Jonas' Wortschwall öffneten, der wie immer kurz vor dem Platzen war. Ich erinnere mich, daß ich kurz befürchtete, er würde mehr als nötig erzählen, doch zum Glück verlor der Junge trotz seiner Unreife nicht den Verstand. Er begann dem Alten ausführlich seine eigenen Gedanken zu den Sagen um den Heiligen Gral sowie die erschöpfenden Einzelheiten seiner zukünftigen Laufbahn als Gralsritter zu erzählen. In der Zwischenzeit brachte uns die Wirtin die Getränke (einen hervorragenden Landwein für mich und für den Jungen Gerstensaft), und ich versank in meine Gedanken, während ich das Gedränge um uns herum in Augenschein nahm.

Schon seit geraumer Zeit sang eine Gruppe französischer Pilger lauthals einige fröhliche Romanzen in provenzalischer Sprache. Klatschend und pfeifend begleiteten sie die Melodie, und mit den Krügen schlugen sie auf den Tischen den Takt dazu. Da das Stimmengewirr in der Schenke so groß war, hatte ich ihnen anfangs keine Beachtung geschenkt. Aber irgend etwas, keine Ahnung was, ließ mich auf einmal die Ohren spitzen und horchen, woraufhin mir unversehens das Blut in den Adern stockte: Der Text handelte von einer französischen Jüdin, die auf dem Weg nach Burgos war und der ihre Reisegefährten vergeblich den Hof zu machen versuchten, weil sie anscheinend danach trachteten, jede einzelne der unendlich vielen Sommersprossen zu zählen, die auf ihrem ganzen Körper verteilt waren. Sie mußten sie allerdings in Frieden lassen, denn da sie Pilger waren, konnten sie nicht gegen die Heilige Mutter Gottes sündigen. Schließlich kam jedoch heraus, daß die Jüdin eine Zauberin war und sie alle bedroht hatte, daß ihnen die Zähne ausfallen und sie kahlköpfig würden, wenn sie nicht von ihren Schmeicheleien abließen.

Ich packte Jonas am Arm und zog ihn zu mir herüber.

»Hör zu!« befahl ich ihm schonungslos.

Zwischen Gebrüll und Gelächter begannen die Franzosen erneut das Liedchen zu trällern, und da die Verse leicht zu merken waren, schlossen sich ihnen weitere an. Jonas lauschte und sah mich dann an.

»Sara!« rief er aufgeregt aus.

»Ganz sicher.«

»Wer ist Sara?« fragte Niemand voll Neugier.

»Eine Bekannte von uns, die wir vor nicht allzu langer Zeit noch in Paris gesehen haben.«

»Nun, ich glaube, jetzt ist sie nicht mehr dort, wenn es stimmt, was das Lied besingt«, entgegnete der Alte.

Der Junge und ich beachteten ihn nicht weiter, folgten einzig und allein aufmerksam den Versen.

»Ich werde mal nachfragen«, meinte Jonas und stand auf.

»Laß das besser mich erledigen«, hielt ich ihn zurück und bedeutete ihm, sich wieder zu setzen. »Über dich würden sie sich nur lustig machen.«

Ich drängte mich durch die Menge bis zu jener Pilgergruppe durch und beugte mich dann zum schmutzigen Ohr des Franzosen hinunter, der den Ton anzugeben schien. Der grobschlächtige Mann hörte sich meine Bitte an, betrachtete mich eingehend – er schien nachzudenken –, und dann brach er in Gelächter aus. Nachdem er seinen Kameraden mit der Hand ein Zeichen gemacht hatte, erhob er sich und zog mich beiseite.

»So ist es, Sire«, bestätigte er mir mit einem Lächeln, »die Jüdin des Liedes heißt Sara. Erst gestern trennte sie sich von uns und schloß sich einer Gruppe Juden an, die nach León unterwegs war.«

»Und wißt Ihr, wohin sie wollte?«

»Davon erzählt doch schon unsere Romanze, *Micer!* Nach Burgos. Scheinbar wohnt dort ein Mann, der auf sie wartet. Sie hatte es sehr eilig, dorthin zu gelangen, weshalb sie uns verließ. Die Juden, mit denen sie weiterzog, sind schneller als wir. Und das, obwohl wir den Pilgerweg mit den besten Karren von ganz Frankreich bereisen! Wir haben nur zwei Wochen benötigt, um die Strecke von Paris hierher zu bewältigen.«

»Wie weit, denkt Ihr, kann sie schon gekommen sein?«

»Ich weiß nicht ...« Nachdenklich zupfte er an seiner Unterlippe. »Sie wird vielleicht zwei oder drei Tagesritte zurückgelegt haben. Mehr glaube ich nicht.«

Ich dankte ihm und kehrte zu Jonas und Niemand zurück, die mich schon ungeduldig erwarteten.

»War es Sara?«

Erwartungsvoll blickte mich der Junge an.

»Ja, sie war es. Der Franzose hat es mir bestätigt.«

»Und was führt sie nach Spanien?«

»Mit Bestimmtheit kann ich das nicht sagen«, erwiderte ich und nahm einen großen Schluck Wein, da meine Kehle sich jetzt staubtrocken anfühlte. »Aber sie ist nur wenige Meilen von hier entfernt. Zwei oder drei Tagesritte, höchstens.«

»Wollt Ihr sie einholen?« fragte Niemand in neugierigem Tonfall.

»Wir sind mittellose Pilger und können uns keine Reittiere leisten«, erläuterte ich ihm übelgelaunt.

»Das läßt sich leicht bewerkstelligen. Ich pilgere nicht mit einem Armutsgelübde, weshalb ich für uns drei Pferde kaufen könnte.«

»Ihr seid sehr liebenswürdig, aber ich bezweifle, daß Ihr über ausreichende Mittel verfügt«, brachte ich hervor, bestrebt, ihn zu beleidigen. Doch Niemand war kein Ritter, der seine Ehre verteidigen mußte, er hatte noch nicht einmal das Aussehen eines Adeligen oder Edelmanns; er ähnelte vielmehr einem wenig bemittelten Kaufmann.

»Die Mittel, über die ich verfüge, sind meine Sache, Sire. Es obliegt Euch nicht, darüber zu urteilen. Ich biete Euch die Gelegenheit, Eure Freundin einzuholen. Nehmt Ihr an oder nicht?«

»Nein. Wir können Eure Großzügigkeit nicht annehmen.«

»Können wir nicht?« stutzte Jonas.

»Nein, wir können nicht«, wiederholte ich und sah ihm dabei fest in die Augen, damit er ein für allemal den Mund hielt.

«Nun, ich wüßte nicht, warum nicht.« Der Alte blieb hartnäckig. »Hinter dem Hospiz von San Pedro gibt es einen ausgezeichneten Reitstall mit hervorragenden Pferden, und ich kenne den Besitzer gut. Er wird uns die gewünschten Tiere zu einem vernünftigen Preis verkaufen.«

»Seid Ihr sicher, *Vater*, daß wir wirklich nicht können?« hakte der Junge nach und legte auf das Wort »Vater« solchen Nachdruck, daß es wie ein Messerstich wirkte.

Ich warf ihm einen mörderischen Blick zu, der jedoch wie ein Pfeil am Wappenschild abprallte. Diesen dummen Novizen würde eine kräftige Abreibung erwarten, wenn wir erst wieder im Hospiz wären.

»Überlegt es Euch gut, Don Galcerán. Ihr würdet Santiago wesentlich früher erreichen, ohne Euer Armutsgelübde zu brechen.«

Ich wußte, daß ich es nicht tun sollte; ich wußte, daß ich einen Auftrag zu erfüllen hatte und eine Wallfahrt zu Pferd bedeuten würde, wichtige Spuren zu übersehen; ich wußte, daß Graf Joffroi uns auf den Fersen war und jeden einzelnen unserer Schritte überwachte; und ich wußte, daß ich mich obendrein – was bewegte mich eigentlich dazu, hinter der Jüdin herzulaufen? – noch nie zuvor einem Befehl widersetzt hatte.

»Nun gut, Niemand, ich nehme Euer Angebot an.«

Auf Jonas' Gesicht machte sich große Zufriedenheit breit, während der Alte sich mit einem Lächeln vom Tisch erhob.

»Also, gehen wir. Wir haben gerade noch Zeit, die Tiere zu erstehen und nach Estella aufzubrechen. Dort werden wir die Nacht verbringen.«

Mir drängte sich der Gedanke auf, daß Niemand zu jenen Menschen zählte, die sich mittels Geschenken und Gefälligkeiten Freunde kaufen, da sie unfähig waren, sie auf andere Art und Weise für sich zu gewinnen. Sobald sie sie aber einmal »erworben« haben (oder dies zumindest glauben), bemächtigen sie sich ihrer Opfer ganz und gar, ja selbst ihres Hab und Guts, bis diese sie schmählich im Stich lassen, da es keine andere Art gibt, sich dieser ermüdenden Beziehungen zu entledigen. Danach dachte ich, daß wir uns in eine tödliche Falle begeben hatten, in der Niemand die Spinne war und Jonas und ich die kleinen, wehrlosen Insekten, die sie zu verspeisen gedachte. Und schließlich kam mir in den Sinn, daß wir keine Zeit hätten, die ehemalige Kirche der Templer Nuestra Señora dels Orzs aufzusuchen, falls wir ihn beim Kauf der Pferde begleiten müßten.

»Vor unserem Aufbruch müssen wir noch etwas erledigen, Jonas.«

Der Junge nickte.

»Was denn?« fragte Niemand ungeduldig.

»Ein Besuch der Pfarrkirche von Murugarren. Wir können Puente la Reina nicht verlassen, ohne zu Unserer Lieben Frau gebetet zu haben.«

Im Gesicht des Alten spiegelte sich Verdruß.

»Ich halte dies nicht für unerläßlich. Es ist nur eine Kirche, eine von vielen. Ihr werdet noch an vielen anderen Orten zur Heiligen Jungfrau beten können.«

»Es wundert mich, daß ein so alter Pilger wie Ihr so etwas sagt.«

»Nun, es sollte Euch nicht erstaunen«, erwiderte er unwirsch, doch gleich darauf wurde der Ton seiner Stimme wieder weicher. »Gerade weil ich den Weg des heiligen Apostels sehr gut kenne, weiß ich, daß es an Orten der Marienverehrung nicht fehlen wird.«

»Das wissen wir, aber wir werden im Gegensatz zu Euch vielleicht nie wieder in diese Gefilde zurückkehren.«

Niemand schien nachzudenken.

»Dann erlaubt wenigstens, daß der Junge mitkommt«, sagte er schließlich. »Seine Meinung wird mir beim Aussuchen unserer Pferde sehr nützlich sein.«

»Ja, bitte, gestattet, daß ich ihn begleite«, bat dieser Dummkopf von meinem Sohn flehend.

»Also gut«, gab ich, wenn auch schlechtgelaunt, nach. »Geh mit ihm die Pferde kaufen. In einer Stunde treffen wir uns im Hospiz.«

Warum, fragte ich mich, während ich allein durch die Calle Mayor schritt, warum dies alles, warum hatte ich nur dieser Reise zu Pferd zugestimmt? Warum hatte ich erlaubt, daß der Alte sich in unser Leben einmischte? Warum vernachlässigte ich gerade meine erste und wichtigste Pflicht, diese Mission, an der dem Papsttum und dem Orden der Hospitaliter so viel lag? Weshalb stellte ich die allmähliche Initiation meines Sohnes zurück, da dies in Gesellschaft von Niemand unmöglich war? Warum forderte ich auf diese Weise den Grafen de Le Mans heraus? Warum? Warum nur? …

Die Pfarrkirche – und hier war ihr Templerursprung nicht zu leugnen – verfügte seltsamerweise über zwei identische Kirchenschiffe (statt eines Hauptschiffes oder derer drei, wie dies sonst üblich war), obwohl eines davon nur als Seitenkapelle diente und weder über Altar noch Heiligenbild verfügte. Im ersten blickte eine thronende Gottesmutter mit dem Kind auf ihren Knien ausdruckslos in den Raum, als ob nichts, was sich dort vor ihr abspielte, sie irgendwie beeindrucken könnte. Es war das Bildnis der Heiligen Maria von Orzs, eine sorgfältig gearbeitete Skulptur ohne jegliche rätselhafte Bedeutung. Hatten die Tempelherren Puente la Reina etwa übergangen? Das konnte ich mir nicht vorstellen, weshalb ich mich mit einer gewissen inneren Unruhe zum zweiten Kirchenschiff wandte.

Die Apsis war merkwürdigerweise hinter einem schweren, schwarzen Tuch verborgen, was natürlich sofort meine Neugier weckte. Was war dort wohl zu entdecken? Das Schiff einer Kirche steht nicht umsonst leer, es mußte irgendeinen gewichtigen Grund geben für einen solch verblüffenden Anblick, und da man nirgends Bauarbeiten noch Gerüste sah, die eine solche Abdeckung rechtfertigten, mußte es auf etwas anderes zurückzuführen sein. Ich zweifelte keinen Augenblick daran und hob – selbst auf die Gefahr hin, von irgendeinem der Pilger, die dort gerade Andacht hielten, gerügt zu werden – eine der Ecken des Tuches hoch.

»Was tut Ihr da?« kreischte eine hohe Stimme durch die Stille des Gotteshauses.

»Ich schaue. Darf man das nicht?« antwortete ich, ohne den Stoff loszulassen.

»Nein, das soll man nicht.«

»Das ist kein Verbot«, sagte ich, während ich hastig einen Blick über das gleiten ließ, was dahinter zu erblicken war.

»Laßt sofort das Leintuch los, oder ich sehe mich gezwungen, die Wache zu rufen!«

Ich konnte nicht fassen, was ich da vor mir sah ... ich konnte es einfach nicht glauben. Ich mußte in meinem Gedächtnis jede Einzelheit festhalten. Und ich brauchte mehr Zeit, um alles genau zu betrachten.

»Und wer seid Ihr, daß Ihr in dieser Kirche so herumschreien dürft?« fragte ich scheinbar einfältig in der Absicht, meinen Gesprächspartner aufzuhalten. Durch das Kirchenschiff kamen seine Schritte eilig näher.

»Ich bin ein Laienbruder dieser Pfarrei«, rief die Stimme

kaum eine Sekunde später schon an meinem Ohr, während gleichzeitig eine alte, zittrige Hand den Stoff wieder gegen die Kirchenmauer drückte und so meiner Besichtigung ein jähes Ende bereitete, »und mit der Aufsicht über diese Kirche betraut. Und wer seid Ihr?«

»Ein Jakobspilger, nur ein Pilger«, antwortete ich und täuschte Trübsal vor. »Ich hatte meiner Neugier nicht widerstehen können. Sagt, von wem sind diese wunderbaren Gemälde?«

»Von Johann Oliver, einem deutschen Meister«, erklärte mir der lächerliche Wächter. »Doch wie Ihr seht, sind sie noch nicht fertig. Deshalb kann man sie auch nicht betrachten.«

»Aber sie sind wirklich ausgezeichnet!«

»Sicher, doch wahrscheinlich werden sie durch ein echtes Kreuz ersetzt, durch eines, was so ähnlich aussieht wie das, welches dort an die Wand gemalt ist.«

»Warum denn das?« fragte ich neugierig.

»Was weiß ich!«

»Ihr seid nicht gerade sehr liebenswürdig, Bruder.«

»Und Ihr laßt es in diesem Gotteshaus an der nötigen Ehrfurcht mangeln. Deshalb verschwindet, Schurke! Raus hier! Hört Ihr nicht? Ich habe gesagt, hinaus!«

Ich verließ die Kirche im Laufschritt, nicht aus Furcht vor den leeren Drohungen des Laienbruders, der mich nicht einschüchtern konnte – ich nahm zwar eine demütige Haltung ein, doch nur, um vor jenem Spaßvogel glaubhafter zu wirken –, sondern weil ich mich irgendwo hinsetzen mußte, um über all das gründlich nachzudenken, was ich soeben gesehen hatte.

Wenig entfernt davon stieß ich auf das herrliche Portal der Santiago-Kirche. Wie ein Bettler ließ ich mich an einer der Säulen davor nieder. Ich weiß nicht, warum ich dort blieb, verstand ich doch so wenig von den Dingen des Weges, den ich beschritt. Alles war magisch und symbolisch, alles vielgestaltig und hintergründig, jedes Zeichen konnte tausend verschiedene Dinge bedeuten, und jedes einzelne davon setzte sich wiederum geheimnisvoll mit Orten, Kenntnissen oder endlos lang zurückliegenden Ereignissen in Raum und Zeit in Beziehung, was nur dazu diente, das Geheimnis noch zu vertiefen.

Hinter dem schwarzen Leinen der Apsis hatte ich das außergewöhnlichste Kruzifix entdeckt, das ich in meinem Leben je gesehen hatte: Auf der Kirchenmauer war der Gekreuzigte in menschlicher Größe abgebildet, wie er sterbend an einem Baum in Form eines griechischen Ypsilon hing, den Körper zur linken Seite geneigt, den Kopf in die entgegengesetzte Richtung. Die Dramatik der Szenerie war so streng und erhaben und der Naturalismus so ausgeprägt, daß ich jedesmal, wenn ich daran dachte, ein Schaudern nicht vermeiden konnte. Jedoch war noch mehr zu sehen: Über Christi Haupt beziehungsweise über der Baumspitze betrachtete das spähende Auge eines Königsadlers einen entfernten Sonnenuntergang. Dies alles mußte ich deuten. Wenn im Leben nichts zufällig geschieht, so war jene Darstellung am allerwenigsten vom Zufall bestimmt. Aus irgendeinem Grund war sie dort an die Wand gemalt und dann abgedeckt worden.

Ich begann mögliche Auslegungen gegeneinander abzuwägen. Was hatte ich also? Es gab einen deutschen Meister namens Johann Oliver, der sein Werk nicht vollendet hatte; sein Gemälde sollte schon bald durch ein echtes, ähnliches Kruzifix ersetzt werden; und darüber hinaus war dieses außergewöhnliche Wandgemälde mit schwarzem Leinen verhängt, welches seine Betrachtung verhinderte. Nun die Symbole: Es gab eine Kreuzigungsszene ohne Kreuz – auf einem der Kapitelle des Kreuzgangs von Eunate hatte ich die gleiche Andeutung gefunden –, da der gabelförmige Baum mit seinem ungeschälten Stamm, aus dem auf der Höhe von Christi Unterleib die beiden oberen Triebe sprossen, kein Kreuz war, sondern ein Gänsefuß, Erkennungszeichen der geheimen Bruderschaften der initiierten Baumeister und Brückenbauer (wie Salomo beim Bau seines Tempels Ausführende der heiligen Prinzipien der transzendenten Architektur); ich hatte einen Königsadler, Symbol der Erleuchtung, der sowohl das Sonnenlicht als auch Johannes den Evangelisten repräsentieren konnte; und ich hatte schließlich einen wunderschönen Sonnenuntergang, Urbild des geheimnisumwitterten Todes, welches den Eingeweihten in einen Sohn der Erde und des Himmels verwandelte.

Und was weiter? Welche Schlußfolgerung konnte man daraus ziehen? Vielleicht war die Verbindung zwischen all diesen Faktoren so absurd, daß ich sie nicht sehen konnte, oder vielleicht war sie auch so unbedeutend, daß ich sie gerade deswegen nicht wahrnehmen konnte. Auch war es möglich, sagte ich mir verzweifelt, daß das Bindeglied so weit hergeholt war, daß niemand, der nicht im Besitz des genauen Schlüssels für jenes Wirrwarr war, die einzelnen Teile richtig zusammenfügen konnte. Und natürlich konnte ich auch nicht das Kapitell von Eunate mit seinem bedeutsamen Irrtum außer acht lassen, das zudem eine glaubwürdige Übereinstimmung mit den Wandmalereien zeigte. Meine Blindheit brachte mich zur Verzweiflung; ich tat nichts anderes als mögliche Kombinationen von Symbolen, Namen und Ähnlichkeiten zu suchen. Vielleicht fehlte mir etwas, vielleicht täuschte ich mich in meiner Vorgehensweise ... Die traurige Wahrheit war, daß ich nichts fand, was einigermaßen logisch klang.

Nach all den Jahren, die ich dem Studium der Kabbala gewidmet hatte, war ich zu der grundlegenden Einsicht gelangt, daß ein guter Kabbalist sich niemals von den Hindernissen und Problemen abbringen läßt, die sich ihm während seiner Nachforschungen in den Weg stellen. Vielmehr akzeptiert er die Existenz besagter Schwierigkeiten als einen weiteren Aspekt der Erkenntnis, woraufhin er die angemessene Haltung einnehmen kann, um das wahrzunehmen, was er ändern muß.

Pferdehufe rissen mich aus meiner Verwirrung. Und wenn ich sage Pferdehufe, so meine ich auch Pferdehufe und nicht deren Geklapper, das auf irgendeine Art und Weise in mein Bewußtsein gedrungen wäre: So wie ich dort vor dem Portal der Santiago-Kirche saß, mit dem Kopf zwischen den Schultern und gesenktem Blick, sah ich die Beine einiger Tiere auf mich zustürmen, die direkt vor mir stehenblieben, und bevor ich überhaupt Zeit fand, blaß zu werden, warf Jonas' beleidigte Stimme von der Höhe seines Zelters herab mir mein Fernbleiben vor:

»Hatten wir uns etwa nicht für eine Stunde, nachdem wir uns getrennt hatten, im Pilgerhospiz verabredet, *Vater?* Da können wir ja lange auf Euch warten ... *Vater!*«

»Wie lange sitze ich schon hier?« wollte ich wissen, während ich mich schwerfällig aufrichtete, indem ich mich mit den Händen an den Säulen des Portals abstützte.

»Wie lange Ihr hier schon sitzt, wissen wir nicht«, erklärte mir Niemand und beugte sich leicht herunter, um mir die Zügel meines Rosses in die Hand zu drücken. »Doch seid Ihr mehr als zwei Stunden weg gewesen, Don Galcerán.«

»Mehr als zwei Stunden ... *Vater!*« rügte mich der Junge in einem unverschämten Ton.

Ich überlegte es mir nicht zweimal. Ich streckte den rechten Arm aus, packte Jonas am Kragen seines Wams' und zog ihn mitleidlos herunter. Da seine Füße noch in den Steigbügeln steckten, taumelte er und stürzte dann reichlich unglücklich auf das Pflaster, ohne daß ich ihn deshalb aus meinen Fängen gelassen hätte. In seinen Pupillen spiegelten sich jetzt Angst und Schrecken, und in den meinigen lag ein Groll, den ich nicht im entferntesten verspürte.

»Hör mir gut zu, García Galceráñez: Das war das letzte Mal in deinem Leben, daß es dir an Respekt vor deinem Vater mangelt«, betonte ich langsam und deutlich, »das allerletzte Mal, hast du mich verstanden? Für wen hältst du dich eigentlich, du miserabler, unverschämter Wicht? Sei der Heiligen Jungfrau dankbar, daß du jetzt keine Abreibung bekommst, und schwinge dich auf dein Pferd, bevor ich es mir doch noch anders überlege.«

Ich half ihm wieder hoch, sein Wams immer noch zwischen meinen Fäusten, und ließ ihn wie eine Puppe in den Sattel fallen. Ich sah die Wut und die Ohnmacht in seinem blaß gewordenen, bebenden Gesicht, und sogar ein Blitz des Hasses durchkreuzte seinen Blick, doch war Jonas kein schlechter Mensch, und sein Ärger löste sich in bitteren Tränen auf, als ich aufstieg und wir Puente la Reina in langsamem Trab verließen. Er war nicht mehr der kleine Junge, den ich bei meiner Ankunft in Ponç de Riba vorgefunden hatte, jener kleine García, der mir durch die Fenster der Klosterbibliothek hinterherspionierte und mit den hochgerafften Rockschößen eines *puer oblatus* aus dem Spital rannte. Nun hatte er den Körperbau, die Stimme und das aufbrausende Wesen eines Mannes, und gerade deswegen, selbst wenn sein Verstand des öfteren noch dem eines Kindes glich, mußte er beginnen, sich wie ein richtiger Mann und nicht wie ein gemeiner Bauernbursche zu benehmen.

Nachdem wir Puente la Reina hinter uns gelassen hatten, trieben wir die Tiere zum Galopp an. Mein Roß war ein hervorragender Vierbeiner mit einem guten Stockmaß und so schnell wie der Wind; furchtlos wäre ich mit ihm in jede Schlacht gezogen. Aber das Tier, welches Niemand für sich gekauft hatte, war mit Abstand das beste von allen dreien, stattlich und arrogant, von ungestümem Geblüt.

Im Nu durchritten wir Mañeru und Cirauqui, und entlang einer alten Römerstraße erreichten wir schnell den Weiler Urbe. Die Sonne ging im Westen zu unserer Rechten unter, als wir über die kleine Doppelbogenbrücke des Río Salado ritten, dessen Wasser berüchtigt waren: »Hüte dich, weder deine Lippen zu benetzen, noch dein Pferd dort zu tränken, denn der Fluß ist todbringend!« warnte Aimeric Picaud im ›*Codex Calixtinus*‹. Nicht, daß wir ihm Glauben schenkten, vorsichtshalber folgten wir jedoch strikt seinem Ratschlag.

Nachdem wir den Fluß hinter uns gelassen hatten, ritten wir einen Hügel hinauf nach Lorca hinein. Von dort aus gelangten wir über eine prächtige steinerne Brücke nach Villatuerta, an dessen Ortsausgang sich der Jakobsweg gabelte: Links zweigte er nach Montejurra und Irache ab, und rechts führte er nach Estella. Diesen schlugen wir ein ohne unsere Pferde zu zügeln.

Estella war eine gewaltige und großartige Stadt voll Reichtum. Mitten hindurch floß der Río Ega, dessen Wasser Aimeric Picaud als »mild, rein und ausgezeichnet« bezeichnete und der von drei Brücken überspannt wurde, die seine beidseitigen Ufer zu Beginn, in der Mitte und am Ende des Ortes vereinten. Unzählige Kirchen, Paläste und Klöster rivalisierten miteinander um Schönheit und Pracht. Man konnte von einer Stadt am Jakobsweg nicht mehr verlangen.

Wir kamen im Hospiz des Klosters San Lázaro unter, und dort stellten wir überrascht fest, daß man in Estella provenzalisch sprach und die Mönche Franzosen waren. Der Großteil der Bevölkerung stammte von Franzosen ab, die sich in Estella als Händler niedergelassen hatten. Einige wenige Navarreser und Juden bildeten den Rest der Einwohnerschaft.

Eine kurze Abwesenheit von Niemand während des Abendessens nutzte ich, um die Cluniazenser unserer Herberge auszufragen. Es beruhigte mein Gewissen sehr, daß ich an jenem Tag keinen Templerbesitz übersehen hatte, waren die *milites* des Templerordens in jenem Landstrich doch kaum anzutreffen gewesen, außer vielleicht, um in irgendeiner berühmten Schlacht gegen die Sarazenen zu kämpfen. Auch in Estella gab es keine Niederlassungen der Tempelherren, was ich in meinem Inneren sehr begrüßte, da es mich im Augenblick von jeglichen Nachforschungen befreite. Als ich Niemand mit fröhlichen Schritten wieder auf unseren Tisch zukommen sah, ließ ich deshalb von diesen Fragen ab und bekundete mein Interesse an dem Verbleib einer Gruppe französischer Juden, die nach León reisten und in Estella ein oder höchstens zwei Tage zuvor vorbeigekommen sein mußten.

»Wenn Ihr etwas über die Juden wissen wollt«, antwortete

mir der Mönch, wobei seine Stimme plötzlich von Sympathie in die offensichtlichste Verachtung umschlug, »so fragt im Judenviertel von Olgacena nach. Ihr solltet wissen, daß keiner der Mörder Christi es wagen würde, seinen Fuß in unser heiliges Haus zu setzen.«

Jonas, der sich seit dem Zwischenfall am Nachmittag in Puente la Reina liebenswürdiger, höflicher und wohlerzogener denn je zeigte, schaute mich überrascht an.

»Was ist denn mit dem los?«

»Die Juden sind nirgends gern gesehen.«

»Das weiß ich wohl«, entgegnete er mit samtweicher Stimme, »aber warum ist er so aggressiv geworden?«

»Die Intensität des Hasses gegenüber den Juden, García, ändert sich von Ort zu Ort. Aus irgendeinem uns unbekannten Grund muß er hier besonders tief sitzen.«

»Ich möchte Euch gern ins Judenviertel begleiten.«

»Ich schließe mich diesem Streifzug ebenfalls an«, erklärte Niemand schnell.

»Und *ich* sage, daß ich allein gehe«, verkündete ich in einem Ton, der keinen Widerspruch duldete, wobei ich Jonas ansah, damit er ja nicht auf die Idee kam, irgend etwas diesbezüglich hinzuzufügen. Ich war nicht bereit, Niemand bei irgendeinem Erkundungsgang an meiner Seite zu dulden, und wenn ich Jonas mitnahm, mußte ich auch die Begleitung des Alten in Kauf nehmen. Ich glaube, daß der Junge das verstand (und falls nicht, so schien er doch zumindest meinen Befehl gehorsam zu akzeptieren). So machten sich die beiden nach dem Abendessen auf den Weg in den Schlafsaal, und ich ging nochmals hinaus, um das Judenviertel zu suchen.

Ich fand es in der Nähe des Klosters von Santo Domingo, hoch oben über der Kirche Santa María de Jus de Castillo. Die Tore des *Madinat al-Yahud* wurden gerade geschlossen, und ich mußte den Wächter bitten, mich noch hineinzulassen.

»Was sucht Ihr hier zu dieser Stunde, Señor?«

»Ich möchte mich nach einer Gruppe hebräischer Pilger erkundigen, die erst kürzlich durch Estella gekommen sein muß und nach Léon unterwegs war.«

»Kamen sie aus Frankreich?« wollte er nachdenklich wissen.

»Genau! Habt Ihr sie gesehen?«

»O ja! Sie kamen gestern vormittag hier vorbei. Es waren die vornehmen Familien Ha-Leví und Efraín aus Périgueux«, teilte er mir mit. »Sie blieben nicht lange hier. Sie aßen mit dem Ältestenrat und brachen dann wieder auf. Mit ihnen reiste auch eine Frau, die bis heute bei uns geblieben ist. Doch auch sie machte sich bei Sonnenaufgang wieder auf den Weg, allein. Eine wirklich bemerkenswerte Frau«, murmelte er.

»Hieß sie zufällig Sara und kam aus Paris?«

»So ist es.«

»Ihr habt recht, *Bedin*, sie ist zweifellos eine Frau von Charakter. Sie genau suche ich. Was könnt Ihr mir von ihr berichten?«

»Oh, nicht viel! Scheinbar bekam sie irgendwelche Schwierigkeiten mit den Ha-Leví, weshalb sie beschloß, sich von der Gruppe zu trennen. Gestern abend erwarb sie in Estella ein Pferd, und heute in den frühen Morgenstunden ritt sie weiter. Ich glaube, sie wollte nach Burgos.«

»Die Frau, von der Ihr spracht ...«, wollte ich nochmals genau wissen, um jeden Irrtum auszuschließen, »... hatte sie weißes Haar?«

»Und Sommersprossen, ganz viele Sommersprossen! Es ist wirklich sehr seltsam, daß eine Jüdin solche Flecken hat. Zumindest hier, in Navarra, haben wir so etwas noch nie zuvor gesehen.«

«Danke, *Bedin*. Jetzt muß ich nicht mehr ins Viertel hinein. Ihr habt mir alles erzählt, was ich wissen wollte.«

»Señor, wenn ich Euch etwas fragen darf ...«, rief er hinter mir her, als ich mich schon wieder etwas von den Toren entfernt hatte.

»So sprecht.«

»Warum sucht Ihr sie?«

»Das würde ich auch gern wissen, *Bedin*«, antwortete ich und schüttelte den Kopf, »das würde ich nur zu gern wissen.«

Immer, wenn wir irgendwohin kamen, war Sara kurz zuvor aufgebrochen. Jeder, den wir in Ayegui, Azqueta, Urbiola, Los Arcos, Desojo oder Sansol fragten, gab uns mühelos genauestens Auskunft, doch schien das verdammte Schicksal sie immer auf gleichem Abstand zu uns zu halten. Es brachte mich zur Verzweiflung, als ich unser langsames Vorankommen bemerkte, denn obwohl wir unsere Pferde zu größter Eile antrieben, mußten wir seit unser Abreise aus Estella gegen kräftigen Gegenwind und anhaltenden Regen ankämpfen, der die Wege und Pfade in reinste Schlammlöcher verwandelte.

Einige Zeit machten wir in Torres del Río halt, kaum einen halben Tagesritt von Logroño entfernt. Als ich von weitem den ehrwürdigen Turm der örtlichen Kirche erspähte, wußte ich, daß ich jenen Ort nicht übergehen konnte: Er bestand aus einer kleinen Ansammlung an Häusern, die sich um ein wunderschönes, achteckiges Gotteshaus drängten.

Um diese Templerkapelle jedoch besuchen zu können, mußte ich den hartnäckigen Widerstand von Niemand brechen, der viel mehr als wir daran interessiert schien, Sara einzuholen. Ich begründete ihm die Unterbrechung der Reise mit Fürbitten, Gelübden und Stoßgebeten, doch schien ihn das nicht im geringsten zu überzeugen, und während wir uns im Innern der Rotunde befanden, die sich als Zwilling von Eunate herausstellte, belästigte und störte er uns unaufhörlich mit dummen Bemerkungen und grotesken Einmischungen in die wenigen Sätze, die ich mit dem Jungen zu wechseln versuchte, damit auch er die wichtigsten Details dessen bemerkte, was wir gerade betrachteten.

Die Unterschiede zwischen den Templerkapellen von Eunate und Torres del Río waren kaum wahrzunehmen. Beide zeigten die gleiche Bauweise und die gleichen Darstellungen, und wiederum sahen wir in Torres del Río ein einziges Kapitell, das sich von all den anderen abhob; es befand sich rechts von der Apsis, mit einer Botschaft des Evangeliums, die wiederum einen Fehler in sich barg. In diesem Falle handelte es sich nicht um die wundersame Auferstehung des Lazarus, sondern um die von Jesus selbst; zwei Frauen betrachteten das halb geöffnete leere Grab mit dem Stein davor. Sie standen vollkommen regungslos, ihre Ausdruckslosigkeit erschreckte geradezu. Es schien, als ob der tiefe Eindruck der Szene sie getötet hätte. Deren wirkliche Verschrobenheit offenbarte sich jedoch darin, daß aus dem leeren Grab in labyrinthischen Spiralen eine Rauchwolke emporstieg. In welchem Teil der Heiligen Schrift stand denn geschrieben, daß Jesus sich in Form einer Rauchsäule verflüchtigt hatte?

Wie gewöhnlich gab man uns im Judenviertel von Torreviento, in Viana, die Auskunft, daß Sara kaum einige Stunden zuvor weitergeritten war. Wegen des ständigen Kampfes gegen den Sturm waren wir so geschwächt, daß wir in dem Hospiz Nuestra Señora de la Alberguería Rast machen mußten, wo uns einige Bedienstete ausgezeichnetes Landbrot und hervorragenden Landwein anboten. Jonas, der vor lauter Müdigkeit ganz still geworden war, verschwand hinter dem Tisch aus meinem Blickfeld, als er sich auf seiner Bank ausstreckte.

»Der Junge ist erschöpft«, raunte Niemand und betrachtete ihn voll Zärtlichkeit.

»Wir alle sind erschöpft. Dieser Galopp gegen Wind und Wetter ermüdet jeden.«

»Ich habe einen ausgezeichneten Einfall, um uns aufzumuntern!« rief er plötzlich vergnügt aus. »García, he, García, mach die Augen auf!«

»Was ist los?« kam eine schläfrige Stimme unter dem Holztisch hervor.

»Ich werde dir ein ganz außergewöhnliches Spiel zeigen!«

»Ich mag jetzt nicht spielen.«

»Mein Wort drauf, daß du doch willst! Noch nie im Leben hast du so etwas gesehen! Es ist ein so lustiges und rätselhaftes Spiel, daß du sofort wieder zu Kräften kommst.«

Aus seiner Gürteltasche holte der Alte einen kleinen Beutel und ein quadratisches Stück Stoff hervor, das er sorgfältig auf dem Tisch ausbreitete. Jonas richtete sich etwas auf und warf mit halb geschlossenen Lidern einen schnellen Blick darauf. Auf dem Leinen war eine Spirale mit dreiundsechzig, mit schönen Emblemen verzierten Feldern abgebildet. Sorgsam knüpfte Niemand den Beutel auf und holte ein Paar Würfel aus Knochen sowie mehrere, verschiedenfarbig angemalte Holzsteine heraus.

»Welchen hättest du gern?« fragte er Jonas.

»Den grünen.«

»Und Ihr, Don Galcerán?«

«Zweifellos den blauen«, entgegnete ich lächelnd und setzte mich bequemer hin, um das Spielfeld gut im Blickfeld zu haben. Jonas tat es mir nach. Brettspiele haben mir immer schon gefallen, und zu meinem Glück erlaubte der Hospitaliterorden (im Gegensatz zu den meisten anderen Orden) diese Spiele, ja er ermunterte regelrecht dazu. In meiner Jugend war Schach eine meiner größten Leidenschaften gewesen, und während meines Studiums in Syrien und Damaskus fand ich großen Gefallen daran, lange Partien *Escalera Real de Ur* oder Dame auszufechten. Jenen Zeitvertreib aber, den Niemand uns vorschlug, hatte ich noch nie zuvor gesehen, was wirklich seltsam war, da ich fast alle Brettspiele kannte (zumindest jene, die man im Orient spielte).

»Ich werde den roten Stein nehmen«, verkündete Niemand. »Nun, dies ist eines der Lieblingsspiele der Jakobspilger. Es heißt das Gänsespiel und besteht darin, daß man so viele Felder vorrückt, wie man Augen gewürfelt hat. Es gewinnt derjenige, welcher zuerst das letzte Feld erreicht.«

»Und das war's schon?« fragte Jonas abfällig und lehnte sich zurück.

»Es ist nicht so einfach, wie es aussieht, mein junger García. In diesem Spiel gibt es viel, was begeistern kann. Gewinnen ist nicht das Wichtigste. Was zählt, ist die Ausdauer, bis zum Ziel zu gelangen. Du wirst schon sehen.«

Niemand stellte unsere drei Spielsteine neben das erste Kästchen, die Nummer eins, und würfelte. Vermutlich barg das Gänsespiel wie jedes andere Brettspiel auch, auf dem eine Strecke abgebildet war, irgendeine alte Initiationsbedeutung. Dieser wunderbare Vogel war in uralten und längst vergessenen Zeiten eine wohltätige Gottheit gewesen, welche die Seelen auf ihrer Reise ins Jenseits begleitete. Und es war ebenfalls ein Schwarm Gänse gewesen, welcher die Bürger Roms vor den heranrückenden Barbaren warnte und so die Stadt rettete. Die Ägypter beispielsweise hatten eine Redewendung, »von Gans zu Gans«, um die umgekehrte Reise der Reinkarnation vom Tod zur Geburt zu bezeichnen, denn dieser Vogel führte die Seele von einem zum anderen. Der feste Wille, das Ziel zu erreichen, von dem Niemand gesprochen hatte, mußte zweifellos eine Metapher der Hartnäckigkeit sein, die nötig war, um die lange und schwierige innere Reise zur Initiation zu bewältigen, welche das Spielfeld bildlich darzustellen versuchte. Alle neun Felder (jene mit den Ziffern 9, 18, 27, 36, 45, 54 und 63) sah man einen der heiligen Schwimmvögel, deren Fuß das Symbol der Eingeweihten war; auf den Feldern 6 und 12 erschienen Brücken; auf der 26 und der 53 ein Paar Würfel; auf der 31 ein Brunnen; ein Labyrinth auf der 42 und auf der 58 der Tod.

Niemand würfelte sieben Augen, Jonas drei und ich zwölf, weshalb ich anfangen durfte. Die Würfel zeigten nun fünf Augen.

»Da Ihr bei Eurem ersten Zug eine Fünf erreicht habt«, erklärte Niemand lächelnd, »dürft Ihr direkt bis zur 53 ziehen und nochmals würfeln.«

»So ein Unfug«, spottete Jonas.

»So sind nun mal die Spielregeln, mein Junge«, schnauzte

Niemand ihn mit ernstem Gesicht an. »Auch im wirklichen Leben gibt es Glücksfälle.«

Ich nahm die Würfel und würfelte noch einmal: sechs und vier, insgesamt also zehn Punkte. Mit nur zwei Würfen war ich direkt ans Ziel gelangt!

»Das gilt nicht! Ich habe ja noch gar nicht gespielt!« protestierte der Junge und schaute ungläubig auf meinen Spielstein in der Mitte.

»Ich habe dir doch schon gesagt«, erklärte Niemand ihm geduldig, »daß so nun einmal die Spielregeln sind. Wenn dein Vater mit so viel Glück bis ins Ziel gekommen ist, wird das seinen Grund haben. Zufälle gibt es nicht. Ihr, Don Galcerán, habt das Ziel schon erreicht, Ihr habt die Strecke auf schnellstmögliche Weise zurückgelegt. Denkt darüber nach. Jetzt bin ich dran.«

Er schüttelte die Würfel mit beiden Händen und warf sie auf den Tisch. Die Knochen zeigten eine Sechs und eine Eins, insgesamt also sieben Augen.

»Habt Ihr bemerkt, daß die gegenüberliegenden Punkte eines Würfels immer die magische Zahl Sieben ergeben?« fragte er, während er seinen Spielstein auf die Figur eines Fischers setzte.

»Jetzt bin ich an der Reihe ...«, rief Jonas und schnappte sich die Würfel. Er bekam eine Drei und eine Vier.

»Ebenfalls sieben!« rief er aus und stellte seinen neben Niemands Stein.

»Nichts da, García«, sagte dieser und stellte das grüne Holzstück zurück. »Wenn ein Spieler beim ersten Würfeln den Zug des anderen wiederholt, bleibt er auf dem ersten Feld stehen. Also wieder zurück an den Anfang.«

»Das ist ein dummes Spiel! Ich mag nicht mehr!«

»Was du angefangen hast, mußt du auch beenden. Eine Partie darf man nie mittendrin abbrechen wie auch sonst keine Aufgabe oder Pflicht unerfüllt lassen.«

Der Alte schüttelte wieder die Würfel und warf sie aufs

Spielfeld. Vier und sechs, zehn. Wie mein letzter Zug. Dann kam Jonas dran: zwei und eins, also drei. Danach erreichte Niemand mit seinem dritten Zug das Feld mit der Nummer 27, auf dem eine Gans zu sehen war:

»Von Gans zu Gans, ein neuer Tanz. Ich darf noch mal!« rief er vergnügt aus, rückte mit seinem Stein bis zum Häuschen Nummer 36 vor und würfelte erneut. Sechs Punkte. Sein roter Spielstein zog wie ein Blitz zur 42, wo ihn jedoch das Labyrinth abrupt bremste.

»Jetzt muß ich einmal aussetzen und danach bis zum Feld mit der Nummer 30 zurückgehen.«

»Was habt Ihr gerade gesagt?« fragte ich beeindruckt.

»Daß ich einmal aussetzen muß.«

»Nein, davor!«

»Von Gans zu Gans, ein neuer Tanz. Meint Ihr das?«

»Von Gans zu Gans ...« Ich deutete ein Lächeln an. »Kennt Ihr den Ursprung dieses Ausdrucks und seine Bedeutung?«

»Soweit ich weiß«, stammelte er übelgelaunt, »ist es nur ein Spruch dieses Spiels, doch scheint Ihr mehr zu wissen.«

»Nein, nein«, widersprach ich, »ich fand den Reim nur lustig.«

Die Partie zwischen den beiden dauerte noch eine ganze Weile. Mit großem Interesse schaute ich zu, denn das Spiel ließ demjenigen keine Atempause, der sich nur langsam auf das Ziel zu bewegte: Als Jonas auf die Herberge kam, mußte er zweimal aussetzen; auf dem Feld des Brunnens mußte er warten, bis Niemand ebenfalls reinfiel, um wieder herauszukommen, und schließlich ließen ihn die Würfel sich im Labyrinth verirren, während Niemand eine Glückssträhne hatte und er »von Gans zu Gans« zum Ziel eilte.

»Gut, das Spiel ist also aus«, bemerkte Jonas und erhob sich, »gehen wir. Wenn wir so weitermachen, erreichen wir Logroño nie.«

»Das Spiel ist noch nicht zu Ende, mein junger García. Du hast das Paradies noch nicht erreicht.«

»Welches Paradies?«

»Siehst du denn nicht, daß auf dem letzten Feld, dem großen in der Mitte, die Gärten Edens abgebildet sind? Schau dir die Brunnen und Seen, die grünen Wiesen und die Sonne an.«

»Muß ich etwa allein fertig spielen, ohne mit anderen Spielern zu wetteifern?« fragte er überrascht. »Was für ein seltsames Spiel!«

»Ziel des Spiels ist es, zuerst auf dem letzten Feld anzukommen, doch daß dies jemand vor dir geschafft hat, bedeutet noch lange nicht, daß du aufhören darfst. Du mußt deinen eigenen Weg gehen, dich den Schwierigkeiten stellen und sie überwinden, bevor du ins Paradies gelangst.«

»Und wenn ich auf dieses Feld hier komme, das mit dem Totenkopf?« fragte er und deutete mit dem Finger darauf.

»Das Feld Nummer 58 ist das des Todes, doch im Spiel (wie auch im wirklichen Leben, muß ich an dieser Stelle hinzufügen) bedeutet der Tod noch lange nicht das Ende. Wenn du dort draufkommst, kehrst du einfach zum ersten Feld zurück und beginnst wieder von vorn.«

»In Ordnung, ich werde weiterspielen ... aber an einem anderen Tag. Jetzt will ich wirklich aufbrechen.«

Es lag soviel Aufrichtigkeit und Müdigkeit in seiner Stimme, daß Niemand seine Siebensachen zusammenpackte und wir wortlos zu den Ställen hinausgingen. In jener Nacht übernachteten wir in Logroño, und am darauffolgenden Tag brachen wir in Richtung Nájera und Santo Domingo de la Calzada auf. Wind und Regen verdarben auch weiterhin unsere Laune, erschwerten unser Vorankommen und ermüdeten die Tiere über alle Maßen, die sich unruhig den Befehlen der Zügel widersetzten. Wenn es ein Naturphänomen gibt, das die Gemüter in Unruhe versetzt, so ist dies der Wind. Warum das so ist, ist schwerverständlich, doch so wie die Sonne den Geist belebt und der Regen uns traurig werden läßt, so beunruhigt der Wind den Menschen und bringt ihn aus dem Gleichgewicht. Ich selbst war voller Argwohn und ziemlich gereizt, doch gab es in meinem Fall auch noch einen anderen, gewichtigen Grund dafür. Als ich in Logroño bei Tagesanbruch aufgewacht war, hatte ich direkt neben meinem Gesicht eine Nachricht vorgefunden, die mit einem Dolch aufgespießt auf meinem Strohsack steckte und folgendermaßen lautete: »*Beatus vir timet dominum*. Wohl dem, der den Herrn fürchtet.« Genau, wie ich es mir vorgestellt hatte, verlor Graf Joffroi de Le Mans allmählich die Geduld und forderte Ergebnisse ein. Aber was konnte ich sonst tun? Schnell verbarg ich den Dolch zwischen meinen Kleidern und zerriß den Brief in kleine Stücke, bevor ich sie auf den Boden warf und mit dem Fuß verteilte. Zu wissen, daß der Papst uns keinen Schaden zufügen würde, solange wir das Gold nicht gefunden hatten, erleichterte mein Herz nur wenig.

Bei bedecktem Himmel durchquerten wir die weite Flußaue des Ebros, eine Landschaft aus Weinbergen und Äckern, die im Süden von den verschneiten Gipfeln der Sierra de la Demanda begrenzt wurde. Nach einer steilen Böschung stießen wir auf Navarrete, eine wohlhabende Stadt von Kunsthandwerkern, die über sehr gute Hospize für die Pilger verfügte. Wir folgten dem Jakobsweg durch ihre Gassen und bewunderten die zahlreichen, mit Wappen geschmückten Häuser und Paläste rechts und links des Weges. Die Einwohner, so umgänglich wie nur wenige, begrüßten uns höflich und zuvorkommend.

Am Ortsausgang von Navarrete kreuzte die Schlammspur unserer Pilgerroute den Weg nach Ventosa und stieg inmitten von Wäldern bis zur Anhöhe von San Antón sanft an, wo es erneut zu regnen begann.

»Diese Gegend ist ziemlich unsicher«, bemerkte Niemand und blickte sich mißtrauisch um. »Leider wird man häufig von Banditen überfallen. Wir sollten uns beeilen und zusehen, daß wir so rasch wie möglich von hier fortkommen.«

Jonas' Gesicht erhellte sich plötzlich.

»Gibt es in der Umgebung wirklich Banditen?«

»Und sehr gefährliche dazu, mein Junge. Mehr als uns lieb sind. Deshalb halt dein Pferd zum Galopp an und schnell weg von hier!« rief Niemand aus, gab seinem Tier die Sporen und stürmte den Hügel hinab.

Kurz bevor wir nach Nájera kamen, umrundete der Pilgerweg einen kleinen Hügel an seinem nördlichen Abhang.

»Dies hier ist der Poyo de Roldán«, erklärte Niemand und schaute Jonas an. »Kennst du die Geschichte vom Riesen Ferragut?«

»Noch nie im Leben habe ich davon gehört.«

«Im vierten Buch des *›Codex Calixtinus‹*«, deutete ich mit einem gewissen Neid auf den Alten an, der vom Jakobsweg alles zu wissen schien, »ist die ›Chronik des Turbin‹, des Erzbischofs von Reims, aufgenommen, der die Heldentaten von Karl dem Großen in diesen Gefilden beschreibt, und dort findet man auch den Kampf zwischen Roland und Ferragut zusammengefaßt.«

»So ist es, genau«, stimmte Niemand zu und nickte mit dem Kopf. »Turbin berichtet, daß in Nájera, der Stadt, die du vor dir liegen siehst, ein Riese aus Goliaths Geschlecht namens Ferragut lebte, der gemeinsam mit zwanzigtausend Omaijaden aus Syrien gekommen war, um auf Befehl des Emirs von Babylon gegen Karl den Großen zu kämpfen. Ferragut fürchtete weder Lanzen noch Pfeile und besaß die Kraft von vierzig Bären. Er war fast zwölf Ellen groß, sein Gesicht fast eine Elle breit, und seine Nase maß eine Spanne, Arme und Beine vier Ellen und die Finger drei Spannen.« Niemand führte seine winzigen, schwieligen Hände als Beispiel für die Finger des Riesen vor. »Als Karl der Große von ihm erfuhr, eilte er sofort nach Nájera. Kaum hatte Ferragut seine Ankunft vernommen, verließ er die Stadt und forderte den König zum Einzelkampf heraus. Karl der Große schickte seine besten Paladine vor: an erster Stelle Ogier den Dänen. Als er ihn allein mitten auf dem Schlachtfeld sah, ging der Riese bedächtig auf ihn zu, hob ihn mit dem rechten Arm mitsamt seiner Rüstung hoch und trug ihn vor aller Augen in die Stadt, als wäre er ein frommes Lamm. Dann sandte Karl der Große Reinaldo de Montalbán, und sofort trug Ferragut ihn ebenfalls in das Verlies von Nájera. Danach schickte Karl Konstantin, den König von Rom, zusammen mit dem Grafen Hoel, und Ferragut warf sie beide gleichzeitig, den einen mit der Linken, den anderen mit der Rechten, in den Kerker. Schließlich schickte man zwanzig Kämpfer paarweise vor, die der Riese ebenfalls einsperrte. Als Karl der Große dies sah, wagte er es nicht mehr, weiteren Kriegern zu befehlen, gegen Ferragut zu kämpfen.«

»Und was geschah dann?«

»Dann erschien eines schönes Tages Roland, der tapferste Krieger Karls des Großen. Von dem Hügel herab, den du dort siehst, beobachtete er die Burg des Riesen von Nájera, und als Ferragut im Tor erschien, hob Roland vom Boden einen runden Stein von etwa fünfundzwanzig Kilo Gewicht auf, schätzte sorgfältig die Entfernung ab, nahm Anlauf und warf den Gesteinsbrocken dem Riesen zwischen die Augen, was ihn auf der Stelle niederstreckte. Seit damals kennt man diese Anhöhe hier unter dem Namen Poyo de Roldán.«

»Aber weißt du, was das beste an dieser ganzen Heldentat ist, García?« fragte ich meinen Sohn, und ein Lächeln umspielte meine Lippen. »Daß die Geschichte Zeugnis davon ablegt, daß Karl der Große nie spanischen Boden betreten hat. Er machte in den Pyrenäen halt, in Roncevalles, doch kam er nie darüber hinaus. Erinnerst du dich an den Friedhof von Aliscamps in Arles, wo der Sage nach die zehntausend Krieger des Heers Karls des Großen liegen? Er konnte also nie bis Nájera kommen. Was hältst du davon?«

Der Junge schaute mich verwirrt an, dann lachte er los und schüttelte den Kopf mit der herablassenden Haltung eines weisen Alten, der die Welt nicht mehr versteht. Auch Niemand brach in ein sonores Lachen aus, das zu meinem das Echo bildete.

Wir ritten weiter und ließen Huércanos rechts und Alesón

links liegen. Kurz darauf erreichten wir Nájera, nachdem wir eine Brücke mit sieben Bogen über den Río Najerilla überquert hatten. Nájera hatte sehr unter seiner Lage als Grenzstadt zwischen Navarra und Kastilien gelitten und dabei wiederholt die Kämpfe zwischen beiden Königreichen erduldet, bis es letztlich an Kastilien fiel. Im Adelskloster Santa María la Real, das 1052 von einem Namensvetter Jonas', García III. Sánchez de Nájera, gegründet worden war, fanden wir Unterkunft. Wir richteten unser Lager aus Roggenstroh und weichen Schafsfellen her, aßen uns an den köstlichen Speisen satt, die man uns vorsetzte (Gerstenbrot, Speck, Käse und frische Saubohnen), ergriffen unsere Pilgerstäbe und begaben uns auf die Suche nach der schwer faßbaren Sara. Zu meinem Leidwesen konnte ich mich dieses Mal weder von Jonas noch von Niemand lossagen.

Noch im Licht der Abenddämmerung durchschritten wir die schweren, eisenbeschlagenen Eichentore des großen Judenviertels der Stadt. Es herrschte eine teuflische Kälte, und die Feuchtigkeit durchdrang unsere Kleidung bis auf die Knochen. Im Gegensatz zu Estella schätzte man in Nájera die Juden sehr, die ohne Angst, durch die Adeligen Unrecht zu erleiden, in allen Vierteln und wichtigen Straßen des Stadtzentrums Geschäfte errichtet hatten, insbesondere um den Marktplatz und den Palast von Doña Toda herum.

Das jüdische Viertel von Nájera glich in seinem Aufbau dem Pariser Judenviertel und den *calls* von Aragón und Navarra: enge Gassen, Mauergänge, kleine Häuser mit Innenhöfen und Holzzäunen, öffentliche Bäder... Die Hebräer, wo auch immer sie siedelten, über alle Grenzen und Kulturen hinweg, bildeten ein Volk, das durch die Thora leidenschaftlich miteinander verbunden war, und ihre eigenen Stadtviertel (wahre umfriedete Städte innerhalb der eigentlichen christlichen Ansiedlungen) bewahrten sie vor fremden Glaubensrichtungen, Bräuchen und Verhaltensweisen. Ihre Angst vor einem neuen

Exodus ließ sie nur Arbeiten annehmen, deren Erträge im Falle der Vertreibung nicht schwer zu transportieren waren, weshalb die meisten von ihnen große Gelehrte und hochgeschätzte Handwerker waren, wohingegen die, welche sich dem Kreditwucher widmeten und große Gewinne damit erzielten, oder die, welche den Zehnt für die christlichen Könige eintrieben, in der Bevölkerung einen wilden Haß weckten.

In den Gassen des Viertels fragten wir jeden, den wir trafen, ob er von einer französischen Jüdin namens Sara gehört hätte, die dort am selben Tag oder vielleicht am vorigen durchgekommen sein mußte, doch wußte uns niemand Näheres zu berichten. Als uns endlich ein Anwohner den Fingerzeig gab, einen gewissen Judah Ben Maimón zu befragen, einen renommierten Seidenhändler, dessen Geschäft Versammlungsort für die Ältesten des Judenviertels von Nájera war, beschlossen wir, ihm einen Besuch abzustatten, denn falls die Französin dort vorbeigekommen war, so wußte er es mit Sicherheit und konnte uns Auskunft geben.

Judah Ben Maimón war ein ehrwürdiger Alter mit langen weißen, geringelten Koteletten. Sein runzeliges Gesicht strahlte großen Ernst aus, und seine schwarzen Augen leuchteten intensiv im Schein der Glut. Ein penetranter Geruch nach Färbemitteln durchzog den schmalen, wenn auch üppig ausgestatteten Laden, von dessen mit Leinen bespannter Decke wundervolle, gefärbte Stoffe hingen, die im Licht der Flammen in allen Regenbogenfarben schillerten. Eine Verkaufstheke auf der einen Seite und gegenüber Konsolen, auf denen sich Rollen von persischer und maurischer Seide türmten, bildeten die ganze Einrichtung.

»Womit kann ich Euch zu Diensten sein, edle Herren?«

»*Schalom,* Judah Ben Maimón«, begrüßte ich ihn und trat einen Schritt auf ihn zu. »Man sagte uns, daß Ihr der richtige Mann seid, um uns Auskunft über eine Jüdin zu geben, die während der letzten Stunden in Nájera vorbeigekommen sein muß. Sie heißt Sara und stammt aus Paris.«

Einige Augenblicke lang rührte Judah sich nicht, während er uns eingehend und mit unverhohlener Neugier betrachtete.

»Was wollt Ihr von ihr?« fragte er.

»Wir haben sie vor kurzem in ihrer Heimatstadt kennengelernt, und vor einigen Tagen berichtete man uns in Puente la Reina, daß sie sich wie wir auf dem Weg nach Burgos befindet. Wir würden sie gern wiedersehen und glauben, daß sie nichts dagegen haben wird.«

Die Finger des Juden begannen auf der Theke zu trommeln, während er den Kopf senkte, als ob er eine wichtige Entscheidung zu treffen hätte. Kurz darauf blickte er wieder auf.

»Wie heißt Ihr?«

»Ich bin Don Galcerán de Born, ein Jakobspilger, und das hier ist mein Sohn García. Der alte Mann ist ein Reisegefährte, der es für angebracht hielt, sich uns anzuschließen.«

»Gut. Wartet hier«, sagte er und verschwand hinter einigen Vorhängen.

Jonas und ich schauten uns erstaunt an. Ich zog die Brauen hoch, um ihm meine Verwirrung zu zeigen, was er seinerseits mit einem Hochziehen seiner Schultern quittierte. Noch war er mitten in der Bewegung, als sich der Vorhang wieder hob und Saras verblüfftes Gesicht vor uns erschien.

»Aber wie ist das möglich?« Sie schrie fast.

»Sara die Zauberin!« rief ich und brach in Lachen aus. »Wo habt Ihr Eure schwatzhafte Krähe gelassen?«

»Sie ist in Paris im Haus einer Nachbarin geblieben, der ich meine Zauberutensilien verkauft habe.«

Sara lächelte. Welch bezauberndes Lächeln! Zweifellos war ich Opfer eines Zauberbanns geworden, denn ich konnte kein Auge von ihr lassen. Wie durch einen Nebelschleier bemerkte ich, daß sie ihr seltsames weißes Haar hinten am Kopf in einem Netz zusammengefaßt und ihre perlmuttfarbene Haut einen warmen, goldenen Ton angenommen hatte, der zweifellos der Reise zuzuschreiben war, und daß ihre Muttermale und Sommersprossen immer noch an denselben Stellen zu finden waren, die sich mir viel zu genau einprägt hatten. Wie immer, wenn ich ihr gegenüberstand, mußte ich meine Emotionen eisern im Zaum halten.

Ich befand mich genau in der Lage, die ich eigentlich bei einem Zusammentreffen mit Sara hatte vermeiden wollen: Sie wußte, daß Jonas mein Sohn war, doch hatte sie versprochen, ihn wie meinen Knappen zu behandeln, was der Junge auch zu sein glaubte; andererseits stand dort nun Niemand, der dank einer Lüge glaubte, daß Jonas mein Sohn war, was ja auch den Tatsachen entsprach. Was sollte ich bloß tun? Ich mußte schleunigst die Zügel in die Hand nehmen, bevor irgend etwas nicht wieder Gutzumachendes geschah.

»Hier seht Ihr auch meinen Sohn García. Erinnert Ihr Euch an ihn, Sara?«

Verständnislos blickte Sara mich an, doch da sie eine scharfsinnige Frau war, zeigte sie sich der Situation gewachsen, als sie mich den Blick unmerklich auf den Alten richten sah.

»Ich freue mich, Euch zu sehen, García«, erwiderte sie und stellte sich auf die Zehenspitzen, um mit der Hand Jonas' ungekämmten Harrschopf zu berühren. »Ihr seid ja wieder ein ganzes Stück gewachsen. Jetzt seid Ihr schon so groß wie Euer Vater.«

»Und ich bin froh, daß Ihr Eure Krähe nicht mitgebracht habt«, stellte Jonas als einzigen Gruß klar, doch trotz der Schroffheit, die er seinen Worten verlieh, verrieten seine zu einem Lächeln verzogenen Lippen und das Zinnoberrot seiner Wangen die Freude, sie wiederzusehen.

»Und dies, Sara«, fuhr ich mit dem Begrüßungs- und Vorstellungsritual fort, »dies ist Niemand, ein Reisegefährte, der es uns mit seiner Großzügigkeit ermöglichte, Euch einzuholen.«

»Welch seltsamer Name! Wie sagtet Ihr, heißt er...?«

»Ich heiße Niemand, Doña Sara. Don Galcerán gab mir diesen Namen, obwohl ich eigentlich als reisender Kaufmann einen anderen, treffenderen Namen habe. Aber da mir Niemand gefällt, nennt mich doch ebenfalls so, wenn es Euch nicht zu sehr stört.«

»Natürlich, Señor, jedem steht es frei, sich so zu nennen, wie es ihm beliebt.«

»Und Ihr, Sara?« fragte ich. Ich konnte meinen Blick nicht von ihr wenden. »Was führt Euch hierher?«

»Das ist eine sehr lange Geschichte für die kurze Zeit, die seit Eurer Abreise aus Paris vergangen ist. Und jetzt ist auch nicht der passende Zeitpunkt dafür, sie zu erzählen. Wichtig ist vielmehr zu erfahren, ob ihr schon zu Abend gegessen habt, und falls nicht, ob Ihr mit mir das bescheidene Mahl der Familie Ben Maimón teilen möchtet.«

»Wir haben schon gegessen«, erklärte ich verzagt und bereute zutiefst, den Jungen und den Alten nicht in der Herberge zurückgelassen zu haben. Außer fest zu vereinbaren, den Weg nach Burgos gemeinsam zu machen, hatte ich keine gute Ausrede mehr, um das Wiedersehen mit Sara noch in die Länge zu ziehen; es war offensichtlich, daß in jenem Augenblick weder ich ihr den Grund unserer Reise erzählen konnte noch umgekehrt. Die einzige Lösung war wohl ein späteres Treffen, sofern ich mich von meinen beiden Begleitern befreien konnte, und zum Glück war Sara auf denselben Gedanken gekommen, denn als wir uns an der Tür von Judahs Laden verabschiedeten, richtete sie es so ein, daß sie mir schlangengleich ins Ohr flüsterte, sie erwarte mich am Eingang des Marktes, sobald der Junge und der Alte eingeschlafen wären.

Kurz vor der Stunde der Mette, gegen Mitternacht, deuteten Niemands gleichmäßige Atmung und die unzusammenhängenden Seufzer des Jungen darauf hin, daß der Augenblick gekommen war, den Schlafsaal des Hospizes zu verlassen und zu dem Treffen mit Sara zu eilen. Zwar mußte ich mich immer wieder vor den nächtlichen Streifen verbergen, doch schließlich gelangte ich zu den Eingangstoren des Marktes und erspähte im Halbdunkel zwei Silhouetten.

»Das ist Salomo, Judahs Schwiegersohn«, flüsterte Sara

und nahm mich bei der Hand, um mich in Richtung jüdisches Viertel zu ziehen. »Kommt. Hier sind wir in Gefahr.«

Wie drei Übeltäter, die vor der Gerichtsbarkeit fliehen, umrundeten wir heimlich die Mauern, und an einer unübersichtlichen Biegung am Fuße des Berges betraten wir durch eine winzige, hinter Gestrüpp verborgene Pforte das Judenviertel.

In wenigen Minuten waren wir wieder in Judahs Seidenladen, der uns am neuangefachten Feuer geduldig erwartete.

»Komm, Salomo«, sagte er zu seinem Schwiegersohn. »Die beiden müssen allein reden.«

»Danke, *Abba«*, wisperte Sara und ließ die Mantille auf ihre Schultern gleiten, mit der sie sich bis zu diesem Augenblick den Kopf bedeckt hatte. »Nehmt Platz, Sire«, sagte sie zu mir und wies auf zwei Schemel, die man für uns am Feuer bereitgestellt hatte. Wenn die Welt in jenem Moment stehengeblieben wäre, wenn die Nacht, jener Augenblick ewig gedauert hätte, ich hätte weder protestiert noch die Rückkehr der Sonne eingefordert. Saras vom Feuer beschienenes Gesicht und ihr offenes, wie Silber zwischen all der Seide glänzendes Haar genügten mir, um den Rest meines Lebens auszufüllen.

»Fangt Ihr an oder ich?« fragte sie in diesem ungehörigen Ton, an den ich mich seit Paris so gut erinnerte.

»Beginnt Ihr, Señora, ich bin neugierig, zu erfahren, was Euch hierhergeführt hat.«

Sara lächelte und zögerte mit der Antwort, während sie im Feuer die Holzscheite betrachtete. Einer von ihnen krachte gerade auseinander und verteilte seine Glut über die anderen.

»Erinnert Ihr Euch, daß ich Mathilde d'Artois, der Schwiegermutter von Philipp dem Langen, einige Dienste erwiesen habe?«

»Sicher, so habt Ihr es mir erzählt.«

»Nun, dem Anschein nach machte ihre Gesellschaftsdame, Beatrice d'Hirson – mit der Ihr ja eine Unterredung hattet, wie ich wenig später erfuhr –, Mathilde darauf aufmerksam, daß es wohl angebracht wäre, mich aus dem Weg zu schaffen. Ich wußte sehr viel über die Schwiegermutter des Königs, zuviel, als daß eine zarte Anspielung nicht Pandoras Büchse öffnen könnte.«

»Ich bedauere, Euer Unglück verursacht zu haben.«

«O nein, Sire Galcerán! Ihr habt mir doch einen Gefallen getan!« entgegnete sie nachdrücklich und strich sich das Haar aus dem Gesicht. »Wenn Ihr nicht den ganzen Morast aufgewühlt hättet, wäre ich möglicherweise mein ganzes Leben im sterbenden Judenviertel von Paris geblieben. Als ich durch eine gute Freundin am Hofe erfuhr, daß die Truppen auf Mathildes Befehl hin eilten, mich zu verhaften, wurde mir bewußt, daß ich schon viel zu viel Zeit verloren hatte und daß dies das Zeichen zum Aufbruch war, um das in Angriff zu nehmen, was ich wirklich tun wollte.«

»Und was ist das?« fragte ich neugierig.

»Euch kann ich nicht belügen, denn auch Euer Leben ist mit den Mendozas verknüpft. Doch was ich Euch erzählen werde, müßt Ihr auf ewig geheimhalten, und kein einziges Wort von dem, was ich Euch jetzt gestehen werde, darf jemals über Eure Lippen kommen.«

»Ich schwöre es Euch bei meinem Sohn«, sagte ich, wobei mir in den Sinn kam, daß ich in meinem Leben schon oft einen Meineid geleistet hatte, um an Auskünfte zu gelangen, »daß ich niemals jemandem etwas verraten werde.«

»Als Manrique de Mendoza aus Frankreich fliehen mußte, versprach ich, ihm zu folgen, sobald es mir möglich wäre. Ihr werdet schon vermutet haben, daß wir ein Liebespaar waren.«

»Aber er ist doch Mönch!« wandte ich entsetzt ein.

»Ihr seid töricht, *Micer* Galcerán!«, rief sie lachend aus. »Manrique ist weder der erste noch der letzte Mönchsritter, der sich eine Konkubine hält. In welcher Welt lebt Ihr denn?«

»Hört zu, Sara, in den geistlichen Ritterorden ist das Keuschheitsgelübde eines der wichtigsten. Sowohl der Orden der Tempelherren als auch der der Deutschritter oder der Hospitaliter von Jerusalem bestrafen strengstens den geschlechtlichen Verkehr mit einer Frau. Der dessen bezichtigte Mönch muß seine Ordenstracht ablegen und wird ohne jegliche Aussicht auf Vergebung verstoßen.«

»Auch Euer neuer Montesa-Orden bestraft dies mit der gleichen Härte?«

Auf ihren Lippen zeichnete sich ein sarkastisches Lächeln ab, während sie mir die falsche Identität vorwarf, die ich vor ihr in Paris benutzt hatte. Ich hob die Augenbrauen und preßte die Lippen zusammen. Mit dieser vergnügten Grimasse der Entschuldigung dem Scherz folgend, nickte ich mit dem Kopf.

»Nun«, erwiderte sie verächtlich, »dann entgeht Euch die schönste Sache der Welt, Sire. Ich würde, wenn nötig, jederzeit der Welt entsagen, wenn ich dafür nur nicht auf die Wonnen der Liebe verzichten müßte.«

Sicher, vor langer Zeit dachte ich so wie sie. Doch damals lagen die Dinge anders, und auch ich war ein anderer gewesen.

»So werdet Ihr Euch also mit Manrique vereinen?«

»Er sagte mir, ich solle ihn in Burgos aufsuchen, dort würde ich ihn antreffen. Und dorthin bin ich unterwegs.«

»Auch wir sind auf dem Weg nach Burgos. Ihr wißt, daß Isabel de Mendoza ins Kloster von Las Huelgas eingetreten ist. Seltsam, daß beide Geschwister sich Jahre später in derselben Stadt befinden«, sagte ich nachdenklich. »Ich möchte die Mutter meines Sohnes wiedersehen, und ich will, daß die beiden sich kennenlernen und Jonas dort seinen wahre Abkunft erfährt.«

»Ist dies der Grund Eurer Reise?«

Selbst wenn ich es gewollt hätte, so hätte ich ihr doch nicht die Wahrheit sagen können, neben vielen anderen Gründen, weil Sara einen Tempelritter liebte und ich ohne sonderlichen Erfolg für den Papst und meinen Orden das Gold der Templer suchte. Wie könnte ich ihr da, nicht einmal im entferntesten, den letztlichen Zweck unserer Wallfahrt offenbaren? Wie aber konnten wir gemeinsam reisen und gleichzeitig nach den Schätzen suchen, ohne daß sie es merkte? Wie auch immer, nach Burgos benötigten wir höchstens noch zwei oder drei Tage, so daß das Risiko nicht übermäßig groß war. Dann bliebe Sara bei Manrique, und wir würden unsere Pilgerfahrt nach Santiago de Compostela fortsetzen.

»Jonas mit seiner Mutter Isabel zusammenzubringen, ist in der Tat der Grund für unsere lange Reise.«

»Laßt mich Euch noch etwas fragen, *Micer* Galcerán: Habt Ihr die Mission, die Euch nach Paris führte, mit Erfolg abgeschlossen?«

»Ja, tatsächlich, Sara, dank Eurer Hilfe. Evrards Dokumente waren uns sehr dienlich, um den Verdacht, der jenen Nachforschungen zugrunde lag, zu bestätigen.«

»Und was ist mit diesem komischen Alten, der Euch begleitet, diesem gewissen Niemand?«

»Ich habe keine Ahnung, wer er ist. Ich weiß nur, daß er in unserem Leben auftauchte, kaum hatten wir die Pyrenäen überquert, und seither haben wir es nicht geschafft, uns seiner zu entledigen.«

»Irgend etwas ist seltsam an ihm«, erklärte Sara unwillig und runzelte die Stirn, »etwas, was mir einfach nicht gefallen will.«

Einen Augenblick, dachte ich, Sara hat recht. Auch ich hatte von Anfang an dasselbe Mißtrauen verspürt, und dieses Gefühl rührte von etwas, das sich nicht in Niemands Geschichte einfügte.

»Was ist los mit Euch, Sire Galcerán? Ihr seid plötzlich so nachdenklich geworden.«

Wer zum Teufel war der Alte? Warum wußte er soviel, und warum hatte er ein so großes Interesse daran gezeigt, sich unseren Besuchen der ehemaligen Templerbesitzungen in Puente la Reina und Torres del Río in den Weg zu stellen? Sicherlich konnte Niemand irgend jemand sein, sagte ich mir argwöhnisch, einfach nur irgend jemand, denn in Wirklichkeit war er niemand, wie ja sein Spitzname bewies, doch wie sollte ich seine wahre Identität herausfinden? Und vor allem, wie konnte ich belegen, was ich befürchtete?

»Sire ...«

»Seid unbesorgt, Sara«, schnaubte ich bedrückt. »Es ist mir nur eben gerade etwas bewußt geworden, was wichtig sein könnte.«

»Wollt Ihr es mir erzählen?«

»Es wird besser sein, Euch noch nichts davon zu verraten, doch solltet Ihr nicht erschrecken. Diese Angelegenheit werde ich bald erledigt haben. Was ich jetzt wissen muß, ist, ob es Euch sehr lästig wäre, das letzte Stück bis Burgos zu Fuß zurückzulegen. Höchstwahrscheinlich müssen wir auf unsere Pferde verzichten.«

»Gern werde ich mit Jonas und Euch zu Fuß gehen, Bruder.«

»Nein, nein!« rief ich entsetzt aus. »Redet mich bitte nicht so an!«

»Warum nicht? Seid Ihr etwa kein Mönch?«

»Ja, ja doch, ich bin einer«, gab ich zu. »Aber auf dieser Reise kann ich aus ganz bestimmten Gründen meine wahre Identität nicht zeigen. Wie Ihr beobachten konntet, hört Jonas auf seinen wirklichen Namen García Galceráñez und ich auf meinen Ritterstand. Wir reisen als Vater und Sohn, als Pilger, die bis Santiago wandern und dabei ihrem Armutsgelübde folgen. Deshalb flehe ich Euch an, uns nicht zu entlarven.«

»Was soll denn nicht an den Tag kommen?«

»Daß wir mit falschen Identitäten unterwegs sind«, erklärte ich überrascht.

»Welche falschen Identitäten?« fragte sie mit spöttischem Unterton.

Diese Zauberin trieb mich wirklich bis zur Weißglut, aber im Augenblick konnte ich keine Zeit verlieren und mich über ihre Wortspielereien aufregen: Ich zerbrach mir den Kopf, wie ich mich Niemands möglichst bald entledigen könnte. Es bestand für mich keinerlei Zweifel mehr, daß seine Gesellschaft gefährlich war, und selbst wenn ich mich irren sollte und der gute Mann ein Heiliger war, so hatte es doch keinen Sinn, eine

Verbindung aufrechtzuerhalten, die von Anfang an nicht meinem Geschmack entsprochen hatte. Und erst recht nicht jetzt, wenn Sara mit uns reisen würde.

Plötzlich kam mir eine glänzende Idee.

»Sara, gibt es hier wohl einen Kessel, um Wasser zu erwärmen?«

Verblüfft schaute sie mich an.

»Ich denke schon, ich müßte mal in der Küche nachsehen.«

»Bringt ihn bitte her, und schaut ebenfalls nach, ob Judahs Frau Roggen und Korinthen hat.«

»Was habt Ihr vor?« fragte sie und zog die Augenbrauen hoch.

»Das werdet Ihr gleich sehen.«

Während sie im Innern der Wohnung verschwand, öffnete ich auf der Verkaufstheke meine Pilgertasche und suchte den Beutel mit den Kräutern, den ich in Ponç de Riba vorbereitet hatte, falls wir während der Reise ein Heilmittel benötigten.

Mit einem mit Wasser gefüllten Kupferkessel und ein paar Stoffsäcken kam Sara zurück.

»Benötigt Ihr sonst noch etwas?«

»Stellt den Kessel aufs Feuer.«

Als das Wasser zu brodeln begann, warf ich die Korinthen und den Roggen hinein, um die Grundlage des Suds süß und dickflüssig zu machen. Dann öffnete ich einige Säckchen aus den Tiefen meines Kräuterbeutels, warf eine Handvoll Sennesblätter aus Alexandria in den Kessel und eine gehäufte Dolchspitze pulverisierte Rinde des gefürchteten *Rhamnus fragula*, auch bekannt unter dem Namen Gemeiner Faulbaum, dessen bitterer Geschmack durch das süße Fruchtfleisch der Rosinen überdeckt würde. Ich ließ den Roggen einige Zeit quellen, zog dann den Sud vom Feuer, ließ ihn sich einige Minuten lang setzen, schüttete danach das Gebräu in ein Tuch und seihte in meine Kalebasse eine gallenfarbige Flüssigkeit ab.

»Man sieht sehr wohl, daß Niemand morgen nicht in der

Lage sein wird weiterzureisen«, flüsterte die Zauberin mit einem schelmischen Lächeln auf den Lippen.

»Ihr habt meine Idee begriffen.«

»Zu gut, fürchte ich!«

Ich kehrte in die Herberge zurück und schlich in den Schlafsaal, den eine Talglampe vor dem Bild Unserer Lieben Frau erleuchtete. Geschmeidig wie eine Katze und mit geschärften Sinnen, um jeglichem kritischen Augenblick vorzubeugen, ergriff ich Niemands Kalebasse und schüttete einen Teil des Gebräus in das Wasser. Wenn alles so lief, wie ich es mir vorstellte, würde Niemand beim Aufwachen wie gewöhnlich einen großen Schluck nehmen, und selbst wenn er dabei den seltsamen Geschmack feststellte, wäre es für seine Gedärme bereits zu spät. Mit ein wenig Glück war es sogar möglich, daß er es schlaftrunken nicht einmal bemerken würde.

Und in der Tat trank der Alte mit den ersten Lichtstrahlen des Tages einen großen Schluck aus seiner Flasche, und kurz darauf begann das Abführmittel Wirkung zu zeigen: Sein Stöhnen war im ganzen Hospiz zu hören, als er im Hemd zu den Ställen lief, ja fast flog, und seinen Bauch mit den Händen hielt. Jonas schaute ihm vergnügt von seinem Lager aus hinterher, zutiefst erstaunt darüber, wie der Alte seine Schritte beschleunigte, um seinem Gedärm Erleichterung zu verschaffen.

»Ist er krank?« fragte er und blickte Niemand auf seinem neuerlichen Lauf nach.

»Das glaube ich nicht. Es werden wohl nur einfache Magenbeschwerden vom gestrigen Abendessen sein.«

»Nun ist er schon viermal zu den Ställen gerannt. Keiner wird sich dort mehr hineintrauen, um die Tiere zu holen. Könnt Ihr ihm denn nichts zur Linderung verabreichen?«

»Ich fürchte«, entgegnete ich und verkniff mir dabei ein Lächeln, »daß es nichts gibt, was dem Abhilfe schafft.«

Während wir unsere Brotsuppe löffelten, rührte mich jedoch der schmerzvolle Blick des Kranken, und ich empfahl ihm, dreimal am Tag in Wasser aufgelöste Tonerde zu sich zu nehmen, um die Magenschwäche zu beheben. Wenn es nicht besser würde, sagte ich ihm, solle er am besten das außerhalb der Stadt gelegene Hospital de Santiago aufsuchen.

»Aber natürlich fühle ich mich nicht bei Kräften, die Reise fortzusetzen«, stammelte Niemand.

»Wir können nicht auf Euch warten, mein Freund. Vergeßt nicht, daß Sara Burgos so bald wie möglich erreichen wollte. Sie erwartet uns gleich in ihrem Viertel.«

Auf seinem Gesicht zeichnete sich ein Anflug von Mißgunst ab.

«Die Pferde gehören mir und bleiben hier. Entscheidet also, was Ihr tun wollt.«

«Nun, wir danken Euch für Eure Hilfe, unsere Freundin einzuholen«, meinte ich, »doch wie Ihr verstehen werdet, sollten wir jetzt, wo wir sie gefunden haben, unsere Reise auch mit ihr und nicht mit Euch fortsetzen.«

Im Blick des Alten stand stumme Ungläubigkeit geschrieben.

»Aber Eure Freundin reist zu Pferde.«

»Nein, jetzt nicht mehr.«

»In ein, zwei Tagen werde ich Euch aber einholen.« Es klang fast wie eine Drohung.

»Wir würden uns freuen, Euch als Reisegefährten wiederzusehen«, log ich.

Wir holten Sara an den Toren des jüdischen Viertels ab und gingen denselben Weg wieder zurück, um Nájera am Kloster Santa María la Real vorbei in Richtung Azofra zu verlassen. Vergnügt und ausgelassen durchwanderten wir die mit rötlichen Felsen durchsetzte Gegend, wo unzählige Weinberge den Weg säumten. Nachdem die von Niemand geschaffene Distanz zwischen Jonas und mir wie durch Zauberhand aufgehoben war, schien er nun wieder der gleiche kluge und aufgeweckte Junge zu sein, den ich im Laufe unserer Reise nach

Paris kennengelernt hatte. Der Himmel war noch immer bedeckt und das Licht traurig und bleiern, indessen führten wir eine so angeregte Unterhaltung, daß wir nicht einmal merkten, wie unangenehm es war, wieder mit den Füßen im Morast zu versinken, der die Wege bedeckte.

In Azofra wandten wir uns Richtung San Millán de la Cogolla, um dort gegen Mittag um Essen zu bitten. Zu unserer Überraschung stellten wir fest, daß es sich bei San Millán nicht um eines, sondern um zwei Klöster handelte: San Millán de Suso nannte sich das obere, San Millán de Yuso das untere. Durch einen kleinen Eichenwald stieg man zum weiter oben gelegenen Kloster de Suso hinauf, zu dem eine wirklich wunderschöne Kirche im westgotischen und mozarabischen Stil gehörte. Es war dies eine heilige Stätte, wie ich nur wenige in meinem Leben gesehen hatte. Dort hatte auch der berühmte Dichter Gonzalo gelebt, den man nach seinem Geburtsort Gonzalo de Berceo nannte. Er hatte die *›Milagros de Nuestra Señora‹* geschrieben, jene fünfundzwanzig Gedichte, in denen er beschrieb, wie die wundertätige Fürsprache der Heiligen Jungfrau die Gläubigen rettete und ihnen die Vergebung ihrer Sünden zuteil werden ließ. Er war aber auch der Schöpfer von so bekannten Werken wie den Heiligenviten *›Poema de Santa Oria‹* und *›Vida de Santo Domingo de Silos‹*. Seine Berühmtheit verdankte er jedoch vor allem der Tatsache, daß er der erste war, der seine Werke in der romanischen Volkssprache und nicht auf Latein verfaßt hatte.

Vom Portikus aus, in dem zahlreiche Sarkophage standen, betrat man die Kirche durch ein hufeisenförmiges Portal, dem gegenüber sich die Tumba aus schwarzem, wundervoll gearbeitetem Alabaster des heiligen Aemilianus Cucullatus befand. War man einmal in ihrem Inneren, sah man ein zweigeteiltes Kirchenschiff vor sich, das durch seltsame Säulenarkaden Zutritt zu zwei fast gleichen Kapellen gewährte.

Doch hörten dort die zahlreichen Grabkammern der heiligen Stätte noch nicht auf: Zur Apsis hin gelangte man über eine Holztreppe zu den Mauerresten des ursprünglichen Klosters, welche die Höhlenklausen und Grabstätten der ersten Mönche bargen. Besonders eines jener Wandnischengräber fiel mir auf, da vor dessen Grabplatte große Sträuße frischer Blumen standen.

»Wem gehört diese Nische?« fragte ich einen Benediktiner, der gerade vorbeiging.

»Das ist die Klause, in die sich die heilige Oria eingemauert hatte. Sie ist neben San Millán unsere Kirchenpatronin.«

»Wie, *sich eingemauert hatte?*« wollte Sara erschreckt wissen, die nur wenig mit bestimmten Sühnen und christlichem Martyrium vertraut war.

Der Mönch tat so, als habe er sie weder gehört noch gesehen, und begann mir das Leben der heiligen Oria zu schildern, die 1052 im Alter von neun Jahren in Begleitung ihrer Mutter Doña Amuña nach Suso gekommen war. Wie es nur zu verständlich war, verspürte sie plötzlich den Ruf des Herrn, weshalb sie ihr Leben dem Gebet und der Buße weihen wollte. Jedoch wurde ihrem Wunsch, dort die Ordensgelübde abzulegen, nicht entsprochen, da es sich um ein Männerkloster handelte und es in jener Gegend nicht üblich war, daß Frauen ein einsiedlerisches Leben führten. Obwohl Oria weinte und inständig flehte, gab man ihrem Drängen nicht nach, woraufhin das Mädchen beschloß, sich lebendig in eine Felsnische in der Nähe der Kirche einzuschließen, wo ihre Gegenwart die Mönche nicht stören würde, die sie bis zu ihrem Tod zwanzig Jahre später nur mit Speis und Trank versorgten, die sie ihr durch eine winzige Fensterluke reichten.

»Das ist die schrecklichste Geschichte, die ich je gehört habe!« rief Sara aus, als der Benediktiner höchst zufrieden den Hügel hinunterlief. »Ich kann nicht glauben, daß ein neunjähriges Mädchen darauf besteht, ihr ganzes Leben eingesperrt hinter Mauern zu verbringen. Da muß ihre Mutter dahinterstecken.«

»Und wenn schon! Tatsache bleibt, daß sie sich einmauerte«, murmelte ich zerstreut, während ich aufmerksam die Wand vor der Klause betrachtete. Es war eine solide Mauer aus mit Mörtel zusammengefügten Steinen.

War es Einbildung ... oder sah ich da wirklich das, was ich zu sehen glaubte? Ich konnte meinen eigenen Augen nicht trauen. Langsam umschritt ich in einem Halbkreis die Mauer, um mir Gewißheit zu verschaffen.

»Darf man erfahren, was Ihr da gerade tut?« forderte die Zauberin mit verbissener Miene.

Mit strahlenden Augen wandte ich mich voll Begeisterung zu ihr um.

»Kommt her! Du auch, Jonas! Stellt Euch hierher, ja, genau hierher und so, daß Ihr die Steine gut im Gegenlicht anschauen könnt. Was seht Ihr?«

Sonst unsichtbar, außer im Gegenlicht und auch nur von einem bestimmten Punkt des Halbkreises aus – der kleinste Schritt zu einer Seite oder zur anderen bewirkte das Verschwinden der Figur –, zeichnete sich ein Kreuz in Form eines Tau auf der Mauer ab, welche Orias Nischengrab verschloß. Sara versuchte so genau wie möglich hinzuschauen, doch konnte sie nichts entdecken.

»Das Tau! Noch ein Tau!« rief Jonas triumphierend.

»Warum noch eines?« fragte ich überrascht.

»Habt Ihr mir etwa nicht erzählt, daß Ihr in der Kathedrale von Jaca auch eines gefunden habt?«

Noch eines, noch eines, noch eines ... Jonas Worte hallten in meinem Kopf wie ein mehrfaches Echo wider. Noch ein Tau. Ja, auch in Jaca hatte ich ein Tau-Kreuz entdeckt, in der Kathedrale, in der Kapelle der heiligen Orosia. Die heilige Orosia, Orosia ... Oria, die heilige Oria. Großer Gott! Das war unmöglich! Das war zu schön, um wahr zu sein! Zu offensichtlich! ... Die unterschiedlichen Namen der vermeintlichen Heiligen hatten mich verwirrt. Aber bei beiden lag der Schlüssel im lateinischen Diphthong *au,* welcher wie im Französischen zu einem *o* geworden war. *Au* von *aureus*, dem Gold! Und Oria leitete sich von *Aurea* ab, was soviel bedeutet wie »aus Gold«, und Orosia, *Aurosea,* »von der Farbe des Goldes«, und beide deuteten durch ihre Taus darauf hin! *Tau-aureus,* wie in der Botschaft Manriques an seinen Waffenbruder Evrard zu lesen stand, »das Zeichen des Goldes«. Das war es, was die beiden Löwen auf dem Tympanon der Kathedrale von Jaca demjenigen zuriefen, der ihre Botschaft zu entschlüsseln versuchte!

»Jonas!« rief ich. »Lauf runter nach San Millán de Yuso und suche uns eine Unterkunft für die Nacht. Zu welchem Preis auch immer! Und nimm Sara mit!«

Ich rannte wie ein besessener Verrückter den Berg hinauf und suchte Steine und Äste, die mir als Hammer und Meißel dienen konnten, um in der folgenden Nacht die Grabmauer des armen Mädchens niederzureißen, deren wirkliche Existenz ich allmählich ernsthaft in Zweifel zog. Legenden und Mythen zu bilden, Lebensläufe umzuschreiben, Heilige zu erfinden oder falsche Reliquien zu weihen war ja ein althergebrachter Brauch der Römischen Kirche.

»Ihr habt etwas gefunden, nicht wahr?«

Die Stimme ließ mich vor Schreck zusammenzucken. Ich drehte mich nach links und stand dem Grafen Joffroi de Le Mans genau gegenüber. Sein furchterregendes Auftreten beeindruckte mich aufs neue. Trotz seiner Kleidung, die zweifellos von großer Eleganz war, verliehen ihm seine Beleibtheit und die hervortretende, breite Stirn ein äußerst kriminelles Aussehen.

»Im Grab der heiligen Oria, ist es nicht so?« fuhr er fort.

Warum sollte ich mich aufregen? Vor mir stand der Vertreter des Papstes höchstpersönlich, ein als Soldat verkleideter Johannes XXII., der gierig auf sein Gold wartete. Was auch immer ich gefunden hatte, es gehörte mir nicht, würde auch niemals mein sein; weshalb sollte ich es also nicht preisgeben?

»So ist es«, brummte ich voll Mißfallen, »im Grab der heiligen Oria. Man muß nur die Mauer davor niederreißen. Höchstwahrscheinlich ist es unter der Erde oder hinter irgendeinem

Felsen der Grabwände versteckt. Es wird nicht sonderlich schwer zu bergen sein.«

«Dies ist jetzt meine Aufgabe, Bruder. Ich habt Eure hier erledigt. Setzt Eure Reise fort.«

»Da irrt Ihr Euch, Graf«, rief ich voll Wut aus. »Wir sind überhaupt noch nicht fertig. Falls es Euch interessiert, so ist das, was Ihr im Grab der heiligen Oria finden werdet, nur ein winziger Teil der Schätze, die entlang dem Pilgerweg verborgen liegen. Und ich muß zugegen sein, wenn Ihr das Gold hebt, denn es kann mir irgendeinen Hinweis liefern, der mir bei meiner Suche weiterhilft. Noch mehr Gold werdet Ihr übrigens in der Kathedrale von Jaca finden. Schickt einen Eurer Männer dorthin oder tut, wozu auch immer Ihr Lust habt. In der Kapelle der Stadtpatronin, der heiligen Orosia, vermutlich hinter einer thronenden Madonna versteckt, die ein Kreuz in Form eines Taus in Händen hält, werdet Ihr das bergen können, was womöglich den ersten Teil des Templerschatzes diesseits der Pyrenäen bildet. Doch hört zu: Ich verlange einen ausführlichen Bericht darüber, was dort zum Vorschein kommt.«

Le Mans schaute mich ausdruckslos an. Nach einigen Augenblicken nickte er. Möglich, daß er nur seinen Auftrag ausführte, aber ich verabscheute ihn inzwischen so sehr, daß ich ihn mehr als irgend jemand sonst auf der Welt als meinen größten Feind betrachtete.

»Weder die Frau noch der Junge dürfen dabei sein. Nur Ihr.«

»Sehr gut«, entgegnete ich, drehte ihm den Rücken zu und ging den Hügel hinunter, befreit von der Sorge, was für die nächtliche Unternehmung noch fehlen konnte. War der Graf nicht für den Schatz verantwortlich? Nun, so sollte er auch die Verantwortung für all die lästigen Einzelheiten übernehmen, die dies mit sich brachte. Ich dachte nicht im Traum daran, auch nur einen Finger zu rühren. Im Grunde genommen hatte er recht: Meine einzige Pflicht bestand darin, ihn zu finden; für alles weitere war er zuständig.

Jonas brannte darauf, Neues zu erfahren. Sara und er erwarteten mich vor der Tür der Herberge, wo sie mit einer bretonischen Pilgergruppe um ein Feuer herum saßen. Als er mich kommen sah, fuhr der Junge in die Höhe und wollte schon aufspringen, um mir entgegenzulaufen. Doch eine unauffällige Geste Saras, die ihn leicht mit der Hand festhielt, brachte ihn davon ab. Wieder wurde mir bewußt, daß die Jüdin eine wirklich bewundernswerte Frau war. Sie wußte nichts von dem, was mich beschäftigte, doch anstatt nachzufragen, zu bohren, um mir irgend etwas zu entlocken, akzeptierte sie ruhig mein Geheimnis und achtete sogar darauf, daß das ungezügelte Temperament des Jungen nicht mit ihm durchging, damit er bei niemandem Argwohn erregte, als ob sie ahnte, daß viele Augen auf uns gerichtet sein konnten.

Wortlos setzte ich mich zu ihnen. Bis zur Stunde des Abendessens unterhielten wir uns mit den Bretonen, während ein hervorragender Wein die Runde machte, den sie in einem Weinschlauch aus Ziegenleder mitgebracht hatten. Die Mönche schöpften dann eine dicke Suppe aus Zwiebeln und Kürbis in unsere Suppenschalen und reichten uns Weizenbrot mit einigen Stücken geräucherten Specks dazu.

Als die Nacht hereinbrach und sich alle zum Schlafen niedergelegt hatten, stieg ich erneut nach Suso hinauf, um mich mit dem Grafen zu treffen. In der Dunkelheit wirkte dasselbe Wäldchen, das mir tagsüber so ruhig und licht erschienen war, äußerst bedrohlich. Meine Schritte knirschten im Laub, und um mich herum heulten hoch oben in den Baumwipfeln Uhus und Eulen. Die schwache Flamme meines Talglichts flackerte und erlosch immer wieder bei der frischen Brise, die durch das Dickicht pfiff. In tiefsten Innern war ich dankbar, am Gürtel Le Mans' Dolch zu tragen. Doch wenn eine Horde gefährlicher Wegelagerer mich überfallen hätte, hätte ich mich kaum schlechter fühlen können als in dem Augenblick, als ich schließlich das alte Kloster und das Grab der heiligen Oria erreichte.

Einige Holzbretter lehnten gegen den Eingang der Grabkammer. Die Mauer davor war abgetragen. Haufenweise Geröll lag herum, doch war keine Menschenseele zu sehen, als ob die Welt plötzlich wie durch Zauberei entvölkert worden wäre. Im Innern der Nische hatte man einen Schacht ausgehoben, in den eine Holzleiter hinunterführte. Als ich mich im Schein meines Talglichts darüberbeugte, entdeckte ich nur noch eine Grube, die bis auf einige Knäuel Hanfseile vollkommen leer war. Der verdammte Graf hatte nicht warten wollen und sich den Schatz bereits angeeignet.

»Joffroooooooooooooi!« heulte ich inmitten des nächtlichen Schweigens mit all der Kraft, die der Zorn und die Ohnmacht meinen Lungen verliehen. Doch ich erhielt keine Antwort. Ich erstickte fast vor Empörung, und mein Blut kochte vor Wut.

Sara und dem Jungen gab ich keinerlei Erklärungen, obwohl die beiden darauf brannten zu erfahren, was geschehen und auf was meine schlechte Laune zurückzuführen war. Sie nicht weiter beachtend, zog ich mich in eine hermetische Schweigsamkeit zurück, und schweigend machten wir uns am folgenden Tag wieder auf den Weg. Unaufhörlich zerbrach ich mir den Kopf über das Geschehene. So wenig also schätzten der Papst und mein Orden, was ich hier tat? Hatten sie etwa diesem Dummkopf von Le Mans die Anweisung gegeben, hinter meinem Rücken zu agieren? Blickten sie gar auf mich herab und sahen in mir nur einen einfachen Handlanger? Dachten sie womöglich, daß ich das Gold stehlen wollte? Damals kam ich mir vor wie zu Beginn: Ich stand wieder mit leeren Händen da, bedingt durch die Verblendung und Habgier derjenigen, die in Avignon behaglich auf das Ergebnis meiner Arbeit warteten. Vielleicht war ja bei den in der Grabnische gefundenen Schätzen nichts gewesen, was mir geholfen hätte, meine Nachforschungen voranzutreiben; aber wenn dem nicht so war?

Wenn dieser Tölpel von Le Mans etwas Wichtiges zerstört hatte? Doch mein Ärger war unnütz. Das Unglück war schon geschehen.

Wir kamen nach Santo Domingo de la Calzada, und Jonas und ich beteten andächtig vor dem Grab des Heiligen, so wie es die Pilgertradition vorschreibt. Die Stille im Gotteshaus gab mir nach und nach meine innere Ruhe zurück. Jene kurze Trennung von Sara nutzte ich aus, um den Jungen über das Geschehene in Kenntnis zu setzen, der, nachdem er mir bis zum Schluß zugehört hatte, nachdenklich zu der Holzgalerie hinaufblickte, wo in einem Käfig ein weißgefiedertes Hühnerpaar zum Andenken an ein Wunder des heiligen Domingo eingesperrt war, der einst einen unschuldig Erhängten wiederauferstehen ließ. Dann senkte er den Blick und meinte:

»Leider muß ich zugeben, Sire, daß Le Mans nur ein einfacher Knecht Seiner Heiligkeit ist. Nach all dem, was wir von ihm wissen, ist er außerstande, etwas zu tun, was ihm sein Gebieter nicht zuvor befohlen hat. Gott möge mir verzeihen, wenn ich vom Papst schlecht denke ...« – Warum hatte ich nur den Eindruck, daß er schon ein ganzer Mann und nicht nur ein junger Bursche war, als ich ihn so reden hörte? Was für ein Unterschied von einem Tag auf den anderen! Ich wünschte mir von ganzem Herzen, daß nach den ganzen Verwandlungen, welche der Übergang zum Mannesalter mit sich brachte, das Endergebnis so bewundernswert war wie das, was ich gerade vor mir hatte – »... aber ich glaube, daß der Graf nur das getan hat, was man ihm anordnete.«

»Was wieder einmal beweist«, führte ich seinen Gedankengang weiter, »daß wir bei diesem wenig ehrenwerten Unterfangen nur benutzt werden.«

In diesem Augenblick krähte der Hahn in seinem Käfig. Im Innern der Kirche wurde es laut. Verwundert sahen Jonas und ich uns an und blickten uns um, um eine Erklärung für das Gezeter zu finden. Ein alter lombardischer Pilger lächelte uns zu.

»Der Hahn hat gekräht!« erklärte er in seiner Sprache, wobei durch die wenigen Zähne, die er noch sein eigen nannte, reichlich Luft und Speichel entwich. »Alle, die ihn gehört haben, werden auf ihrer Wallfahrt mit Glück gesegnet sein.«

Am 21. September, dem Tag der herbstlichen Tag- und Nachtgleiche, verließen wir Santo Domingo über die steinerne Brücke über den Río Oja und wanderten Richtung Redecilla del Camino weiter.

Durch Belforado, Tosantos, Villambista, Espinosa und San Felices führte uns der Pilgerweg, der voller Pfützen und Steine war und unsere Ledersandalen ruinierte. Nachdem wir den Río Oca überquert hatten, erreichten wir bei Einbruch der Dämmerung müde, hungrig und schmutzig das Städtchen Villafranca de Montes de Oca, welches die westliche Grenze Navarras zum Königreich Kastilien bildete, wo laut unserem Pilgerführer Aimeric Picaud »Gold, Silber und wertvolle Tuche reichlich vorhanden sind, ebenso Pferde, Brot, Wein, Fleisch, Fisch, Milch und Honig; es fehlt jedoch an Bäumen, und die Menschen sind schlecht und lasterhaft.« Zu jener Zeit herrschte in Kastilien großer Aufruhr, und die Gegend war nicht gerade ungefährlich: Nach dem Tod König Fernandos IV. kam es zwischen seiner Mutter, Königin María de Molina, und den Infanten des Reiches (ihren eigenen Kindern und Schwägern) häufig zu Streitereien wegen der Regentschaft des minderjährigen Königs Alfonso XI. Diese Auseinandersetzungen entluden sich des öfteren in blutigen Zusammenstößen, die Hunderte von Toten in allen Winkeln des Reiches zur Folge hatten. In jenem September Anno Domini 1317 hatte sich die Lage jedoch etwas beruhigt, da ein Pakt in Kraft getreten war, gemäß dem sich Königin María die Vormundschaft mit den Infanten Pedro, Onkel des Königs, und Juan, Großonkel desselbigen und Sohn Alfonsos X. des Weisen, teilte.

Im Gegensatz zu dem, was unser Pilgerführer über die waldarme Gegend Kastilien berichtete, mußten wir am folgenden Tag zunächst einmal die bewaldeten Montes de Oca durchqueren, eine wenn auch kurze, so doch mühsame Wegstrecke, was es unumgänglich machte, in jener Nacht gut auszuruhen, um wieder zu Kräften zu kommen.

Im Pilgerhospiz des Klosters fanden wir Unterkunft, und da die Füße der armen Sara wie gefüllte Weinschläuche aussahen, so geschwollen waren sie, mußte ich ihr eine Salbe aus dem Knochenmark einer Kuh und frischem Schmalz rühren.

»Seht Ihr?« bemerkte sie drollig. »Mir sind die Füße gewachsen.«

Da ihre Rückenschmerzen es ihr nicht erlaubten, die Salbe selbst aufzutragen, befahl ich Jonas, Sara zu helfen. Ich brachte den Jungen damit in eine mißliche Lage; er errötete bis in die Haarspitzen und begann trotz der im Raum herrschenden Kälte zu schwitzen, aber für mich wäre es noch weitaus gefährlicher und sündhafter geworden, denn ich hätte sicherlich mindestens genauso wenn nicht gar noch mehr geschwitzt als mein Sohn und dabei auch noch das wichtigste meiner Gelübde gebrochen. Allerdings packte ich ihr hinterher die Füße in warme Tücher, um die Behandlung zu vollenden, nicht ohne vorher voll sündhafter Gedanken zu bemerken, daß ihre Zehen wie auch ihre Finger unglaublich gelenkig waren, und es beunruhigte mich aufs äußerste, festzustellen, daß auch sie voller Sommersprossen waren. Als ich die Augen hob, blickte mich Sara auf so sonderbare Art und Weise an, daß sie mich in verbotene Gefilde stürzte, aus denen ich nur mit größter Willensanstrengung zurückkehrte, indem ich den Blick abwandte.

Der seltsame Name der Berge war mir nicht entgangen. Montes de Oca, die »Gänseberge«. Es sprach für sich, daß die Eingangspforte zu Kastilien so vielsagend auf das Zeichen der Gans hinwies, die sich nicht nur im Bergkamm Montes de Oca wiederfand, sondern auch im Río Oca, dem Bildnis der Virgen de la Oca in der dortigen Einsiedlerklause und im Namen des

Ortes selbst, der vor dem durch die Pilger eingeführten Villafranca, der »Stadt der Franken«, ebenfalls unter dem Namen der Gans bekannt war. Während ich, erstarrt vor Kälte und mit einem fast leeren Magen, einzuschlafen versuchte, rätselte ich unaufhörlich, welche Beziehung wohl zwischen dem heiligen Tier, dem Initiationsspiel, das uns der alte Niemand gezeigt hatte, dieser Pforte zu Kastilien und dem Symbol des Gänsefußes der Bruderschaften der Steinmetze, initiierten Baumeister und Brückenbauer bestand.

Der folgende Tag begann bewölkt, doch wie die Sonne stieg, brach das Licht gleißend durch die sich auflösenden Wolken. Nach einem Frühstück aus einigen in Wasser eingeweichten Stücken trockenen Brots und etwas wohlschmeckendem Schafskäse, das uns ein Hirte angeboten hatte, verwendeten wir einige Zeit darauf, die Riemen unserer Sandalen zu säubern und einzufetten, während Sara die Zeit nutzte, um im Fluß unsere Hemden, Leibröcke, Umhänge und Strümpfe zu waschen, die seit Wochen nach einer gründlichen Reinigung verlangten. Aus Holz fertigte ich daraufhin ein Gestänge in Form eines Kreuzes mit mehreren Querstäben an, das ich auf Jonas' Rücken befestigte, und daran hängten wir die Wäschestücke auf, damit sie mit der Sonne und im Luftzug trockneten, während wir unsere Wallfahrt fortsetzten.

Dann machten wir uns von der Ortsmitte aus an den steilen Aufstieg. Bald bedeckte den Weg ein Teppich aus gelblichen und ockerfarbenen Eichenblättern, die unter unseren Füßen raschelten. Obwohl dieses Stück des Jakobsweges nicht sehr lang war, kam es uns endlos vor, und beinahe hätten wir uns zu allem Überfluß auch noch in einem dichten Pinien- und Tannenwäldchen verlaufen, in dem ich Wölfe und Wegelagerer vermutete. Indessen brachte uns der Hahn von Santo Domingo Glück, und wir ließen es unversehrt, wenn auch erschöpft hinter uns. Schließlich gelangten wir gegen Mittag auf die Hochebene von Pedreja und stiegen gleich darauf wieder über den Bach Peroja zu Tal. Als die Sonne am höchsten stand, erreichten wir das Hospiz in Valdefuentes, ein wahrhaftes Paradies für den Wanderer, der sich dort an einer Quelle mit frischem, reinem Wasser erholen konnte.

Eine Gruppe burgundischer Pilger aus Autun heiterte gerade die Umgebung des Hospizes mit ihren Scherzen und Späßen auf. Sie fragten wir, welcher der beiden Wege, die sich dort gabelten, um sich später in Burgos wieder zu vereinen, denn günstiger wäre.

»Wir werden morgen den Weg über San Juan de Ortega nehmen«, erklärte uns ein Junge namens Guillaume, »denn das ist die Strecke, die unser Landsmann Aimeric Picaud empfiehlt.«

»Auch wir sind bisher seinen Ratschlägen gefolgt.«

»Er ist weltberühmt«, bemerkte Guillaume stolz, »bedenkt man die vielen Pilger, die sich jedes Jahr auf den Weg nach Santiago machen. Wenn Ihr gleich aufbrecht, erreicht Ihr San Juan de Ortega noch bei Tageslicht. Das Hospiz des Klosters ist für seine ausgezeichnete Gastfreundschaft wohlbekannt.«

Der junge Burgunder hatte vollkommen recht. Über einen verschlungenen Pfad durch den Wald kamen wir zur Apsis der Klosterkirche, die wir umrundeten, um dann zu ihrer Rechten auf das Hospiz zu stoßen, wo wir von einem für die Betreuung der Pilger zuständigen Mönch herzlich und freundlich aufgenommen wurden. Der Kleriker war ein schwatzhafter alter Mann, der gern den Abenteuern all derjenigen lauschte, die zu ihm kamen. Er stellte übermäßig große Portionen auf den Tisch und bot sich an, uns die Kirche und das Grab des Heiligen zu zeigen, sobald wir fertig gegessen hätten.

»San Juan de Ortega hieß mit weltlichem Namen Juan de Quintanaortuño. Er wurde um das Jahr 1080 geboren«, erklärte er Jonas und mir, während wir über das freie Feld zum Doppelportal der Kirche schritten. Sara, die sich unserem christlichen Eifer gegenüber zwar respektvoll, jedoch gleichgültig zeigte, war in der Herberge zurückgeblieben, um sich auszuruhen. »Man hält ihn für einen einfachen Schüler von Santo Domingo de la Calzada, der weitaus berühmter ist, weil er mit einer gewöhnlichen Axt den Wald von Nájera bis Redecilla gefällt hat, um dieses Teilstück des Jakobswegs zu bauen.« Sein Tonfall zeigte, daß die Heldentat des heiligen Domingo für ihn nichts Besonderes war. »Aber Juan de Quintanaortuño war wesentlich mehr als nur sein Mitarbeiter: Juan de Quintanaortuño war der wirkliche Baumeister des Jakobswegs, denn selbst wenn der heilige Domingo einen Wald fällte, die Brücke über den Río Oja, eine Kirche und ein Pilgerhospiz errichtete, so baute San Juan de Ortega die Brücke von Logroño, erneuerte jene über den Río Najerilla und errichtete das Hospital de Santiago jener Stadt ebenso wie hier diese Kirche und dieses Hospiz für die Jakobspilger.«

Wir hatten jetzt die kleine Kirche betreten, die von dem Licht, das durch die hellen Fenster schimmerte, sanft beleuchtet wurde. Das betäubende Summen der Fliegen, die über dem Mittelschiff ihre Kreise zogen, übertönte die Stimme des Priesters. Die reich geschmückte, steinerne Tumba stand gegenüber dem Altar. Der Mönch zog uns zur Seite.

»Hier kommen oft kinderlose Paare her«, fuhr er fort, »San Juans Beliebtheit rührt vor allem von den Wundern, die er vollbrachte, um den Frauen ihre Fruchtbarkeit zurückzugeben. Das ist vor allem dieser verflixten Verzierung in der linken Apsis zu verdanken.« Und er zeigte auf das Kapitell über unseren Köpfen, auf dem die Szene von Maria Empfängnis zu sehen war. »Aber ich denke, daß unser Heiliger einen besseren Ruf verdient hat, deshalb stelle ich gerade seine zahlreichen Wunder zusammen, wie die Heilung von Kranken und die Auferweckung von Toten.«

»Er erweckte Tote?«

»Oh, ja sicher! San Juan gab mehr als einem armen Verstorbenen das Leben zurück.«

War es Zufall? Ich glaube kaum, denn schon lange habe ich aufgehört, an Zufälle zu glauben: Im Laufe unserer Unterhaltung fiel plötzlich ein Lichtstrahl durch den mittleren Spitzbogen der Vierung auf den Kopf des Engels, der Maria ihre künftige Mutterschaft verkündete. Verzaubert blieb ich stehen.

»Das ist hübsch, ja«, sagte der Alte, als er meine Unaufmerksamkeit bemerkte, »aber mir gefällt das andere besser, das auf der rechten Seite.«

Und er führte uns dorthin, ohne viel Rücksicht auf uns zu nehmen. Jonas folgte ihm wie ein Hündchen und umrundete die Tumba ähnlich schnell wie unser Mentor. Das Kapitell der Säule der rechten Apsis zeigte einen Ritter mit erhobenem Schwert, der sich einem reitenden Krieger stellte. Mich brachte allerdings noch immer das Licht, das den Engel anstrahlte, durcheinander. Ein Gedanke schoß mir durch den Kopf. Ich drehte mich um und ging zurück. Das Licht strahlte nun Maria an. Wenn das Licht so weiterwanderte, würde es schließlich die Figur eines Alten, vermutlich die Figur des heiligen Josef, erhellen, der das ganze Gewicht seines Alters auf einen Pilgerstab in Form eines Tau stützte ...

Ego sum lux ... Plötzlich bekam alles einen Sinn.

Die Raffinesse der Templer, ihr Gold zu verbergen, war unglaublich. Sie hatten ihre Schätze so ausgezeichnet versteckt, daß wir ohne die Botschaft von Manrique de Mendoza nie auch nur eines der Verstecke gefunden hätten. Der Schlüssel war das Tau, aber das Tau war nur der Blickfang, ein Hinweis für den Initiierten; danach mußte man die Spuren aufdecken, die wie die einzelnen Teile eines Artefakts ineinander verzahnt waren, um zu funktionieren. Ich fragte mich, ob das Tau nur einer von vielen möglichen Wegen war, ob nicht auch noch andere Lockvögel existierten wie beispielsweise das Beta oder das Pi, oder vielleicht ja auch das Sternbild des Steinbocks oder der Zwillinge. Die unzähligen Möglichkeiten machten mich schwindlig. In diesem Augenblick berührte der Lichtstrahl schon den Alten mit seinem Stab und schien nun träge auf ihm zu verweilen.

»Wenn es dem Ritter denn beliebt«, vernahm ich da die

Stimme des alten Klerikers hinter meinem Rücken, »so könnten wir jetzt in das Hospiz zurückkehren.«

»Wir sind Euch für Eure Freundlichkeit äußerst dankbar, Pater. Wenn es Euch allerdings nichts ausmacht, würden mein Sohn und ich gern noch eine Weile hierbleiben, um zu San Juan zu beten.«

»Ich sehe, daß unser Heiliger Eure Frömmigkeit erweckt hat!« bemerkte er voll Freude.

»Wir möchten für die Tochter meines Bruders fürbitten, die schon seit Jahren hofft, schwanger zu werden.«

»Ihr tut wahrlich gut daran! Zweifellos wird Euch San Juan das gewähren, worum Ihr ihn bittet. Ich erwarte Euch also gemeinsam mit Eurer jüdischen Freundin. Gott schütze Euch.«

»Er sei mit Euch.«

Als er verschwunden war, wandte sich Jonas zu mir um und sah mich neugierig an.

»Was ist mit Euch? Wir haben keine unfruchtbare Cousine.«

»Schau genau hin, mein Junge.«

Ich packte ihn am Kragen und drehte seinen Kopf, als wäre es der einer Stoffpuppe, zum Kapitell mit der Szene von Maria Empfängnis.

»Sieh dir den heiligen Josef an.«

»Noch ein Tau!« rief er freudig.

»Noch ein Tau«, stimmte ich zu. »Und betrachte den Lichtstrahl, der allmählich weiterwandert; noch beleuchtet er ihn ein wenig.«

»Wenn ein Tau abgebildet ist«, meinte er dann und befreite sich mit einem Kopfschütteln aus meinem Griff, »dann befindet sich hier offensichtlich ein Versteck des Templerschatzes.«

»Natürlich. Und ich weiß auch wo.«

Er schaute mich mit großen, glänzenden Augen an.

»Wo, Sire?«

»Streng dein Gedächtnis an, mein Junge. Was hat in Eunate am meisten unsere Aufmerksamkeit erregt?«

»Die Geschichte von König Salomo und all die seltsamen Tiere auf den Kapitellen.«

»Nein, Jonas! Denk nach! Es gab dort ein Kapitell, das sich von allen anderen unterschied. Du selbst hast es mir gezeigt.«

»Ach ja, das von Lazarus' Auferstehung und dem blinden Bartholomäus!«

»So ist es. Aber wenn du dich genau erinnerst, so war die ziselierte Inschrift auf der Konsole der Auferstehungsszene falsch. Während er seinen Freund vom Tod erweckte, sagte Jesus demnach ›*Ego sum lux*‹, doch laut den Evangelien ließ Jesus damals keines dieser Worte verlauten. Und was haben wir hier, in San Juan de Ortega?«

»Wir haben ein Tau und einen Sonnenstrahl, der es erleuchtet.«

»Und einen heiligen Wundertäter, der nach Auskunft des Paters ein Fachmann im Erwecken von Toten war, sowie die Szene des Kapitells von Eunate und die des Kapitells der Templerkapelle in Torres del Río. Auch dort gab es ein allem Anschein nach gewöhnliches Kapitell mit dem Motiv der Auferstehung Christi.«

»Das stimmt!« rief er aus und klopfte sich mit der Faust auf die Schenkel. Es war nicht zu leugnen, daß er mein Sohn war. Sogar seine unbedachtesten Gesten waren eine schlechte Nachahmung meiner eigenen. »Allerdings weist uns dies noch nicht auf das Versteck des Goldes hin.«

»Doch, das tut es durchaus. Falls aber noch irgendein Zweifel besteht, so verfügen wir ferner über unsere Erkenntnisse von der Templerkirche in Puente la Reina.«

»Welche Erkenntnisse?«

»Du wirst dich noch daran erinnern, was ich dir von den Wandmalereien in der Kirche Nuestra Señora dels Orzs erzählt habe.« Der Junge nickte. »Über einem gabelförmigen Baum oder einem Gänsefuß, dem Symbol der geheimen Bruderschaften der initiierten Brückenbauer und Baumeister – und vergiß nicht, San Juan war einer von ihnen –, beobachtete dort ein Königsadler einen Sonnenuntergang. Wie du weißt, symbolisiert der Adler die Sonne, und der Sonnenuntergang entspricht der gegenwärtigen Stunde. Das Licht, welches das Tau hier beleuchtet hat, ist ein Strahl der untergehenden Sonne.«

»Gut, einverstanden, aber wo ist das Gold?« Er verlor langsam die Geduld.

»In seinem Grab.«

»Im Grab? Wollt Ihr damit sagen ... in der Tumba, innen drin?«

»Warum nicht? Erinnerst du dich nicht an die Kapitelle? Die Grabplatten waren immer zur Seite geschoben, damit der Auferstandene wieder ans Licht kommen konnte. So war es mit der Mauer vor der Wandnische der heiligen Oria, und ich wette, um was du willst, daß sie den Schatz der heiligen Orosia von Jaca ebenfalls in irgendeiner Gruft finden werden, vor der man erst eine Mauer niederreißen muß. Obwohl ...«

»Obwohl ... was?«

»In Torres del Río drang eine Rauchwolke aus dem geöffneten Grab. In der Tat glichen die beiden Frauenfiguren, die beiden Marias aus dem Evangelium, mehr Leichen als sonst irgend etwas. Weißt du, Jonas, es ist sehr gut möglich, daß die Tumba von San Juan irgendeine Falle aufweist, vielleicht ein flüchtiges Gift.«

»Nun, dann sollten wir das dem Grafen Le Mans nicht verraten«, entschlüpfte es ihm vergnügt. »Er muß wohl gleich hier erscheinen. Soll er es doch aufmachen. Ist es nicht das, was er will?«

»Ja«, stimmte ich mit einem Lächeln zu, das dem seinen glich, »das ist eine hervorragende Idee. Ich behaupte nicht, daß ich nicht versucht bin, ihn eines Gifttodes sterben zu sehen. Aber dieses Mal, mein Junge, werden wir beide, du und ich, den Schatz heben. Le Mans darf nichts davon erfahren, bevor wir nicht einen Blick in das Innere dieses Grabmals geworfen haben.«

»Aber dann erwischt es doch uns!«

»Nein, denn wir wissen, daß diese Gefahr besteht, und wir werden die nötigen Vorkehrungen treffen, um das zu verhindern. Und jetzt, mein Junge, setz ein seraphisches Engelsgesicht auf, auch wenn es dich gewaltige Mühe kostet, und laß uns diese Kirche so verlassen, als ob wir fromm gebetet hätten: nicht eine Geste oder Bewegung, die offenbart, was wir wissen, verstanden? Denk daran, daß Le Mans' Schergen uns belauern.«

»Seid unbesorgt, Sire. Paßt gut auf.«

Plötzlich schien er am Boden zerstört. Seine Niedergeschlagenheit und Traurigkeit wirkten so übertrieben, daß ich ihm eine Kopfnuß versetzen mußte.

»Trag nicht so dick auf, du Dummkopf!«

Wenn wir die Kapelle noch einmal aufsuchen wollten, würde es Le Mans auf jeden Fall mitbekommen, weshalb wir eine gute Ausrede finden mußten, die einen erneuten Besuch logisch erscheinen ließ. Glücklicherweise verschaffte ihn uns der alte Pater des Ortes selbst:

»Ich muß noch einmal hinüber in die Kirche, um die Wachskerzen in den Lampen und am Altar zu löschen«, meinte er bei Einbruch der Nacht, während er sich reckte und ausgiebig gähnte.

Eingehüllt in alte, zerschlissene Wolldecken saßen wir am Feuer. Sara döste unruhig in ihrem Sessel; sie war nervös, da sie am folgenden Tag Mendoza in Burgos treffen wollte. Auch ich fühlte mich beunruhigt durch die Nähe meiner Begegnung mit Isabel, doch wußte ich nicht, was mich mehr bewegte: Jonas' Mutter nach so vielen Jahren wiederzusehen oder Sara ihren geliebten Manrique treffen zu wissen.

»Laßt meinen Jungen gehen«, schlug ich vor.

»O nein! Während ich die Kerzen lösche, bete ich für gewöhnlich zu San Juan.«

»Nun, so laßt denn meinen Sohn und mich diesen Dienst

verrichten, und als Dank für die Güte, die Ihr uns hier zuteil werden laßt, werden wir beide beim Heiligen um Fürsprache für Euch und diesen Ort bitten.«

»Das ist kein schlechter Einfall, keineswegs!« urteilte er entzückt.

»Das ist ein sehr guter Einfall«, bekräftigte ich, um ihm keine Zeit zum Nachdenken zu lassen. »Jonas, los, nimm den Kerzenlöscher und komm.«

Jonas holte aus einer Ecke den langen Eisenstab mit der blechernen Mütze und blieb abwartend neben der Tür stehen. Ich stand auf und trat zu Sara, um ihr zu sagen, wohin wir gingen, aber sie war so schlaftrunken, daß sie es nicht merkte. Ich hätte ihr die Hand auf die Schulter legen können, um sie richtig zu wecken, und niemand hätte Böses von mir gedacht; ich hätte sogar nach ihrer Hand greifen und sie streicheln können, und auch dann wäre nichts Außergewöhnliches passiert; ich hätte ihr ganz sanft über das Haar streichen können, oder über die Wange, und nicht einmal der gütige Mönch hätte daran Anstoß genommen. Aber ich tat nichts dergleichen, denn ich selbst hätte sehr wohl die Wahrheit gewußt.

»Sara, Sara ...«, flüsterte ich ihr ins Ohr. »Geht zu Bett. Jonas und ich kommen gleich zurück.«

Im Schein des Vollmondes gingen wir zur Kirche hinüber. Sie war so leer wie zuvor, wenn auch stiller, da das Summen der Fliegen glücklicherweise verstummt war.

»Wie stellen wir es an, die Grabplatte zu heben?« flüsterte Jonas.

»›Gebt mir einen Punkt, und ich werde die Welt aus den Angeln heben‹, sagte Archimedes.«

»Wer?«

»Allmächtiger Gott, Jonas! Man hat dir auch nicht das kleinste bißchen Bildung angedeihen lassen!«

«Aber jetzt seid Ihr allein dafür verantwortlich. Daß Ihr es nur wißt!«

Ich tat so, als ob ich ihn nicht gehört hätte, zog unter meinem

Leibrock ein Krummholz und Le Mans' Dolch hervor und trat an die Tumba.

»Nimm das«, sagte ich und reichte ihm das Stilett, »kratz den Mörtel an der anderen Seite weg, und wenn du damit fertig bist, bring den Kerzenlöscher her.«

Es war nicht schwierig, die einmal gelöste Grabplatte mittels des Stabes zu bewegen, obwohl wir es höchst vorsichtig tun mußten, um sie nicht zu brechen.

»Zieh das Hemd aus«, befahl ich Jonas, »und reiße es entzwei. Und dann tauch die beiden Hälften in das Weihwasserbecken.«

»Ins Weihwasser???«

»Tu, was ich dir sage! Und schnell, wenn du nicht vergiftet werden willst!«

Wir vermummten unsere Gesichter mit den feuchten Stofffetzen, deren Enden wir hinter den Köpfen zusammenbanden, bevor ich der Platte einen letzten Stoß gab, die daraufhin nachgab und fast eine Elle zurückglitt. Aus dem Inneren stieg ein gelblicher Rauchschwall empor, der sich schnell in der ganzen Kirche ausbreitete.

»Zieh dir das Tuch über die Augen, und wirf dich auf den Boden!« rief ich, während ich zum Kirchenportal stürzte, um es sperrangelweit aufzureißen. Die nächtliche Brise vertrieb einen Teil der Schwefeldämpfe; der Rest schwebte jedoch im Gewölbe des Kirchenschiffs, kaum zwei Handbreit über unseren Köpfen. Hätte uns das Kapitell nicht gewarnt, so wären wir unweigerlich umgekommen.

»Steh langsam auf, mein Junge!«

Wie ein Buckliger beugte ich mich ins Innere des Grabes, um die Giftwolke nicht einatmen zu müssen. Einige Steinstufen führten hinunter in die Dunkelheit einer unter dem Kirchenboden verborgenen Krypta.

»Jonas, hol einen der Kandelaber vom Altar, und bring ihn her. Aber vergiß nicht, dich zu ducken! Die Luft ist am Boden reiner.«

Mit äußerster Vorsicht stiegen wir hinunter, immer befürchtend, daß der Boden unter unseren Füßen nachgab, daß sich ein Stein über unseren Köpfen löste oder daß irgendeine unerwartete Falle unsere Knochen auf ewig dort in der Gruft einsperren würde. Doch nichts dergleichen geschah. Ohne irgendwelche unangenehmen Überraschungen kamen wir unten an. Im Kerzenschein lag ein kleiner, runder Raum vor uns, dessen Wände und Decke von großen Steinblöcken gebildet wurden. Den Boden sahen wir nicht, denn er war mit großen Truhen voller Gold- und Silbermünzen bedeckt, mit haufenweise Edelsteinen, auf denen reich bestickte Stoffe lagen, mit Kronen, Diademen, Halsketten, Ohrgehängen, Ringen, Bechern, Kelchen, mit Kruzifixen, Kandelabern und zahlreichen Dokumenten aus dem Orient. Und das war nur ein kleiner Teil des Schatzes, ein winziger Bruchteil des Ganzen! Wortlos und geblendet vom Glanz der Edelsteine umrundeten wir die Schätze, bestaunten, berührten und schätzten höchst wertvolle Rosenkränze, eindrucksvolle Reliquiare, Meßkännchen, Kelche, Monstranzen und Anhänger, bis der Junge unversehens das Schweigen brach:

»Ich habe so eine dunkle Vorahnung, Sire. Laßt uns bitte schleunigst von hier verschwinden.«

»Wovon sprichst du?«

»Ich weiß es nicht, Sire ...«, stammelte er, »ich weiß nur, daß ich von hier weg will. Es ist ein ganz starkes und beängstigendes Gefühl.«

»Ist gut, mein Junge, gehen wir.«

Das Leben hatte mich gelehrt, daß man solch unerklärlichen Zeichen Respekt zollen sollte. Mehr als einmal hatte ich mich in ernsthafter Bedrängnis gesehen, weil ich mein Vorgefühl nicht hatte gelten lassen, weil ich nicht auf diese mysteriösen Warnungen hören wollte. Falls also mein Sohn so etwas verspürte, mußten wir verschwinden ... und zwar schnell.

Auf einem kleinen Tischchen aus Perlmutt zog ein gewöhnliches *Lectorile* aus unbearbeitetem Holz meine Aufmerksamkeit auf sich. Darauf lag eine mit dem Templersiegel versehene, zusammengebundene Lederrolle. Ich überlegte es mir nicht zweimal, nahm sie eilends an mich und steckte sie zwischen die Falten meines Unterkleides, während ich dem Jungen schnellstens die Stufen hinauffolgte.

Oben angelangt, bemerkte man zunächst nichts Außergewöhnliches. Allem Anschein nach lag die Kirche noch ebenso still, kalt und verlassen da wie zuvor, als wir in die Krypta hinunterstiegen.

»Es tut mir leid, daß ich Eure Nachforschungen zum Scheitern gebracht habe«, entschuldigte sich Jonas betrübt.

»Mach dir deshalb keine Gedanken. Ganz bestimmt hast du irgend etwas wahrgenommen, und ich werde mir nicht anmaßen, dir daran die Schuld zu geben. Ganz im Gegenteil.«

Kaum hatte ich die letzten Worte ausgesprochen, als ein Knarren unsere Köpfe erschreckt herumschnellen ließ. Ein leises Geräusch ging einem dumpfen Schlag voraus, dann begann das Erdreich nachzugeben, und das Getöse wurde immer lauter, bis der Boden zu beben begann. Die Steinplatten der Tumba fielen in sich zusammen und stürzten in die Tiefe, wobei sie eine Staubwolke auslösten, die bis zum Gewölbe des Kirchenschiffs emporstieg und sich dort mit den giftigen, gelben Dämpfen mischte. Der Krach war ohrenbetäubend. Es schien, als ob die Kirche jeden Augenblick über unseren Köpfen zusammenstürzen könnte.

»Lauf, Jonas, lauf!« schrie ich aus vollem Hals und gab ihm einen Stoß, der ihn zum Portal schleuderte.

Allerdings wußte ich nicht, was schlimmer war, denn draußen erwartete uns mit gezücktem Schwert Graf Joffroi de Le Mans mit all seinen Männern.

»Sprecht!«

»Ich habe es Euch doch schon hundertmal erklärt!« wiederholte ich und ließ den Kopf hängen. »Ich mußte unbedingt sehen, was es dort unten gab, bevor Ihr wieder alles an Euch reißt. Was wollt Ihr denn noch wissen?«

Le Mans' Männer arbeiteten hastig unten in der Krypta. Sie hatten schon alle Schätze gehoben und unter demselben Kapitell angehäuft, das mir von ihrer Existenz gekündet hatte. Nun mühten sie sich ab, die Verwüstungen zu beseitigen, die der Einsturz angerichtet hatte. Wie wir zu spät bemerkt hatten, bildete die Platte des Sarkophags in Wirklichkeit den Teil, der den gesamten Aufbau der geheimen Kammer stützte, und indem wir sie wegschoben, lösten wir den Erdrutsch aus, so wie es zuvor jemand methodisch geplant hatte. Welches Detail hatte ich übersehen? Wo hatte der Fehler gelegen?

»Wenn ich Euch nicht augenblicklich umbringe, dann nur, weil Ihr begonnen habt, Eure Mission zu erfüllen«, tobte Le Mans, »doch der Papst wird davon genauestens unterrichtet werden, und Ihr könnt Euch darauf verlassen, daß Ihr nicht straflos davonkommt.«

»Ich habe Euch doch schon gesagt, Graf, daß es wichtig war.«

»Meine Männer werden den Schaden beheben, so daß alle Spuren des Unglücks verwischt sind, bevor der neue Tag anbricht. Aber wenn die Templer Verdacht schöpfen, werdet weder Ihr noch Euer Sohn, noch diese Jüdin, die Euch begleitet, einen weiteren Sonnenaufgang erleben.«

»Und der Pater? Was gedenkt Ihr mit ihm zu tun?«

»Vergeßt den Mönch. Es gibt ihn schon nicht mehr. Noch in dieser Nacht wird jemand an seine Stelle treten.«

Warum bekümmerte mich sein Schicksal? Ohne damit auch nur das geringste zu tun zu haben, sah sich der arme Mann in für ihn viel zu große Machenschaften verwickelt und war deshalb gnadenlos aus dem Weg geräumt worden.

»Holt Eure Sachen und brecht sofort auf«, fuhr Le Mans fort. »Und denkt daran, daß beim nächsten Mal Eure Arbeit auf ewig beendet sein wird, wenn Ihr wieder ohne mich die Initiative ergreift.«

»Ich wünsche mir nichts anderes«, erwiderte ich, wohlwissend, daß wir unter dem Ende, worauf wir beide uns bezogen, nicht dasselbe verstanden.

Mitten in der Nacht sammelten wir unsere Siebensachen zusammen und machten uns durch einen Eichen- und Pinienwald auf den Weg nach Burgos. Der Mond leuchtete uns, und die Wölfe heulten. Wir hatten keine andere Richtung als die, die uns das Schicksal wies, und dorthin lenkten wir unsere Schritte. Die Mendozas, Bruder und Schwester, erwarteten uns.

Gegen Mittag, als die Sonne am höchsten stand, erreichten wir das wahrhaft prachtvolle Burgos, Hauptstadt des Königreichs Kastilien. Schon aus der Ferne merkten wir, daß wir uns der bedeutendsten und größten aller Pilgerstationen des Jakobswegs näherten, herrschte doch auf den Straßen ein lebhaftes Treiben von Karren, Menschen und Tieren. Der in beide Richtungen ziehende Pilgerstrom um uns herum riß nicht ab. Um uns zur kleinen Brücke durchzudrängen, die neben der Johannes dem Evangelisten geweihten Kirche über den Festungsgraben zum Stadttor führte, mußten wir sogar die Ellbogen gebrauchen. Auch wenn wegen der Handelszeiten die Kontrolle gering war, verlangten die Wachen dennoch unsere Geleitschreiben zu sehen, und erst nachdem sie sie aufmerksam geprüft hatten, gaben sie uns den Weg frei. Die lange, gepflasterte Straße, welche die Stadt von einem Ende zum anderen durchquerte und Teil des Jakobswegs war, säumten lärmerfüllte Schenken und Herbergen, unzählige Läden, in denen allerlei Waren verkauft wurden, und kleine Werkstätten christlicher, jüdischer und maurischer Handwerker. Es stank durchdringend nach Urin und Kot, und dieser ekelerregende und ungesunde Geruch hing wie eine dicke Wolke über der Stadt. Sicherlich hatten die ortsansässigen Medizi alle Hände voll zu tun, um all die Lungenleiden und Darminfekte zu heilen.

Statt wie die meisten Pilger in einem der vielen Hospize Unterkunft zu suchen, die sich um die Kirche San Juan Evangelista ballten, wollten Jonas und ich im prunkvollen Hospital del Rey um Obdach bitten, welches von den Zisterzienserinnen des nahegelegenen Klosters Real Monasterio de Las Huelgas geleitet wurde. Sara, die seit San Juan de Ortega äußerst wortkarg war, würde sich von uns im großen, wohlhabenden Judenviertel verabschieden, wo sie im Haus eines gewissen Samuel, einem entfernten Verwandten, Rabbi der Gemeinde und ehemaligen Schatzmeister des verstorbenen Königs Fernando IV., zu übernachten gedachte.

Längs des Weges waren wir an vielen, reichgeschmückten Kirchen vorbeigekommen, aber erst angesichts der Vollkommenheit und Monumentalität der Kathedrale, unvergleichlich mit jeglichem anderen heiligen Bauwerk des Jakobswegs, verschlug es uns die Sprache, und wir kamen aus dem Staunen nicht heraus, als ob wir soeben mit einer himmlischen und verklärten Erscheinung fürstlich beschenkt worden wären. Im Laufe der Jahrhunderte wird man sich an Burgos vielleicht wegen seiner Helden wie Ritter Ruy Díaz de Vivar erinnern, von dem schon jetzt die Chroniken und fahrenden Spielleute berichten, indessen zweifele ich nicht daran, daß sich die Stadt weit mehr wegen ihrer Kathedrale einen Namen machen wird, diesem Beispiel steinerner Schönheit, das der Mensch kraft seines Geistes und der Geschicklichkeit seiner Hände zu schaffen vermocht hatte.

Leider stießen wir schon kurz darauf auf das Judenviertel. An dessen Toren sagten wir Sara für immer Lebewohl. Verdrängt durch die jüngsten Ereignisse in San Juan de Ortega und das uns bevorstehende Wiedersehen mit den Geschwistern Mendoza, war der Abschied bis zu diesem Augenblick belanglos gewesen, so, als ob er nie kommen würde, als ob dies völlig unmöglich wäre.

»Ich möchte nicht, daß wir voll Traurigkeit Abschied nehmen«, murmelte Sara und schulterte entschieden ihre Pilgertasche. »Das Leben hat uns schon zweimal zusammengeführt, und, wer weiß, es kann uns eines schönen Tages wieder vereinen.«

»Und wenn dem nicht so ist?« fragte Jonas besorgt. »Das

Leben kann sich auch dazu entschließen, daß wir uns nie mehr wiedersehen.«

»Das wird nicht geschehen, mein hübscher Junge«, versprach die Jüdin und strich ihm mit einer Hand zärtlich über den Flaum an seinem Kinn. »Die wirklich wichtigen Menschen begegnen einem immer wieder. Alles dreht sich, alles ist im Fluß, zieht seine Kreise, und irgendwo werden wir erneut zusammentreffen ... Ich wünsche Euch das allerbeste, Sire Galcerán«, sagte sie dann und wandte sich zu mir um, »Euch werde ich höchstwahrscheinlich nicht wiedersehen.«

»Das wird schwierig werden, ja«, gab ich zu und wies in meinem Innern den Wahrheitsgehalt ihrer Worte von mir, »denn wenn ich meine Aufgabe hier erledigt habe, werde ich wohl auf meine Insel zurückkehren. Aber solltet Ihr eines Tages nach Rhodos reisen, so sucht mich im Spital meines Ordens auf.«

»Nein, Sire ... ich glaube nicht, daß ich jemals nach Rhodos fahren werde. Daraus Trost zu schöpfen, wäre absurd. Seid glücklich. Möge Jahwe Eure Schritte lenken.«

»Möge der Himmel die Euren führen«, murmelte ich traurig und wandte mich zum Gehen. Es drehte sich mir das Herz im Leibe herum, und meine Nerven waren zum Zerreißen gespannt. »Komm, Jonas.«

»Leb wohl, Jonas«, hörte ich Sara noch im Weggehen sagen.

»Leb wohl, Sara.«

Kaum hatten wir das Stadttor von San Martín durchschritten und wanderten zum Hospital del Emperador hinunter, das ganz in der Nähe des Hospital del Rey lag, konnte Jonas sich nicht mehr zurückhalten:

»Warum müssen wir uns von ihr trennen?«

»Weil sie einen Mann liebt, der hier in der Stadt lebt. Wir dürfen uns nicht in ihr Leben einmischen.« So gern wäre ich jetzt frei gewesen, um den Schmerz in meiner Brust laut herauszuschreien. »Wenn sie lieber in Burgos bleibt, ist das ihre Sache, meinst du nicht?« Die Stimme versagte mir. »Wir können sie unmöglich gewaltsam nach Santiago de Compostela schleppen. Außerdem haben wir in Burgos unsere eigenen Dinge zu erledigen, deshalb beeil dich.«

»Was denn?«

»Etwas zu Wichtiges, als daß ich dich hier mitten im Klosterhof darüber in Kenntnis setzen würde.« Wir befanden uns bereits innerhalb des umfriedeten Besitzes des Hospital del Rey und schritten gerade über einen breiten Weg zwischen hohen Bäumen hindurch auf ein Gebäude zu, das eher einer Festung denn einem Kloster der Adelsdamen glich.

Seit Beginn unserer Reise hatten wir in keinem vornehmeren Hospiz genächtigt als im Hospital del Rey, wo uns die gefälschten Geleitschreiben Tür und Tor öffneten. Hier fühlten wir uns nicht wie arme Pilger, sondern vielmehr wie Nachkommen uralten Adels: königliche Schlafgemächer, die durch lodernde Feuer angenehm beheizt wurden, weiche Himmelbetten, an den Wänden Tapisserien, feine Stoffe, Bären- und Fuchsfelle auf den Stühlen und riesige Portionen eines wohlschmeckenden Mahls, welches das gesamte kastilische Heer Alfonsos IX. hätte verköstigen können. Die Laienbrüder, welche uns Pilger vornehmer Herkunft aus ganz Europa bedienten, waren so reinlich, gewissenhaft und dienstbeflissen, wie wir es noch nie zuvor erlebt hatten, und am erstaunlichsten war, daß jener Hort der Nächstenliebe und des Gebets nur einen kleinen Teil der ganzen Abtei von Las Huelgas Reales bildete, zu der darüber hinaus zahlreiche Konvente, Kirchen, Einsiedeleien, Dörfer, Wälder und Ländereien gehörten, die mit starker, eiserner Hand von einer einzigen Frau geführt wurden: der allmächtigen Äbtissin von Las Huelgas, einer Dame von hohem Stand, Superiorin und Prälatin mit unumschränkter, ja fast bischöflicher Gerichtsbarkeit.

Nach dem Essen machte ich mich so gut wie möglich zurecht (mit Le Mans' Dolch stutzte ich mir sogar meinen langen Bart), wobei mir der kalte Schweiß über den ganzen Körper lief. Jonas ließ ich dösend im Hospiz zurück und begab mich zum Pförtnerhaus des Klosters, das im Stil von Cíteaux errichtet worden war. Ein langes Schiff bildete den Eingangsbereich, wo man auf den Friesen Verzierungen aus Schlämmkreide sowie eine auf das Mauerwerk gemalte, lateinische Inschrift aus Psalmversen sehen konnte. Eine Laienschwester niederen Standes empfing mich mit viel Aufhebens und großer Ehrerbietung.

»Pax Vobiscum.«

»Et cum spiritu tuo.«

»Was führt Euch ins Haus des Herrn, Sire?«

»Ich würde gern mit Doña Isabel de Mendoza sprechen.«

Die alte Nonne, die ich mit meinem Wunsch wohl aus ihrer Versunkenheit riß, sah mich unter der schwarzen Haube hervor überrascht an.

»Die Stiftsdamen dieses Klosters empfangen keine Besuche, die nicht zuvor von der Äbtissin genehmigt worden sind«, erklärte sie.

»So richtet denn Eurer hohen Herrin aus, daß Don Galcerán de Born, päpstlicher Gesandter Seiner Heiligkeit Johannes XXII., ihr seine Ehrerbietung und seine besten Wünsche übermitteln möchte und ich über ein vom Papst höchstpersönlich ausgestelltes Privileg verfüge, um in diesem Konvent jederzeit von Doña Isabel de Mendoza empfangen zu werden.«

Die Laienschwester erschrak. Sie warf mir einen langen, argwöhnischen Blick zu und enteilte dann durch eine geschnitzte Eichentür, die unter dem müden Druck ihrer Hände nur schwerfällig nachgab. Wenig später erschien sie wieder in Begleitung einer anderen ehrwürdigen Schwester von vornehmer Erscheinung. Beide mußten wohl aufgrund ihrer Aufgaben von der Klausur ausgeschlossen sein.

»Ich bin Doña María de Almenar. Was führt Euch zu uns?«

Ich beugte ein Knie und küßte feierlich das reichverzierte Kruzifix des Rosenkranzes, das von ihrem Cingulum baumelte.

»Mein Name ist Don Galcerán de Born, edle Herrin, und ich

führe ein Schreiben Papst Johannes' XXII. mit mir, um die Klausur dieses Klosters umgehen und mich mit Doña Isabel de Mendoza unterhalten zu können.«

»Laßt mich dieses Pergament sehen«, bat sie höflich. Von welcher Herkunft jene Nonne auch immer war, so handelte es sich zweifellos um eine Dame fürstlicher Abstammung. An ihren Umgangsformen merkte man, daß sie einen Großteil ihres Lebens am Hof verbracht haben mußte.

Ich reichte ihr die Dokumente, und nachdem sie sie einen Augenblick studiert hatte, verschwand sie durch dieselbe Tür, durch die sie gekommen war. Dieses Mal ließ sie lange auf sich warten. Vermutlich fand hinter jenen Mauern eine turbulente Diskussion statt, und die Äbtissin holte wohl überall Meinungen ein, da sie einen Betrug oder eine Fälschung befürchtete. Obwohl ich außerordentlich gut zu lügen verstand, war in diesem konkreten Fall das Privileg echt, von Johannes XXII. persönlich in jener Nacht, in der er mich mit der unangenehmen Aufgabe betraut hatte, die ich für ihn und meinen Orden längs des Jakobswegs zu lösen hatte, unterschrieben und mit seinem Siegel versehen worden.

Mit finsterem Gesichtsausdruck kam Doña María de Almenar zurück.

»Folgt mir, Don Galcerán.«

Wir traten auf einen schönen Kreuzgang hinaus, den wir gleich darauf wieder verließen, bogen zweimal nach links ab und durchquerten dann einen Flur, der uns in einen kleineren und sehr viel älter wirkenden Kreuzgang führte.

»Wartet hier«, wies sie mich an. »Doña Isabel wird gleich kommen. Ihr befindet Euch in dem Teil des Klosters, der ›Las Claustrillas‹ genannt wird. Dies war der Garten des alten Lustschlosses der Könige von Kastilien, die sich fernab von den Schwierigkeiten des Reiches erholen wollten. Deshalb heißt das Kloster Las Huelgas Reales, ›Kloster der königlichen Wonnen‹.«

Ich hörte ihr nicht zu und merkte auch nicht, daß sie sich danach entfernte. Mit starr auf die Gartenanlagen gerichtetem Blick war ich viel zu sehr damit beschäftigt, meinen stürmischen Herzschlag zu besänftigen. Ich hatte soviel oder gar noch mehr Angst wie in den fernen Tagen der Kreuzzüge, als ich, angetan mit meiner Ritterrüstung und bis zu den Zähnen bewaffnet, unserem wehenden Banner folgte und im Galopp auf den Feind losstürmte. Ich wußte, daß ich töten und vielleicht sogar selbst sterben würde, aber weder meine Beine noch meine Hände zitterten damals dermaßen wie in diesem Augenblick. Ich hätte gern ein neues Gewand getragen und den Bart sauber und gut gekämmt vorgeführt, ich wäre gern mit dem Schwert bewaffnet gewesen und hätte den langen weißen Mantel mit dem schwarzen Kreuz der Hospitaliter getragen. Doch leider trug ich nur die armselige Kleidung eines mittellosen Jakobspilgers, und dies war für eine Dame wie Isabel de Mendoza nicht viel.

Isabel de Mendoza ... Noch immer konnte ich ihr kindliches Lachen hören, das durch die Gänge der väterlichen Burg hallte, und das Leuchten der Flammen sehen, das sich in ihren schönen blauen Augen spiegelte. Zu meinem Unglück erinnerte ich mich sehr gut an die samtene Berührung ihrer jugendlichen Haut und die Formen ihres Körpers, und ohne sonderlich mein Gedächtnis anstrengen zu müssen, konnte ich jene Momente heraufbeschwören, in denen sie sich mir vollkommen hingab, wir beide mitgerissen durch die der Jugend eigene Leidenschaft. Während eines jener seltenen Augenblicke wurden wir von ihrer alten Amme – Doña Misol, niemals werde ich ihren Namen vergessen – überrascht, die sofort losrannte, um Isabels Vater, Don Nuño de Mendoza, von unserem Vergehen zu unterrichten, in dessen Burg ich als Knappe diente und der mit meinem Vater gut befreundet war. Dies hätte eigentlich das Ende meiner Möglichkeiten bedeutet, zum Ritter geschlagen zu werden (Don Nuño verlangte vom Bischof ein Ehrenurteil gegen mich), aber auf Intervention meines Vaters hin hatte ich das Glück, in den Ritterorden des Hospitals des Heiligen Johannes von Jerusalem eintreten zu dürfen. Ich wurde von Isabel und meiner Familie getrennt und im Alter von siebzehn Jahren nach Rhodos geschickt, ohne daß mich jemals jemand von Jonas' Geburt unterrichtete.

»Mein Herr Galcerán de Born …«, rief eine Stimme hinter meinem Rücken. War das Isabels Stimme? Möglich, doch ich war mir nicht sicher. Seit dem letzten Mal, daß ich sie gehört hatte, waren fünfzehn Jahre vergangen, und nun klang sie höher, durchdringender. Stand Isabel hinter mir? Möglich, allerdings konnte ich mir dessen nicht gewiß sein, wenn ich mich nicht umdrehte, wozu ich jedoch keine Kraft besaß. Mir war beklommen zumute. Mit größter Willensanstrengung gelang es mir schließlich, meine Ängste zu überwinden. Ich wandte mich um.

»Meine Herrin Doña Isabel«, stieß ich hervor.

Ein paar blaue Augen blickten mich voll Neugier und Entsetzen an. Obwohl es entfernt dem Jonas' ähnelte, umrahmte das grobe Oval eines unbekannten Gesichts feine Augenbrauen und eine breite, haarlose Stirn sowie spitze Wangenknochen, an die ich mich nicht erinnerte. Kosmetika, Puder und Rouge verfälschten zudem die Erscheinung. Wer war jene Frau?

»Es ist mir ein Vergnügen, Euch nach so vielen Jahren wiederzusehen«, sagte sie abweisend. Der Tonfall strafte ihre Begrüßungsworte Lügen. Die schwarze Ordenstracht der Zisterzienserinnen (die aber nichtsdestotrotz mit herrlichen Juwelen geschmückt war) und die Haube, die ihre Haare verbarg, verwirrten mich. Ich erkannte sie nicht. In die Jahre gekommen und rundlich geworden, ähnelte sie in nichts meiner reizenden Isabel. Nein, ich hatte keine Ahnung, wer jene verbittert wirkende, hohe Dame fortgeschrittenen Alters war.

»Ganz meinerseits, Señora. In der Tat ist sehr viel Zeit vergangen.«

Wie durch Zauberhand verschwanden meine Beklemmung,

meine Ängste und meine Pein. Meine ganze Verwirrung löste sich in nichts auf.

»Wieso erweist Ihr mir die Ehre Eures außergewöhnlichen Besuchs? Ihr habt das ganze Stift wahrhaft in Aufruhr versetzt, und die ehrwürdige Äbtissin weiß nicht recht, was sie über Euch und Eure Dokumente denken soll.«

»Klärt sie darüber auf, daß die Schreiben echt und Rechtens sind. Es kostete mich sehr viel, sie zu bekommen, doch haben sich die Mühen gelohnt.«

»Laßt uns etwas herumgehen, Don Galcerán. Wie Ihr seht, ist Las Claustrillas ein ziemlich ruhiger Ort.«

Im Hintergrund hörte man Vögel singen und das Wasser eines kleinen Brunnens plätschern. Es herrschte Frieden und Gleichmut ... sogar in meinem Herzen. So begannen wir durch den Kreuzgang zu spazieren, dessen schlichte und schmucklose Bögen auf Doppelsäulen ruhten.

»Sagt, Señor, wem oder was verdanke ich die Ehre Eures Besuchs?«

»Unserem Sohn, Doña Isabel, dem jungen García Galceráñez, der vor etwas mehr als vierzehn Jahren vor den Toren des Kloster Ponç de Riba ausgesetzt wurde.«

Die hohe Dame unterdrückte ihre Bestürzung, indem sie sie hinter einem spröden Lächeln verbarg.

»Jenen Sohn gibt es nicht.«

»Ihn gibt es wohl. Mehr noch, gerade befindet er sich nebenan im Hospital del Rey und ruht sich von der Reise aus, und ich versichere Euch, daß niemand mit gesundem Menschenverstand leugnen kann, was offensichtlich ist: Er ist Euch wie aus dem Gesicht geschnitten, die Natur hat alles bis in die kleinsten Details getreu nachgebildet. Nur im Charakter, der Stimme und der Statur gleicht er mir. Vor kurzem fand ich ihn dort, Señora, wo Ihr befahlt, ihn auszusetzen.«

»Ihr täuscht Euch, Señor«, stritt sie hartnäckig ab, aber das Zittern ihrer mit Ringen beladenen Hände verriet sie, »wir hatten nie einen Sohn.«

»Seht, Señora, ich scherze nicht und rede auch keinen Unsinn. Vor drei Jahren«, erklärte ich ihr, »brachte man einen von der Lepra befallenen Bettler in mein Spital auf Rhodos. Es blieben ihm nur noch wenige Stunden zu leben, und ich befahl, ihn in den Saal mit den Sterbenden zu legen. Dieser Mann erkannte mich: Es war Euer Leibeigener Gonçalvo, einer der Schweinehirten auf Eurer väterlichen Burg, der jüngste von allen; erinnert Ihr Euch an ihn? Gonçalvo erzählte mir von Eurer Niederkunft Anfang Juni 1303, und er war es auch, der mir erklärte, daß Doña Misol und Ihr ihm das Kind übergabt, damit er es zum weit entfernten Kloster Ponç de Riba brächte, wofür er die Freiheit geschenkt bekam, woraus ich schließe, daß Euer Vater dahintersteckte. Und er sagte mir ebenfalls, daß Ihr die Ordensgelübde der Zisterzienserinnen in diesem Konvent in Burgos abgelegt habt.«

»Das war nicht ich, die an jenem Tag ein Kind gebar!« rief sie vehement aus. Ihre Stimme klang sehr schrill, ein Zeichen dafür, daß sie höchst erregt war. »Es war Doña Elvira, meine Gesellschaftsdame, jene, die Euch mit ihrem Witz immer zum Lachen brachte.«

»Hört auf zu lügen, Señora!« tobte ich. Ich war stehengeblieben und starrte sie an. »Der von Gonçalvo in Ponç de Riba ausgesetzte Knabe trug das in Form eines Fisches aus Gagat und Silber gearbeitete jüdische Amulett um den Hals, daß ich Euch in einer ganz bestimmten Nacht geschenkt hatte. Erinnert Ihr Euch? Seit meine Mutter es mir am Tag meiner Geburt umgehängt hatte, trug ich es immer versteckt unter den Kleidern auf meiner Brust, bis Ihr es unbedingt haben wolltet, da es auf Eurer Haut einen Abdruck hinterließ, wenn ich bei Euch lag. Und auf der Nachricht, die man bei dem Kind fand, um welchen Namen habt Ihr da gebeten, den man ihm bei der Taufe geben sollte? García, denselben, den Ihr mir im geheimen gabt, da er Euch sehr gefiel, seit Ihr ein Gedicht gehört hattet, dessen Held so hieß.«

Isabel, die mich die ganze Zeit mit aufgerissenen und feuchten Augen angestarrt hatte, wurde plötzlich ruhig. Ein kalter Luftzug schien ihren Körper zu durchwehen, ihr Gemüt zu beschwichtigen und ihren Blick zu Eis erstarren zu lassen. Ihre Lippen schürzten sich zu einer Grimasse, die ein Lächeln andeuten sollte, während sie mich geringschätzig betrachtete:

»Na und? Ist es von Bedeutung, daß ich einem Kind das Leben gab? Auf einen Bastard mehr oder weniger in der Welt kommt es nicht an. Ich war nicht die erste und werde nicht die letzte sein, die ein uneheliches Kind zur Welt bringt. Selbst die Äbtissin bekam von einem Grafen einen Sohn, bevor sie in den Orden eintrat, und niemand kommt hierher, um sie daran zu erinnern oder es ihr vorzuwerfen.«

»Ihr habt gar nichts verstanden«, murmelte ich betrübt.

»Was sollte ich denn verstehen? Daß Ihr mit unserem Sohn gekommen seid, um mich hier rauszuholen? Daß Ihr eine Familie für Euren Lebensabend gründen wollt? ... Das ist es! Ihr strebt eine Hochzeit zwischen Mönch und Nonne an, und unser Sohn soll dann ein kleiner Bischof werden!«

»Es reicht!« schrie ich. »Hört auf!«

»Ich weiß nicht, was Ihr mit Eurem Besuch bezweckt habt, doch was auch immer es gewesen sein sollte, es wird Euch nicht gelingen.«

»Früher wart Ihr anders, Isabel«, klagte ich. »Was ist mit Euch geschehen? Warum seid Ihr so niederträchtig geworden?«

»Niederträchtig? Ich?« Sie stutzte. »Wegen Euch habe ich fünfzehn Jahre meines Lebens hinter diesen Mauern verbracht, die gleiche Zahl an Jahren, die ich damals zählte.«

»Wegen mir?« fragte ich erstaunt.

»Ihr wurdet ja wenigstens nach Übersee geschickt. Ihr seid gereist, habt die Welt kennengelernt und studiert. Und ich? Ich sah mich gewaltsam in dieses Kloster verbannt, ohne größere Ablenkung als das Gebet und als einzige Musik die liturgischen Gesänge. Hier drinnen ist das Leben nicht leicht, Señor ... Es verstreicht zwischen Klatsch, Tratsch und übler Nachrede. Am meisten amüsiert es mich noch, Bündnisse und Feindschaften zu stiften, die ich nach einiger Zeit zu meinem Vergnügen wieder umkehre. Die anderen tun es mir gleich; unser Leben verrinnt mit diesen oberflächlichen Bedürfnissen. Abgesehen von der Äbtissin und den ihr nahestehenden Nonnen sowie den vierzig Laienschwestern, die das Haus besorgen, haben wir übrigen nicht viel zu tun. Und so vergeht Tag um Tag, Monat um Monat, Jahr um Jahr...«

»Worüber beschwert Ihr Euch eigentlich? Außerhalb dieser Mauern wäre Euer Leben nicht viel anders verlaufen, Isabel. Wenn wir gleicher Abstammung gewesen wären und man uns verheiratet hätte, oder wenn Ihr Euch mit jemand anderem vermählt hättet, was wäre dann anders gewesen?«

»Ich hätte die besten Spielleute der Welt kommen lassen, um ihnen in kalten Winternächten am Feuer zu lauschen«, begann sie aufzuzählen, »ich wäre über unsere Ländereien geritten, wie ich dies schon bei meinem Vater tat, und ich hätte mit Euch viele Kinder bekommen, die meine Zeit in Anspruch genommen hätten. Ich hätte sämtliche Bücher gelesen und Euch davon überzeugt, daß wir nach Santiago, nach Rom, ja sogar...«, sagte sie mit einem Lachen, »... ja sogar nach Jerusalem pilgern müßten. Ich hätte Euer Haus, Euer Gut und mit starker Hand auch Eure Bediensteten geführt, und ich hätte Euch jede Nacht in unserem Schlafgemach erwartet...«

Plötzlich hielt sie in Gedanken versunken inne und sprach den Satz nicht zu Ende.

»Wir konnten nicht ahnen, daß Doña Misol uns entdecken würde«, murmelte ich.

»Nein, das konnten wir nicht, aber sie hatte uns nun mal entdeckt, und man trennte uns, und Ihr tatet nichts, um dies zu verhindern. Und neun Monate später bekam ich einen Sohn, den man mir gleich wegnahm, und danach brachte man mich hierher, und hier lebe und bleibe ich bis zu meinem Tod.«

»Ich konnte gegen unsere Väter nichts ausrichten, Isabel.«

»Nein?« sagte sie voll Verachtung. »Nun, wenn ich an Eurer Stelle gewesen wäre, ich hätte es durchaus vermocht.«

»Und was hättet Ihr getan? Na ...?« wollte ich wissen.

»Ich hätte Euch entführt!« rief sie ohne den geringsten Zweifel.

Wie sollte ich ihr erklären, daß ihr Vater mich fast zu Tode peitschen ließ, daß er mich in das Turmverlies der Burg sperrte und mich dort bei Wasser und Brot gefangenhielt, bis er mich halbtot den Hospitalitern übergab? Letztendlich war unser beider Leben verpfuscht. Jedoch gab es sehr wohl ein Leben, das noch zu retten war, und deshalb war ich hier.

»Ich hätte Euch entführen sollen, ja ...«, stimmte ich bekümmert zu, »allerdings bitte ich Euch zu bedenken, daß wenn Ihr keine Wahl hattet, so auch mir keine blieb. Aber, Isabel, die Zukunft, die man uns nahm, die können wir unserem Sohn geben.«

»Wovon sprecht Ihr?« fragte sie unwirsch.

»Erlaubt, daß ich García alles über seine Herkunft erzähle, und erkennt ihn als einen Mendoza an. Ich werde dasselbe als De Born tun. Ich wollte ihm nicht ohne Eure Einwilligung die Wahrheit sagen. Sicher könnte mein Vater ihn adoptieren, wenn ich ihn darum bäte, allerdings steht Euer Geschlecht höher als das meinige, und wie Ihr Euch vorstellen könnt, wünsche ich mir, daß er ein Mendoza wird. Ihr würdet nicht viel verlieren, Euer Bruder und Ihr seid die letzten Mendozas, und beide entbehrt Ihr legitimer Nachkommenschaft. García bekäme dadurch die Stellung, die ihm von Geburt an zusteht. Wenn ich nach Rhodos zurückkehre, lasse ich ihn in der Obhut meiner Familie, die ihn im Alter von zwanzig Jahren in den Ritterstand erheben soll. Er ist ein bewundernswerter Junge, Isabel, er ist so anständig und intelligent wie Ihr. Und bildhübsch. In Paris brachte ihn jemand, der Euren Bruder Manrique kannte, sofort mit Eurer Familie in Verbindung. Vielleicht ist er für sein Alter zu groß; manchmal fürchte ich, daß es ihm seine Glieder verrenkt, weil er so mager ist. Und in seinem Gesicht sprießt schon der erste Flaum.«

Ich sprach ununterbrochen, denn ich wollte in Isabel Gefühle der mütterlichen Zuneigung wecken. Doch bedauerlicherweise hatte ich keinen Erfolg. Vielleicht hätte ich es erreicht, wenn ich zu einer List oder Strategie gegriffen hätte, aber das war mir nicht einmal in den Sinn gekommen. Ich bin zwar ein Lügner und leiste Meineide, das stimmt, indessen gibt es gewisse Dinge, die mein Gewissen nicht duldet.

»Nein, Don Galcerán, ich kann auf Euren Vorschlag nicht eingehen. Falls Ihr mich nicht deutlich genug verstanden habt, kann ich nur wiederholen, daß – neben den zu diesem Zeitpunkt schon geklärten Erbfragen, die sich schwerlich ändern lassen würden – ich keinen Sohn habe.«

»Aber das ist doch nicht wahr!«

»Doch, das ist durchaus wahr!« erwiderte sie beharrlich. »Man beerdigte mich hier im Alter von fünfzehn Jahren; ich bin also tot, und die Toten können für die Lebenden nichts mehr ausrichten. An jenem Tag, an dem ich die Schwelle dieses Klosters überschritt, wußte ich, daß für mich alles zu Ende war und ich hier nur noch auf den Tod warten konnte. Es gibt mich nicht mehr, ich hörte zu existieren auf, als ich die Ordensgelübde ablegte, ich bin nur noch ein Schatten, ein Gespenst. Auch Ihr existiert nicht mehr für mich, und selbst dieser Sohn nicht, der dort draußen wartet ...« Ausdruckslos sah sie mich an. »Tut, was Ihr wollt; wenn es Euch beliebt, so erzählt ihm, wer seine Mutter ist, aber sagt ihm auch, daß er sie nie kennenlernen wird. Und nun, lebt wohl, Don Galcerán. Die Stunde der None rückt näher, und ich habe mich in die Kirche zu begeben.«

Und während Isabel de Mendoza für immer hinter den steinernen Blättern und Blüten verschwand, die den Türbogen zierten, riefen die Glocken des Klosters die Nonnen zum Gebet. Dort blieb die Frau zurück, die mein Leben für alle Zeiten geprägt hatte so wie auch ich das ihre. Keiner von uns beiden wäre je zu dem geworden, was wir in jenem Augenblick waren, wenn wir uns nicht kennengelernt und ineinander verliebt hätten. Auf irgendeine Weise blieben ihr und mein Schicksal jedoch miteinander verknüpft, und unser Blut würde vereint in Jonas' Nachkommenschaft die Jahrhunderte überdauern … Jonas! kam mir plötzlich in den Sinn. Ich mußte unverzüglich ins Hospiz zurückkehren.

Ich verließ das Kloster und eilte zum Hospital del Rey. Es wurde schnell dunkel, und schon zirpten die Grillen im Gebüsch. Ich fand den Jungen auf dem Vorplatz gegenüber dem Hospiz, wo er mit einer großen graubraunen Katze spielte, die schnell ungeduldig zu werden schien.

»Man serviert schon das Abendessen, Sire!« rief er, als er mich von weitem sah. »Beeilt Euch, ich habe Hunger!«

»Nein, Jonas, komm du zu mir!« rief ich zurück.

»Was ist los?«

«Nichts! Komm!«

Auf seinen langen Beinen rannte er mir entgegen und blieb kurz darauf neben mir stehen.

»Was wollt Ihr von mir?«

»Ich möchte, daß du das Frauenkloster vor dir genau anschaust.«

»Gibt es dort irgendeine Spur zu den Templern zu entdecken?«

»Nein, keine Fährte zu den Templern.«

Wie sollte ich nur beginnen?

»Was dann?« drängte er mich. »Ich habe nämlich wirklich großen Hunger.«

»Schau, Jonas, was ich dir zu sagen habe, fällt mir nicht leicht; deshalb möchte ich, daß du aufmerksam zuhörst und schweigst, bis ich geendet habe.«

Ohne auch nur einmal Luft zu holen, legte ich ihm alles dar, von Anfang bis Ende, ohne etwas auszulassen oder ihm zu ersparen, ohne mich zu entschuldigen, hingegen aber seine Mutter sehr wohl in Schutz zu nehmen, und als ich fertig war – die Nacht war schon hereingebrochen –, tat ich einen tiefen Seufzer und verstummte erschöpft. Lange blieb es still. Der Junge sprach nicht, er rührte sich nicht einmal. Alles um uns herum schien den Atem anzuhalten: die Luft, die Sterne, die in die Höhe ragenden Schatten der Bäume ... Alles war nur Stille und Schweigen, bis Jonas plötzlich und unerwartet aufsprang und, bevor ich überhaupt Zeit hatte zu reagieren, schnell wie der Wind in Richtung Stadt davonrannte.

»Jonas!« schrie ich und lief hinter ihm her. »He! Halt ein, komm zurück!«

Doch ich konnte ihn schon nicht mehr sehen. Der Junge war von der Nacht verschluckt worden.

Ich sah und hörte nichts von ihm bis zum nächsten Nachmittag, als ein Diener Don Samuels, Saras Verwandten, zu mir kam und mich bat, ihn ins Judenviertel zu begleiten. Von Anfang an hatte ich geahnt, daß er zur Zauberin geflüchtet war.

Don Samuels Haus war mit Abstand das größte in der Gasse, und auch wenn seine Fassade nicht danach aussah, stellte sein Inneres doch die maurischen Palästen eigene Pracht zur Schau. Eine Vielzahl an Bediensteten lief geschäftig durch all die Räume, die ich durchquerte, bis ich in einen hellen Innenhof kam, in dem mich Sara auf dem Rand eines kleinen Brunnens sitzend erwartete. Sie zu sehen, zerstreute zwar nicht meine Besorgnis, es erleichterte aber wenigstens mein Herz.

»Ich wollte nicht, daß Ihr Euch um Euren Sohn Sorgen macht, Sire Galcerán. Jonas geht es gut, und jetzt schläft er. Er hat die Nacht hier verbracht und kam den ganzen Tag nicht aus seinem Zimmer, das Don Samuel ihm im oberen Stockwerk richten ließ«, erklärte mir Sara, als sie mich sah. Wie blaß sie war (ihre Muttermale stachen übermäßig hervor) und wie müde sie schien, als habe sie mehrere Tage lang nicht geschlafen. »Jonas hat mir erzählt, was geschehen ist.«

»Dann muß ich dem ja nichts weiter hinzufügen. Ihr wißt schon alles.«

»Setzt Euch neben mich«, bat die Zauberin, während sie mit

der Hand auf den Stein wies und ein sanftes Lächeln über ihr Gesicht huschte. »Euer Sohn ist empört. Eigentlich ist er einzig und allein auf Euch böse.«

»Auf mich?«

»Er behauptet, Ihr wärt zwei Jahre lang nicht von seiner Seite gewichen, ohne ihm die Wahrheit zu sagen, und hättet ihn dabei immer wie einen gewöhnlichen Knappen behandelt.«

»Und wie wollte er, daß ich ihn behandle?« fragte ich, während ich mir bedauerlicherweise schon genau die Antwort vorstellen konnte.

»Laut seinen eigenen Worten«, und Sara senkte ihre Stimme, um die von Jonas nachzuahmen, »›gemäß der Achtung, die meine Sippe verdient‹.«

»Mein Sohn ist ein Dummkopf!«

»Er ist doch noch ein Kind...«, meinte Sara vermittelnd. »Ein Kind von vierzehn Jahren.«

»Er ist bereits ein Mann und außerdem ein Einfaltspinsel!« rief ich aus. *Ich* hatte allen Grund, entrüstet und zornig zu sein! Jonas war weder ein De Born noch ein Mendoza! Er war ein Esel, einfach nur ein Esel! »Das war sein ganzer Kummer?« fragte ich wütend. »Deshalb ist er mitten in der Nacht weggelaufen und zu Euch gerannt?«

»Ihr versteht überhaupt nichts, Sire Galcerán. Natürlich ist es nicht diese Dummheit, die ihn schmerzt! Aber da er es auf andere Weise nicht auszudrücken vermag, so sagt er eben das nächstbeste, was ihm gerade in den Sinn kommt. Höchstwahrscheinlich hat er im Laufe seiner vierzehn Jahre mehrmals über seine Herkunft nachgedacht, wer er ist, wer seine Eltern sind, ob er Geschwister hat... Nun, das Übliche eben. Und jetzt plötzlich entdeckt er, daß sein Vater ein Ritter vornehmer Abkunft ist und außerdem ein großer Medikus und seine Mutter nicht mehr und nicht weniger als eine Dame königlichen Geblüts. Er, der arme, nach der Geburt ausgesetzte Novize García ist ein Sohn von Euch und Isabel de Mendoza!« Saras Augen waren von dunklen Ringen umschattet und ihre Lider leicht gerötet und geschwollen, und obwohl sie mit derselben Anmut wie immer sprach, spürte man, daß es sie viel Kraft kostete, die Worte und Gedanken aneinanderzureihen. »Fügt dem ganzen dann noch hinzu, daß Ihr, sein Vater, zwei Jahre an seiner Seite gelebt habt, ohne ihm irgend etwas davon zu verraten, wo es doch offensichtlich war, daß Ihr Pläne für sein Leben hattet, denn nicht umsonst habt Ihr ihn aus dem Kloster geholt, ihn mit auf Reisen genommen und ihm anscheinend auch wichtige Geheimnisse anvertraut. Alles, nur nicht das, was für ihn am wichtigsten gewesen wäre.«

»Habt Ihr Manrique de Mendoza gesehen?« fragte ich sie da geradeheraus.

Sara schwieg. Ihre Hand wischte über den Brunnenrand, und dann schüttelte sie sie über dem Rock ihres Kleides aus, während sie den Blick zu mir hob.

»Nein.«

»Nein?«

»Nein. Die Diener seines Hauses gaben mir die Auskunft, daß er sich mit seiner Gattin Leonor de Ojeda und ihrem Neugeborenen im Palast von Báscones befände, etwa siebzig Meilen nördlich von hier.«

»Er hat sich vermählt und hat einen rechtmäßigen Sohn???« stammelte ich.

»So ist es. Was haltet Ihr davon?«

Mein Erstaunen kannte keine Grenzen. Ich wußte, daß nach der Auflösung des Templerordens einige aragonesische und kastilische Brüder es vorgezogen hatten, statt nach Portugal zu fliehen, in der Nähe ihrer ehemaligen Komtureien zu bleiben, entweder als Mönche in den nächstgelegenen Klöstern oder als Ritter ohne Pfründe oder, häufiger noch, wieder als das, was sie vor ihrem Eintritt in den Orden waren, da sie nach dessen Untergang von all ihren religiösen Gelübden entbunden waren. Sie lebten von den Maravedis, die mein Orden ihnen zukommen ließ. So lag es denn auf der Hand, daß Manrique geheiratet hatte, als er wieder in den weltlichen Stand zurückgekehrt war, allerdings war es gleichsam überraschend, bestand doch nicht der geringste Zweifel daran, daß die alten Tempelherren die Stellung eines Zerberus – Wächter, Verteidiger und Bewahrer von Gütern, Schätzen und Geheimnissen – innehatten und in Wirklichkeit ihrer Ordensregel treu blieben. Andererseits war es für mich nun leichter, Isabels Entscheidung zu erklären, ihren Sohn nicht anzuerkennen, und ich verstand, welcher Natur diese »zu diesem Zeitpunkt schon geklärten Erbfragen« waren, die »sich schwerlich ändern lassen würden«: Manrique hatte einen rechtmäßigen Erben, und er würde nur widerwillig akzeptieren, daß seine Schwester einen Bastard in die Familie einbrächte.

»Es tut mir leid, Sara, es tut mir wirklich leid für Euch«, log ich. Denn eigentlich bedauerte ich es keineswegs.

»Selbst wenn seine Ehe nur aus Vernunftgründen geschlossen worden wäre«, führte sie aus, »wollte ich nicht weiter mit ihm verkehren. Ich will den Mann, den ich liebe, mit niemandem teilen und ihn auch nicht von einem ins andere Bett hüpfen sehen. Erst recht nicht, wenn das *andere* meines ist. Die Frau, die dies zu erdulden bereit ist, soll es tun, ich aber will das nicht.«

»Vielleicht liebt er Euch noch immer ...«, wagte ich einzuwenden, begierig zu erfahren, wie weit ihre Gefühle reichten und wie stark ihr Wille war, nicht zu ihm zurückzukehren. »Ihr wißt , daß nicht die Liebe zur Ehe führt.«

»Nun, so tut's mir leid, aber für mich sind drei Menschen einer zuviel. Ich bin hierhergekommen, um ihn zu treffen, ich habe viele Meilen zurückgelegt, um ihn wiederzusehen, und es war mir egal, ob er nun Kreuzritter, Klosterbruder oder der Papst von Rom höchstpersönlich ist. Aber mit einer anderen ... mit einer anderen ... nein!«

»Ihr achtet also die Ehe!« stichelte ich aus purer Boshaftigkeit; ich wollte sie vor Wut auf Manrique rasen sehen.

»Ich achte nur meinen Stolz, Sire! Ich will mich nicht mit der Hälfte von dem zufriedengeben, was ich mit Leib und Seele suchte. So billig verkaufe ich mich nicht.«

»Dies im Falle, daß er Euch weiterhin in Liebe verbunden ist, denn vielleicht liebt er inzwischen ja auch seine Gemahlin.«

»Vielleicht ...«, murmelte sie und senkte den Blick.

»Und was gedenkt Ihr nun zu tun? Nach Frankreich könnt Ihr nicht zurückkehren. Möglicherweise kann Don Samuel Euch helfen, hier im Judenviertel ein Haus zu einem guten Preis zu erstehen.«

»Ich will nicht in Burgos bleiben!« rief sie voller Zorn aus. »Das wäre das letzte, was ich tun würde! Ich will Manrique de Mendoza nie mehr wiedersehen, nicht einmal rein zufällig.«

»Was dann?«

»Gestattet mir, daß ich Jonas und Euch auf Eurer Wallfahrt begleite, bis ich einen Ort gefunden habe, wo ich bleiben will«, flehte sie mich an. »Ich werde auch keine Fragen stellen oder mich in Eure Angelegenheiten mischen. Ihr konntet ja schon feststellen, daß ich nicht einmal nach einem so schlimmen Vorfall wie in San Juan de Ortega die Dummheit begangen habe, auch nur irgend etwas wissen zu wollen. Blind, taub und stumm werde ich sein, wenn Ihr mich mitnehmt!«

»Es erscheint mir nicht schicklich«, murmelte ich betrübt.

»Warum?« fragte sie verunsichert.

»Weil eine Weiterreise mit Euch unter diesen Umständen die Hölle wäre: Ihr würdet alle naselang stolpern und hinfallen.«

Und ich brach in so lautes Lachen aus, daß es bis auf die Straße zu hören war. Zum ersten Mal hatte ich die Zauberin bezwungen!

Am nächsten Tag brachen wir von Burgos aus sehr früh in Richtung León auf, und schon bald erspähten wir in der Ferne Tardajos. Obwohl dieses Dorf kaum eine Meile vom Nachbarort Rabé entfernt lag, war der Weg dorthin sehr mühselig, da wir ein Sumpfgebiet zu durchqueren hatten.

Auch sonst hatte ich an jenem Tag mit Sara und Jonas meine liebe Mühe: Der Junge sprach nicht, schaute mich nicht einmal an, ja, war fast nicht vorhanden, und die Jüdin schien mit umwölkter Stirn in düstere Gedanken versunken zu sein. Erleichtert bemerkte ich, daß nicht Kummer ihre Miene verfinsterte und auch weder Pein noch Traurigkeit ihre Augen verschleierten, wenn sie mich ansah. Es war vielmehr verhaltene Wut, Empörung. Vom Gewicht eines Schattens befreit, der jahrelang auf mir gelastet hatte, fand ich das einfach herrlich. Fröhlich und zufrieden schritt ich mit meinem ungehobelten Sohn und der außergewöhnlichsten Frau der Welt auf ein unbekanntes Ziel zu.

Nachdem wir die trostlose und unendlich scheinende Hochebene durchquert hatten, erreichten wir Hornillos, an dessen Ortseingang sich das prächtige Hospital de San Lázaro erhob, und nach einem kurzen Wegstück durch eine felsige Hügellandschaft kamen wir nach Hontanas. Zu jener Stunde ging der Tag schon zur Neige, und wir mußten langsam einen Platz suchen, wo wir die Nacht verbringen wollten.

»Hier gibt es keine Pilgerhospize«, erklärte uns ein Dorfbewohner, der mit seinem Hirtenstab eine Schweineherde im Zaum hielt. »Wandert am besten bis nach Castrojeriz, das nicht weit entfernt liegt. Dort werdet Ihr sicher ein Nachtlager finden. Wenn Ihr allerdings meinen Rat hören wollt«, stotterte er, »so geht heute nicht mehr weiter. In dieser Nacht erwarten die Antonitermönche neue Aussätzige, und der Jakobsweg führt direkt an ihrer Pforte vorbei. Es werden wohl schon viele um das Kloster herum unterwegs sein.«

»Hier gibt es ein Kloster der Antoniter?« fragte ich ungläubig.

»So ist es, Señor«, bestätigte der Schweinehirt. »Wir, die hier in der Nähe wohnen, bedauern dies sehr, denn außer den bekannten Leprakranken, unseren eigenen, meine ich, und denen, die nach Santiago de Compostela pilgern, um dort um ihre Genesung und die Vergebung ihrer Sünden zu bitten, finden jede Woche, an so einem Tag wie heute, diese verdammten, am Antoniusfeuer leidenden Armen zu Hunderten hierher.«

»Antoniter, hier!« schnaubte ich. Das war absolut unmöglich, sagte ich mir verwirrt. Was trieben sie am Jakobsweg? Doch immer mit der Ruhe, nur nichts überstürzen... Ich mußte mit Umsicht vorgehen und mich nicht von der Überraschung überwältigen lassen. Wenn ich es mir recht überlegte, war die eigentliche Frage: Warum befremdete es mich, die sonderbaren Mönche des Tau-Kreuzes an einem Weg zu finden, der seltsamerweise voller Taus war? Bis jetzt hatte ich das *Tau-aureus,* das Zeichen des Goldes, im Bildnis der heiligen Orosia in Jaca, auf der Grabmauer der heiligen Oria in San Millán de Suso und auf dem Kapitell von San Juan de Ortega entdeckt, und immer hatte es auf dort verborgene Templerschätze hingedeutet. Nun zeigte es sich plötzlich auf die verblüffendste Weise: ein Kloster der Antoniter mitten auf dem Weg zwischen Jaca und Santiago de Compostela.

Der Schweinehirt trieb mit seinem Stock die Schweine weiter, und Sara und Jonas schauten mich verwundert an, als ich wie festgenagelt stehenblieb.

»Anscheinend hat Euch die Gegenwart dieser Brüder ganz aus dem Gleichgewicht gebracht«, bemerkte Sara und musterte mich mit prüfenden Blicken.

»Laßt uns weitergehen«, antwortete ich ausweichend.

Nicht ein einziges Mal, seit Manrique de Mendozas Botschaft in unsere Hände gelangt war, hatte ich das Tau mit den Antonitern in Verbindung gebracht. Ihre Existenz war für mich von jenen Machenschaften einfach zu weit entfernt, und dennoch schien nichts logischer zu sein, als sie mittendrin zu finden. Obwohl weder wohlhabend noch mächtig teilten die Antoniter mit den Rittern des Templerordens das geheime Wissen um die hermetischen Schriften und waren nach den Erklärungen einiger zu den direkten Erben der Großen Mysterien auserkoren. Sie waren allem Anschein nach die kleinere Bruderschaft der mächtigen *milites Templi Salomonis,* die

Zweitgeborenen, die jede Familie – da sie ihnen kein besser dotiertes Erbe vermachen konnte – der Mutter Kirche überantwortet und die sich dort dann durch ihre Bedachtsamkeit, Klugheit und Leitungsfähigkeit auszeichnen. Sie besaßen kaum fünf oder sechs Kongregationen in Frankreich, England und dem Heiligen Land, weshalb mich ihre unerwartete Gegenwart in Kastilien überrascht hatte. Aus irgendeinem sonderbaren Grund, den ich nicht verstand, trugen sie ein schwarzes Gewand mit einem großen, blauen Tau über der Brust.

Mit Mühe versuchte ich mir alles in Erinnerung zu rufen, was ich über sie wußte, suchte irgendein vergessenes Bruchstück, das sie mit meiner Mission in Verbindung bringen könnte, als Sara, die zu meiner Rechten ging, mich fragte, warum mich diese Mönche so sehr beunruhigten. Es wäre mir lieber gewesen, wenn Jonas neugierig diese Frage gestellt hätte, aber er hüllte sich immer noch in trotziges Schweigen. Trotzdem wünschte ich mir, daß er meinen Worten lauschte und für sich allein das in Zusammenhang brachte, was ich ihm vor Sara nicht erklären konnte.

»Die Antoniter«, begann ich, »sind eine Laienbruderschaft, deren Ursprünge im dunkeln liegen. Alles, was man über sie weiß, ist, daß neun Ritter aus der Dauphiné, und beachtet, es waren deren neun« – Sara nickte verständnislos, damit ich schnell weitererzählte, Jonas indessen hob seinen Blick erstmals vom Boden –, »vor mehr als zweihundert Jahren Richtung Byzanz aufbrachen auf der Suche nach den sterblichen Überresten des heiligen Antonius des Einsiedlers, des Anachoreten von Ägypten, der als Antonius der Große heilig gesprochen wurde. Seine Gebeine befanden sich in der Gewalt orientalischer Herrscher, seit sie wundersamerweise in der Wüste entdeckt worden waren. Bei ihrer Rückkehr brachte man die Reliquien in die Kirche von St-Didier-de-La-Motte, und die neun Ritter gründeten daraufhin den Orden der Antoniter und weihten ihn dem heiligen Eremiten und der heiligen Maria von

Ägypten, die als Anachoretin sechsundvierzig Jahre heimlich in der Wüste lebte, bis sie vom Mönch Zosimus entdeckt wurde.«

»Die heilige Maria von Ägypten?« wunderte sich Sara. »Habt ihr Christen etwa eine Hexe heilig gesprochen?«

Jonas, der wegen der Antoniter um seine Hauptrolle gekommen war und kurz davor stand, vor Neugier zu platzen, konnte sich unserem Gespräch nun nicht mehr länger verschließen.

»Wer ist eine Hexe?« fragte er.

»Maria die Ägypterin.«

»Warum?« bohrte er weiter.

»Weil die heilige Maria von Ägypten«, erklärte ich, Sara zuvorkommend, »in Wirklichkeit die schöne alexandrinische Dirne Hipacia war, die sich durch ihre außerordentliche Intelligenz einen Namen machte und Gründerin einer bedeutenden und einflußreichen Schule war, in der man unter anderem Mathematik, Geometrie, Astrologie, Medizin und Philosophie lehrte ...«

»... und auch Nigromantie, Alchimie, Wunderkraft, Magie und Hexerei«, fügte Sara hinzu.

»Ja, und auch all das«, bestätigte ich.

»Und warum sprach man sie heilig?«

Ein großer Glanz zeichnete sich in der Ferne zwischen all den Schatten ab. Der abnehmende Mond leuchtete am Himmel, und der abschüssige Weg ließ uns leichten und schnellen Fußes vorankommen.

»In Wirklichkeit sprach man sie gar nicht heilig. Um ehrlich zu sein, fand Hipacia einen erbitterten Feind im heiligen Cyrillus, dessen jähzornige Homilien den Pöbel gegen sie aufbrachte. Dies geschah Ende des vierten Jahrhunderts in Ägypten. Man weiß nur wenig über das Vorgefallene, doch es schien so gewesen zu sein, daß Hipacia in die Wüste fliehen mußte, um dem Tod zu entrinnen, und daß sie erst sechsundvierzig Jahre später, so berichtet zumindest die Legende, vom seligen Zosimus gefunden wurde. In ihrem Bestreben, ihr ungewöhnliches Überleben, ihre sonderbaren Kräfte und ihre Wunder zu erklären, benannte die Römische Kirche sie in Maria um und begann sie zu verehren. Man erfand also eine völlig neue Frau.«

»Welche sonderbaren Kräfte?«

»Sie konnte Gedanken lesen, tage-, gar wochenlang ohne Nahrung unbeweglich verharren, ohne daß man auch nur die geringste Atmung wahrnahm, Gegenstände bewegen, ohne sie zu berühren, und wundertätige Heilungen vollbringen.«

»Wir Zauberinnen«, fügte Sara hinzu, die ihre Patronin und Meisterin nicht verlieren wollte, »benutzen viele ihrer alten Formeln für unsere Magie.«

Wir waren dem Ursprung der Lichtquelle nun sehr nahe gekommen, und schwerlich würden wir das Bild vergessen, das sich vor unseren Augen auftat: Beleuchtet von Hunderten von Fackeln, die von den am Antoniusfeuer Leidenden getragen wurden, erhob sich vor uns furchterregend ein seltsam anmutender, hoher Bau, der sich in der dunklen Nacht verlor; er war mit Turmhelmen, Spitztürmchen und Giebeln geradezu überladen und schien eher dazu geeignet, Menschenseelen zu erschrecken denn Geister zu beschwören. Einige der Kranken, das heißt, eigentlich die meisten, schleppten sich zu Fuß mit mehr oder weniger großen Schwierigkeiten dahin, gestützt auf einen Pilgerstab, andere hingegen konnten sich nur mit Hilfe von Angehörigen fortbewegen, die sie auf den Schultern oder auf Bahren trugen. Was wir aus der Ferne erblickt hatten, war ein unendlicher Feuerstrom, der, angetrieben von einer geheimnisvollen Kraft, langsam um das Kloster herumführte. Indessen war das Seltsamste daran, daß durch die hohen und schmalen Fenster des Klosters ein merkwürdiges blaues Licht schimmerte, das sicherlich vom Fensterglas herrührte. Auf alle Fälle war die Wirkung grauenerregend, was auch immer jenen Glanz hervorrief.

Der Jakobsweg, auf dem sich all die Kranken drängten, führte unter einem Bogen hindurch, welcher die Klosterpforte mit einigen gegenüberliegenden Vorratskammern verband, und dort, oben auf den Freitreppen, verteilte eine Gruppe Antonitermönche kleine blecherne Medaillen mit dem Symbol des Krückstocks unter der Menge, die wir in den Händen der an uns Vorbeiziehenden betrachten konnten. Ein Mann, welcher der Abt sein mußte, berührte mit seinem Hirtenstab leicht jene, die unter dem Bogen hindurchgingen, während die Mönche zur gleichen Zeit kleinere T-förmige Stäbe schwangen, mit denen sie den Antoniussegen erteilten.

»Wir dürfen uns nicht unter die Aussätzigen mischen«, meinte Sara voll Abscheu.

»Das sind reine Märchen! Ihr solltet wissen, daß ich in all den Jahren meiner Arbeit mit diesen Kranken nie jemanden kennengelernt habe, der sich angesteckt hätte. Selbst ich nicht, um nur ein Beispiel zu nennen.«

»Jedenfalls will ich dort nicht vorbeigehen.«

»Ich vorsichtshalber auch nicht«, flüsterte Jonas.

»Gut, macht Euch keine Sorgen. Das werden wir nicht tun. Mehr noch«, fügte ich hinzu, »wir werden hinter jener Kehre dort unser Lager aufschlagen und die Nacht im Freien verbringen.«

»Aber die Kälte wird uns umbringen! Wir werden erfrieren!«

»Die Kälte ist der kleine Nachteil, doch ich bin überzeugt, daß wir morgen früh noch leben werden.«

Im Schutz eines Felsens fachten wir ein großes Feuer an und ließen uns auf unseren Umhängen davor nieder, um zu Abend zu essen. Aus den Pilgertaschen zogen wir den Proviant, den wir seit Burgos bei uns trugen, und mittels zweier Stöcke und eines Spießes brieten wir einige Stücke Kalbfleisch – gemäß Moses Gesetzen abgehangenes Fleisch –, welches uns Don Samuel für die Reise geschenkt hatte. Wir sprachen nicht viel; die beiden, weil jeder von ihnen wieder seinen Gedanken nachhing, und ich, weil ich darüber nachdachte, wie ich in dieser Nacht in das Antoniterkloster eindringen könnte.

Was mich am meisten beunruhigte, war, einmal abgesehen von Manriques Abfuhr, Saras Freundschaft zu den Templern. Eigentlich wünschte ich mir nichts sehnlicher, als ihr den wahren Grund unserer Pilgerreise zu verraten, so daß Jonas und ich frei agieren konnten, ohne uns verstellen oder mit Nebensächlichkeiten herumschlagen zu müssen. Sara jedoch zu erzählen, was wir gerade trieben, bedeutete, sie in Gefahr zu bringen, weshalb es eigentlich egal war, was ich tat, schlecht bekommen würde uns beides. Jonas' Verhalten half mir auch nicht besonders, eine Entscheidung zu fällen. Irgendwann mußten sich jedoch die Wogen wieder glätten und so groß sein Kummer auch gewesen sein mochte, so war es immerhin das erste Mal, daß er nicht damit drohte, ins Kloster nach Ponç de Riba zurückzugehen, was mir zeigte, daß er, wenn auch schmollend, vorerst bei mir bleiben wollte.

»Jonas«, rief ich ihn.

Als Antwort erhielt ich nur ein Schweigen.

»Jonas!« wiederholte ich. Ich wappnete mich mit Geduld, wenn ich auch meinen wachsenden Ärger nicht verbarg.

»Was wollt Ihr?« brummte er ungnädig.

»Du mußt mir helfen, einen Entschluß zu fassen. Sara weiß nur zu gut, daß unsere Reise auf irgend etwas gründet, das mit einer frommen Pilgerfahrt nichts zu tun hat, und wenn ihr auch nur der geringste Zweifel geblieben wäre, so hätte sie spätestens in San Juan de Ortega bestätigt gefunden, daß unheilvolle Dinge vor sich gehen. Nun, ich fürchte einerseits ihre Freundschaft zu den Templern« – bestürzt drehte Sara mit einem Ruck den Kopf zu mir und starrte mich an – »und andererseits den Grafen Le Mans. Du verstehst, was ich meine, nicht wahr?«

Er nickte und schien dann lange über meine Worte nachzudenken.

»Also, ich glaube, wir sollten ihr vertrauen«, verkündete er schließlich, »denn für Le Mans steht sowieso fest, daß sie Bescheid weiß; mit solchen Spitzfindigkeiten wird er sich nicht befassen.«

Zu unseren Füßen prasselte das Lagerfeuer, und über uns funkelten am Himmel die Sterne.

»Also, Sara, Ihr habt es vernommen, Jonas hat eine kluge Entscheidung getroffen, und ich bin mit ihm einer Meinung. So hört denn zu.«

Ungefähr eine Stunde benötigte ich, um der Jüdin die wichtigsten Punkte des päpstlichen Auftrags darzulegen, und Jonas fügte meinem Bericht mit wachsender Begeisterung die pittoresken Einzelheiten hinzu, als ob die Auffrischung seines Gedächtnisses wieder alles ins rechte Lot brächte. Gegen Ende hin schaute er mich sogar ab und zu an und suchte meine Zustimmung. Sara lauschte gespannt; der rege Geist dieser Frau hatte nun die abenteuerliche Nahrung gefunden, derer sie bedurfte.

»Ihr habt allen Grund, Euch zu sorgen«, meinte sie anschließend. »Auch ich würde zögern, bevor ich dies alles jemandem erzähle, der den Templern viel verdankt. Aber seid Euch gewiß, Sire Galcerán, daß, selbst wenn ihr nie erreichen werdet, daß ich sie verrate, ich dennoch verstehe, daß Ihr Eure Mission zu erfüllen habt und nur Befehle ausführt, die Euch von Euren Obrigkeiten erteilt wurden. Ihr könnt Euch keinesfalls weigern, das zu tun, was Ihr tun müßt, und ich glaube, daß Le Mans' Hetzjagd den untrüglichen Beweis dafür liefert, was ich sage ... Ich verspreche geheimzuhalten, was Ihr mir anvertraut habt, und ich werde Euch helfen, wo ich nur kann, solange Ihr mich nicht darum bittet, gegen mein Gewissen zu handeln und es am nötigen Respekt fehlen zu lassen, den ich nicht nur vor Templern wie Manrique de Mendoza habe, dem ich – auch wenn er ein Schuft ist – das Leben verdanke, sondern auch vor solch gutherzigen und ehrwürdigen wie Evrard.«

»Nie werde ich von Euch etwas verlangen, was Euch zuwider ist, Sara«, beteuerte ich. »Nur Ihr habt über Euer Tun und Lassen zu bestimmen.«

»Wir werden Euch niemals zu nahe treten, Sara«, fügte Jonas hinzu und stocherte verlegen mit der Spitze seiner Sandale in der Glut herum.

»Ich weiß, ich weiß«, murmelte sie zufrieden.

Ein Lächeln und der Feuerschein erhellten ihre Augen, die wie Edelsteine funkelten, viel schöner noch als jene, die wir in San Juan de Ortega gefunden hatten. Für einen Moment vergaß ich, was ich eigentlich sagen wollte. Ich hätte sie unermüdlich bis ans Ende aller Zeiten ansehen können, denn damals glaubte ich noch (oder ich wollte mir glauben machen), daß ich fühlen und denken konnte, was immer ich wollte, solange ich nicht gegen meine Ordensregeln verstieß, die uns, wie auch den Tempelherren und Deutschrittern, jeglichen Umgang mit dem weiblichen Geschlecht untersagten. Nicht einmal anschauen (zumindest in der Theorie) sollten wir die Frauen, und das Verbot schloß auch unsere Mütter und Schwestern mit ein, die wir nicht küssen durften, wie auch sonst »kein Weib, weder Witwe noch Fräulein«. Ich war dazu verdammt, Sara im stillen und ohne Hoffnung zu lieben, was ich bereitwillig akzeptierte, trunken von meinen eigenen Gefühlen und überzeugt, daß dies das höchste war, wonach ich trachten konnte.

»Nun denn«, sagte ich, als ich wieder mühevoll aus meinem Sinnestaumel erwachte, da ich nicht länger schweigen durfte, »diese Nacht werden Jonas und ich ins Kloster der Antoniter eindringen. Und Ihr, Sara, werdet uns hier erwarten.«

»Wir werden wo eindringen???« rief Jonas bestürzt.

»In das Antoniterkloster. Um den Zusammenhang zwischen den Mönchen des Taukreuzes und den Templerschätzen herauszufinden.«

»Ist das Euer Ernst?« rief er und zog ein dummes Gesicht. »Nie und nimmer! Auf mich braucht Ihr gar nicht zu zählen!«

Nun gut, jetzt war er wieder derselbe Dummkopf wie immer, was mir nicht wenig Freude bereitete.

»Wenn du mir nicht mehr zu helfen bereit bist, kannst du gleich wieder nach Ponç de Riba zurückkehren. Die Mönche werden froh sein, ihren Novizen García wiederzuhaben!«

»Das ist ungerecht!« rief er empört aus.

»Also los, wir sind spät dran! Du zuerst!«

Zähneknirschend machte er sich auf den Weg zum Antoniterkloster, das, düster und verlassen, mehr denn je wie verzaubert wirkte.

Mit äußerster Vorsicht umrundeten wir die Mauern, um uns nicht zu verraten, wenngleich es unvermeidlich war, die tausend Vögel aufzuschrecken, die auf dem Boden, in den nahegelegenen Bäumen und den Fugen der Strebepfeiler nisteten. Im rückwärtigen Teil des Klosters fanden wir eine kleine Pforte, deren Scharniere mit Hilfe meines Dolches leicht absprangen. Eine Eule heulte hinter unserem Rücken, was sowohl den Jungen als auch mich erschreckt zusammenzucken ließ. Es blieb indessen alles still, nichts rührte sich. Daraufhin hob ich die Tür aus den Angeln, und wir schlichen hinein.

Auf der anderen Seite erwartete uns ein schmaler, feuchter Gang. Es wäre widersinnig gewesen, eine Laterne anzuzünden, da der Lichtschein uns verraten hätte, weshalb wir unsere Augen erst an die Dunkelheit gewöhnen mußten. Dann tappten wir weiter, bis wir zur Küche kamen, wo die riesigen, ehernen Kessel wie große Schlünde wirkten, die uns beim Näherkommen zu verschlingen drohten. Wir durchquerten die reichlich bestückte Vorratskammer und drangen dann durch lange und kurvige Gänge in den innersten Bereich des Klosters vor. Gleich fiel mir auf, daß nirgendwo religiöse Gegenstände auszumachen waren. Wenn man mich mit verbundenen Augen dorthin gebracht und mir dann die Binde in irgendeinem der Räume wieder abgenommen hätte, so hätte ich ohne den geringsten Zweifel schwören können, daß ich mich im Innern einer Festung oder eines Schlosses befand, denn wertvolle Teppiche bedeckten die Mauern, und Vorhänge aus blauem Samt trennten die Gemächer voneinander. Die freien Wände waren mit Eisenbeschlägen und Ketten geschmückt, und auf den Konsolen der Kamine und dem prächtigen Mobiliar waren noch viele weitere kostbare Gegenstände verteilt, die zu benennen, ja, sie gar zu beschreiben, mir unmöglich schien.

Zunächst suchte ich die Hauskapelle, da ich bis dahin meine Entdeckungen an ähnlichen Orten gemacht hatte, aber dort auf eine solche zu stoßen, war schwieriger, als eine Nadel im Heuhaufen zu finden. Es gab schlicht und ergreifend keine: weder eine Kapelle, noch eine Kirche, noch sonst irgend etwas, das daran erinnerte, daß wir uns hier eigentlich an einem Ort der Kontemplation und des Gebets befanden.

Schon seit geraumer Zeit vernahm ich zu meiner Rechten und hinter mir ein leises Rascheln wie von seidenen Frauenkleidern. Anfangs schenkte ich dem keinerlei Beachtung, da die Geräusche zu unmerklich waren, um mir sicher sein zu können, sie tatsächlich auch gehört zu haben, doch nach einer Weile begann ich mir ernsthaft Gedanken darüber zu machen.

»Jonas«, flüsterte ich und hielt den Jungen am Handgelenk fest, »hörst du das auch?«

»Seit einer Weile schon vernehme ich Dinge, die ich nicht verstehe.«

»Laß uns stehenbleiben und die Ohren spitzen.«

Um uns herum war alles still. Wir haben nichts zu befürchten, redete ich mir selbst gut zu. Plötzlich drang aus einem Winkel ein leises Lachen zu uns. Das Blut stockte mir in den Adern, und es sträubten sich mir die Haare, als ob man mir mit einer Gänsefeder über den Nacken gestrichen hätte. Jonas' Hand krallte sich in meinen Arm.

Noch einmal hörten wir das arglistige Lachen, und dann, als ob dies das Zeichen für den Angriff gewesen wäre, brach ein ganzer Sturm dröhnenden Gelächters um uns herum los, während eiserne Arme Jonas von mir wegzerrten und andere mich festhielten und mir die Hände fesselten. Der flackernde Feuerschein einer Fackel sauste wie ein Blitz an uns vorbei und entzündete nacheinander zahlreiche Kienspäne in den Händen eines gespenstischen Heers: Mehrere Antonitermönche in ihren schwarzen Umhängen mit dem blauen Taukreuz auf der

Brust hatten sich entlang der Wände des Raumes aufgereiht, in den der Junge und ich eingedrungen waren, ohne zu ahnen, daß wir in eine Falle gingen.

»Herzlich willkommen, Galcerán de Born«, rief eine Stimme fröhlich von der Balustrade einer höhergelegenen Galerie herunter. »Erinnert Ihr Euch noch an mich?«

Ich blickte nach oben. In der nur von den Kienspänen erhellten Finsternis versuchte ich die Silhouette des Sprechenden zu erspähen.

»Ich könnte schwören, Ihr seid Manrique de Mendoza«, antwortete ich.

»Ihr seid so gewitzt wie einst, Galcerán! Und der dort ist vermutlich mein Neffe, der Bastard meiner Schwester Isabel. Ich freue mich, dich kennenzulernen, García! Man hat mir schon viel von dir erzählt.«

Kein einziges Wort kam über Jonas' Lippen; er beschränkte sich darauf, seinen Onkel geringschätzig zu beäugen, als würde er statt seiner eine Ratte oder eine Made betrachten. Manrique lachte laut auf.

»Rodrigo Jiménez hat mir schon erzählt, daß du den Stolz deines Vaters geerbt hast! Oh, du weißt nicht, wer Rodrigo Jiménez ist, nicht wahr? Nun, auch wenn du es nicht glaubst, so kennst du ihn doch ziemlich gut, allerdings unter dem reichlich seltsamen Namen, den ihm dein Vater gab: Es ist Niemand. Und Niemand wird sich unheimlich freuen, dich wiederzusehen, García. In Kürze wird er wohl zurück sein, er ist mit seinen Männern losgezogen, Sara die Zauberin zu suchen. Ach übrigens, Galcerán, wie ist es Euch in den Sinn gekommen, sie hier mit hineinzuziehen?«

»Ist sie etwa dumm, daß sie es nicht selbst merkt?« entgegnete ich. Von meiner Position aus konnte ich ihn nicht gut erkennen. Der Schein der Fackeln reichte kaum aus, seine Gestalt dort oben zu erahnen.

»Wie gut, daß Ihr ihr heute nacht die ganze Geschichte erzählt habt.« Er lachte. »Jedenfalls ist das nun auch nicht mehr wichtig. Euer aller Schicksal ist besiegelt, und ich fürchte, es ist nicht gerade vielversprechend.«

»Ihr braucht Euch nicht schon im voraus darüber zu freuen«, erwiderte ich. »Mein Sohn und ich werden uns wem auch immer stellen, obwohl ich es schwerlich gutheißen kann, daß Ihr einem Kind weh tun könnt. Aber Sara sollte nicht mit dem Leben bezahlen, daß sie sowohl Euch als auch Eurem Orden immer treu ergeben war. Wenn Ihr unserer Unterhaltung heute nacht gelauscht habt, so müßte Euch klar geworden sein, daß sie nie daran dachte, die zu verraten, denen sie großen Respekt zollt und soviel verdankt.«

»Sie bot sich an, mit Euch zusammenzuarbeiten, Bruder, und das reicht bereits aus.«

Er verstummte, denn man hörte plötzlich schwere Schritte, die durch einen der Korridore näher kamen. Gebunden und geknebelt erschien Sara, gefolgt von fünf oder sechs Templern, die sich stolz mit ihren nun verbotenen Mänteln herausgeputzt hatten. Voran ging aufrecht und mit einer neuen Persönlichkeit ausgestattet Niemand, der sich wie durch Zauberhand in einen hochmütigen Bruder des Templerordens verwandelt hatte und nun gut zwei Handbreit größer und von wahrhaft ritterlicher Gestalt war. Seine Verwandlungskünste erstaunten mich.

»Welch Glanz in unserer Hütte!« rief er aus, als er uns sah. Auch seine Stimme klang nun anders, voller und durchdringender. »Don Galcerán! García! Ich freue mich, Euch wiederzusehen.«

»Ihr werdet verstehen, Don Niemand«, entgegnete ich ihm ungerührt, »daß wir nicht dasselbe von uns behaupten können.«

»Natürlich verstehe ich das«, sagte er und versetzte gleichzeitig Sara jäh einen Schubs, der sie mit Wucht zu uns herüberschleuderte. Ich fing seinen Stoß mit meinem Körper auf, und Jonas konnte sie gerade noch festhalten, bevor sie hinfiel.

»Ihr braucht keine Gewalt anzuwenden, Bruder Rodrigo!« tadelte Manrique ihn von oben herab. »Wir haben sie bereits in unserer Macht und können dieser unangenehmen Geschichte jetzt ein schnelles Ende bereiten.«

Sara drehte sich schnell zu der Stimme um, die sie soeben gehört hatte, und in ihren Augen spiegelte sich ein Schmerz, den ich bis dahin noch nie darin wahrgenommen hatte ... Verdammter Manrique de Mendoza! Verflucht soll deine ganze Mendoza-Sippe sein!

»Ihr irrt Euch, Sire«, sagte ich, meine Wut zügelnd. Ich benutzte die weltliche Anrede, um die Distanz zwischen uns zu unterstreichen. »Diese Geschichte ist noch keineswegs beendet. Papst Johannes wird nicht ruhen, bis er auf Eure Schätze gestoßen ist. Seine Gier ist so maßlos, daß er nach meinem Verschwinden einen anderen schicken wird und dann noch einen und noch einen, bis er das bekommt, was er haben will.«

»Es liegt nicht in meiner Absicht, Euch zu schmeicheln, Bruder, aber wie viele Schnüffler er auch entsenden mag, so wird doch niemand so weit vordringen wie Ihr.«

»Ihr irrt Euch wieder, Sire. Der Papst ist ein mißtrauischer und gefährlicher Mann, weshalb wir die ganze Zeit von einem seiner besten Soldaten, dem Grafen Joffroi de Le Mans, beschattet wurden, der über alle meine Entdeckungen Bescheid weiß. Er braucht nur zu berichten, was er beobachtet hat, und irgend jemand wird genau dort weitermachen, wo ich stehengeblieben bin.«

Mendoza brach wieder in unbändiges Lachen aus.

»Dem armen Joffroi gelang es leider nicht, San Juan de Ortega lebend zu verlassen!« rief er vergnügt aus. »Es wäre nicht sehr klug gewesen, ihn entkommen zu lassen, meint Ihr nicht auch? Unsere Spitzel in Avignon unterrichteten uns im Juli genauestens über Eure Audienzen bei Seiner Heiligkeit, und dank Eurer Berühmtheit, *Perquisitore,* zumal wir Euch eigentlich auf Rhodos wähnten, begannen wir uns Sorgen zu machen: Worauf waren Eure Rückkehr und diese Unterredungen mit Johannes XXII. zurückzuführen? Jemand, der so gefährlich ist wie Ihr, findet sich nicht zweimal innerhalb eines Monats grundlos bei Seiner Heiligkeit ein. Es konnte sich natürlich um Angelegenheiten handeln, die uns nichts angingen, allerdings schien es uns angebracht, Euch nicht aus den Augen zu lassen, und als Ihr dann zur Pilgerreise nach Santiago aufbracht, wußten wir, daß der Augenblick zu handeln gekommen war. Unserem Bruder Rodrigo, der einer unserer besten Spitzel ist, wies man die Aufgabe zu, Euch zu begleiten. Aber Ihr seid schlau, Galcerán! Wenn man von Euch spricht, so erzähle ich stets die Anekdote, wie Ihr im Alter von fünfzehn Jahren aufgedeckt habt, welcher der Bediensteten sich der Weinvorräte meines Vaters bemächtigte, weil dieser den Krug mit der linken Hand hob. Erinnert Ihr Euch? *Pardiez!* Das war wirklich großartig. Trotz aller Anstrengungen konnte Bruder Rodrigo, der nur wenige Male gescheitert ist, nichts in Erfahrung bringen, und das beunruhigte uns noch viel mehr. Als wir dann sahen, daß Ihr ihn Euch mit einem Abführmittel vom Hals zu schaffen wußtet und daß das Versteck der heiligen Oria geschändet worden war, war kein Zweifel mehr möglich. Wir mußten nur noch den richtigen Zeitpunkt abwarten, um uns auf Euch zu stürzen. Und dieser Augenblick ist nun gekommen«, schloß er und fügte lachend hinzu, »danke, daß Ihr erschienen seid.«

»Eure Geschichte interessiert mich nicht, Sire. Wie Euer Vater so handelt auch Ihr stets großspurig und voll Hochmut. Ich hatte einer Aufgabe nachzukommen, und ich tat dies nach bestem Wissen und Gewissen. Nun liegt es an Euch, die Eure zu erfüllen. Erspart mir deshalb das erbärmliche Schauspiel Eurer absurden Selbstgefälligkeit.«

Manrique packte die Wut.

»Eines Tages, Galcerán, werdet Ihr all die Dummheiten verstehen, die ein Mann wie Ihr in Augenblicken wie diesen von sich gibt. Ladet sie auf den Karren!« befahl er energisch und senkte dann seine Stimme: »Geh mit Gott, Sara, süße Freundin. Ich bedauere es, dich unter diesen unglückseligen Umständen wiedergetroffen zu haben.«

Sara kehrte ihm den Rücken und sah mich an, doch ich konnte ihren Blick nicht erwidern, da die Mönche sich nun auf uns stürzten. Bevor wir recht wußten, wie uns geschah, waren wir auch schon in einer engen Holzkiste mit einem winzigen, vergitterten Luftloch eingesperrt. Wir befanden uns in einem dieser geschlossenen Karren für den Transport von Gefangenen. Mit dem ersten Ruck fielen wir zu Boden, und so begann die Reise, die ich für kurz und in den Tod führend hielt, die jedoch in Wirklichkeit vier ganze Tage dauerte, während denen wir die unendlichen kastilischen Ebenen von Tierra de Campos und das steinige, karge Ackerland von León durchquerten und dabei nur den wahnsinnigen Galopp der Pferde, die Schreie des Kutschers und das unaufhörliche Peitschenknallen vernahmen.

Unsere Reise gipfelte in der Hölle. Nachdem wir die Berge von León durchquert hatten, holte man uns gegen Abend des vierten Tages mit Stößen aus dem Karren und verband uns die Augen mit schwarzem Leinen. Dennoch konnten wir einen kurzen Augenblick lang eine bizarre Landschaft mit überwältigenden, rot und orange gefärbten Bergkegeln betrachten, die zwischen tiefgrünen Mulden voller Büsche und Bäume emporragten. Wo zum Teufel waren wir? Auf der einen Seite führte ein riesiger Höhleneingang von etwa sechzehn oder siebzehn Stockmaß Höhe zu einem Felsentunnel, der sich schlängelnd in den Tiefen der Erde verlor. Mit Schlägen trieb man uns in diesen unterirdischen Gang hinein, und torkelnd stolperten wir vorwärts, rutschten in wer weiß was für Gewässern aus und fielen ständig hin. Und dann verschwimmen plötzlich meine Erinnerungen: Nachdem man mir einen gewaltigen Keulenschlag auf den Kopf versetzt hatte, wurde das Echo der Kommandos in jenen zyklopischen Gängen in meinen Ohren allmählich immer schwächer.

Als ich wieder zu mir kam, hatte ich jeglichen Sinn für Raum und Zeit verloren. Ich hatte keine Ahnung, wo ich mich befand, noch warum ich dort war, noch was für einen Tag oder Monat oder ein Jahr man schrieb. Mein Hinterkopf, etwas oberhalb des Nackens, wo ich den Schlag abbekommen hatte, schmerzte entsetzlich, und ich war weder imstande, meine Gedanken vernünftig aneinanderzureihen, noch die Bewegungen meines Körpers zu koordinieren. Mir war ganz flau im Magen, und ich fühlte mich erst besser, als ich mir die Seele aus dem Leib gekotzt hatte. Nach und nach kam ich wieder zu Bewußtsein und versuchte mich aufzurichten, indem ich einen Ellbogen auf die Steinplatten stützte. Es stank fürchterlich, und es herrschte eine grimmige Kälte. Auf dem Boden neben mir lag unser ganzer armseliger Besitz verstreut; man hatte ihn wohl für nicht wertvoll genug erachtet, um ihn uns wegzunehmen.

Im schwachen Lichtschimmer, der durch die Gitterstäbe der Tür drang, konnte ich Sara und Jonas erkennen, die bewußtlos auf einem Haufen Stroh am anderen Ende des Verlieses lagen. So gut ich konnte, kroch ich zu dem Jungen, um zu sehen, ob er noch atmete; anschließend sah ich nach Sara, und dann, ohne mir dessen bewußt zu werden, ließ ich mich an ihrer Seite nieder und vergrub meine Nase in ihrem Hals.

Als ich viel später wieder erwachte, hörte ich, wie die Jüdin, die gerade einmal so weit von mir abgerückt war, um mich anzusehen, mir zuflüsterte:

»Wie geht es Euch?«

Ich wußte nicht zu antworten. Es kamen mir Zweifel, ob sie mich gerade nach meinem körperlichen Zustand gefragt hatte oder nach der Annehmlichkeit, neben ihr zu liegen. Verwirrt und unsicher richtete ich mich auf. Es kostete mich einige Mühe, mich von ihrem Körper zu lösen.

»Der Kopf tut mir schrecklich weh, aber ansonsten bin ich wohlauf. Und wie geht es Euch?«

»Auch mich hat man niedergeschlagen«, wisperte sie und führte eine Hand zur Stirn. »Aber ich fühle mich gut. Es ist nichts gebrochen, macht Euch deshalb keine Sorgen.«

»Jonas!« rief ich den Jungen.

Er öffnete ein Auge und schaute mich an.

»Ich glaube, daß ich mich nie ... nie wieder ... werde bewegen können«, stöhnte er.

»Laß sehen. Heb eine Hand hoch ... Gut, so ist es recht. Jetzt den ganzen Arm ... Tadellos. Und nun versuch eines dieser Beine zu bewegen, die nie mehr zu laufen vermögen ... Wunderbar! Dir geht es sehr gut. Deine Iris kann ich jetzt zwar nicht untersuchen, da es hier kein Licht gibt, doch vertrauen wir auf deine kräftige Konstitution und die Lebenslust deines jungen Körpers.«

»Wir sollten darüber nachdenken, wie wir hier wieder herauskommen«, brach es aus Sara ungeduldig hervor.

»Wir wissen ja nicht einmal, wo wir uns befinden.«

»Offensichtlich in einem unterirdischen Kerker. Dieser Ort hier ähnelt nicht gerade einem Palast.«

Ich näherte mich der Tür und blickte durch die Gitterstäbe.

»Der Gang ist so lang, daß ich dessen Ende nicht sehen kann, und die Fackel, die uns leuchtet, ist halb niedergebrannt.«

»Jemand wird kommen, sie zu erneuern.«

»Seid Euch da mal nicht so sicher.«

»Ich kann nicht glauben, daß man uns ein so grausames Ende bestimmt hat.«

»Im Ernst?« rutschte es mir voll Sarkasmus heraus. »Dann erinnert Euch an Papst Clemens, König Philipp den Schönen, den Siegelbewahrer Nogaret und den unglückseligen Grafen Le Mans.«

»Das ist etwas anderes, Bruder Galcerán. Uns wird man so nicht sterben lassen, vertraut mir.«

»Ihr glaubt felsenfest an die Tugend der Templer.«

»Ich wuchs in der Festung von Marais auf, vergeßt das nicht, und die Tempelherren retteten mir und meiner Familie das Leben. Ich kenne sie besser als Ihr, und ich bin davon überzeugt, daß bald jemand kommen wird, um die Fackel zu ersetzen und uns hoffentlich auch etwas zu essen zu bringen.«

»Und wenn dem nicht so ist?« fragte der Junge ängstlich.

»Wenn dem nicht so ist, Jonas«, antwortete ich ihm, »bereiten wir uns auf einen guten Tod vor.«

»Sire, bitte!« rügte mich Sara, »hört auf, Eurem Sohn mit solchen Dummheiten Angst einzujagen. Mach dir keine Sorgen, Jonas. Wir werden hier schon rauskommen.«

Es blieb uns nichts anderes übrig als abzuwarten, daß irgendein menschliches Wesen durch den stillen Gang zu uns kommen würde. Mir gingen mehrere Fluchtpläne durch den Kopf: Wenn die Gelegenheit günstig wäre, könnten wir vielleicht die Gefangenenwärter überfallen ... wenn dies allerdings nicht möglich wäre – was ich durchaus befürchtete –, blieb uns noch die Chance, ein Loch in die Wand aus weichem Sandstein zu klopfen, obwohl uns dies Wochen harter Arbeit kosten würde ... und wenn nicht einmal diese Idee umzusetzen wäre, könnten wir immer noch die wackeligen Türangeln und das verrostete Schloß aufbrechen oder die splitternden Quer- und Längslatten herauszureißen versuchen.

Bei näherer Betrachtung schienen die Templer sich nur wenig um die Sicherheit unseres Gefängnisses zu sorgen. Die Tür war alles andere als ein unüberwindbares Hindernis. Aber wenn mich schon sehr überraschte, wie leicht man das hölzerne Türblatt niederreißen konnte, so war meine Verblüffung noch größer, als ich das Geräusch eines Schlüssels hörte und die vertraute Stimme von Niemand vernahm, der bat, eintreten und uns eine Mahlzeit bringen zu dürfen. Jonas warf einen beleidigten Blick zur Tür und wandte sich dann ostentativ ab.

Ein paar dienende Brüder zweiten Rangs in groben, braunen Templergewändern begleiteten den völlig verwandelten Niemand, der uns und die Zelle neugierig beäugte. Auf einen Wink hin begann einer der Brüder das alte Stroh durch neues zu ersetzen, mein Erbrochenes wegzuputzen und den Boden zu fegen. Ein anderer stellte vor Sara vorsichtig ein Tablett voller Speisen ab (Weißbrot, einen tönernen Topf mit Brühe, gesalzenen Fisch, frischen Lauch und einen Krug Wein); dann ging er wieder hinaus, um für Niemand einen lederbezogenen Hocker zu holen, und schließlich zog er sich zusammen mit seinem Kameraden diskret zurück. Die Tür blieb sperrangelweit offen. Niemand setzte sich und nahm das baumwollene Birett ab, das seinen kahlen Schädel bedeckte.

»Es ist mir immer eine große Freude, alte Freunde wiederzusehen«, begann er. Er sah zufrieden aus. Stolz trug er die Tracht der Tempelherren und hüllte sich in seinen weißen Umhang mit so natürlichen und ungezwungenen Gebärden, daß ich ihn mir unmöglich mehr als einen pilgernden Kaufmann vorstellen konnte.

Jonas ließ ein Knurren aus seinem Winkel verlauten. Sara fand es an der Zeit, nach ihm zu sehen. Ich sagte kein Wort.

»Ich muß Euch für den Vorfall in Castrojeriz um Verzeihung bitten, Doña Sara«, wandte Niemand sich an sie. »Falls es Euch tröstet: Für mein ungebührliches Benehmen wurde ich schwer bestraft.«

»Das ist mir gleich, Sire. Ich habe nicht das geringste Interesse an Euern Angelegenheiten«, antwortete die Jüdin mit würdevoller Stimme.

Da er merkte, daß seine Ergebenheit und Sanftmut wenig fruchteten, beschloß Bruder Rodrigo, gleich zur Sache zu kommen:

»Man hat mich geschickt, um Euch über Eure Lage aufzuklären. Ihr befindet Euch tief unter der Erde am Ende eines blinden Schachts, der nur einer von Hunderten ähnlicher Stollen in diesem Berghang der Montes Aquilanos ist. Unglücklicherweise ist dieser Ort namens Las Médulas, zwölf Meilen von Ponferrada entfernt, das letzte Bollwerk meines Ordens hier und in vielen anderen Königreichen. Einstmals verfügten wir über ein wahres Netz von Burgen und Festungen in dieser Gegend des Bierzo: Pieros, Cornatel, Corullón, Ponferrada selbst, Balboa, Tremor, Antares, Sarracín … und Häusern in Bembibre, Rabanal, Cacabelos und Villafranca. Jetzt bleiben uns leider nur noch diese unterirdischen Gänge.«

Um Niemand breitete sich Stille aus.

»Ich nehme an«, fuhr er fort und legte damit ein wirklich zielstrebiges Verhalten an den Tag, »daß Ihr, Don Galcerán, den baufälligen Zustand Eures Gefängnisses schon bemerkt habt. Dennoch laßt mich Euch sagen, daß eine Flucht aus Las Médulas völlig ausgeschlossen ist. Wenn Ihr Plinius den Älteren gelesen habt, wißt Ihr, wovon ich spreche.«

Die Erwähnung von Plinius frischte mein Gedächtnis auf. In seiner großartigen Naturgeschichte, der *›Naturalis historia‹*, berichtet der weise Römer über den exzessiven Bergbau, der auf Kaiser Augustus' Befehl in Hispania Citerior zu Beginn unserer Zeitrechnung betrieben worden war. Ein Ort dieser römischen Provinz Hispania verdiente ganz besonders das Augenmerk des Gelehrten: Las Médulas, wo die Römer jährlich zwanzigtausend Pfund reinen Goldes abgebaut hatten. Um der Erde das Metall zu entlocken, hatte man sich zwei Jahrhunderte lang der sogenannten *ruina montium*-Methode bedient: Dazu ließ man plötzlich große Mengen Wasser aus riesigen Stauseen ab, die hoch oben in den Montes Aquilanos angelegt worden waren. Voller Wucht schoß das entfesselte Wasser durch sieben Aquädukte und ein weitverzweigtes, von Tausenden von Sklaven gegrabenes Netz aus Kanälen und Stollen nach unten, wodurch gewaltige Erdrutsche ausgelöst wurden. Diese goldführenden Erdmassen wurden dann durch breitere Kanäle in große Auffangbecken gespült, wo man das Gold siebte.

Das war die Erklärung für die bizarren roten und orange gefärbten Bergkegel: Durch die Unterspülung waren die Berge in sich zusammengefallen. Und es war auch die Erklärung für die hohe Sicherheit unseres Gefängnisses: Nicht einmal mit Ariadnes Faden, den Theseus benutzte, um aus dem Labyrinth herauszufinden, hätten wir aus jenem Tunnelgeflecht zu entkommen vermocht. Wir saßen fest, weitaus hoffnungsloser, als wenn man uns in Ketten gelegt hätte.

»Ich sehe Eurem Gesicht an, Don Galcerán, daß Ihr begriffen

habt, wie unnütz jeglicher Fluchtversuch wäre. Nun, so haben wir keine Probleme. Es bleibt mir nur noch eines zu sagen«, schloß Niemand, stand auf und wandte sich zum Ausgang, »man hat mir befohlen, Euch auszurichten, daß Ihr bald für immer an einen anderen, noch viel sichereren Ort gebracht werdet, und der, Don Galcerán, ist einer der sichersten der Welt, das kann ich Euch garantieren.«

Würdevoll verließ er unsere Zelle. Krachend fiel die Tür ins Schloß. Als wir wieder allein waren, verharrten wir lange Zeit im gleichen Schweigen, das wir während Niemands Anwesenheit gewahrt hatten. Ich zweifelte nicht an unserem nächsten Schritt: Solange wir lebten, mußten wir kämpfen. Da unser Schicksal, was auch immer uns beschieden sein sollte, vorherbestimmt war, warum sollten wir nicht alle möglichen Varianten ausprobieren, wenn wir danach sowieso am gleichen Ort enden würden?

»Los!« rief ich und sprang auf.

»Los?« fragte Sara verwundert.

»Wir gehen.«

»Wir gehen?« wiederholte Jonas, noch viel verwunderter.

»Wollt ihr etwa alles, was ich sage, bis zum Tag des Jüngsten Gerichts nachbeten? Spreche ich vielleicht nicht deutlich genug? Ich habe gesagt, wir gehen, weshalb Ihr Eure Pilgertaschen nehmen sollt, denn wir haben einen beschwerlichen Fußmarsch vor uns.«

Die beiden machten sich fertig. Da Le Mans' Dolch das einzige war, was man mir nicht zurückgegeben hatte, nahm ich die Dokumente und falschen Geleitschreiben aus meiner Zinnbüchse heraus und trampelte dann beharrlich so lange auf der Büchse herum, bis aus ihr ein *scalpru,* eine Art kleines und widerstandsfähiges Stecheisen, geworden war. Daraufhin wandte ich mich zur Tür und hebelte damit die alten, verrosteten Nägel aus dem Schloß, das sich danach am Stück herausnehmen ließ. Mitgerissen durch ihr eigenes Gewicht sprang die Tür auf.

»Gehen wir!« rief ich vergnügt.

Gemeinsam machten wir uns auf den Weg durch den langen unterirdischen Stollen, nicht ohne zuvor die brennende Fackel aus der Halterung neben der Zelle an uns genommen zu haben. Meine einzige Sorge war, daß wir plötzlich irgendeiner Patrouille von Templern gegenüberstehen könnten.

Der Gang verlief etwa fünf Stadien geradeaus und führte dann über eine in den Fels gehauene Treppe nach unten, wo wir ihm weitere fünf Stadien lang folgten. Plötzlich beschrieb er einen Bogen nach links, an dessen Ende wir an eine Weggabelung gelangten. Unschlüssig blieb ich stehen. Welche Richtung sollte ich einschlagen? Es drängte sich auf, ein System zu wählen wie etwa immer nach rechts oder immer nach links zu gehen – in einem Labyrinth die einzig richtige Entscheidung – und die Kreuzungen zu markieren, um sie wiederzuerkennen, falls wir unglücklicherweise im Kreis laufen sollten.

»Wohin glaubt Ihr beide, sollten wir uns wenden?« fragte ich ruhig und zog das spitze Werkzeug aus meinem Gürtel, um eine Kerbe in die Wand zu ritzen.

»Siehst du, Jonas?« hörte ich da Sara hinter mir flüstern. »Das ist es, wovon ich dir erzählt habe. Der Weg ist genauso gekennzeichnet wie in den Stollen im Pariser Untergrund.«

Überrascht drehte ich mich um und mußte den Blick senken, um an einer Ecke Jonas und Sara zu entdecken, die sich niedergekniet hatten und mir den Rücken zuwandten.

»Darf man erfahren, was zum Teufel ihr da treibt?« brummte ich wütend, natürlich äußerst leise, da unsere Unterhaltung die Templer nicht alarmieren sollte.

»Schaut, Sire!« flüsterte Jonas mit leuchtenden Augen. »Sara hat die Zeichen gefunden, wie wir hier herausfinden.«

»Erinnert Ihr Euch an die Kerben, die wir in den unterirdischen Gängen von Paris fanden?«

»Ihr seid dort vorangegangen. Ich habe überhaupt nichts gesehen.«

»Natürlich habt Ihr sie gesehen, aber Ihr habt nicht darauf

geachtet, Bruder Galcerán. Ab und zu untersuchte ich die Spuren an den Ecken, damit wir uns nicht verliefen, denn vorsichtshalber mußte ich jeden Tag einen anderen Weg wählen.«

»Jetzt, wo Ihr es sagt...«, murmelte ich zähneknirschend, während mir jene nächtlichen Ausflüge kaum drei Monate zuvor wieder in den Sinn kamen. Erst drei Monate war das her! dachte ich überrascht. Ein ganzes Leben schien seitdem verstrichen zu sein.

»Seht Ihr?« sagte Sara und kauerte sich wieder vor die Wegkehre. »Haltet die Fackel näher heran.«

So gut wie möglich beleuchtete ich die Stelle, auf die sie zeigte, und beugte mich hinunter. Drei tiefe Kerben waren an der Eckkante zu erkennen, alle gleich breit und gleich tief und unbestritten mit ein und demselben Gegenstand eingeritzt.

»Was bedeutet das?«

»Oh, nun ... es kann viel bedeuten. Das hängt davon ab, was man gerade sucht.«

»Wir suchen den Ausgang«, erklärte uns Jonas, falls wir es vergessen haben sollten.

»Dann müssen wir den rechten Weg nehmen. Das ist der richtige.«

Wir gingen weitere drei Stadien durch diesen neuen Gang und standen dann wieder an einer Kreuzung. Hier boten sich uns vier Möglichkeiten: ein Weg führte nach rechts und einer nach links, der sich dann wiederum in drei Seitengänge auffächerte. Die Stollen waren ungeheuer hoch, zwischen sechs und zwölf Stockmaß. Wir kamen uns vor wie Ameisen, die durch das Schiff einer Kathedrale liefen. Sara zog mich mit der Fackel zu den Zeichen an jeder Ecke. Mit dem Finger wies sie auf den Tunnel, der in gerader Linie den fortsetzte, der uns hierhergeführt hatte.

»Den dort«, sagte sie überzeugt.

»Der ist ja auch mit drei Kerben markiert«, bemerkte Jonas.

»Die drei stehen für ›richtige Richtung‹, aber sie können auch ›Eingang‹ oder ›Ausgang‹ bedeuten.«

»Aber das ist unmöglich! Ein einziges Zeichen kann doch nicht drei verschiedene Bedeutungen haben.«

»Dieses hat noch sehr viele mehr, aber ich erwähne nur die, welche zu dem, was wir suchen, am besten passen.«

»Und wenn dort anstelle von drei nur zwei Kerben gewesen wären?«

»Auch das könnte viel bedeuten. In unserem Fall zum Beispiel ›Umweg‹, ›Abkürzung‹, ›Versteck‹ oder ›Kapelle‹, falls ihr vielleicht vorher noch beten wollt.«

»Und eine einzige Kerbe?«

»Folge nie einem der Gänge, die nur mit einer einzigen Kerbe gekennzeichnet sind, Jonas!« ermahnte Sara ihn ernst und nachdrücklich. »Du würdest nie wieder zurückkehren.«

»Aber was bedeutet es?«

»Eine Kerbe kann beispielsweise ›Falle‹, ›Sackgasse‹ oder auch ... ›Tod‹ heißen. Wenn wir uns aus irgendeinem Grund trennen müssen, so folgt immer den Stollen mit den drei Kerben, und wenn es keine mit drei gibt, so denen mit zwei. Aber betretet niemals, hört ihr?, niemals jene mit nur einer Kerbe. Wenn alle Gänge nur mit einer einzigen Kerbe markiert sein sollten, so geht zurück bis zur letzten Kreuzung und wählt die danach am ungefährlichsten scheinende Richtung.«

Am Ende des langen Stollens stießen wir auf einen Raum, der nur einen einzigen Ausgang zur rechten Seite hin hatte. Eingeschüchtert durch die Größe jenes Ortes und die Finsternis, die uns umgab, schlichen wir leise weiter. Glücklicherweise waren hier ebenfalls drei Zeichen auszumachen. Eine kleine Kurve nach links, bevor der Gang wieder geradeaus führte. Zu unserer Rechten ließen wir eine Reihe von sieben Tunneleinmündungen hinter uns, die alle nur eine einzige Kerbe trugen.

Als wir auch an dessen Ende angelangt waren, standen wir in einem weiteren Raum, der allerdings etwas kleiner war als der vorherige. Wir erstarrten vor Schreck, als wir entdeckten, daß kein Weg hinausführte.

»Und was nun? Sagtet Ihr nicht, daß wir auf dem rechten Weg sind?« fragte Jonas die Zauberin.

»Und das sind wir auch, das kannst du mir glauben. Dies hier ist selbst für mich unverständlich.«

Mit einer raschen Handbewegung nahm sie mir die Fackel aus der Hand und begann das Gewölbe abzutasten und mit den Füßen auf dem Boden zu scharren.

»Hier ist etwas!« rief sie nach einiger Zeit vergnügt. »Seht her!«

Der Junge und ich beugten uns über die helle Stelle am Boden, die Sara mit ihren Sandalen freigekratzt hatte. Ein kleines, fein ausgearbeitetes Bild von kaum der Größe einer Hand zeigte einen Hahn mit hochgerecktem Hals und zum Krähen geöffnetem Schnabel. Und sofort fiel mir wieder ein, wo ich kurz zuvor die gleiche Abbildung gesehen hatte.

»Was kann das bedeuten?« fragte mich Jonas mit hochgezogenen Augenbrauen.

»Die Symbolik des Hahns ist vielgestaltig«, erklärte ich, während ich meine Pilgertasche abstellte und den Beutel mit den Heilmitteln herausholte, den ich vorbereitet hatte, falls wir auf unserer Reise Medikamente benötigen sollten. »Wegen seiner Beziehung zur Morgendämmerung«, fuhr ich fort, »symbolisiert er den Sieg des Lichts über die Dunkelheit. Bei den alten Griechen und Römern und auch heute noch bei einigen Völkern des Orients steht der Hahn für Kampfesgeist und Mut. Für die Christen jedoch ist er das Symbol der Wachsamkeit, der Auferstehung und der Rückkehr Christi.«

Während ich sprach, zog ich aus dem Beutel haufenweise Säckchen mit Heilkräutern heraus, und als alle auf dem Boden lagen, löste ich die Schnüre, mit denen sie zusammengebunden waren, und leerte deren Inhalt einfach aus. Sara und Jonas starrten mich verblüfft an.

»Darf man erfahren, was Ihr da gerade treibt, *Micer?*« gelang es der Zauberin schließlich zu fragen.

»Jonas, kannst du dich noch daran erinnern, daß wir in der

Krypta von San Juan de Ortega eine lederne Schriftrolle mit dem Siegel der Tempelherren fanden?«

»Ja, sicher. Ihr habt sie auf unserer Flucht nach oben an Euch genommen.«

»Nun, am Tag, als ich allein im Hospital del Rey von Burgos auf Nachricht von dir wartete, fiel mir ein, daß ich sie mir noch nicht genauer angesehen hatte, weshalb ich also das Siegel brach. Es war ein Stück Leder von einer halben Elle Länge und ebensolcher Breite, auf dem hermetische Zeichen und kurze lateinische Texte in westgotischer Schrift zu sehen waren. Überschrieben war das Ganze mit einem Bibelvers aus dem Matthäus-Evangelium: *Nihil enim est opertum quod non revelabitur, aut occultum quod non scietur.* ›Es ist nichts verborgen, was nicht offenbar wird, und nichts geheim, was man nicht wissen wird.‹ Damals erschien mir das natürlich unverständlich, allerdings hegte ich keine Bedenken, daß es sich um etwas Wichtiges handelte, das ich aufbewahren mußte, und da ich Joffroi de Le Mans nicht über den Weg traute, dachte ich darüber nach, wie ich die Schriftrolle sicher und ohne Verdacht zu erregen vor ihm verbergen könnte. Deshalb schnitt ich das Leder in etwa gleich große Stücke wie die, in denen ich meine Kräuter aufbewahrte, und ersetzte so die alten Säckchen durch neue.«

»Und?« drängte mich Sara, als ich innehielt, um Atem zu schöpfen.

»Und? Ist das etwa nicht offensichtlich? Seht genau her, Zauberin, und sagt mir, ob der Hahn am Boden nicht identisch ist mit dem hier auf diesem Stück gegerbten Schafsleders.«

Ich streckte ihr eines der Lederstücke hin, das sie ergriff und im Schein der Fackel eingehend betrachtete.

»Es ist dasselbe Zeichen!« rief sie aus und zeigte es dann Jonas, der sich leicht über ihre Schulter neigte, da er sie bereits um einen ganzen Kopf überragte.

»Hier ist noch etwas«, sagte der Junge und nahm Sara das Leder aus der Hand. »Seht Ihr das nicht? Das Leder ist bedruckt. Zwar ist es schon ziemlich verblaßt, aber unbestritten steht es mit dem Symbol des Hahns in Zusammenhang.«

Nun war ich derjenige, der ihm das Leder entriß. Der Junge hatte recht, dort war noch etwas anderes zu entdecken: Man konnte einen hochgewachsenen Baum erkennen, der aus einer ruhenden Figur emporstrebte und mit einem runden Christusmonogramm gekrönt war. Es lag auf der Hand, daß es sich um eine vereinfachte Darstellung der Wurzel Jesse mit dem unten im Bild schlafenden Propheten Jesaja und darüber Jesus Christus handelte.

»*Et egredietur virga de radice Iesse:* ›Und es wird ein Reis hervorgehen aus dem Stamm Isais‹, deklamierte Jonas, der offenbar zum selben Schluß wie ich gekommen war.

»Wie ich sehe, hast du deine Lehrjahre als *puer oblatus* nicht vergessen«, bemerkte ich erfreut.

Er errötete bis über beide Ohren, und auf seinen Lippen zeichnete sich ein zufriedenes Lächeln ab, das er vergeblich zu verbergen suchte.

»Da ich ein gutes Gedächtnis habe, wählte man mich im Kloster immer aus, bei den Messen zu ministrieren, und ich lernte die Bibel von Anfang bis Ende auswendig«, sagte er stolz. »Jetzt habe ich sie nicht mehr so genau im Gedächtnis, aber früher konnte ich alles aufsagen, ohne mich ein einziges Mal zu versprechen. Am meisten gefiel mir ›*Dies Irae*‹.«

»Dann wird es dir auch nicht schwerfallen, dieses *aenigma* zu erklären.«

»Ich weiß nur, daß dieser Baum die Wurzel Jesse ist, welche den Stammbaum von Jesus Christus mit den zweiundvierzig Königen von Judäa darstellt. Er stützt sich auf Jesajas Offenbarung, deren ersten Bibelvers ich vorhin aufgesagt habe.«

»Da du die heilige Liturgie so gründlich zu kennen scheinst, sage mir: In welchem Gottesdienst werden die Namen der zweiundvierzig Könige von Judäa aufgezählt?«

Jonas dachte nach.

»An Weihnachten, während der ersten Messe nach Mitternacht, die man zur Erinnerung an die Geburt Christi feiert.«

»Kommst du immer noch nicht drauf ...?« hakte ich nach, als ich sein verwundertes Gesicht sah. »Also gut, sag mir, wie diese erste Messe bei uns im Volksmund heißt.«

Ein breites Lächeln erhellte nun sein Gesicht.

»Ach ja, natürlich! Die Christmette! Man nennt sie *misa del gallo,* die ›Hahnen-Messe‹, weil sie zur Stunde des ersten Hahnenschreis stattfindet.«

»Hahnen-Messe?« fragte Sara und blickte abwechselnd auf die gezeichnete Tierfigur am Boden und auf das Leder.

»Allmählich beginnt Ihr zu begreifen.«

»Von wegen«, ließ sie mit einem wütenden Schnauben vernehmen. »Ich begreife gar nichts.«

»Nein? ... So seht denn.«

Ich stellte mich mitten in den Raum, hob den Kopf und reckte den Hals so wie der Hahn auf den Zeichnungen.

»Liber generationis Iesu Christi, filii David, filii Abraham: ›Dies ist das Buch von der Geschichte Jesu Christi, des Sohnes Davids, des Sohnes Abrahams‹, begann ich mit kraftvoller Stimme vorzutragen. In meinem tiefsten Innern betete ich darum, keinen der Namen zu vergessen, denn schon seit vielen Jahren hatte ich Jesu' Stammbaum nicht mehr aufgesagt, was während des Studiums eine der regelmäßigen Gedächtnisübungen gewesen war.

> *Abraham genuit Isaac, Isaac autem genuit Iacob, Iacob autem genuit Iudam et fratres eius, Iudas autem genuit Phares et Zara de Thamar, Phares autem genuit Esrom, Esrom autem genuit Naasson, Naasson autem genuit Salomon, Salomon autem genuit Booz de Rachab, Booz autem genuit Obed ex Ruth, Obed autem genuit Iesse, Iesse autem genuit David regem ...*

Ich hatte mit der ersten Gruppe geendet – Christi Genealogie wird immer in drei Gruppen von vierzehn Königen aufgeteilt, so wie es der heilige Matthäus in seinem Evangelium berichtet – und hielt nun inne, um meinen Puls zu beruhigen und wieder zu Atem zu kommen. Vorerst geschah nichts Besonderes.

»Seid Ihr schon fertig?« wollte Sara mit spöttischem Unterton wissen.

»Noch bleiben ihm zwei Gruppen der Könige«, erklärte Jonas. Ich fuhr fort:

David autem rex genuit Salomonem ex quae fuit Uriae, Salomon autem genuit Roboam, Roboam autem genuit Abiam, Abias autem genuit Asa, Asa autem genuit Iosaphat, Iosaphat autem genuit Ioram, Ioram autem genuit Oziam, Ozias autem genuit Ioathas, Ioathas autem genuit Achaz, Achaz autem genuit Ezechiam, Ezechias autem genuit Manassem, Manasses autem genuit Amon, Amon autem genuit Iosiam, Iosias autem genuit Iechoniam et fratres eius in transmigratione Babylonis.

Wieder stockte ich, nachdem ich die zweite Gruppe der vor und nach der babylonischen Gefangenschaft Geborenen aufgezählt hatte. Doch noch immer ereignete sich nichts Außergewöhnliches. Etwas entmutigt deklamierte ich weiter.

Et post transmigrationem Babylonis Iechonias genuit Salathibel, Salathibel autem genuit Zorobabel, Zorobabel autem genuit Abiud, Abiud autem genuit Eliachim, Eliachim autem genuit Azor, Azor autem genuit Saddoc, Saddoc autem genuit Achim, Achim autem genuit Eliud, Eliud autem genuit Eleazar, Eleazar autem genuit Matthan, Matthan autem genuit Iacob, Iacob autem genuit Ioseph, virum Mariae, de qua natus est Iesus qui vocatur Christus.

Ein dumpfes Geräusch, wie von einem Mechanismus, der sich langsam in Bewegung setzt, war plötzlich über unseren Köpfen zu hören, als ich Marias Namen aussprach. Aber so sehr ich die Fackel auch in die Höhe reckte, so erreichte ihr Lichtschein doch nicht die Decke, weshalb wir nicht erkennen konnten, was sich dort oben zutrug, bis eine Eisenkette, so dick wie der Arm eines Mannes, im Lichtschein herunterglitt. Langsam kam sie herunter; irgendwo dort oben im Gewölbe mußte sie sich wohl träge entrollen. Als sie in Reichweite war, packte ich sie entschieden und zog kräftig daran, nachdem sie zum Stillstand gekommen war. Dann vernahmen wir irgendwo hinter der Steinmauer vor uns ein anderes seltsames Geräusch, das wie ineinandergreifende Zahnräder klang. Eingeschüchtert trat Sara einen Schritt zurück und drückte sich an meine Seite.

»Wie ist das möglich? Wie können Wörter diesen Mechanismus in Gang setzen?« fragte sie überrascht.

»Ich kann Euch nur sagen, daß es gewisse Orte auf dieser Welt gibt, an denen riesige Steinquader oder große Felsen zu finden sind, die einst in längst vergangenen Zeiten vom Menschen dorthin geschleppt und auf Sockeln ins Gleichgewicht gebracht worden waren, die sie eigentlich nicht stützen konnten. Bei bestimmten Geräuschen oder Wörtern beginnen sie zu vibrieren. Niemand weiß, wie dies möglich ist oder warum sie dort sind, doch sie liegen nun mal dort. In Eurer Heimat nennt man sie *rouleurs* und hier schwankende Steine. Ich habe von zwei Orten erzählen hören, wo sie zu finden sein sollen, in Rennes-les-Bains im Languedoc und in Galicien, in Cabio.«

Die Felswand glitt langsam nach unten. Nur das Schnarren des Mechanismus war zu hören, der sie in Bewegung gesetzt hatte. Schließlich war der Durchgang frei. Auf der anderen Seite erblickten wir einen Raum, der genau gleich aussah, mit dem einzigen Unterschied, daß von dort aus eine Treppe nach oben führte.

»Jonas, erinnerst du dich noch an die zweite Szene auf dem Kapitell von Eunate?« fragte ich unvermittelt, während ich mir die Säule in Navarra ins Gedächtnis zurückrief.

»Jene, in der der blinde Bettler Bartholomäus nach Jesus rief?«

»Genau. Fällt dir auch wieder die Botschaft auf der Konsole ein, die Bartholomäus' Worte wiedergab?«

»Hmmm ... *Filii David miserere mei.*«

»*Filii David miserere mei*... ›Sohn Davids, erbarme dich meiner‹! Merkst du was?«

»Was soll ich merken?« fragte er überrascht.

»*Filii David, Filii David*...«, rief ich aus. »Bartholomäus schrie ›Sohn Davids‹, womit die königliche Abkunft des Messias bekräftigt wird. Und der Bibelvers aus dem Matthäus-Evangelium beginnt mit ›*Liber generationis Iesu Christi, filii David*... Dies ist das Buch von der Geschichte Jesu Christi, des Sohnes Davids‹. Siehst du das nicht? Noch weiß ich nicht, wie ich es mit dem Mechanismus, der diese Felswand in Gang setzt, in Verbindung bringen soll, doch ich bin mir sicher, daß besagte Beziehung besteht.«

Wir setzten unseren Marsch durch unendlich lange Tunnel fort. Unsere Sandalen waren mit rötlicher Erde überzogen, und unsere Augen hatten sich an die Dunkelheit gewöhnt, so daß wir sogar etwas sehen konnten. Jetzt mußten wir uns auch nicht mehr bücken, um die Anzahl der Kerben an den Stolleneinmündungen zu zählen; ein kurzer Blick im Vorbeigehen genügte, um sie deutlich wahrzunehmen.

Allerdings begann ich mich ernsthaft zu fragen, warum wir nirgendwo auf Patrouillen der Templer stießen. Ich hatte den Kerker in der Überzeugung verlassen, daß wir uns früher oder später vor den Brüdern verstecken oder uns ihnen stellen mußten, und die Tatsache, daß wir schon seit über einer Stunde keiner einzigen Menschenseele begegnet waren, machte mich allmählich nervös. Weder Schritte, noch Schatten, noch menschliche Geräusche ...

»Was ist das, was man dort vorn hört?« fragte Sara plötzlich.

»Ich höre nichts«, meinte ich.

»Ich auch nicht.«

»Also ich vernehme ein Murmeln wie von einem summenden Fliegenschwarm.«

Jonas und ich lauschten angestrengt. Vergebens. Das einzige, was wir wahrnahmen, war das leichte Knistern der Fackel und der Hall unserer Schritte. Sara hakte indessen nach einer Weile wieder nach:

»Hört Ihr denn wirklich nichts?«

»Nein, wirklich nicht.«

»Aber es wird doch immer lauter, als ob wir auf etwas zulaufen würden, das ein Brummen von sich gibt.«

»Jetzt höre ich es auch!« verkündete Jonas erfreut.

»Na Gott sei Dank!«

»Es ist Gesang!« erklärte der Junge. »Eine Litanei, eine Art Singsang. Hört Ihr es nicht, Sire?«

»Nein«, knurrte ich.

Wir gingen weiter, und als wir an einem mit drei Kerben gekennzeichneten Stollen vorbeikamen, vernahm ich das Geräusch endlich auch. Es war tatsächlich ein reiner, einstimmiger Gesang, ein von einem wunderbaren Chor männlicher Stimmen intoniertes *›De profundis‹*. Das war also der Grund, warum wir seit Verlassen des Kerkers nicht auf einen einzigen Templer gestoßen waren! Sie waren alle am Ende jenes Ganges versammelt und feierten einen Gottesdienst. Noch nie in meinem Leben hatte ich die Gelegenheit gehabt, so viele Männer einstimmig singen zu hören, und es rief in mir ein Gefühl von heller Begeisterung und tiefer Ergriffenheit hervor, als ob das Rezitativ meine Nerven wie die Saiten eines Psalteriums bearbeitete. Der Klang schwoll an, je näher wir kamen, und als wir um eine Kehre bogen, zeichnete sich auch ein herrlicher Glanz ab. Jonas hielt sich mit beiden Händen die Ohren zu, so betäubt fühlte er sich durch den lauten Gesang, der durch das Gewölbe noch beträchtlich verstärkt wurde, aber genau in diesem Augenblick, nach einem leichten Ansteigen des Tons, verstummten die Stimmen plötzlich. Nur ein schwacher Widerhall schwebte noch in der feuchtheißen Luft.

Mit einer gebieterischen Geste befahl ich den beiden strengstes Stillschweigen. Ich hatte soeben einen Schatten in jenem

Glanz erspäht, eine leichte Bewegung in diesem Lichtschein, der vom Ende des Gangs zu uns drang. Sara und Jonas drückten sich erschrocken gegen den Felsen. Es bestand keinerlei Zweifel, daß dort vorne jemand stand, der uns auf gar keinen Fall erblicken durfte. Ich machte ihnen Zeichen, sich nicht von der Stelle zu rühren, und schlich leise mit angehaltenem Atem und vorsichtigen Schritten weiter. Der Gang verengte sich nun zu einer Art Trichter von menschlichen Ausmaßen. An seinem anderen Ende, gegenüber einer kleinen Balustrade, die ins Leere führte, gewahrte ich den Rücken eines Templers, eingehüllt in den langen weißen Umhang mit dem scharlachroten Tatzenkreuz, auf dem Kopf seinen Helm. Er schien Wache zu halten und folgte aufmerksam dem, was jenseits der Brüstung vor sich ging. Um nicht entdeckt zu werden, wich ich vorsichtig zurück und ließ ihn dabei nicht aus den Augen. Doch an jenem Tag war die Glücksgöttin mir nicht hold: Ein verdammter Kiesel, so klein wie ein Mausezahn, geriet zwischen die Riemen meiner Sandalen und bohrte sich mir ins Fleisch, wodurch ich ins Taumeln kam. So leise ich es vermochte, fuchtelte ich mit den Armen, um das Gleichgewicht wiederzuerlangen, aber als ich mich mit einer Hand an der Wand abzustützen versuchte, war ein trockenes Knirschen zu hören. Der Templer drehte sich um. Als er mich erblickte, fielen ihm fast die Augen aus dem Kopf, und sein bärtiges Gesicht erbleichte. Ungläubig zögerte er einige lebenswichtige Augenblicke mit seiner Reaktion, und obgleich er sich schnell besann, war mein Arm doch schneller, der nun voll Grausamkeit mit dem spitzen *scalpru* zum Wurf ausholte, das sich gleich darauf sauber in seinen Hals unter den Adamsapfel grub und ihn so daran hinderte, irgendeinen Laut von sich zu geben. Seine Pupillen wurden glasig, und er wollte absurderweise den Kopf senken, um das äußerste Ende der Waffe zu betrachten, die in seiner Kehle steckte, jedoch gelang es ihm schon nicht mehr: Das Blut schoß aus der Wunde, und er geriet ins Wanken. Wie ein Trunkenbold wäre er zu Boden gefallen, hätte ich ihn nicht um die Hüften festgehalten.

Nachdem ich mich vergewissert hatte, daß der Unhold auch wirklich tot war, nahm ich ihm schnell den Umhang ab, warf ihn mir um die Schultern und setzte den zylindrischen Helm auf, um seinen Platz auf der Balustrade einzunehmen.

Das Staunen und der Lebenswille hielten mich aufrecht. Zu meinen Füßen lag die herrlichste aller Basiliken, strahlend in Licht und Glanz wie der mit Edelsteinen eingefaßte Spiegel einer Frau. Das ganze Gotteshaus war aus purem Gold, und ein intensives Aroma nach Weihrauch und anderen Düften schwebte in ihm. Die Ausmaße jenes in Stein gehauenen, achteckigen Kirchenschiffs überstiegen bei weitem die von Notre-Dame in Paris, und keine der prachtvollen Moscheen des Orients, nicht einmal die große Moschee von Damaskus, reichten in Schmuck und Opulenz an diese Basilika heran: Verkleidungen aus Marmorplatten, Tapisserien aus Samt, lange Paneele mit herrlichen Mosaiken nach Motiven des Alten Testaments, Fresken mit Szenen der Heiligen Jungfrau, bronzene Lampen, Kandelaber aus Gold und Silber, Edelsteine … Und in der Mitte war auf einer mit Teppichen bedeckten Bodenplatte ein prächtiger, filigran gearbeiteter Altar von etwa zehn Spannen Höhe und weiteren fünfzehn Spannen Länge zu sehen, darauf ein Schrein, neben dem ein Kaplan eine religiöse Ansprache hielt. Um den Altar knieten mit entblößten und zum Zeichen der Ehrerbietung geneigten Häuptern Hunderte von Tempelherren in ihren weißen Mänteln und lauschten vollkommen gebannt den Worten des Priesters, der über die notwendigen geistigen Werte predigte, um den schlechten Zeiten zu trotzen, und die Willensstärke, die den Orden nähren sollte, damit er seine ewige Mission erfülle.

Von meinem Beobachtungsposten auf der Balustrade bot sich mir der Anblick eines magischen, geheimnisumwitterten Raums, und ich fühlte mich so benommen, daß es eine Weile dauerte, bis ich bemerkte, daß der in der Mitte stehende Altar nur dazu diente, etwas wesentlich Wertvolleres und Wichtigeres zu verwahren. Während Sara und Jonas leise hinter mich traten, lauschte ich noch einem weiteren Lied, bevor mir auffiel, daß das, was bei jenen so ekstatischen und faszinierten Rittern des Tempels, die wie steinerne Figuren davor knieten, ohne daß sich auch nur eine einzige Falte ihrer Umhänge bewegte, soviel Anbetung hervorrief, nichts anderes als die sagenumwobene Bundeslade war.

Wie soll ich das Gefühl beschreiben, das mich überkam, als ich dort unten, vor meinen erstaunten Augen, den begehrtesten Gegenstand der Menschheitsgeschichte erblickte, Gottes Thron, Inbegriff seiner Stärke und Macht? Obwohl ich es mir um der Mäßigung willen von ganzem Herzen wünschte, konnte ich indes keinerlei Argwohn hegen gegen das, was ich da sah.

> Und der Herr redete mit Mose und sprach: »Macht eine Lade aus Akazienholz, zwei und eine halbe Elle soll die Länge sein, anderthalb Ellen die Breite und anderthalb Ellen die Höhe. Du sollst sie mit feinem Gold überziehen innen und außen und einen goldenen Kranz an ihr ringsherum machen. Und gieß vier goldene Ringe und tu sie an ihre vier Ecken, so daß zwei Ringe auf der einen Seite und zwei auf der anderen seien. Und mache Stangen von Akazienholz und überziehe sie mit Gold und stecke sie in die Ringe an den Seiten der Lade, daß man sie damit trage. Sie sollen in den Ringen bleiben und nicht herausgetan werden.
>
> Und du sollst in die Lade das Gesetz legen, das ich dir geben werde.
>
> Du sollst auch einen Gnadenthron machen aus feinem Golde; zwei und eine halbe Elle soll seine Länge sein und anderthalb Ellen seine Breite. Und du sollst zwei Cherubim machen aus getriebenem Golde an beiden Enden des Gnadenthrones, so daß ein Cherub sei an diesem Ende, der andere an jenem, daß also zwei Cherubim seien an den Enden des Gnadenthrones. Und die Cherubim sollen ihre Flügel nach oben ausbreiten, daß sie mit ihren Flügeln

den Gnadenthron bedecken und eines jeden Antlitz gegen das des andern stehe; und ihr Antlitz soll zum Gnadenthron gerichtet sein. Und du sollst den Gnadenthron oben auf die Lade tun und in die Lade das Gesetz legen, das ich dir geben werde. Dort will ich dir begegnen, und vom Gnadenthron aus, der auf der Lade mit dem Gesetz ist, zwischen den beiden Cherubim will ich mit dir alles reden, was ich dir gebieten will für die Söhne Israels.«

So stimmte es denn, daß die Tempelherren die Gesetzeslade gefunden hatten! Jene neun Ritter, die den Orden in Jerusalem gründeten, konnten also die Mission erfüllen, mit der sie vom heiligen Bernhard betraut worden waren. Wahrscheinlich hatte dann vor vielen Jahren eine große Gruppe von Waffenbrüdern sie im geheimen von den Stallungen des Salomo-Tempels in Jerusalem bis zu diesen unterirdischen Gängen im Bierzo eskortiert, und seit damals stand sie wohl an diesem unbekannten Ort.

Ich befand mich in einem Zustand höchster Erregung, heiß lief es mir über den Rücken und erschütterte mich tief. Wenn es stimmte, was in der Bibel stand, dann enthielt jene Lade dort unten die Gesetzestafeln, nicht jenes Gesetz, worunter man gemeinhin eine Anhäufung alberner, eines Gottes unwürdiger Verbote verstand, sondern das *Logos* selbst, das Wort, die heiligen architektonischen Maße, die geometrischen, musikalischen und mathematischen Zusammenhänge des Universums, die riesige, bis zum Himmel reichende Feuersäule und die zerstörerische Kraft, welche Verderben über die Philister brachte und sie mit bösen Beulen schlug.

Keine andere Macht, weder zerstörerisch noch schaffend, war vergleichbar mit jener der Lade Jahwes, und dennoch deutete nichts in ihrer friedvollen Erscheinung, in der bewegenden Gleichmut der goldenen Cherubim, in ihrer Schönheit darauf hin. Die Haltung der salomonischen Mönchsritter, die voll wahrer Inbrunst davorknieten, war also nicht weiter verwunderlich. Auch ich hätte mich niedergeworfen, wenn ich gekonnt hätte. Zweifelsohne war das Netz von Festungen und Besitzungen des Ordens in der Umgebung, das Niemand während seines Besuchs in unserem Verlies erwähnt hatte, zum Schutz der Bundeslade bestimmt.

Plötzlich erschütterte das Echo eines alarmierenden Schreis die Wände der Basilika. Tausend Köpfe fuhren hoch, und ein dumpfes Stimmengewirr erhob sich wie ein Wirbelwind. Bevor noch der Widerhall des vorhergehenden verklungen war, bewirkte ein erneuter Warnruf, daß alle Tempelherren sich aufrichteten und ihre Rechte zum Schwert führten. Das Geschrei wurde lauter, und ein Blick nach dem anderen heftete sich auf mich. Meine Sinne waren wie betäubt, doch der Aufruhr war zu groß, um nicht zu bemerken, daß ich entdeckt worden war. Aber wie zum Teufel hatten sie erfahren, daß …?

Jonas' schlaksige Gestalt stand unbeweglich neben mir, die Augen starr auf die Bundeslade gerichtet. Weder das Aufsehen, das durch sein Erscheinen auf der Balustrade hervorgerufen worden war, noch Saras Zerren an seinem Wams vermochten ihn aus der tiefen Versenkung zu reißen.

»Fliehen wir!« schrie ich, riß mir Helm und Umhang herunter und schleifte Jonas am Arm hinter mir her.

Wir stürmten den Gang hinunter in der Hoffnung, dessen Ausgang vor den Templern zu erreichen. Ich hob die Fackel auf, wo Sara sie zuvor liegengelassen hatte, und mit Jonas im Schlepptau stürzten wir uns auf die Ecken der Tunnel, um die Kerben zu erkennen. Blindlings rannten wir vorwärts, ohne zu wissen, welche Richtung wir eingeschlagen hatten, gehetzt von den Schreien und dem Lärm der hastigen Schritte hinter uns. Wir durchquerten unzählige Stollen und Höhlen, erklommen Treppen und Steigungen (woraus wir schlossen, daß sie zur Erdoberfläche führten), überzeugt davon, daß man uns jeden Moment einholen würde. Mehr als einmal vernahmen wir schon ganz nah das bedrohliche Bellen von Bulldoggen sowie Pferdehufe, die sich uns im Galopp näherten. Zum Glück gelang es uns gerade noch rechtzeitig, über wacklige Hängebrücken und morsche Holzstege zu entkommen, die über unergründliche Abgründe führten. Mit wunden Füßen und völlig außer Atem, verzweifelt und verschwitzt, kamen wir schließlich in einen großen Saal, in dem leider keinerlei Ausgang mehr zu entdecken war. Einzig kleine Löcher, die wie Stuckverzierungen etwa zehn Stockmaß über dem Boden in die Mauer geschlagen waren, ließen verheißungsvolle Strahlen natürlichen Lichts herein.

»Wir haben den Ausgang erreicht!« rief Sara und zeigte auf die Sonnenreflexe.

»Welchen Ausgang?« fragte Jonas entmutigt.

»Diesen Ausgang ...«, raunte ich und wies mit dem Kinn auf seltsame Umrisse an der Felswand. Doch kaum hatte ich darauf gedeutet, als aus der Ferne eine Art Brausen und Tosen zu vernehmen war, das aus dem Innern der Erde zu kommen schien, ein Getöse, das mit einem leichten Beben des Bodens und der Wände einherging.

»Was zum Teufel ist das?« rief ich unwillig aus.

»Ich weiß nicht, Sire«, wisperte Jonas und warf einen Blick zurück in den Tunnel, »aber es gefällt mir ganz und gar nicht.«

»Verlieren wir keine Zeit«, drängte Sara. »Der Ausgang, Sire Galcerán.«

»Ja sicher, der Ausgang!«

Ein Teil der uns gegenüberliegenden Mauer war aus großen Quadern errichtet worden. Ganz dicht über dem Boden, als eine Art Pforte in der Höhe und Breite eines Menschen, war auf einem der Quader ein gemeißelter Kreis mit einem Punkt in der Mitte auszumachen.

Für die Alchimie, die Kabbala und den Tierkreis symbolisiert dieses Zeichen die Sonne, und natürlich war seine Gegenwart kein reiner Zufall und auch nicht nur auf eine dekorative Laune zurückzuführen. Die Tatsache, daß dies das letzte Hindernis vor dem Ausgang bildete – wie das Licht bewies, das durch die Löcher fiel –, wies nachdrücklich darauf hin, daß das

Sonnenzeichen viel mit der Art und Weise zu tun hatte, wie man aus jenem unterirdischen Labyrinth entkommen konnte. Mußte man hier vielleicht eine Anweisung befolgen, die durch die entlang dem Jakobsweg aufgefundenen Spuren vorgegeben worden war? Höchstwahrscheinlich, denn zunächst hatten wir eine Steinplatte zu entfernen, um unser Ziel zu erreichen, genauso wie in Jaca, San Millán oder San Juan de Ortega, auch wenn hier anstelle des Taus ein Sonnenzeichen abgebildet war. Was konnte das bedeuten?

»Irgend etwas stimmt hier nicht ...«, murmelte Jonas und ging wieder einige Schritte in den Tunnel zurück, um besser das schaurige Getöse hören zu können, das aus dem Erdinnern zu uns drang. Das Beben der Erde war nun deutlich unter unseren Füßen zu spüren und wurde parallel zum anschwellenden Lärm immer stärker.

»Der Ausgang, Sire, der Ausgang ...«, bedrängte Sara mich angstvoll.

Der Ausgang ... Der mit dem Symbol versehene Steinblock schien die gesamte Anordnung der Steinquader zu stützen, was eine tödliche Falle bedeuten konnte, denn wenn wir ihn nach außen zu stoßen versuchten, würden die schweren Steinfragmente wahrscheinlich über unseren Köpfen einstürzen, um uns, bestenfalls, für alle Zeiten den Ausgang zu versperren. *Ego sum lux* lautete der Spruch auf dem Kapitell von Eunate. Das Sonnentor, das Tor des Lichts, eine Öffnung, durch die sich das Licht stahl ... indessen hätten wir ja auch des Nachts hierher gelangen können, wie in San Juan de Ortega zum Beispiel ... Das Licht, der Lichtstrahl, der auf das Kapitell der Verkündigung Marias in San Juan de Ortega gefallen war ... Warum immer wieder das Licht?

»Gott steh uns bei!« schrie Jonas da mit einem Male und wandte sich erschrocken zu mir um. »Man setzt die Gänge unter Wasser!«

»Was???«

»Sie haben das Wasser irgendeines alten römischen Staubeckens abgelassen, um diesen Teil der Stollen zu fluten und uns darin zu ertränken! Hört Ihr es denn nicht? *Ruina montium* ... Dieses Getöse kommt vom Wasser, von den Wassermassen, die sie hierherleiten!«

Das Rauschen! Plötzlich brach das Unheil über uns herein. Wir saßen in der Falle!

»Der Ausgang, Sire Galcerán, der Ausgang!« schrie Sara.

»Der Ausgang, Vater!« schrie nun auch Jonas und stürzte schutzsuchend auf mich zu.

Warum schweiften meine Gedanken jetzt nur in eine ferne Vergangenheit, statt schnellstens nach der Lösung des Sonnentorrätsels zu suchen? Warum, während ich einen Arm um die Schultern meines Sohnes legte, kamen mir nun Bilder aus meiner Jugend in den Sinn, und ich sah mich mit Isabel de Mendoza unter den warmen Sonnenstrahlen über die Wiesen spazieren? Als ob ich den Tod akzeptieren würde, kehrte mein Herz zurück zu den fernen Tagen, als ich noch das ganze Leben vor mir hatte, als die Wärme noch mein Blut und das der jungen Isabel in Wallung brachte.

Und da, auf einmal, wußte ich es. Ich hatte des Rätsels Lösung gefunden, während Saras Hand sich in meine stahl und angesichts der Kälte des Todes deren Wärme suchte.

»Drückt dagegen!« schrie ich über das ohrenbetäubende Brausen des Wassers hinweg, das schon kurz davor sein mußte, in unsere unterirdische Höhle zu dringen.

»Die Steine werden uns zermalmen, Vater!« widersetzte sich Jonas nah an meinem Ohr.

»Drückt so fest dagegen, wie ihr nur könnt! Mein Gott, stoßt diesen Stein beiseite, oder wir werden hier drinnen elend zugrunde gehen!«

Wir warfen uns alle drei gegen die mit dem Sonnensymbol gekennzeichnete Steinplatte und schoben mit unserer ganzen Kraft. Der Stein regte sich nicht. Ich weiß nicht, wie es mir plötzlich in den Sinn kam, direkt gegen das Sonnensymbol zu drücken: Doch da ... das steinerne Tor glitt plötzlich schwerfällig nach außen, und kein einziger der Quader über unseren Köpfen bewegte sich. Wir drängten hinaus und stürmten in Windeseile einen nahegelegenen Hügel hinauf, um außer Reichweite der Fluten zu sein, die nun wie wild gewordene Schlangen die Steine mit sich rissen, welche zuvor noch wie durch Zauberhand gehalten hatten.

»Woher wußtet Ihr, daß wir raus konnten, ohne zermalmt zu werden?« fragte mich Sara wenig später, während wir zusahen, wie sich die Wassermassen zwischen den Bergspitzen hindurch in die seltsame Landschaft von Las Médulas ergossen.

»Wegen der Sonne«, erklärte ich ihr lächelnd. »Nachts wären wir hoffnungslos verloren gewesen. Beim Versuch, die Steinplatte nach außen zu drücken, wären die Felsen über uns zusammengestürzt. Aber die Wärme, die Sonnenwärme in diesem Fall, ruft bei Gegenständen manchmal ein seltsames Phänomen hervor: Sie dehnt sie aus, macht sie breiter und größer, wohingegen die Kälte sie schrumpfen läßt. *Sine lumine pereo,* ›ohne Licht bin ich des Todes‹, wie man so schön sagt ... Die steinernen Quader haben sich durch die Erwärmung geringfügig ausgedehnt und so ihre ineinander verschachtelte Anordnung aufrechterhalten, obwohl wir die Tür mit dem Sonnensymbol durchbrochen hatten. In der Nacht hingegen hätte sie nur dank dieses Steins gehalten.« Ich verharrte einige Minuten lang nachdenklich. »So etwas Ähnliches muß auch in San Juan de Ortega geschehen sein, aber dort habe ich es nicht rechtzeitig begriffen. Wenn wir damals schon alle Schlüssel zu dem Geheimnis besessen hätten, wäre die Krypta möglicherweise nicht eingestürzt.«

»Und wohin gehen wir jetzt?« fragte Sara.

»Wir suchen meine Brüder«, erwiderte ich. »Für die *milites Templi* sind wir eine leichte Beute: ein großgewachsener Mann, eine Jüdin mit weißem Haar und ein schlaksiger Junge. Was denkt Ihr, wie lange sie brauchen werden, um uns einzuholen, wenn wir nicht bald ein sicheres Versteck finden? ... Da meine Mission offensichtlich zu Ende ist, wird es das Beste sein, das nächste Ordenshaus der Hospitaliter aufzusuchen, das in dieser Gegend zu finden ist, um uns dem Schutz meiner Brüder anzuvertrauen und auf weitere Anweisungen zu warten.«

»Wir müssen uns bald auf den Weg machen, Vater…«, meinte Jonas nun besorgt. »Die Templer werden nicht lange auf sich warten lassen, um unsere Leichen zu bergen.«

»Du hast recht, mein Junge« stimmte ich ihm zu, stand auf und reichte Sara meine Hand, um ihr aufzuhelfen.

Die Hand der Jüdin versetzte mein Herz in Aufruhr, das allein schon aufgrund der jüngsten Ereignisse ziemlich unruhig pochte. Das Licht der Sonne, welche uns das Leben gerettet hatte, schien nun voll in ihre schwarzen Augen und ließ sie magische und sicherlich auch verzaubernde Reflexe aussenden.

Wir benötigten zwei ganze Tage und Nächte, um nach Villafranca del Bierzo zu gelangen, wo wir endlich auf Hospitaliter stießen. Der Marsch dorthin war beschwerlich und ermüdend, da wir von Sonnenuntergang bis zum Anbruch des neuen Tages reisten und tagsüber in improvisierten Verstecken schliefen. Durch die Kälte und nächtliche Feuchtigkeit hatte sich Jonas darüber hinaus eine Ohrenentzündung zugezogen, so daß er sich vor Schmerzen krümmte wie ein Sträfling auf der Folterbank. Um zu verhindern, daß es zu eitern begann, legte ich ihm heiße Kompressen auf, die ihm ein wenig Linderung verschafften, wohlwissend, daß sie wesentlich besser wirken würden, wenn sich der Junge auf einem bequemen Strohsack hätte ausruhen können, statt bei nächtlichem Tau Anfang Oktober im kalten Mondlicht weiterwandern zu müssen.

Ein Kaplan empfing uns im Morgengrauen an der Pforte der Kirche von San Juan de Ziz im Süden von Villafranca, auf deren Mauern die Standarte meines Ordens flatterte. Diese mit Weinstöcken gesegnete Ortschaft, welche einst die »schwarzen Mönche« von Cluny aus Frankreich mitgebracht hatten, war wegen einer Eigentümlichkeit berühmt: In ihrer dem heiligen Jakobus geweihten Kirche konnten kranke Pilger, die es nicht mehr nach Santiago de Compostela schafften, den Generalablaß erhalten, so als ob sie wirklich das Grab des Apostels erreicht hätten. Deshalb drängten sich viele Menschen aller Nationalitäten und Schichten an ihren Mauern, um sich dort dem ersehnten Ende des Pilgerwegs ein wenig näher zu fühlen.

Der Hospitaliterbruder, ein zahnloser, kräftiger Mann mit schütterem Haar, war mir sofort zu Diensten, als ich ihm meinen Namen und meine Stellung in unserem Orden nannte. Eilfertig bot er mir sein Heim an, ein bescheidenes, strohgedecktes Häuschen, das an den starken Mauern von San Juan de Ziz lehnte und in dem er seit vielen Jahren brüderlich mit einem einfältigen Laienbruder lebte. Beide bildeten eine Art Vorhut oder religiöser Vorposten des Hospitaliterordens an den östlichen Grenzen des Königreichs Galicien, wo mein Orden anscheinend zahlreiche Komtureien, Burgen und Priorate besaß, die sich seit dem Untergang der »ketzerischen« Templer noch ständig vermehrten. Das Haupthaus, eine in Portomarín errichtete wunderbare Festung, die dem heiligen Nikolaus geweiht war, lag etwa sechzig Meilen entfernt in Richtung Santiago de Compostela. Mit guten Pferden, meinte der galicische Mönch, würde man für die Reise dorthin höchstens zwei Tage benötigen. Ohne allzusehr ins Detail zu gehen, ließ ich ihn wissen, daß wir nicht in der Lage waren, Pferde zu erwerben, weder gute noch schlechte, und daß ich mir aufgrund seines Edelmuts und seiner teilnahmsvollen Bereitwilligkeit dieses Geschenk erhoffte. Als ich ihn schwanken und einige schüchterne Entschuldigungen stammeln sah, mußte ich die ganze Autorität aufbieten, die mir mein Rang als Hospitaliter verlieh, um jeglichen Zweifel aus seinem Gedächtnis zu tilgen: Wir brauchten diese Tiere, und Ausreden würde ich nicht gelten lassen. Ich sagte ihm nicht, daß wir in Lebensgefahr schwebten und der Junge, Sara und ich nur in San Nicolás sicher sein würden. Zudem mußte ich irgendwo auf die Befehle von Johannes XXII. und dem Großkomtur von Frankreich, Bruder Robert d'Arthus-Bertrand, warten, die zweifellos begierig waren, alles über den Verbleib des Templergoldes zu erfahren, und die Festung von Portomarín schien mir dafür der geeignete Ort zu sein.

Wir verließen Villafranca noch am selben Abend auf den Rücken dreier graubrauner Pferde. Die enge Schlucht des Río Valcarce durchritten wir entlang abschüssiger Böschungen voller Kastanienbäume, die stolz ihre stacheligen, grünen Früchte zur Schau stellten. Jonas' Ohrenschmerzen ließen noch immer nicht nach, und der Junge sah bleich und fiebrig aus. Er schien sich nicht einmal zu freuen, als wir nach großen Mühen den Paß von Cebeiro erklommen hatten, wo wir im Mondlicht den wunderbaren Abstieg erblickten, der uns Richtung Sarria erwartete. Zwei Nächte lang ritten wir durch feuchte und finstere Wälder voll hundertjähriger Eichen, Buchen, Haselnußsträuchern, Eiben, Pinien und Ahornbäumen und durchquerten eine Unzahl düsterer Dörfer, deren Einwohner in ihren mit Roggenstroh gedeckten Hütten schliefen, vor denen die Hunde anschlugen. Meine Furcht, erneut von den Tempelrittern ergriffen zu werden, ließ allmählich nach angesichts der Gewißheit, daß nur ein paar Verrückte wie wir des Nachts durch jenen von Füchsen, Bären, Wölfen und Wildschweinen bevölkerten Landstrich reisen konnten. Nicht, daß ich nicht Angst davor hatte, von einigen dieser gefährlichen Kreaturen angegriffen zu werden, aber ich kannte ihre Jagd- und Schlafgewohnheiten und versuchte unsere Reiseroute so weit wie möglich von ihren Bauen zu legen, um sie nicht aufzuschrecken und mit Geräuschen oder unserem Geruch herauszufordern. Vorsichtshalber hielt ich jedoch das alte, eherne Schwert gezückt, das mir der galicische Bruder geschenkt hatte.

Schließlich, als der vierte Tag des Monats Oktober anbrach, überquerten wir die steinerne Brücke über den Río Miño und ritten in Portomarín ein, dem Bollwerk meines Ordens, dessen

Standarten und Banner auf allen wichtigen Gebäuden der Stadt wehten. Es war, als ob ich endlich wieder auf Rhodos wäre, dachte ich mit vor Freude geschwellter Brust. Mein Geist sehnte sich nach einer wohlverdienten Ruhepause innerhalb der Mauern dieser Festung, die wie keine andere meinem vertrauten Zuhause auf der Insel glich.

Wir wurden von vier dienenden Brüdern empfangen, die sich sofort um die schweigsame Sara und den entkräfteten Jonas kümmerten, während ich durch lange Korridore zum Prior des Hauses, Don Pero Nunes, geführt wurde, der meine Ankunft allem Anschein nach schon seit Tagen erwartete. Durch den fehlenden Schlaf fühlte ich mich schwindelig und vor Hunger fast ohnmächtig, doch die Unterredung, die mich erwartete, war wesentlich wichtiger als ein warmes Bett und ein köstliches Essen; ich tröstete mich mit dem Gedanken, daß wenigstens für Sara und den Jungen die Strapazen der Reise ein Ende hatten und daß ich binnen kurzem wieder bei ihnen sein würde. Obwohl ... für wie lange? fragte ich mich betrübt. Nun, wo alles vorbei war, müßte ich mich da nicht von der Zauberin und dem Jungen trennen?

An den Sims eines großen Kamins gelehnt, dessen Feuer den riesigen Saal übermäßig erhellte, erwartete mich Don Pero Nunes, Prior von Portomarín. Bei meinem Eintreten hob er den Kopf und warf mir einen durchdringenden Blick zu. Er war mit einem Nachthemd bekleidet – man hatte ihn wohl eiligst aus dem Bett geholt – und in einen langen, weißen Mantel aus grober Wolle gehüllt. Seine Augen, im Gegensatz zu meinen, funkelten vor Aufregung und Neugier.

»Bruder Galcerán de Born!« rief er aus und kam mit ausgebreiteten Armen auf mich zu. Seine Stimme klang tief und kraftvoll, was zu seiner gepflegten Gestalt und den feinen Manieren nicht recht passen wollte, ja viel eher dafür geschaffen schien, an Bord einer Galeere schreiend Befehle zu erteilen, als in einem Priorat der Hospitaliter die religiöse Andacht zu leiten. Ich wußte nicht zu unterscheiden, ob der Duft des Parfums, das in meine Nase stieg, von den Stoffen und den Teppichen des Saals herrührte oder von Don Peros Nachthemd. »Bruder Galcerán de Born!« wiederholte er bewegt. »Wir waren über Euer mögliches Kommen unterrichtet. In allen Komtureien und Festungen von den Pyrenäen bis Santiago de Compostela haben wir diesbezüglich die strengsten Anordnungen erhalten. Was habt Ihr an Euch, Bruder, daß Ihr soviel Staub aufwirbelt?«

»Hat man Euch denn nichts erklärt, Prior? Was wißt Ihr?«

»Ich fürchte, Sire«, sagte er und schlug nun einen herrschsüchtigen Ton an, »daß ich es bin, der hier die Fragen stellt, und Ihr derjenige, der zu antworten hat. Aber nehmt doch Platz. Ich bedauere mein unhöfliches Benehmen. Ihr müßt hungrig sein, nicht wahr? Erzählt mir, was geschehen ist, während man uns ein kräftiges Frühstück bringt.«

»Unter anderen Umständen, Prior«, entschuldigte ich mich, »würde ich keinen Augenblick zögern, Eurer Bitte zu entsprechen, da ich Euch als Ritter und Hospitaliter vollkommenen Gehorsam schulde, in diesem Fall allerdings, *Micer*, ersuche ich Euch mit der Euch gebührenden Hochachtung, daß Ihr mir zunächst darlegt, was man Euch erzählt hat und welcher Natur die Befehle sind, die Ihr hinsichtlich meiner Person erhalten habt.«

Don Pero knurrte und warf mir einen finsteren Blick zu, aber die Beschaffenheit der Anordnungen mußte ihm wohl Umsicht und Mäßigung gebieten.

»Ich weiß nur, Bruder, daß ich Euer Erscheinen in diesem Hause unverzüglich zu melden habe, indem ich zwei Ritter mit den schnellsten Pferden unserer Stallungen nach León schicke. Dort wartet man anscheinend sehnlichst auf Nachricht von Euch. Unterdessen soll ich Euch all den Beistand gewähren, dessen Ihr bedürft«, seufzte er. »Und nun seid Ihr dran.«

»Wenn unsere Vorgesetzten Euch nichts erzählt haben, Sire, so seht mir armem und müdem Ritter mein hartnäckiges Schweigen nach, denn dann darf ich Euch auch nicht mehr verraten.«

»Ach, wie sehr ich das bedauere!« protestierte er, wobei er versuchte, seinen Ärger zu verbergen. Er stand auf und meinte herablassend: »Das Haus steht Euch zur Verfügung, Bruder. Ihr werdet Euch wohl den Gottesdiensten anschließen und der Aufgabe widmen, die Euch beliebt.«

»Im Spital von Rhodos bin ich der Medikus.«

»Oh, Rhodos! Nun gut, so unterstelle ich Euch also unser kleines Spital, bis die Boten aus León zurückkommen. Habt Ihr sonst noch irgendwelche besonderen Wünsche?«

»Der Junge und die Frau ...«

»Eine Jüdin, nicht wahr?« fragte er geringschätzig nach.

»In der Tat, Bruder, sie ist Jüdin. Nun, sowohl sie als auch der Junge und ich befinden uns in großer Gefahr.«

»Das dachte ich mir schon«, prahlte er.

»Unser Aufenthalt hier muß unter allen Umständen geheimgehalten werden.«

»Gut. In diesem Fall werden wir Euch eine Wohnstatt in der Mühle eines nahegelegenen Bauernhofs zuweisen, die durch diese Festung gut beschützt wird und wo sonst nie jemand hinkommt. Seid Ihr damit einverstanden?«

»Ich danke Euch, Prior.«

»So sei es also. Auf Wiedersehen, Bruder Galcerán.«

Und er verabschiedete mich mit einer unfreundlichen Geste, ohne mir das versprochene Frühstück servieren zu lassen, räumte mich aus dem Weg wie jemand, der eine lästige Mücke verscheucht.

Als wir an jenem Abend erwachten, machten Sara und ich uns daran, unseren Zufluchtsort genauer in Augenschein zu nehmen, während Jonas weiterhin tief schlief. Bevor wir uns am Morgen auf die Strohsäcke niederlegten, hatte ich ihm ein wenig Opium verabreicht, damit er nach so vielen Tagen unerträglicher Schmerzen wirklich etwas ausruhen konnte. Zum Glück gingen seine Atmung und sein Puls nun regelmäßig.

Die alte Mühle lag inmitten unbesiedelten Weidelands. Ihr verwahrloster Zustand ließ auf die vielen Jahre schließen, die sie schon leer stehen mußte. Das einfach gebaute Holzhaus war um einen dicken Mast herum errichtet, der in der Mitte über das Dach hinausragte. Im oberen Stockwerk hatten wir unsere Strohsäcke ausgebreitet, und im unteren, wo Sara und ich uns gerade aufhielten, befand sich das kaputte Mahlwerk, das auch keine Mühlsteine mehr hatte. Von der Decke hingen große Spinnweben herab. Als sie eines dieser emsigen Insekten entdeckte, machte die Zauberin ein zufriedenes Gesicht:

»Wußtet Ihr, daß Spinnen ein gutes Zeichen sind? Wenn man abends oder nachts eine Spinne sieht, wird sich ein Wunsch erfüllen ...«, sagte sie, nahm mich an der Hand und zog mich aus dem Haus.

Draußen strahlte die untergehende Sonne des späten Nachmittags, und die Luft war so rein, daß wir uns an eine Hausecke setzten, um den Frieden des Ortes zu genießen. Nun mußten wir uns nicht mehr verstecken oder nachts reisen oder vor den *fratres milites* fliehen; wir mußten nur noch ruhig dort sitzen bleiben und die Freiheit auskosten.

»So seid Ihr also endlich zu Hause ...«, entschlüpfte es Sara verdrossen.

»Ich sagte Euch, daß ich ein Hospitalitermönch bin, erinnert Ihr Euch?«

»Ein Monteser! Das habt Ihr behauptet zu sein!«

»Ich wollte Euch mit jener Lüge nicht verletzen, Sara, aber ich hatte Anweisung, mich nicht als Hospitaliter erkennen zu geben.«

Ihr Gesicht verzog sich zu einer verächtlichen Grimasse.

»Letzten Endes, was soll's? Ihr seid ein Waffenbruder, Ritter des derzeit mächtigsten Ordens, und darüber hinaus seid Ihr pflichtbewußt, Eurem Gelübde und den Aufgaben, die man Euch übertragen hat, treu ergeben. Mit Sicherheit seid Ihr auch ein großer Medikus.«

»Leider bin ich eher für seltsame Missionen bekannt als für

meine Fähigkeiten als Medikus. Alle Welt kennt mich unter dem Namen *Perquisitore,* der Spurensucher.«

»Nun, es ist jammerschade, *Perquisitore«,* sagte sie betrübt, »daß Ihr kein einfacher Ritter oder Bader seid.«

Eine Zeitlang sprachen wir beide kein Wort, waren nur unendlich traurig über das, was ich nie sein könnte, was wir beide nie sein könnten. Saras Worte offenbarten mir eine Sehnsucht, die ich ebenfalls wie Dolchstöße in meinem Innern verspürte, ich konnte ihre Gefühle indes nicht erwidern, denn es wäre wie ein Versprechen gewesen, das ich nicht einzulösen vermochte. Und dennoch liebte ich sie.

»Ihr seid ein Feigling, *Perquisitore«,* raunte sie, »alle Arbeit überlaßt Ihr mir.«

Die Vorstellung, daß ich mich bald für immer von ihr trennen müßte, zerriß mir das Herz.

»Ich kann Euch nicht helfen, Sara. Ich schwöre Euch, wenn es eine Tür gäbe, durch die ich fliehen könnte, um mich mit Euch zu vereinen, so würde ich sie durchschreiten, ohne auch nur eine einzige Sekunde zu zögern.«

»Aber diese Tür gibt es , Sire!« wandte sie ein.

Mein Körper brannte vor Begierde, sie zu umarmen, sie raubte mir den Atem. Ich fühlte Sara so nah, so warm, daß mir die Schläfen hämmerten und mein Herz wie verrückt schlug.

»Diese Tür gibt es ...«, wiederholte sie und näherte ihre Lippen den meinen.

Dort, im Schein der untergehenden Sonne, konnte ich den Geschmack ihres Mundes kosten und ihren süßen und heißen Atem spüren. Ihre Küsse, zu Beginn noch trocken und scheu, verwandelten sich in einen Sturzbach, der mich zu längst vergessenen Orten fortriß. Ich liebte sie, ich liebte sie mehr als mein Leben, ich begehrte sie so sehr, daß mein ganzer Körper schmerzte, ich konnte die Vorstellung nicht ertragen, sie wegen meiner absurden Gelübde zu verlieren. Verzweifelt nahm ich sie in meine Arme, erdrückte sie fast, und wir wälzten uns im Gras.

Stundenlang existierte ich nur in Saras Körper. Die Nacht brach herein, es wurde kalt, aber ich merkte es nicht. Von jenen Augenblicken kann ich mich noch an den Glanz ihrer gesprenkelten und verschwitzten Haut im Mondlicht erinnern, an die Kurve ihrer Hüften, ihre spitzen kleinen Brüste und die Straffheit ihres Rückens, ihres Bauchs, ihrer Schenkel, die meine Hände ohne Unterlaß streichelten. Sie leitete mich, lehrte mich und wir vereinten uns unzählige Male, ich entsinne mich nicht mehr, wie oft, wir küßten uns, bis uns die Lippen wehtaten, bis wir nicht mehr konnten, und trotzdem war die Leidenschaft, die Sehnsucht, das Begehren noch nicht gestillt, dieses armselige und unnütze Sehnen, dort auf ewig ineinanderverschlungen zu verweilen.

Alles hatte inmitten der Traurigkeit seinen Anfang genommen und endete jetzt unter Lachen und Liebesgeflüster. Unermüdlich wiederholte ich ihr, wie sehr ich sie liebte, daß ich sie immer lieben würde, und Sara, die darüber vor Freude seufzte, knabberte an meinem Ohr und an meinem Hals mit einem Lächeln voller Glückseligkeit. Erschöpft schliefen wir auf der Wiese in den Armen des anderen ein. Erst die feuchte Kälte der Morgendämmerung weckte uns, und nachdem wir unsere Kleider aufgesammelt und übergezogen hatten, betraten wir strahlend die verfallene alte Mühle, ließen uns auf einem der Strohsäcke nieder und deckten uns mit den Fellen zu. Schnell fanden unsere Körper wieder die Haltung, um gemeinsam einzuschlafen, sie paßten sich aneinander ganz natürlich an, als ob sie dies seit jeher gewohnt wären, als ob jede Erhebung sich vollkommen in die Vertiefungen des anderen einfügte. Und so schliefen wir bis zum folgenden Tag. Falls Jonas in jener ersten Nacht etwas gehört, gesehen oder erraten hatte, so ließ er es sich jedenfalls nicht anmerken: Er regte sich nicht, und seine Augen blieben geschlossen. Als er sich wenig später allerdings von seiner Krankheit erholt hatte, wollte er fortan allein im unteren Stockwerk schlafen.

Ich wußte, daß meine Liebe zu Sara nie enden würde, jedoch wollte ich nicht darüber nachdenken, was aus uns werden würde, wenn das wirkliche Leben wieder gewaltsam in unser kleines Paradies eindringen würde. Körper und Geist wiesen die Vorstellung von sich, daß jede Sekunde, die ich an ihrer Seite verbrachte, eine geraubte Sekunde war, für die wir beide später teuer bezahlen müßten. Die jugendliche Liebe zu Jonas' Mutter war wie ein von Reinheit erfüllter Traum gewesen, wie ein lauer Abend neben einem stillen Brunnen; die Liebe, welche ich hingegen für Sara empfand, hatte nichts mehr mit alldem zu tun, denn glühende Leidenschaft ließ jenen Fluß des Wahnsinns über die Ufer treten. Ich wußte, daß es unmöglich war, daß ich, ein Hospitaliter, mich mit jener wundervollen Jüdin vereinigte, die meinem Leben den Schwung und das Glück zurückgegeben hatte, ich wollte aber nicht daran denken, ich wollte keinen einzigen Tropfen jenes Zaubertranks der Euphorie verschwenden.

Das Schicksal jedoch, dieses geheimnisvolle und hohe Schicksal, von dem die Kabbala spricht, das die Fäden der Ereignisse verknüpft, ohne auf uns zu zählen – auch wenn wir uns sacht auf dem Weg ins Unerbittliche befinden –, entschied einmal mehr, daß ich mich unvermittelt der Wirklichkeit zu stellen hatte, um so schneller zur Wahrheit zu gelangen. Genau zwei Monate nach dem Beginn unserer Pilgerreise, am neunten Tag des Monats Oktober, stellte sich in der Mühle plötzlich das Unglück ein.

Sara und ich hatten uns in dieser Nacht lange geliebt, und danach waren wir, wie verknotete Schnüre ineinanderverschlungen, in den Armen des anderen in tiefen Schlaf gesunken. Ihr Kopf ruhte auf meiner Brust, während meine Arme sie mit einer beschützenden Geste umfingen. Meine Nase lag auf ihrem silbernen Haar; das Kitzeln machte mir nichts aus, wenn ich nur die ganze Nacht über ihren Duft einatmen durfte. Sara pflegte ihr Haar sorgfältig. Ständig wusch und kämmte sie es, denn sie behauptete, daß sie es nicht ertrage, wenn es schmutzig und fettig am Kopf klebe. Offen gestanden wollte sie wohl den silbernen Glanz ihrer außergewöhnlichen Haarmähne bewahren, ein Erbe aus der Familie ihrer Mutter, in der alle, Männer wie Frauen, von frühester Jugend an wunderschönes volles, weißes Haar hatten.

Polternde Schritte und jähe Schläge auf der Holztreppe, die zum zweiten Stockwerk führte, rissen mich aus meinem nicht lange währenden Schlaf, doch ich war noch immer ganz schlaftrunken, als die Füße neben meinem Lager innehielten.

»Ich bin Bruder Valerio de Villares, Komtur von León«, vernahm ich eine kraftvolle, sonore Stimme, »und dies ist mein Statthalter, Bruder Ferrando de Çohinos. Steht auf, Bruder De Born.«

Erschrocken riß ich die Augen auf und sprang vollkommen nackt vom Strohsack hoch. Die vielen Jahre militärische Disziplin ließen mich nicht zum Nachdenken kommen.

»Zieht Euch an, Bruder«, befahl mir der Komtur. »Aus Respekt vor der Dame erwarten wir Euch unten.«

Saras ängstliche Augen suchten die meinen, die, auch wenn während einiger Augenblicke ein Schuldgefühl in ihnen aufblitzte, sofort meinen unerschütterlichen Willen widerspiegelten.

»Sorg dich nicht, Geliebte«, sagte ich lächelnd zu ihr und bückte mich über sie, um sie zu küssen, »du hast absolut nichts zu befürchten.«

»Sie werden uns auseinanderreißen«, stammelte sie.

Ich ergriff ihre Hände und sah ihr tief in die Augen.

»Nichts auf dieser Welt wird mich von dir trennen können, mein Leben. Hörst du? Vergiß das nie, Sara, denn es ist wichtig! Was auch immer geschehen mag, vertraue auf diesen Schwur, den ich dir hier leiste: Wir werden uns nie trennen. Wirst du mir das glauben?«

Die Augen der Jüdin füllten sich mit Tränen.

»Ja.«

In diesem Augenblick erschien Jonas' Kopf in der Treppenöffnung.

»Wer sind diese Mönche, Vater?« fragte er mit zittriger Stimme.

»Das sind große Würdenträger meines Ordens«, erklärte ich ihm, während ich mich anzog. »Hör zu, Jonas, ich möchte, daß du hier oben bei Sara bleibst, während ich mit ihnen spreche. Und ich möchte nicht, daß irgendeiner von Euch sich auch nur die geringsten Sorgen macht.«

»Werden sie Euch zwingen, nach Rhodos zurückzukehren?« In Jonas' Stimme schwang Angst, was mich überraschte. Während ich das vollkommene Glück erlebte, hatte der Junge sich über meine mehr als wahrscheinliche Rückkehr auf die Insel den Kopf zerbrochen. Ich wagte nicht, ihn zu belügen.

»Wahrscheinlich befiehlt man mir das tatsächlich.«

Ich drehte mich um und ließ sie allein. Unten vor der Mühle erwarteten mich Bruder Valerio und Bruder Ferrando. Ein bedrückendes Schweigen umfing uns, als ich vor ihren anklagenden Blicken stehenblieb.

»Die Lage ist schon ziemlich kompliziert, Bruder«, warf mir Bruder Valerio vor, ohne mit der Wimper zu zucken.

»Ich weiß, Sire«, entgegnete ich demütig. Es war dies nicht der Moment, meine Würde hervorzukehren.

»Zweifellos seid Ihr Euch auch durchaus der Folgen Eures Tuns bewußt, bei dieser Frau gelegen zu haben.«

»So ist es, Sire.«

Beide Männer starrten mich anzüglich an. Ihnen mußte es unverständlich vorkommen, daß ein Hospitaliter meines Rangs und meiner Bildung wegen eines scheinbar gewöhnlichen Liebesabenteuers mit einer Jüdin bereit war, die Ordenswürden zu verlieren und ehrlos aus dem Orden verstoßen zu werden. Sie wechselten einen verständnisinnigen Blick und hüllten sich in beredtes Schweigen.

»Nun denn«, stieß schließlich Bruder Valerio aus. »Wir können die Zeit jetzt nicht mit solchen Dingen vertun. Ihr müßt eiligst Eure Mission fortführen, Bruder Galcerán. Das ist das Einzige, was interessiert und wichtig ist. Dieser kleine Zwischenfall muß hier und heute vergessen werden. Ihr werdet den Jungen und die Jüdin in der Festung von Portomarín dem Schutz von Don Pero unterstellen und die Aufgabe zu Ende führen, die Euch Seine Heiligkeit übertragen hat.«

Es dauerte einige Sekunden, bis ich begriff. Die Überraschung mußte sich wohl auf meinem Gesicht abgezeichnet haben, denn Bruder Ferrando machte eine ungeduldige Geste, so wie ein Vater, der es überdrüssig ist, die Ungehörigkeiten seines Sohnes noch länger hinzunehmen.

»Habt Ihr vielleicht Eure Befehle nicht verstanden?« fragte er erzürnt.

»Verzeiht mir, Bruder Ferrando«, entgegnete ich ihm, während ich meine Fassung zurückgewann, »aber ich glaube kaum, daß noch irgendeine Mission zu erfüllen ist. Die Angelegenheit ist aus der Welt geschafft, seit ich von den Templern in Castrojeriz gefangengenommen wurde.«

»In diesem Punkt irrt Ihr Euch, Bruder«, bestritt er. »Das gefundene Gold deckt in keinster Weise die von den Prokuratoren der Untersuchungskommissionen geschätzte Summe. Sie beläuft sich gerade einmal auf lächerliche fünfzig Millionen Francs.«

»Aber das ist doch ein riesiges Vermögen!« rief ich aus. Einen Augenblick lang war ich versucht, ihnen zu erzählen, was ich in Las Médulas gesehen hatte, von der gewaltigen Basilika zu berichten, der Bundeslade, der Lederrolle mit den hermetischen Zeichen ... allerdings hielt mich irgend etwas zurück, ein starker, irrationaler Instinkt ließ kein Wort über meine Lippen kommen.

»Das ist eine absolut lächerliche Summe, eine Lappalie. Ihr müßt wissen, daß unser Orden sich wegen der Prozeßkosten, welche durch dumme, gesetzmäßige Kunstgriffe auf uns zurückgefallen sind, beim König von Frankreich hoch verschuldet hat, und daß die an die ehemaligen Tempelherren zeitlebens zu entrichtenden Renten, der Unterhalt der Gefangenen und die Verwaltung der Güter sowohl uns als auch die Kirche finanziell ruinieren. Deshalb müßt Ihr, Bruder, nach dem verdammten restlichen Gold suchen und es für Euren Orden und für den Heiligen Vater finden. Koste es, was es wolle.«

»Auch wenn der Preis dafür mein eigenes Leben wäre?«

»Auch wenn es Euer Leben und das von fünfzig anderen wie Euch kosten würde, *Perquisitore*«, rutschte es Bruder Valerio mit eiskalter Stimme heraus.

Mir blieb nicht viel Zeit, um nachzudenken. Ich streite nicht ab, daß ich mir während jener wenigen Minuten (in denen ich tausend irrelevante Fragen stellte, um Valerio und Ferrando abzulenken) zumindest andeutungsweise alle nachfolgenden Schritte zurechtlegte. In meinem Herzen trug ich nicht nur meine Liebe zu Sara und meinem Sohn, sondern auch meine erloschene Treue zum Orden der Hospitaliter. Jene, die ich respektiert und bewundert hatte, waren nur noch Schatten eines vergangenen Lebens, in das ich nie wieder zurückkehren wollte. Ungeachtet dessen, daß ich nicht daran dachte, mich von Sara und dem Jungen zu trennen, die nun meinen einzigen Orden bildeten, mein Los und meine Familie, mein ein und alles, war die zeitgleiche Flucht vor den Hospitalitern, den Templern *und* der Kirche jedoch zuviel für einen einzigen abtrünnigen Mönch. Ich konnte nicht im entferntesten daran denken, meinem alten Vater die Last aufzubürden, auf seiner Burg oder seinen Ländereien einen ehrlosen Sohn in Begleitung seines unehelichen Sprößlings und einer jüdischen Zauberin zu verstecken. Das war ausgeschlossen. Deshalb blieben mir nicht viele Möglichkeiten: Die Welt war viel zu klein, und ich mußte in Ruhe die wenigen Alternativen überdenken, die sich mir boten.

»Ihr braucht Euch nicht zu sorgen, Bruder«, fügte Bruder Ferrando jetzt hinzu. »Ihr werdet stets eine aus Rittern des Ordens zusammengesetzte Eskorte hinter Euch wissen, so wie

Ihr zuvor über eine aus Soldaten des Papstes verfügt habt. Ich selbst werde diese Truppe anführen, und Ihr werdet mit mir reden können wie vorher mit dem verschwundenen Grafen Le Mans. Wir werden Euch vor den Templern gut beschützen.«

»Ohne die Jüdin und den Jungen werde ich nirgendwohin gehen.«

»Wie?« tobte er. »Was habt Ihr da gerade gesagt?«

»Sire, ich sagte, daß ich ohne die Frau und den Jungen nichts tun und nirgendwohin gehen werde.«

»Seid Ihr Euch bewußt, daß Ihr für diesen Ungehorsam schwer bestraft werdet, Bruder?«

»Ich wollte Euch nicht beleidigen, Sire, und ebensowenig Euch, Bruder Valerio, aber ohne ihre Hilfe kann ich das Gold nicht finden. Ich bin außerstande, die Suche allein fortzusetzen, weshalb ich Euch um die Erlaubnis bitte, daß sie mich begleiten.«

»Ihr habt es nicht erbeten, Bruder, Ihr habt es gefordert! Seid Euch dessen gewiß, daß Ihr von Eurem Vorgesetzten und dem Kapitel dafür bestraft werdet, wenn Ihr nach Rhodos zurückkehrt.«

»Ihr müßt sie nicht sonderlich schätzen, wenn Ihr es Euch so sehr wünscht, sie in Gefahr zu bringen«, zischte Valerio de Villares wütend.

Nein, ich wollte sie keineswegs in Gefahr bringen, ich wollte sie nur nicht in der Komturei von Portomarín zurücklassen, wo sie zweifelsohne gewaltsam festgehalten werden würden, bis ich die Aufgabe erledigt hätte, und wonach man sie sicher an einen entfernten Ort brächte, wo ich sie nicht finden könnte. Ihr Unvermögen, die Templerschätze ohne meine Mithilfe zu finden, zeigte ganz deutlich, daß sie mich nicht so leicht entkommen ließen, selbst wenn ich mit tausend Frauen schlafen und alle Gelübde und Vorschriften der Hospitaliter brechen würde.

»Ohne sie geht es nicht«, wiederholte ich beharrlich.

Bruder Valerio und sein Statthalter wechselten wiederum

verständnisvolle Blicke, auch wenn dieses Mal so etwas wie Verzweiflung darin lag. Womöglich standen sie so unter Druck, wie ich es wenige Minuten zuvor gewesen war.

»In Ordnung«, räumte der Komtur ein. »Wie wollt Ihr fortfahren? Wollt Ihr nach Castrojeriz zurückkehren, um von dort aus die Suche wieder aufzunehmen?«

»Das scheint mir nicht angebracht«, meinte ich nachdenklich. »Das ist genau das, was die Templer von uns erwarten. Ich glaube, wir sollten weiter bis nach Santiago ziehen, wo man uns den Ablaß gewähren wird, und danach den gleichen Weg, den wir gekommen sind, wie friedliche *Concheiros* zurückreisen, die mit den wohlverdienten Jakobsmuscheln auf den Hüten und dem Pilgergewand wieder nach Hause wandern. Die Frau, der Junge und ich müssen uns dazu allerdings wahrhaft gute Verkleidungen zulegen, die sich von den bisherigen deutlich unterscheiden, was einige Zeit der Vorbereitung in Anspruch nehmen wird.«

»Zeit ist genau das, was wir nicht haben, Bruder. Was benötigt Ihr?«

»Wenn ich es weiß, Sire, werde ich es Euch mitteilen.«

Man trennte uns. Während der Woche, die wir benötigten, um unser Erscheinungsbild zu ändern, durfte ich nicht bei Sara schlafen; man zwang mich, im Innern der Festung zu übernachten. Ich vermißte sie schrecklich, indessen sagte ich mir, daß ich mich mit scheinbarer Fügsamkeit dem Diktat meiner Vorgesetzten beugen mußte, wenn ich für uns beide eine lange, gemeinsame Zukunft erstrebte. Bruder Valerio verschwand zwar am Tag nach unserer Unterhaltung, Bruder Ferrando de Çohinos hingegen folgte mir wie ein Schatten. Don Pero war beleidigt, man sah es ihm an; es gefiel ihm ganz und gar nicht, sich von einer wichtigen Angelegenheit ausgeschlossen zu sehen, die sich in seinen eigenen Besitzungen zusammenbraute, und nur höchst unwillig hielt er sich aus unseren regen

Vorbereitungen heraus, denn er wagte es nicht, nochmals nachzufragen, aus Angst vor einer weiteren unangenehmen Antwort Bruder Ferrandos, der seine Zunge nicht im Zaum hielt, wenn der Prior von Portomarín versuchte sich einzumischen.

Mit viel Bier, Schwalbenmist, den Wurzeln von Haselnußsträuchern, Ochsengalle und Kamillentee färbten Jonas und ich unsere schwarzen Haare und auch die Augenbrauen blond, was uns etliche Probleme bereitete. Meinen Bart zu färben stellte sich ebenfalls als ein schwieriges Unterfangen heraus, da der nachwachsende, dunkle Schatten die Färbung verriet, weshalb ich ihn wachsen lassen und tagtäglich sorgfältig bleichen mußte. Für Sara hingegen war alles einfacher. Ihr Haar sog das Gebräu aus Lauchzwiebeln sofort auf, was sie in eine wunderschöne braunhaarige Frau verwandelte, deren milchweiße Haut dank eines weißen Pulvers keine einzige Sommersprosse mehr zierte. Sie wurde so zu einer hohen französischen Dame, die nach Santiago de Compostela unterwegs war, um für die Genesung ihres kranken Gatten zu beten. In Begleitung ihres klugen und gewissenhaften Bruders reiste sie in einem prächtigen Fuhrwerk, das von einem buckeligen und zahnlosen Reitknecht kutschiert wurde (zu meiner mißgebildeten Gestalt hatte ich noch das Hinken hinzugefügt und mir einige Zähne schwarz angemalt). Zwei Hospitaliter (ein jüngerer mit energischem Kinn und ausdruckslosem Blick, der zweite mittleren Alters, der ein paar Reihen vorstehende, faule Zähne zur Schau stellte, wenn der ansonsten wortkarge Mann einmal den Mund aufbekam) wurden zu Soldaten in den Diensten der vornehmen Dame, die, so erklärte ich es auch Bruder Ferrando, an allen Gotteshäusern längs des Jakobswegs halten lassen würde, um zu beten – und mir meine Nachforschungen und Beobachtungen zu ermöglichen. Auch würde sie sehr großzügige Almosen an die armen Pilger und Kranken verteilen, so daß die Augen der Tempelherren, die drei bettelnde Flüchtlinge zu entdecken hofften, durch eine fünfköpfige Gruppe geblendet würden, die ausgiebige Spuren großen Reichtums legte.

Am sechzehnten Oktober ließen wir schließlich die Eichenwälder der Komturei hinter uns und brachen nach Santiago de Compostela auf. Obwohl nur ich es wußte, war Portomarín die letzte Besitzung der Hospitaliter gewesen, die ich in meinem Leben betreten hatte.

Während wir Sala Regina und Ligonde durchquerten, während wir an der kleinen Kirche von Villar de Donas zum Gebet haltmachten und weiter über Lestredo und Ave Nostre Richtung Palas de Rei reisten, schossen mir wie verrücktgewordene Vögel all die verworrenen Bestandteile durch den Kopf, die unsere schwierige Lage ausmachten. Man soll die Dinge erst angehen, wenn man vorher alle möglichen Schachzüge des Spiels durchdacht hat: Während ich das wahrhaft prächtige Pferdegespann der schwarzen Kutsche lenkte, in deren Innern Sara und Jonas es sich bequem gemacht hatten, überlegte ich deshalb, welche Ereignisse möglicherweise eintreten konnten. Als der ganze Plan sorgfältig vorbereitet war, ließ ich Sara und Jonas das Wann, Wie und Warum dessen wissen, was ihnen als Aufgabe zufallen würde.

So wie wir uns Santiago de Compostela näherten, was kaum noch zwei Tage dauern konnte, stießen wir auf unzählige Gruppen demütiger Pilger, die eilig in unsere Richtung mit vor Begeisterung überschäumenden Gesichtern ausschritten, als ob sie nach einer so langen Reise – oft Hunderte oder Tausende von Meilen der Wanderschaft – keine Zeit mehr zu verlieren hätten, jetzt, wo sie so kurz vor dem Ziel waren. Selbst vom Kutschbock aus war diese unbändige Sehnsucht in ihren Augen wahrzunehmen, die verehrte Stadt Santiago endlich zu erreichen.

Obwohl ich wirklich nicht das geringste Interesse daran hatte, auf unserer Reise auf Spuren der Tempelherren zu stoßen, so hätte ich mich doch keines besseren Glücks erfreut, wenn ich sie denn hätte finden müssen: Anscheinend hatten die salomonischen Mönche in diesen galicischen Gefilden wenig oder nichts besessen. Waldstücke wechselten sich mit unzähligen Dörfern entlang dem Pilgerweg ab, der inzwischen schnurgerade verlief und leicht abschüssig geworden war, als hätte er sich entschlossen, den Pilgern freundlicherweise dabei zu helfen, ihr ersehntes Ziel bald zu erreichen, und als ob nichts anderes in jener grünen, feuchten und kalten Gegend von Bedeutung wäre, in welcher der selige Sohn des Zebedäus souverän herrschte (der für andere der selige Bruder des Erlösers und für wenige Eingeweihte der selige Ketzer Priscillianus war), den man ohne Unterschied Santiago, Jakobo, Jacques, Jakob oder Iacobus nannte.

Im vierten Jahrhundert unserer Zeitrechnung begründete Priscillianus, Schüler des ägyptischen Anachoreten Markus von Memphis und *episcopus de Gallaecia,* eine neue christliche Lehre, welche die Römische Kirche sofort als ketzerisch verurteilte. In kurzer Zeit zählten Tausende zu seinen Anhängern (unter ihnen auch zahlreiche Priester und Bischöfe), und seine wunderbare Lehre, die auf Gleichheit, Freiheit und Respekt sowie der Bewahrung der alten Kenntnisse und Riten gründete, verbreitete sich auf der ganzen spanischen Halbinsel und sogar über deren Grenzen hinaus. Der naive Priscillianus, der vertrauensvoll nach Rom eilte, um Papst Damasus um Unterstützung nachzusuchen, wurde jedoch gefangengenommen, gefoltert, von einem kirchlichen Tribunal in Trier abgeurteilt und schließlich erbarmungslos enthauptet. Seine Anhängerschaft jedoch, weit davon entfernt, sich von den Drohungen der Heiligen Römischen Kirche einschüchtern zu lassen, barg Priscillianus' enthaupteten Leichnam, brachte ihn nach Spanien zurück, und seine abweichende Lehre verbreitete sich weiter wie ein Lauffeuer. Schon bald wurde das Grab des ketzerischen Märtyrers, der ein guter Mann gewesen war, zum Ziel großer Pilgerströme, und da weder die Jahrhunderte noch die gewaltigen Anstrengungen der Kirche diesem Brauch ein Ende setzen konnten, tat der lange kirchliche Arm erneut das, was er schon zuvor so wundervoll zu tun verstanden hatte: Auf die gleiche Weise, wie die Kirche nicht existierende Heilige erfand, münzte sie die Feste zu Ehren der alten Götter der Menschheit in christliche Feierlichkeiten um oder beschönigte das Leben von – fast immer heidnischen oder initiierten – Volkshelden, um sie dem römischen Kanon einzuverleiben. Sie machte sich das zeitweilige Vergessen, in welches Priscillianus' Grab durch den Tod und den Schrecken, welches für die Halbinsel die arabische Invasion im achten Jahrhundert bedeutete, geraten war, zunutze und verwandelte es in das Grab des Apostels Jakobus des Älteren, Bruder Johannes des Evangelisten und wie dieser Sohn des Fischers Zebedäus und seiner Frau Maria Salome. Dann stattete man den Heiligen noch mit einer herrlichen Legende voller Wunder aus, welche das Unmögliche rechtfertigten, denn weder war Jakobus der Ältere jemals nach Spanien gekommen, wie die Evangelien und die Apostelgeschichte bewiesen, noch war sein Leichnam, kurioserweise ebenfalls enthauptet, von Jerusalem in einem steinernen, vom Wind getriebenen Boot nach Spanien gelangt.

Drei Tage nach unserer Abreise aus Portomarín, im fahlen Licht der Sonne, die kaum noch unsere Knochen wärmte, erreichten wir durch die Porta Francígena das ehrwürdige und berühmte Santiago de Compostela, wo, wie man sagt, alle Wunder möglich sind.

»Endlich!« rief Jonas immer wieder. Im Hintergrund war das fröhliche Lachen meiner Zauberin zu hören. Die beiden Hospitaliterbrüder an unserer Seite ritten mit gleichmütiger Miene weiter.

Es herrschte ein emsiges Treiben. Menschen aller Hautfarben und Sprachen und Tiere jeglicher Art verstopften die engen, schlammigen und stinkenden Gassen der Stadt. Für denjenigen, der wie ich sowohl im Orient als auch im Okzident die großen Städte der Welt bereist hatte, stellte Santiago de Compostela, eine der drei *Axi Mundi,* die größte Enttäuschung dar, die man sich vorstellen konnte. Was den Dreck und Gestank betraf, so hinterließ nicht einmal die beeindruckende, von reichen Palästen und Adelshäusern gesäumte Rúa de Casas

Reais einen besseren Eindruck als die volkstümliche Vía Francígena, die durchweg von einer kreischenden Menge von Wirten, Händlern, Bettlern, Dirnen, Wucherern und Verkäufern von Amuletten und Reliquien wimmelte. Als ich fast schon verzweifeln wollte, daß an jenem abscheulichen Ort nichts von Würde zu finden war, weswegen meine riskanten Pläne bereits im Morast meines Zauderns zu ersticken drohten, gelangte unsere Kutsche auf die Straße, die zur überwältigenden Basilika des Apostels führte, vor der sich Hunderte von Pilgern wie eine groteske, übelriechende, in schmutzige Lumpen gehüllte Masse Mensch versammelt hatte, um einander schubsend und stoßend den Pórtico de la Gloria zu durchschreiten, den so lange herbeigesehnten Boden zu küssen oder sich mit geneigtem und unbedecktem Haupt in frommer Haltung davor niederzuknien, während der Pilgerstab (Begleiter von so vielen Tagen!) nun achtlos auf dem Pflaster lag. Es war unmöglich, mit unserem Gespann durch jene Menschenmenge zu dringen, weshalb wir umdrehten, um über andere Gassen unsere Unterkunft, den Palacio de Ramirans, zu erreichen. Im Palast wollten Sara, Jonas und die Leibwächter übernachten, und ich würde wie erhofft meine Knochen in einer Ecke der fürstlichen Stallungen zwischen Sattel, Geschirr, Riemenwerk und Zaumzeug ausstrecken. Es stellte dies ein wichtiges Detail meiner geheimen Pläne dar, denn wenn auch tagsüber Bruder Ferrando und seine Männer uns nicht aus den Augen ließen, so würde doch ein einzelner Mann, ein namenloser Diener, des Nachts nach gewissen Vorkehrungen den Palast unbemerkt und leise verlassen können.

Am Abend unserer Ankunft gingen Sara und Jonas in die Stadt, um Besorgungen zu machen, während ich in den Ställen blieb und die Pferde putzte und striegelte. Die Hospitaliterbrüder unseres Gefolges mußten sich folglich ebenfalls aufteilen, wobei der jüngere von beiden an meiner Seite blieb. Zunächst sprach er kein Wort, dann aber, nach ein paar Partien Dame, begann er mir eifrig von den landwirtschaftlichen Erträgen und den jährlichen Einnahmen unserer Komtureien zu erzählen. Ich hörte ihm mit größter Aufmerksamkeit zu, als ob das, was er mir da berichtete (und was mich eigentlich unendlich langweilte), das Interessanteste wäre, was ich je in meinem Leben gehört hatte. Viele kluge Fragen stellte ich ihm, bohrte bei den Dingen nach, die ihm wichtig schienen, und stimmte ihm schließlich zu, daß unser Orden eine bessere Verwaltung der Getreideernte und Weinlese anstreben sollte, um die Erträge zu erhöhen. Dafür, daß ich eine derartige Leier so geduldig ertrug, wurde mir seine Hochachtung zuteil und damit auch seine nachlassende Wachsamkeit.

Als in dieser Nacht im Palast endlich Ruhe einkehrte und ich in der Sattelkammer allein war, entledigte ich mich meiner Verkleidung eines hinkenden, buckeligen und zahnlosen Kutschers und zog mir das Gewand eines Pferdehändlers über, das Sara und Jonas laut meinen Anweisungen für mich erstanden hatten und mir verborgen in einem Bündel gebrauchter Kleider zukommen ließen. Ich stülpte mir einen Filzhut auf den Kopf, um mein blondes Haar darunter zu verbergen, und verließ den Palast zwischen all den Knechten und Mägden, die nach getaner Arbeit nach Hause gingen. Bevor die Gruppe gefährlich klein wurde, lenkte ich meine Schritte zur erstbesten Schenke, die ich längs des Weges fand, setzte mich dort in eine dunkle Ecke, und während ich große Schlucke von jenem heißen und süßlichen Trank zu mir nahm, den die Galicier aus Äpfeln brauen, verfaßte ich das waghalsige Schreiben, daß uns für alle Zeiten (zumindest erhoffte ich mir dies) aus jener mißlichen Lage befreien sollte. Ich war nicht dazu bereit, von Sara getrennt zu werden, die ich mehr als mein Leben liebte, und ich wollte auch nicht meinen Sohn verlassen, den ich zu einem Mann heranwachsen sehen wollte, während ich alt wurde und meine Aufgaben als Medikus auf Rhodos unter der strengen Wachsamkeit meiner Vorgesetzten erfüllte. Dies im besten aller Fälle. Im schlimmsten (das heißt, wenn wir fliehen müßten) würden wir von der Kirche und dem Hospitaliterorden, besessen von ihrer Gier nach Reichtum und Macht, unermüdlich verfolgt werden und ebenso von den Templern, die danach strebten, das Geheimnis ihrer wertvollen Verstecke zu bewahren und vor allem die Existenz der Bundeslade zu verheimlichen. Es gab keinen Ort auf der Welt, wo wir vor ihnen sicher waren, und da ich dies wußte, da ich in Frieden und ohne Angst leben wollte, um jede Nacht den warmen Körper Saras umarmen zu können und meinen Sohn heranwachsen zu sehen, mußte ich jene riskante Mitteilung schreiben, ohne auch nur einen Augenblick zu zögern.

Nach dem Tod Don Rodrigo de Padróns im Jahr zuvor war Don Berenguel de Landoira zum Erzbischof von Santiago ernannt worden. Es war dies ein Mann mit offensichtlichen Sympathien für den Templerorden, und er hatte, wie man munkelte, heimlich mehr als einen ehemaligen Mönchsritter in seiner Gefolgschaft, bei den Beratern und Bediensteten seines Palastes untergebracht. An ihn war mein Schreiben gerichtet, weshalb ich mich auf den Weg zu seiner Residenz machte, welche unmittelbar neben der Kathedrale lag, und diskret mit den Fingern an das Portal trommelte. Es herrschte eine so durchdringende Kälte, daß Atemwolken aus meiner Nase und meinem Mund aufstiegen. Etliche Zeit verstrich, während der ich beharrlich weiterklopfte, bis schließlich das Gesicht eines verschlafenen Jungen aus der Luke herausschaute.

»*Pax Vobiscum.*«

»*Et cum spiritu tuo.*«

»Was sucht Ihr zu dieser Stunde im Haus Gottes?«

»Ich wollte Euch ein Schreiben für Don Berenguel de Landoira überreichen.«

»Der Erzbischof schläft, Señor. Kommt morgen wieder.«

Ich wurde ungeduldig. Mir war kalt, und es hatte zu nieseln begonnen.

»Ich möchte den Brief Don Berenguel de Landoira nicht persönlich überreichen, mein Junge! Ich möchte den Brief für ihn nur abgeben!«

»Ach so, Señor, verzeiht«, murmelte er bekümmert. »Ich hatte Euch mißverstanden. Gebt ihn mir, Señor, ich werde ihn ihm gleich morgen früh aushändigen.«

»Hör zu, mein Junge, dieses Schreiben ist von höchster Wichtigkeit und sollte vom Erzbischof unverzüglich gelesen werden. Da ich möchte, daß du dich beim Aufwachen sehr genau an diese Nachricht erinnerst und dich nicht aufhältst, diesen Auftrag auszuführen, nimm das hier«, sagte ich und streckte ihm den Briefbogen zusammen mit einer Goldmünze entgegen, »hier hast du ein gutes Trinkgeld dafür.«

»Danke, Señor. Seid unbesorgt.«

Ich kehrte zum Palacio de Ramirans zurück und schlief wie ein Stein bis zum nächsten Tag.

Ich hatte beschlossen, mit dem Teufel einen Pakt zu schließen. Nie war ich ein tüchtiger Geschäftsmann gewesen, aber nun hatte ich etwas zu verkaufen, und ich wußte, daß der Teufel jeden Preis bezahlen würde, um es zu bekommen. Deshalb wechselte ich am folgenden Abend in der Dämmerung wiederum meine Kleidung und veränderte mein Aussehen und verließ dann den Palast hinter Sara und Jonas, die in Begleitung der beiden Hospitaliter zur Kathedrale gingen, um das Grab des Apostels aufzusuchen.

Ich tauchte in den morastigen Gassen von Compostela unter, die von einer bunten Menschenmenge nur so wimmelten, und nachdem ich eine Weile herumgeschlendert war und die Waren betrachtet hatte, die man in den schäbigen Läden unter den Arkaden feilbot, kaufte ich mir ein Stück Honigkuchen und lenkte meine Schritte zur Kathedrale. Ich wußte nicht, wer sich mir inmitten dieses Gewühls nähern würde, doch wer auch immer es sein mochte, er mußte einen Pilgerstab mit weißen Bändern bei sich tragen. Eine Schnapsidee, ja, ich gebe es zu, aber ich hatte Lust gehabt, dem armen Boten einen Streich zu spielen. Gleichgültig spazierte ich zwischen den

Massen zerlumpter Pilger herum, die die Stadt an jenem Tag erreicht hatten, wohlwissend, daß Hunderte von Templeraugen von unterschiedlichen Stellen jenes Vorplatzes aus auf mich gerichtet waren, und aß derweil gelassen meinen Honigkuchen auf. Ich hatte jenen Ort gerade *wegen* dieses Getümmels gewählt. Andernfalls wäre ich mir meines Lebens nicht mehr sicher gewesen. In dem Gewimmel würden sie es nicht wagen, mir etwas anzutun.

Plötzlich verspürte ich einen heftigen Stoß in die Rippen und bevor ich noch Zeit hatte, mich umzuwenden, ließ eine Hand heimlich etwas in die Tasche meines Gewands gleiten.

»Verzeiht, Bruder!« rief ein schmutziger Pilger fröhlich aus. Sein Mund lächelte boshaft, während er vor mir einen hohen Pilgerstab mit weißen Bändern schwenkte. Doch weder der breitkrempige Pilgerhut, noch seine Kleidung oder der lange und schmuddelige Bart konnten mich irreführen: Jener Mann, der sich nun mit leichtfüßigem Schritt wieder entfernte, war zweifellos Rodrigo Jiménez, uns besser bekannt unter dem Namen Niemand. Ich biß die Zähne zusammen und meine Augen folgten ihm, blitzend vor Feindseligkeit, bis er sich in der Menschenmenge verlor.

Ehrlich gesagt stand ich kurz davor, es zu bereuen, indes gibt es im Leben Augenblicke, in denen du beim Versuch zurückzuweichen, nur noch den Boden unter den Füßen verlierst und geräuschvoll hinfällst, weshalb ich mich ungeachtet meiner unbändigen Verzweiflung entschied, trotz allem weiterzumachen. Ich schloß mich dem Getümmel an, das versuchte, das Gotteshaus durch das Westportal, den sogenannten Pórtico de la Gloria, zu betreten. Von der Menschenflut blindlings vorwärts geschoben, stand ich plötzlich vor einem beeindruckenden Wunder aus in Stein gehauener Schönheit: Im riesigen Tympanon über dem Mittelportal zum Hauptschiff der Kathedrale thronte, umgeben von den Ältesten der Apokalypse, den Gestalten der Seligen und den Evangelisten, eine Figur des Erlösers von geradezu ungeheuerlichen Ausmaßen.

Gestützt wurde dieses wunderbare Bogenfeld von einem Trumeaupfeiler, auf dem ich fast augenblicklich das Symbol entdeckte, das mein Schicksal während der letzten langen Monate gelenkt hatte ... Dort, auf einer hellen, fein ziselierten Marmorsäule, welche die Wurzel Jesse darstellte, saß der Apostel Jakobus und stützte seine Hände auf einen Pilgerstab in Form eines Tau!

Schwindel überkam mich, ich war zu benommen und zu müde, um jene Zeichen verstehen zu können, die vom Pórtico herab mit ausgeklügelter Grausamkeit auf mich einstürmten. Ich weigerte mich schlichtweg, die fünf Finger meiner rechten Hand auf Jesses Wurzel zu legen, wie dies alle Pilger taten, und ebensowenig wollte ich meine Stirn an der grotesken steinernen Figur reiben, die mit dem Rücken zum Pórtico unerschütterlich ins Innere des Gotteshauses blickte. Ich fragte mich gerade, wer jenen Kobold darstellen sollte, als ich einige aragonesische Pilger erklären hörte, daß es sich bei der gedrungenen Figur um einen gewissen Meister Matheus handelte, den Bauherrn des Portals. Was für ein Einfall, dachte ich halb vergnügt und halb verwirrt, die Pilger vollführten also an einem unbestreitbar initiierten Baumeister unwissentlich die Geste der Übertragung des Wissens. Ich schloß die Augen und ließ mich von der Menge weitertreiben. Im Innern des Gotteshauses, das vor Lichtern und dem Glanz von Gold und Edelsteinen nur so schimmerte, sah ich vor Rührung weinende, kniende, in sich versunkene, geistesabwesende Pilger, Leute, die vor Staunen nicht mehr den Mund zubekamen angesichts der unermeßlichen Schätze, die sie umgaben. Menschen, Menschen, Menschen ... Überall nur Menschen, die aus der ganzen Welt hierhergekommen waren. Und der scheußliche Gestank, den sie verströmten, mischte sich mit einem durchdringenden Geruch nach Weihrauch, der sich seinerseits wiederum mit dem Duft nach Räucherwerk und den Aromen von Tausenden von Blumen auf den Altären der vielen Kapellen vermengte.

Ich weiß nicht genau, wie ich zum Hochaltar des Gotteshauses gelangte, unter dem sich in einem Marmorgrab die angeblichen Reliquien des seligen Apostels Jakobus befanden. Der Altar war sehr groß: Er maß »in der Höhe fünf, in der Länge zwölf und in der Breite sieben Hände«, wie dies auch schon unser Pilgerführer Aimeric vermerkt hatte. An seiner Vorderseite war eine wunderbar aus Gold und Silber gearbeitete Tafel angebracht, auf der man die vierundzwanzig Ältesten der Apokalypse bewundern konnte, eine Christusfigur sowie die Skulpturen der zwölf Apostel. Dieser Altar, unter dem, wie ich schon sagte, die Gebeine des Apostels ruhten, war von einem quadratischen Ziborium überdacht, das auf vier Säulen ruhte und innen und außen mit wundervollen Zeichnungen und verschiedenen Figuren geschmückt war. Welch besseren Ort konnte ich finden, um die Botschaft zu lesen, die Niemand in mein Unterkleid gesteckt hatte? Selbst wenn ich ein rotes Tuch geschwenkt hätte, bis meine Arme müde geworden wären, so hätte mir dort doch niemand auch nur die geringste Aufmerksamkeit geschenkt. Vielen Dank für Deinen Beistand, ehrwürdiger Priscillianus, dachte ich, während ich sein Grab betrachtete. Möge dir auch weiterhin durch die Jahrhunderte hindurch die Verehrung der ganzen Welt zuteil werden, wenn auch unter einem falschen Namen.

Wenn ich, wie es schien, zu verhandeln bereit wäre, lautete die Nachricht, so würde mich Manrique de Mendoza in einer Woche am Ende der Welt erwarten ... Ich erstarrte. Mir blieb nur noch eine Woche, um unter mein bisheriges Leben einen Schlußstrich zu ziehen und mit Sara und Jonas bis nach Finisterre zu gelangen! Ich merkte, wie ich eine Gänsehaut bekam (wie auch immer dann, wenn Sara an meinem Ohr knabberte) und kalter Schweiß über meinen Rücken lief. Denk nach, Galcerán, denk nach! wiederholte ich mir unaufhörlich, während ich durch die verstopftesten und lautesten Gassen, die ich finden konnte, zum Palacio de Ramirans zurückrannte.

Ich lief in die Stallungen, verkleidete mich erneut als zahnloser Kutscher und warf den Pferden einen Haufen Grünfutter hin. Dann setzte ich mich auf meinen Strohsack in der Sattelkammer und schloß die Augen, um mich auf mein Problem zu konzentrieren, entschlossen, mich nicht von dort wegzubewegen, bis ich die Lösung gefunden hatte. Indessen konnte ich nicht allzu lange so verharren, denn als mein Plan halbfertig war, stellte ich fest, daß ich dazu noch etliche Auskünfte benötigte, weshalb ich – eine Gleichgültigkeit an den Tag legend, die mir fern war – zu den Küchen des Palasts hinkte, um mich mit der Dienerschaft zu unterhalten.

Als Jonas in dieser Nacht nach dem Abendessen wie vereinbart seine Nase in den Reitstall steckte, bemerkte er, daß ich unsere Pferde gesattelt hatte, weshalb er eine Zeitlang bei mir blieb, um alles Nähere zu bereden.

Drei Stunden später, noch in tiefster Nacht, verließen meine süße Sara, der Junge und ich heimlich den Palast. Die Pferde führten wir am Zügel. Um den Lärm ihrer Hufe auf dem Pflaster zu dämpfen, hatten wir sie mit dicken Stoffetzen umwickelt, die wir später, wenn wir uns weit genug entfernt hätten, wieder abnehmen würden. Kurz bevor wir uns der langen Reihe von Karren und Pilgern anschlossen, die schläfrig darauf warteten, daß man die *Porta de Falgueriis* öffnete, hielten wir auf einem kleinen, stillen Platz an, wo wir unsere Gesichter und Hände mit einer feinen Schicht ockerfarbener Salbe einrieben, uns weite, bis zu den Füßen reichende Gewänder überwarfen und unsere Köpfe mit langen, dunklen Tüchern wie Turbane umschlangen, die so groß wie Mühlräder waren.

Es würde nicht lange dauern, bis die Hospitaliter unser Verschwinden bemerkten (obwohl wir unsere Betten mit Kissen ausgestopft hatten, um soviel Zeit wie möglich zu gewinnen), und voll Wut würden sie sich an unsere Verfolgung machen, sobald sie entdeckten, daß wir ihre ungeschickte Bewachung unterlaufen hatten. Wenn wir durch unsere Verkleidung als

Araber die Wachen am Stadttor täuschen konnten, würden wir wenigstens ein bis zwei Tage Vorsprung gewinnen, was unsere Ergreifung praktisch unmöglich machte.

Aus der Stadt hinauszukommen, erwies sich als wesentlich einfacher wie hineinzugelangen. Nie hat man Geleitschreiben vorzuzeigen, wenn man einen Ort verläßt, weshalb wir Santiago de Compostela hinter uns ließen, ohne auch nur die geringste Neugier zu erwecken, und kaum hatten wir die alten Stadtmauern passiert, stiegen wir auch schon geschwind auf unsere Pferde (ich auf das eine, und die beiden, weil sie leichter waren, auf das andere) und galoppierten in Richtung Küste auf das nahegelegene Noia zu, von dem ich während meiner langen Studienjahre im Orient soviel gehört hatte. Ich konnte nicht umhin, dabei an das geheimnisvolle Schicksal zu denken, welches die Fäden der Ereignisse in unserem Leben verwebt.

Am Ortseingang von Brión entledigten wir uns unserer Verkleidungen; Sara behielt aber weiterhin ihre Männerkleidung an und verbarg ihr Haar unter einem breiten Hut. Gegen Mittag kamen wir in Noia an, durchquerten seine engen, herrschaftlichen Gassen und ritten zur Bucht hinunter, in der Hoffnung, einen Kahn zu finden, der entlang der Küste nach Norden fahren würde. Ein paar Alte ruhten sich dort auf einigen Holzklötzen aus. Hinter ihnen sah man zahlreiche kleine Boote verlassen im Sand liegen. Mit Vergnügen atmete ich die salzige Luft ein. War das der Beginn der Freiheit? Natürlich hatte unsere Ankunft die Aufmerksamkeit der Einwohner auf sich gezogen, und umkreist von einer Gruppe Kinder, die schreiend neben unseren Pferden herliefen, ritten wir an den Strand.

»Was sucht Ihr?« fragte einer der Alten.

»Ein Küstenschiff, das uns nach Finisterre bringt.«

»Bevor nicht die Flut kommt, werdet Ihr keines finden, Señor.«

»Wie lange ist das noch hin?« wollte ich wissen; ich brauchte Zeit, um das zu erledigen, was ich noch tun mußte.

»Etwa zehn bis zwölf Stunden«, sagte ein anderer mit einem hämischen Grinsen auf den Lippen.

»Wen muß ich darum bitten?«

»Martiño. Er hat den größten Kahn. Er verschifft Vieh und Waren von Muros zum Kap von Touriñán.«

»Nimmt er auch Passagiere mit?«

»Wenn sie gut bezahlen ...«

»Wir werden ihn reich entlohnen.«

»Dann wird er Euch mitnehmen, wohin Ihr wollt.«

»Gibt es hier irgendwo einen Ort, wo man ausruhen kann, bis die Flut kommt?« wollte Jonas noch wissen.

»Gleich dort drüben ist die Schenke«, mischte sich eines der Kinder ein und zeigte mit dem Finger auf ein paar niedrige Häuser, die direkt am Strand lagen. »Mein Vater wird Euch bedienen. Er ist der Wirt.«

Ich begleitete Sara und Jonas bis zur Tür und verkündete ihnen dann, daß ich sie einige Stunden lang allein lassen müßte.

»Gehst du nicht mit uns hinein?« fragte Sara überrascht.

»Ich kann nicht«, erklärte ich ihr und legte meine Hand an ihre Wange. »Ich muß noch etwas sehr Wichtiges erledigen. Ich werde aber vor der Flut zurücksein. Das verspreche ich dir.«

«Ich will mitkommen!« protestierte mein Sohn.

»Nein. Was ich zu tun habe, muß ich allein ausführen. Außerdem mußt du bis zu meiner Rückkehr auf Sara aufpassen.«

Ich drückte Jonas die Zügel in die Hand und stieg von der Bucht durch die gepflasterten Gassen wieder hinauf ins Dorf. Als ob sie den Weg kennen würden, führten mich meine Schritte bis zu dem kleinen Friedhof der Kirche Santa María. Wie oft hatte ich aus dem Mund der alten Meister von ihrem eigenen symbolischen Tod an jenem Ort gehört? Es bestand kein Zweifel, daß das Schicksal für mich dieselbe Erfahrung vorgesehen hatte. Und ich war bereit.

Vor den Grabsteinen, die sich an der Kirchenmauer stapelten, blieb ich stehen und erfreute mich an den seit Menschengedenken darauf eingeritzten Zeichnungen. Wie die Legende berichtet, strandete in Noia nach der Sintflut Noahs Arche, und obwohl dies natürlich nur eine Sage war, so barg sie doch eine sehr viel wichtigere, geheime Wahrheit. Sicherlich hatte nach dem großen Unglück, welches die Erde verwüstete, eine Galeere die Küsten Noias angelaufen. Jedoch war es nicht Noah gewesen, der auf diesem Schiff fuhr, ebensowenig wie die Gebeine des heiligen Jakobus in Santiago de Compostela ruhten.

Ich lenkte meine Aufmerksamkeit wieder auf die Grabplatten. Jene Steine steckten voller Symbole und mysteriöser Sinnbilder, zeigten jedoch keinerlei Inschriften, durch die auf ihre vermeintlichen verstorbenen Besitzer zu schließen gewesen wäre. Obwohl viel Zeit verstrichen war, seit ich jene Sprache studiert hatte, bereitete es mir nicht die geringste Mühe, diese Zeichen zu entziffern, und durch sie vernahm ich die fernen Stimmen derjenigen, die wie ich einst hierhergekommen waren, um für alle Ewigkeit ihr vorheriges Leben abzulegen und auf der Suche nach einer neuen Wahrheit ihrem alten Glauben abzuschwören.

»Versteht Ihr, was sie besagen?« fragte mit einem Mal eine Stimme hinter mir.

Ich drehte mich nicht um. Wer auch immer es sein mochte, er hatte mich erwartet.

»Das wißt Ihr sehr wohl«, entgegnete ich gleichmütig.

»Jener Haufen *laudae sepulcralis* dort trägt noch keine Symbole. Wählt Euch Eure Grabplatte aus.«

»Jede wird ihren Zweck erfüllen, sorgt Euch nicht.«

»Habt Ihr gegessen, Señor?«

»Nein.«

»Dann kommt bitte. Begleitet mich in die Kirche.«

Als ich bei Einbruch der Dämmerung die Kirche verließ, lehnte eine neue Grabplatte an der Kirchenmauer. Ich selbst hatte in sie meine Herkunft, meine Ahnen und mein Geschlecht gemeißelt, meine vergangene Pein und Einsamkeit, die langwährende Liebe zu Isabel de Mendoza, mein Hospitalitergelübde, meine Jahre auf Rhodos und all das, was die Biographie des verschwundenen Galcerán de Born ausgemacht hatte. Ich besaß nun eine neue Identität, einen neuen geheimen Namen, den ich nie enthüllen durfte und für den ich mein Leben lang vor mir verantwortlich war. Leb wohl, Vergangenheit, sagte ich, während ich mich von meinem Grab entfernte.

Mitten in der Nacht lichtete Martiños Kahn die Anker. Es war ein stabiles, schmales, aber langes, zweimastiges Küstenschiff mit schneidendem Bug und Leitsteven, welches mit hochgezogenen Längsseiten versehen war, um dem heftigen Ansturm des Meers besser standhalten zu können, das an jenen Küsten unheimlich wild und stürmisch war. Von Noia aus kreuzten wir Richtung Norden die Meereszunge zum Hafen des Fischerdörfchens Muros, und von dort folgten wir den Umrissen einer Landschaft, die von schroffen Klippen und sandigen Stränden geprägt war. In den darauffolgenden Tagen ließen wir die breite Bucht von Carnota, den legendären Monte A Moa in Pindo – der, solange wir ihn im Blick hatten, in allen möglichen Rosatönen changierte – und die herrlichen Wasserfälle von Ézaro hinter uns, wo sich die süßen Wasser des Flusses über eine vorspringende, spitzzulaufende Klippe dem Meer überantworteten.

Nach fünf Tagen auf dem Meer näherten wir uns endlich Finisterre, dem furchterregenden Ende der Welt, dem letzten von Menschen bewohnten Bollwerk vor den großen Reichen des Atlas, des großen Ozeans, hinter dem nur noch eine unendliche Weite herrschte, dem Ort, wo gemäß der Sage die römischen Legionen unter Junius Brutus fürchterlich erschraken, als sie sahen, wie das *mare tenebrosum* die Sonne verschlang, kurzum, dem letzten Stückchen Erde, welches die Toten betreten, bevor sie in Charons Nachen zum Hades gebracht werden … Wir hätten es wesentlich früher erreichen können, aber Martiño ging in jedem Dorf, Weiler oder einsam gelegenen Taubenschlag, der an der Küste erschien, vor Anker. In einem Dorf nahm er eine Kuh an Bord und brachte sie bis ins nächste; in einem anderen löschte er einen Ballen Viehfutter, nahm dafür jedoch sechs bis sieben Körbe mit Venus-, Herz- und Entenmuscheln, Krabben und Tintenfischen mit; im Dorf nebenan lud er Stoffe, die er später gegen Getreide eintauschte. Jonas, der vor Noia nur an jenem Tag (und das auch nur flüchtig) das Meer gesehen hatte, an dem wir uns in aller Eile von Joanot und Gerard im Hafen von Barcelona verabschiedet hatten, schloß sich fröhlich und überschäumend vor Energie und Begeisterung der Bootsmannschaft an. Er arbeitete hart, was zwar seine Muskeln auf die Probe stellte und ihn erschöpfte, ihn aber hochzufrieden machte. Zwei Tage, bevor wir von Bord gingen, trat er nach dem Abendessen zu Sara und mir, die wir uns gerade an einer der Längsseiten des Schiffs ruhig unterhielten, und sprudelte geradeheraus:

»Ich möchte Seemann werden.«

»Das habe ich befürchtet!« rief ich aus und schlug mir, ohne mich umzudrehen, an die Stirn.

Sara brach in lautes Lachen aus. Jonas schien zutiefst beleidigt.

»Aber jetzt doch noch nicht!« schrie er wütend. »Erst wenn wir diese sonderbare Reise hinter uns haben!«

»Puh, zum Glück ... Nun bin ich schon etwas beruhigter«, murmelte ich, konnte mir das Lachen aber fast nicht verbeißen.

Noch nie zuvor hatte ich mich so glücklich gefühlt, war so reich und mächtig gewesen, noch nie hatte ich gleichzeitig alles besessen, was ich mir auf dieser Welt wünschte. Der neue Galcerán war ein mit Glück gesegneter Mann, obwohl er sich noch mitten im Auge des Drachens befand.

»Weißt du was?« flüsterte Sara, als Jonas höchst verärgert in der Dunkelheit verschwand.

»Was?«

»Ich bin dieser *sonderbaren* Reise, wie Jonas sie völlig zu Recht bezeichnet hat, überdrüssig. Ich möchte, daß wir endlich anhalten, daß wir uns einen Ort zum Leben suchen und ein Haus kaufen, wo wir, du und ich, immer zusammensein werden. Wir sind ja so reich! Wir haben doch noch vier Säcke von dem Gold, das man uns in Portomarín gab. Wir könnten einen Bauernhof kaufen«, murmelte sie träumerisch, »mit ganz vielen Tieren.«

»Halt ein, Sara, laß das Träumen«, wies ich ihren Vorschlag traurig von mir. Wie gern hätte ich sie in diesem Augenblick umarmt und geküßt, wie gern dort gleich auf der Stelle mit ihr geschlafen, ihr meine Liebe bewiesen. »Wir können uns das Träumen noch nicht erlauben. Wenn alles gut geht, werden wir in zwei Tagen dieser *sonderbaren* Reise ein Ende setzen. Aber noch wissen wir nicht, was aus uns werden wird, Sara, wir haben noch nicht einmal die Gewißheit, daß wir nicht mehr vor irgend jemand fliehen müssen.«

Schmerzerfüllt sah sie mich an.

»Ich glaube nicht, daß ein Leben, in dem wir fliehen oder lügen und uns immer vor allen verstecken müssen, etwas wert ist.«

Ich konnte ihr nicht antworten, konnte ihr nicht sagen, daß das womöglich die beste Zukunft war, der wir entgegensehen konnten, wenn es in Finisterre schiefging. Auch ich wollte keine solche Zukunft für uns. Wer fände so ein Leben schon erstrebenswert?

»Hör mir jetzt gut zu, Sara«, sagte ich und unterdrückte meinen Kummer, indem ich dazu überging, ihr gewisse wichtige Einzelheiten darzulegen, »ich möchte, daß Jonas und du ...«

Nachdem wir die kleinen Felseninseln Lobreira und Carromoeiro hinter uns gelassen hatten, ging das Schiff am nächsten Tag frühmorgens in der Ría de Corcubión vor Anker, wo es dann bei Ebbe auf den mit türkisen Reflexen durchsetzten

Wellen schaukelte. Von unserem Ankerplatz aus, der von unzähligen großen Fischerbooten umgeben war, schien Corcubión ein wohlhabender Ort mit großen, herrschaftlichen Häusern zu sein, in deren Fenster die Sonne sich silbern spiegelte.

»Heute nachmittag erreichen wir Finisterre, das Ende der Welt«, verkündete Martiño zufrieden und begann zu trällern: *»O que vai Compostela ... fai ou non fai romaría ... se chega ou non a Fisterra ...«*

»Ich möchte Euch gern etwas vorschlagen, Martiño«, unterbrach ich unvermittelt sein Lied.

»Was denn?« fragte er neugierig.

»Wieviel verlangt Ihr für eine kleine Änderung Eurer Route?«

»Eine kleine Änderung? ... Was für eine?«

»Ihr müßtet hier in Corcubión anlegen und uns dann gegen Mitternacht nach Finisterre bringen, aber nicht zum Hafen, sondern zum Kap selbst. Dort sollt Ihr mich an Land setzen und dann in einer angemessenen Entfernung vor dem Kap kreuzen, so daß ich Euch noch sehen kann. Von jenem Zeitpunkt an müßtet Ihr den Befehlen meiner Kinder Folge leisten, die Euch anweisen werden, wann Ihr Euch wieder dem Ufer nähern sollt oder wann Ihr die Anker lichten und mich zurücklassen sollt.«

Martiño dachte eine Weile darüber nach und nagte derweil an seiner Unterlippe. Er war ein abgehärteter, stämmiger und eigenwilliger Mann von 25 oder 26 Jahren, und man merkte ihm schon von weitem an, daß Denken nicht gerade seine Stärke war, daß es ihm schon reichte, sein Schiff sicher an der Küste entlang zu steuern. Er war allerdings auch ein gewiefter Geschäftsmann, und ich vertraute darauf, daß er sich eine so günstige Gelegenheit nicht entgehen ließ. Wenn er sich weigerte, blieb mir keine andere Wahl, als in Corcubión an Land zu gehen und mir einen anderen Kahn zu suchen.

»Ich weiß nicht ...«, murmelte er. »Was haltet Ihr von einer Dobla?«

»Eine ganze Dobla!«

»In Ordnung, ist ja schon gut! Hundert Maravedis, nur hundert Maravedis! Ihr dürft jedoch nicht vergessen, daß die Riffe am Kap Finisterre die allergefährlichsten auf der ganzen Welt sind. Es wird schwierig werden, Euch dort an Land zu bringen.«

Ich fing an zu lachen.

»Nein, nein, Martiño, eine Dobla geht in Ordnung! Ich bezahle Euch eine Dobla jetzt gleich und noch eine, wenn unsere Mission zu Ende ist. Seid Ihr damit einverstanden?«

Martiño war selbstverständlich damit einverstanden; soviel Geld würde er wahrscheinlich nicht einmal mit fünfzig seiner anstrengenden Fahrten verdienen. Aber wenn es schon schwierig genug war, das Schiff auf jenem stürmischen Meer sicher zu steuern, so grenzte das, worum ich ihn bat – und ich wußte es – in Wirklichkeit an ein Wunder: Er sollte mitten in der Nacht an der Steilküste des Endes der Welt entlangfahren, die spitzzulaufenden Felsen und Riffe umschiffen und mich kurz vor Sonnenaufgang an Land bringen ... Solche Mühen lohnten zweifellos zwei Goldmünzen.

Wahrlich bewies Martiño in jener Nacht sein Können als Steuermann und seinen unerschütterlichen Mut. Wegen einer Windböe waren wir kurz davor, an den Klippen von Bufadoiro zu zerschellen, doch steuerte er seinen Kahn mit unübertrefflichem Geschick, und kurz vor Tagesanbruch streiften wir mit der Breitseite die Granitfelsen des Kaps. Mit einem kleinen Sprung setzte ich kurz darauf meinen Fuß auf das Ende der Welt.

»Seid vorsichtig, Vater«, hörte ich noch Jonas' Stimme herüberschallen, bevor das Schiff wieder in See stach.

Ich tat ein paar Schritte und blieb stehen. Dann schaute ich mich um. Jetzt führte kein Weg mehr weiter. Ich war angekommen.

Während ich darauf wartete, daß die Sonne aufging und Manrique de Mendoza erschien, wanderte ich ruhelos über die unwirtliche Halbinsel. In meinem Herzen spürte ich wie einen Dolchstoß Saras schmerzerfüllten Blick, den sie mir zugeworfen hatte, als ich von Bord ging. Ihre schwarzen Augen hatten mich festhalten wollen, als ob sie ahnten, daß sie mich zum letzten Mal sahen, und ich hätte mir so sehr gewünscht, sie in meine Arme zu nehmen, ihr tausend Küsse zu geben und ihr zuzuflüstern, wie sehr ich sie liebte und brauchte. Wegen ihr lief ich dort am Ende der Welt vor Kälte erstarrt zwischen den steilen Felsen umher, einzig wegen ihr und dem schlaksigen, ungelenken Jungen, der ein aufbrausendes Wesen und meine Stimme hatte. Wenn sie nicht gewesen wären, wenn sie nicht an Bord jenes kleinen Schiffes auf mich gewartet hätten, das ich auf dem Meer nahe der Küste hin und her schaukeln sah, dann hätte ich an jenem trüben Morgen nicht alles aufs Spiel gesetzt.

Ich war selbstverständlich bewaffnet, allerdings würde mir der feine Dolch, den ich unter meinem Wams verborgen trug, wenig nützen, wenn eine ganze Truppe Templer auf jenem menschenleeren Felsen erscheinen würde, um meinem Leben ein Ende zu bereiten. Es war zwar nicht ratsam für sie und ein untrüglicher Beweis dafür, daß sie dies auch wußten, war die Schnelligkeit, mit der sie zu verhandeln bereit gewesen waren, doch bestand immer noch die Möglichkeit, daß Manrique de Mendoza beschlossen hatte, das Problem auf dem schnellsten Weg aus der Welt zu schaffen, und dabei auf mir unbekannte Unwägbarkeiten vertraute, mit denen ich aus Unkenntnis oder Unverstand nicht gerechnet hatte.

Mit wachsender Verzweiflung ging ich noch einmal die wichtigsten Punkte meines Angebots durch, die mir – in dem Maße wie die Stunden verstrichen, ohne daß Manrique sich blicken ließ – immer fraglicher und haltloser vorkamen. Indes sagte ich mir, daß dieser Eindruck nur von der Angst herrührte, und daß Angst gerade das einzige war, das ich mir nicht erlauben konnte, da sie mich von vornherein zum Verlierer der Partie stempeln würde.

Als es schließlich schon auf Mittag zuging, zeichnete sich im Osten die Gestalt eines Reiters ab. Obwohl ich ihn anfangs nicht genau erkennen konnte, da der Nebel noch immer dicht über dem Kap lag, stand außer allem Zweifel, daß es sich um Manrique de Mendoza handelte.

»Ich sehe, daß Ihr als erster gekommen seid!« rief er, als er schon sehr nahe war. Herausfordernd sah ich ihm mit vor der Brust verschränkten Armen entgegen.

»Habt Ihr etwa daran gezweifelt?« erwiderte ich stolz.

»Nein, ehrlich gesagt, nicht. Ihr seid ein vorsichtiger Mensch, Galcerán de Born, und das ist auch gut so.«

Er stieg ab und band die Zügel seines Pferdes an ein paar Büsche.

»Hier sehen wir uns also wieder, alter Freund«, meinte er nun und musterte mich eingehend von oben bis unten, so wie jemand kritisch einen Reitknecht betrachtet, dem er sein Plazet zu geben hat. »Das Schicksal führt uns erneut zusammen, ist das nicht seltsam? Ich weiß noch, wie Evrard und ich vor sechzehn Jahren nach unserer Rückkehr von Zypern einige Wochen auf der Burg meines Vaters verbrachten. Und damals wart Ihr noch fast ein Kind, ein junger Knappe, der in meine dumme Schwester vernarrt war. Ha, ha, ha ...!«

Ich mußte meine Wut unterdrücken, ich mußte unbedingt gleichmütig bleiben gegenüber einer derart unfairen Provokation.

»Ich erinnere mich auch noch daran ...«, fuhr er fort, während er mit den Augen nach einer geeigneten Stelle suchte, wo er sich hinsetzen konnte, »... mit welch großer Aufmerksamkeit Ihr Evrard und mir gelauscht habt, als wir allerlei Geschichten von den Kreuzzügen, dem Heiligen Land, vom großen Saladin und dem Schwarzen Stein von Mekka erzählten ... Ihr wart ein aufgeweckter Junge, Galcerán! Ihr schient eine große Zukunft vor Euch zu haben. Es ist wirklich jammerschade, daß Euer

Geschlecht die Hoffnungen, die man in Euch gesetzt hatte, nicht erfüllt sah.«

Zügele deine Wut, Galcerán, sagte ich mir im stillen, während ich mit mir kämpfte, um mich nicht auf ihn zu stürzen und mit den Fäusten zu bearbeiten, bis er keine Luft mehr bekäme.

»Es war eine schöne Zeit, ja«, meinte er und ließ sich endlich auf einen Felsen sinken. Sein Pferd wieherte unruhig. »Mein Freund Evrard ... mein armer Kamerad Evrard und ich sprachen damals darüber, wie weit Ihr es wohl bringen würdet, wenn Ihr erst ein Mann wärt. Vor allem Evrard war davon überzeugt, daß wir über Euch noch viel und nur Gutes hören würden. Er mochte Euch sehr, Bruder. Schade, daß Ihr Euch auf so bedauerliche Weise jene Verfehlung habt zuschulden kommen lassen.«

Ich rührte mich nicht und sagte auch kein Wort. Er reihte eine törichte Erinnerung an die andere, die nur ein niederträchtiges Manöver waren, um meine Stellung zu schwächen, bevor er in den Kampf zog. Glücklicherweise schien sich damit das Thema meines fernen Jünglingsalters erschöpft zu haben, und er verstummte nachdenklich.

Vielleicht war es seiner großen Ähnlichkeit mit meinem Sohn zu verdanken – so würde Jonas also mit 45 Jahren aussehen, dachte ich bewegt –, daß ich ihn nun aufmerksam betrachtete, wobei ich die schrecklichen Anzeichen der verrinnenden Zeit bemerkte, seine zunehmenden Atembeschwerden, das hochrote Gesicht und die blutunterlaufenen Augen, die keinen Zweifel an der tödlichen Krankheit ließen, die er in sich trug. Allerdings verzichtete ich im Gegensatz zu ihm auf jeglichen Kommentar. Zu meinen Strategien gehörte es nicht, den Gegner schon vor dem Kampf zu übervorteilen.

»Nun denn, mein Freund«, schloß er und hob die blutunterlaufenen blauen Augen, »Ihr habt um diese Unterhaltung ersucht, und hier bin ich, deshalb sprecht.«

»Ich dachte schon, Ihr würdet kein Ende finden«, brummte

ich, »war diese ganze Vorrede nötig, damit Ihr Euch besser fühlt?«

Er blickte mich an und lächelte.

»So sprecht.«

Ich war an der Reihe. Das Spiel war fast zu Ende, nur noch die letzten Spielzüge standen an. Es gab kein Entkommen mehr mitten in der Nacht und keine neuen Maskeraden. Jetzt waren Talent und schnelles Denken gefragt.

»Ich werde Euch meine Forderungen stellen«, begann ich. »Ich wünsche, daß Ihr mir Euern Schutz vor der Kirche und dem Hospitaliterorden zusichert. Weder will noch kann ich zurückkehren, weshalb ich vom Templerorden einen sicheren Ort erbitte, wo ich, meine Frau und der Junge leben können. Für unseren Unterhalt müßt Ihr nicht aufkommen: Ich bin absolut dazu in der Lage, meine Familie zu ernähren, wenn ich wieder meinen Beruf als Medikus ausüben kann. Außer dieser Sicherheit verlange ich, daß Ihr Eure Verfolgung endgültig einstellt und uns in irgendeiner Stadt oder in einem Dorf in Portugal, Zypern oder wo auch immer es Euch beliebt, aufnehmt. Wir werden neue Identitäten annehmen, und Ihr werdet uns in Frieden leben lassen und vor den päpstlichen Schergen und den Hospitalitern beschützen.«

Vor Überraschung wie gelähmt schaute mich Manrique verdutzt an. Seinem Gesicht nach zu urteilen, hatte er *das* jedenfalls nicht erwartet. Unvermittelt brach er in schallendes Gelächter aus.

»Gott im Himmel, Galcerán de Born! Ihr schafft es immer wieder, mich zu verblüffen. Warum sollten wir einer so außergewöhnlichen Bitte nachkommen? Der *Perquisitore* fleht uns Tempelherren um ein hübsches Fleckchen Erde an, wo er sich vergraben und in Frieden sterben kann! *Damit* hatte ich nun wirklich nicht gerechnet!«

»Ihr werdet mir aus verschiedenen Gründen wohl oder übel das zugestehen müssen, worum ich Euch bitte. Zunächst einmal, weil ich die Bundeslade gesehen habe ...« – Manrique fuhr erschreckt in die Höhe – »... und weiß, wo Ihr sie aufbewahrt. Und selbst wenn Ihr sie nun in ein anderes Versteck gebracht habt, so würde die bloße Tatsache, daß ich sie mit Sicherheit in Eurem Besitz weiß, sämtliche Könige der christlichen Reiche Europas gegen Euch aufbringen, selbst jene, die sich während des Templerprozesses noch gnädig gezeigt hatten.«

»Wenn wir Euch nun aber töten ...«, murmelte er voll Haß, »... außerdem, wer garantiert mir, daß Ihr nicht schon längst mit dem Papst und den Hospitalitern darüber gesprochen habt und dies hier nur eine plumpe Falle ist? Woher weiß ich, daß Ihr das Geheimnis der Bundeslade nicht preisgegeben habt?«

»Mich umzubringen würde nicht viel nützen, Sire, denn auch Sara und Jonas kennen den Ort, wo sie verborgen liegt, und bevor Ihr sie zu fassen bekämt, würden sie es an die große Glocke hängen, was für Euch in jedem Fall nachteilig wäre. Was nun das Geheimnis der Bundeslade betrifft, so habe ich für mein Stillschweigen keine weiteren Beweise als die Dummheit und Habgier Seiner Heiligkeit und meiner Vorgesetzten. Glaubt Ihr denn wirklich, daß sie solange gewartet hätten, um ihre Heerscharen in die unterirdischen Gänge des Bierzo zu entsenden, wenn ich ihnen nach unserer Flucht aus Las Médulas von der Bundeslade erzählt hätte? So sehr ich auch um umsichtiges Vorgehen und Zurückhaltung gebeten hätte – wenn ich auch nicht so recht weiß, unter welchem Vorwand –, so würde es jetzt doch in den Stollen von Soldaten nur so wimmeln.«

Manrique blieb stumm.

»Der zweite Grund, weshalb Ihr meinem Ersuchen nachkommen werdet«, führte ich aus, ohne ihm eine Verschnaufpause zu gönnen, »ist der, daß ich sehr genau weiß, wie man Euer Gold findet, und ich meine nicht die Sache mit dem Tau, sondern die Art und Weise, wie Ihr beim Verstecken Eurer Schätze vorgegangen seid. Ich weiß, daß es nicht nur einen Schlüssel gibt, sondern noch etliche andere mit ähnlichen Charakteristiken, und ich glaube nicht, daß es mir viel Mühe machen würde, sie zu entdecken. Obwohl ... wenn ich so darüber nachdenke ... ich könnte noch ein wenig der Fährte des Taus folgen, denn Ihr habt unmöglich alle hinter diesem Zeichen verborgenen Schätze an einen anderen Ort schaffen können. Außerdem ...«, fuhr ich fort, »... weiß ich auch, daß Ihr nicht nur im Besitz der Bundeslade, sondern auch des Schatzes des Salomotempels seid. Oder täusche ich mich?« Manriques Miene versteinerte sich. »Man hat immer schon gemunkelt, daß ihr Templer beides in Händen habt, die Bundeslade und den Tempelschatz, aber man konnte es Euch nie nachweisen. Wenn Ihr jedoch eines von beiden habt, wie ich ganz sicher weiß, warum solltet Ihr dann nicht auch das andere haben? Ich wette mit Euch, um was Ihr wollt, daß sich der Tempelschatz ebenfalls in Las Médulas befindet, denn dort ist der einzige Ort, der für so etwas Wertvolles die nötige Sicherheit gewährleistet.«

»Man wird ihn nie finden«, behauptete Manrique finster. In diesem Augenblick deutete ich seine Worte als Zeichen dafür, daß er sich entschlossen hatte, mich umzubringen.

»Ich habe Euch bereits erklärt, Manrique«, rief ich deshalb hastig aus, »daß ich Euch noch etwas anzubieten habe.«

»So redet, verdammt noch mal! Kommt endlich zum Schluß!«

»Das verschlüsselte Pergament!«

»Das verschlüsselte Pergament? ... Welches verschlüsselte Pergament?«

»Das verschlüsselte Pergament, das ich in der Krypta von San Juan de Ortega gefunden habe, eine lederne Schriftrolle mit hermetischen Zeichen und lateinischen Texten in westgotischen Buchstaben, welches mit einem Vers aus dem Matthäus-Evangelium beginnt: *Nihil enim est opertum quod non revelabitur, aut occultum quod non scietur:* ›Es ist nichts verborgen, was nicht offenbar wird, und nichts geheim, was man nicht wissen wird.‹«

Obwohl kein Muskel meines Gesichts zuckte, strotzte ich

innerlich vor Zufriedenheit. Ich hatte das Spiel gewonnen, dachte ich stolz. Schachmatt.

»Ja, genau *jenes* verschlüsselte Pergament«, betonte ich nochmals.

Manriques unbewegliche Miene hatte sich zu der ungläubigen Grimasse eines Mannes verzerrt, der sich plötzlich überwältigt und von einem unsäglichen, auf seinen Schultern lastenden Gewicht erdrückt fühlt. Das Blut war aus seinen Wangen gewichen, und in seinen Augen glänzte der Wahnsinn.

»Nein ... nein ... das ist nicht möglich ... wie ...?« stammelte er.

»Habt Ihr etwa seinen Verlust nicht bemerkt?« wollte ich ganz unschuldig wissen.

»Es gibt nur drei Abschriften«, antwortete er und wischte sich mit der Hand den kalten Schweiß von der Stirn, »nur drei auf der ganzen Welt. Und nur zwei Menschen wissen, wo sich diese befinden: der Großmeister und der Komtur des Königreichs Jerusalem, unser Ordensschatzmeister. Nicht einmal ich wußte darüber Bescheid, daß eine davon in San Juan de Ortega versteckt war.«

»Eine schlechte Taktik«, behauptete ich und heuchelte Bedauern. »Ich vermute, Euer Orden ist davon überzeugt, ein unfehlbares Sicherheitssystem zu besitzen.«

»Besteht daran auch nur der geringste Zweifel? Aber wie habt Ihr herausgefunden, worum es sich handelt?«

»Eigentlich war ich mir nur seiner Bedeutung als verschlüsselte Handschrift sicher. Hinsichtlich ihres Inhalts bin ich mir noch nicht darüber im klaren, ob es sich um einen allgemeingültigen Schlüssel handelt, der Zugang zu jedem geheimen Ort Eures Ordens gewährt, oder ob sie nur dazu dient, zur Bundeslade und zum Schatz des Salomotempels vorzudringen. Auf alle Fälle kenne ich jedoch ihren Wert, Sire, und ich wiederhole noch einmal, daß sie sich in meinem Besitz befindet.«

»Habt Ihr sie dabei? Laßt sie mich sehen.«

Ich konnte nicht glauben, was ich da soeben gehört hatte.

Entweder hielt Manrique mich für strohdumm, oder er war selbst ein Dummkopf. Mein Erstaunen mußte sich wohl in meinem Gesicht widergespiegelt haben, denn Manrique de Mendoza konnte sich ein lautes Lachen nicht verkneifen.

»Wunderbar!« rief er frohgemut aus. »Ich mußte es zumindest versuchen. An meiner Stelle hättet Ihr dasselbe getan!«

»Erlaubt, daß ich Euch ein paar Dinge erkläre«, rief ich verärgert aus. »Wenn ich nicht heute noch zu Sara und Jonas zurückkehre ...«

»Warum führt Ihr ihren Namen immer an erster Stelle an? Nennt Ihr sie schon Euer eigen?«

Ich stürzte mich auf Manrique, und bevor er auch nur Zeit fand, zu reagieren, schlug ich ihm mit der Faust schon ins Gesicht. Doch wenn ich geglaubt hatte, daß sein schwaches Herz ihm nicht erlauben würde, zum Gegenangriff auszuholen, so hatte ich mich wahrlich geirrt. Wie ein Stier ging er auf mich los und rammte seinen Kopf in meinen Magen, so daß ich in die Knie ging und keine Luft mehr bekam. Dann versetzte er mir noch mit dem Knie einen fürchterlichen Stoß gegen das Kinn.

»Schluß jetzt!« keuchte er und wich mit unsicherem Schritt zurück. »Es reicht!«

Seine Lippen waren aufgeplatzt, und das Blut tropfte ihm vom Kinn.

»Mißratener Schuft!« schnauzte ich ihn vom Boden aus an und schnappte nach Luft.

»Wenn ich hier nicht Befehle auszuführen hätte, würdet Ihr nicht mit dem Leben davonkommen!«

»Gemeiner Hund!« brüllte ich, während ich mich aufrappelte und langsam wieder zu Atem kam. Ich klopfte meine Kleider ab und blickte ihn herausfordernd an: »Wenn ich nicht heute noch zu Sara und Jonas zurückkehre, so haben die beiden die Anweisung, das Pergament dem Großkomtur der Hospitaliter und Herzog von Soyecourt, Bruder Robert d'Arthus-Bertrand, zukommen zu lassen, von dem Ihr sicher schon gehört habt. Falls wir allerdings zu einer Übereinkunft gelangen, so werde ich selbst es Euch übergeben, sobald Sara, der Junge und ich in Sicherheit sind.«

Manrique sagte kein Wort. Seine müden Augen schweiften über die Steilküste und blieben an der verschwommenen Silhouette von Martiños Kahn hängen.

»Sie ist dort auf dem Schiff, nicht wahr?« fragte er plötzlich traurig. Er liebte Sara noch immer.

Zum ersten Mal in meinem Leben spürte ich, wie mir die Eifersucht einen Stich versetzte. Ich fragte mich, was sie wohl dazu sagen, was sie fühlen würde, wenn sie es wüßte. Hatte sie ihn mehr geliebt als mich? Würde sie zu ihm zurückkehren wollen? ... Nein, dachte ich, Saras Augen können nicht lügen. Saras Körper würde nie lügen.

»Ihr habt die Freiheit gewählt«, entfuhr es Manrique. »Ich habe stets Befehlen gehorcht. Die Zeiten sind schlecht, und jemand muß die schmutzige Arbeit machen.«

»Nehmt Ihr meinen Vorschlag also an?« drängte ich ihn. Ich wollte schnellstens zu Sara zurückkehren, von dort verschwinden.

»Nein.«

»Nein?«

Zwar wußte ich, daß dies geschehen konnte, ich hatte sogar damit gerechnet, doch im Grunde meines Herzens hatte ich so sehr auf einen guten Ausgang gehofft, daß seine abschlägige Antwort mich verwirrte.

»Nein?« wiederholte ich ungläubig.

»Nein.«

Er ließ sich schwerfällig auf dem Felsen nieder, der ihm zuvor schon als Sitzplatz gedient hatte, und sah mich an.

»Ihr habt Eure Wünsche und Forderungen dargelegt. Nun bin ich an der Reihe, Euch das auseinanderzusetzen, was der Templerorden von Euch will.«

»Reicht mein Schweigen, mein Verschwinden und die Übergabe des Pergaments denn nicht aus?«

»Ich leugne nicht, daß es ein interessantes Angebot ist«, entgegnete er lächelnd. »Mehr noch, ich bin mir sicher, daß mein Orden Euer Angebot sehr wertgeschätzt hätte, wenn keine anderen, grundsätzlicheren Interessen dazwischengekommen wären. So wäre es ein leichtes gewesen, ein Problem zu lösen, das einen Großteil unserer Kräfte bindet. Indessen gibt es da etwas, das für den Templerorden über allem anderen steht, und ohne das kommen wir zu keiner Einigung.«

»Und was wäre das?«

»Ihr wärt das, Galcerán de Born. Ihr selbst.«

Ich glaubte, ihn nicht richtig verstanden zu haben, und ließ mir mehrere Male seine Antwort durch den Kopf gehen, bis mir ein Licht aufging.

»Mich!«

»Denkt Ihr nicht, daß es an der Zeit ist, etwas zu essen? Die Sonne steht schon hoch, und uns bleibt noch viel zu bereden. In den Satteltaschen habe ich Brot, Käse, gedörrten Fisch, geräucherten Speck, Äpfel und einen Schlauch voll Wein. Habt Ihr Lust?«

»Ich habe keinen Hunger.«

»Nun, dann erlaubt wenigstens, daß ich etwas zu mir nehme. Die Meeresluft macht Appetit.«

Er aß schnell, während ich lustlos auf etwas Brot und einem Stück Käse herumkaute. Der kräftige Wein entspannte uns, und als wir das Mahl beendet hatten, setzten wir unsere Unterhaltung fort.

»Was will der Templerorden von mir? Es wäre absurd, von mir zu verlangen, das Templergelübde abzulegen, nachdem ich doch gerade das der Hospitaliter gebrochen habe.«

»Der Templerorden will nicht Euch, Galcerán de Born. Der Templerorden will den *Perquisitore*.«

»Ich bin der *Perquisitore!*« entgegnete ich empört.

»Und wie viele von Euch, glaubt Ihr, gibt es außerdem noch? Keinen mehr! Das ist ganz deutlich geworden. Deshalb brauchen wir Euch. Wir verlangen weder, daß Ihr unsere Gelübde ablegt, noch daß Ihr auf das von Euch gewünschte Leben verzichtet. Wir wollen einzig und allein, daß Ihr für uns arbeitet, wofür Ihr all das erhalten werdet, worum Ihr gebeten habt, und vielleicht noch viel mehr, denn wir sind überzeugt, daß ein Mann wie Ihr es sehr zu schätzen weiß, an unseren gegenwärtigen Projekten mitzuwirken.«

»Wie eingebildet Ihr doch seid! Euer Verhalten mindert den Wert Eures Angebot beträchtlich.«

»Wartet, noch bin ich nicht fertig!«

Auf seinem Gesicht spiegelte sich tiefe Zufriedenheit, eine innere Befriedigung, die ich nicht verstehen konnte. Warum sollte ich seiner Forderung nachkommen? Ich hatte meine Waffen ins Spiel gebracht, und wenn man mir meine Wünsche nicht zu erfüllen gedachte, dann würde ich eben die Konsequenzen daraus ziehen, und es würde keine weiteren Diskussionen geben, obwohl ich gestehen muß, daß ich auf Manriques Vorschlag gespannt war.

»Das Generalkapitel des aufgelösten Templerordens, welches vor einigen Tagen in Portugal zusammengekommen ist, hat es sich vorrangig zum Ziel gesetzt, den *Perquisitore* für gewisse Unternehmungen zu gewinnen, die wir gerade in die Tat umsetzen. Ihr müßt wissen, daß Papst Johannes XXII. seine Zustimmung zu einem neuen Ritterorden in Portugal gegeben hat, dem Orden der Christusritter.«

»Er hat ihn also endlich bestätigt!«

»Aha, Ihr wißt Bescheid! Gut, dann wißt Ihr ja auch, daß König Dinis von Portugal ein glühender Verfechter unserer Sache ist, und daß er mit der Gründung dieses neuen Ordens, der sich im nächsten Jahr offiziell formieren wird, unser Überleben sichern und uns unsere portugiesischen Besitztümer zurückgeben will, die nach der Auflösungsbulle des verstorbenen Papstes Clemens V. an ihn übergegangen waren.«

»Den Ihr selbst umgebracht habt.«

»Auch das wißt Ihr?« fragte er überrascht. »Donnerwetter, Galcerán, Ihr seid wirklich noch viel gewitzter als wir vermuten konnten! Hat Sara es Euch erzählt?«

»Nein. Ich sagte doch schon, daß Sara Evrard, Euch und dem ganzen Templerorden gegenüber ungeheuere Loyalität empfindet. Eigentlich war es François, der Wirt von Roquemaure.«

«O ja, ich erinnere mich an ihn!«

»Der gute Mann hatte die Namen der beiden arabischen Ärzte aufgeschrieben, die Seine Heiligkeit untersuchten, *Ádâb al-Acsa* und *Fat Al-Yedom,* ›Strafe der Templer‹ und ›Molays Sieg‹.«

»Ich kann wirklich kaum fassen, was ich da gerade höre ...«, raunte er mit wachsender Bewunderung. »Ein anderes Mal möchte ich zu gern erfahren, weshalb Ihr soviel über diese Geschichte wißt. Es stimmt, Evrard und mir kam die Ehre zu, diese Schufte hinzurichten. Ich sagte ja bereits, daß immer irgend jemand die schmutzige Arbeit zu erledigen hat, und wir beide haben sie wirklich hervorragend erledigt, das müßt Ihr zugeben. Aber wenn es Euch beliebt, so laßt mich fortfahren, denn noch habe ich viel zu berichten.«

»Nur zu, ich höre.«

«Gut, also darum dreht es sich: Sowohl öffentlich als auch privat gibt es uns Tempelherren nicht mehr. Binnen eines Jahres werden wir uns Christusritter nennen und alle unsere Besitzungen in Portugal wiedererhalten haben sowie über große Handlungsfreiheit verfügen und einen weiten Horizont vor uns sehen.«

»Portugal ist weder ein großes, noch ein besonders mächtiges Königreich.«

»Sicher, Ihr habt recht, allerdings besitzt es ein großes Tor zum Meer.«

Bevor ich mich fragen konnte, warum die Templer einen Zugang zum Ozean benötigen, fuhr Manrique auch schon fort:

»Das Generalkapitel, Eurer Forderung zuvorkommend, hielt das Anwerben des *Perquisitore* für unseren Orden von größter Wichtigkeit. Anscheinend waren sie von Eurer Fähigkeit beeindruckt, unsere geheimsten Kodes zu knacken, die in den zweihundert Jahren zuvor sonst niemand zu entschlüsseln vermocht hatte, und darüber hinaus unsere Schätze zu finden, nicht in unsere Fallen zu tappen und aus Las Médulas zu entkommen. Die geschicktesten und gewitztesten Tempelherren sind von einem einzigen Mann getäuscht worden, weshalb dieser Mann auf unserer Seite stehen muß und nicht auf der unserer Feinde. Wir wollen nicht Euer Schweigen kaufen, Galcerán«, hob er besorgt hervor, falls ich ihn falsch verstanden haben sollte, »das habt Ihr selbst mir gerade im Tausch für unseren Schutz angeboten. Nein, wir wünschen uns Eure Intelligenz, welche unbezahlbar ist, mein Freund. Wir wollen, daß Ihr unser Sicherheitssystem wieder aufbaut. Wenn Ihr es durchbrochen habt, so sollt Ihr es auch wieder erneuern, damit niemand, weder jetzt noch in alle Ewigkeit, den Zugang zu unseren geheimen Orten und Dokumenten und zu unserem Kommunikationsnetz finden kann.«

Ich hörte ihm mit offenem Mund zu und wagte nicht zu atmen, um seinen Wortschwall nicht zu unterbrechen.

»Man sieht Euch an, daß Euer Interesse geweckt ist ...« Manrique lächelte. »Nun, um so mehr wird Euch das Angebot locken, wenn ich Euch von dem Vorhaben erzähle, das Ihr sofort in Angriff nehmen sollt: Die Bundeslade und der Schatz des Salomotempels müssen unverzüglich nach Portugal geschafft werden, ebenso wie ein Großteil der Schätze, die in unseren alten europäischen Komtureien und längs des Jakobswegs verborgen liegen. Und wir müssen einen Ort finden, wo dies alles nie, hört Ihr?, nie gefunden werden kann.«

Ich mußte wohl lange Zeit die Luft angehalten haben, denn ich spürte, wie meine eingesunkene und luftleere Brust sich wieder mit tiefen Atemzügen wie ein Blasebalg füllte. Am Ende der Welt begann die Sonne zu sinken, bald würde sie vom Ozean verschlungen werden.

»Nehmt Ihr an?«

Martiños Schiff, umgeben von Dunstschwaden, kämpfte gegen die immer wilderen Launen des Atlantiks. Meine süße

Sara würde wohl sehr um mich besorgt sein und sich fragen, ob ich nach so langer Zeit des Fernbleibens noch immer am Leben war. Ich mußte sie benachrichtigen, daß alles gut verlaufen war, ja sogar noch wesentlich besser, als wir uns dies je erhofft hatten.

»Nehmt Ihr an, Galcerán?«

Ich mußte Sara sagen, daß uns ein Leben voll außergewöhnlicher Erfahrungen erwartete, daß wir von nun an Nacht für Nacht gemeinsam einschlafen und Tag für Tag eng umschlungen aufwachen würden, ohne Angst, entdeckt zu werden, und ohne jemals wieder fliehen zu müssen.

»Galcerán ...? He ... *Perquisitore!*«

»Ja?«

»Nehmt Ihr unseren Vorschlag an?«

«Selbstverständlich.«

Epilog

Bis hierher reicht die Chronik der Ereignisse dieser letzten Jahre mit all ihren Höhen und Tiefen. Ich glaube, der Wahrheit und der Geschichte treu geblieben zu sein. Wenn es mir dennoch an irgendeiner Stelle mißlungen sein sollte, so hoffe ich inständig, daß man mir dies verzeiht, denn der einzige Grund für dieses Säumnis liegt in meinem Unwissen und nicht in der bösen Absicht, noch in der Böswilligkeit oder dem Bestreben, den geneigten Leser zu belügen.

Ich habe meine Gedanken geordnet, während ich die Ereignisse schriftlich niederlegte, denn als ich sie aufschrieb, dachte ich darüber nach, und während ich darüber nachdachte, lernte ich aus den Dingen, die mir zugestoßen waren und denen ich einst nicht die entsprechende Bedeutung beigemessen hatte. Nun bin ich kein Hospitaliter mehr, denn jener Mönch starb vor knapp zwei Jahren auf dem Friedhof von Noia, indes bin ich weiterhin Ritter und Medikus und trage noch immer den Beinamen *Perquisitore*. Den Menschen, der diesen zuvor trug, ein gewisser Galcerán de Born, gibt es nicht mehr, denn sein Leichnam sowie der eines Jungen und einer Jüdin, die ihn begleitet hatten, wurden eines Tages mit zerschmetterten Gliedern tot an einer Klippe der galicischen Steilküste aufgefunden. Wie man wenig später bestätigte, wurde der Familie de Born von Taradell die traurige Nachricht durch den Orden der Hospitaliter überbracht, dem Galcerán bis zu seinem Tod angehört hatte, der sich während der Erfüllung einer wichtigen Mission zutrug.

Monate später kam in das portugiesische Städtchen Serra

d'El-Rei – einer Befestigungsanlage an der Atlantikküste, die dem neugegründeten Christusritterorden gehörte – ein Medikus aus Burgund namens Iacobus, der mit einer wunderschönen, ungewöhnlichen Frau mit weißem Haar verheiratet und Vater eines Jungen war, den man in der Ortschaft schon bald unter dem Namen Jonas *el Companheiro* kannte, da er sich zu sämtlichen Berufen, die in dem Küstenort existierten, berufen fühlte, was ihn dazu beflügelte, sie allesamt erlernen zu wollen.

Kurz nachdem wir uns in diesem hübschen Haus am Hafen niedergelassen hatten und alles so in Gang kam, wie Sara und ich dies geplant hatten, wurde ich von den Christusrittern ersucht, mit den Vorbereitungen zur Hebung der Templerschätze und deren Transport nach Portugal zu beginnen. Man wies mir einen Arbeitsplatz in der Burg von Amourol zu, die mitten im Río Tajo neben der Festung von Tomar liegt, und unterstellte mir zahlreiche Helfer, unter denen sich Astrologen, Arithmetiker, Alchimisten und Handwerksmeister aller Zünfte befanden.

Bis zum heutigen Tage dauern diese Arbeiten an, und natürlich werden sie noch etliche Zeit in Anspruch nehmen. Möglicherweise werde ich diese Aufgabe nicht vor fünfzehn oder zwanzig Jahren abschließen können, aber obwohl ich sie noch nicht vollendet habe, fürchte ich, daß ich sehr bald vielerlei ähnliche Aufträge erhalten werde. Kürzlich hat eine Gemeinschaft hervorragender jüdischer Kartographen aus Mallorca, die besten Zeichner von Navigationskarten, eines der Kellergewölbe der Burg besetzt. Noch wissen wir nichts, jedoch spricht man von Landkarten für die Erforschung des Atlantiks und ferner unbekannter, Reichtum versprechender Länder. Wenn ich nach Hause zurückkehre, kann ich außerdem feststellen, wie die Schiffswerften von Serra d'El-Rei vor Geschäftigkeit brodeln, da die alte Flotte des Templerordens durch nagelneue, wunderbare Schiffe verstärkt wird, die dazu fähig sein werden, alle Weltmeere zu durchkreuzen.

In drei Monaten wird mein zweites Kind geboren werden.

Sara geht es ausgezeichnet, und sie trägt ihre Schwangerschaft ohne große Probleme, sieht man einmal von gelegentlichen Zahnschmerzen und den Schwangerschaftsstreifen auf ihrem Bauch ab, doch ist dies nichts im Vergleich zu der Freude, die sie angesichts ihrer bevorstehenden Niederkunft verspürt. So wie sie redet und auch demzufolge, was sie zwar nicht ausspricht, aber zu verstehen gibt, fürchte ich allerdings, daß sie ihre Tätigkeit als Zauberin wiederaufnehmen will, sobald unser Kind zu krabbeln beginnt.

Hier endet diese Chronik, am neunzehnten Mai Anno Domini 1319 in dem portugiesischen Serra d'El-Rei.

Iacobus Perquisitore, Medikus

Rosa Montero im dtv

»Rosa Montero glückt das, woran viele scheitern: intelligent zu unterhalten!«
Andreas Steppan im ›Münchner Merkur‹

Geliebte und Feinde
Erzählungen
Übers. v. Astrid Roth
ISBN 3-423-**12896**-8

Bittersüße Geschichten über Liebeslust und Liebesfrust, über erotische und andere Verstrickungen.

Ich werde dich behandeln wie eine Königin
Roman
Übers. v. Susanne Ackermann
ISBN 3-423-**12969**-7

Tat sie es aus Rache? Oder Eifersucht? Weil er sie nicht wie eine Königin behandelt hatte? – Eine Geschichte von unerfüllten Sehnsüchten und den Verwirrungen der Liebe.

Geliebter Gebieter
Roman
Übers. v. Susanne Ackermann
ISBN 3-423-**13105**-5

Der Stellplatz wird ihm gestrichen, das Büro verkleinert, die Kollegen sticheln: Kein Zweifel, der Stern von Art-director César ist im Sinken begriffen. – Ein einfühlsamer, humorvoller Roman über den ganz alltäglichen Machtkampf.

Die Tochter des Kannibalen
Roman
Übers. v. Astrid Roth
ISBN 3-423-**20473**-7

Flughafen Madrid. Letzter Aufruf. Wie würden Sie reagieren, wenn Ihr Mann plötzlich spurlos verschwindet? Zu Hause erhält Lucia einen seltsamen Anruf … »Ein großer Gesellschaftsroman, der komisch, anrührend und höchst spannend zugleich ist.« (News Kultur)

Im Herzen des Tartaros
Roman
Übers. v. Astrid Roth
ISBN 3-423-**24328**-7

»Ich habe dich gefunden. Du entkommst mir nicht«, raunt die dunkle Männerstimme am anderen Ende der Leitung. Voller Panik rennt Zarza aus dem Haus. Sie weiß sehr genau, wem diese Stimme gehört … »Daß erstklassige Thrillerautoren nicht unbedingt aus den USA, England oder Skandinavien kommen müssen, beweist Rosa Montero mit diesem hochspannenden Roman.« (Bunte Wochen Zeitung)

Historische Romane im dtv

Rosemarie Marschner
Nacht der Engel
Roman
ISBN 3-423-20286-6

Italien zur Zeit der Renaissance. Die schöne Francesca hat alles, was das Herz begehrt. Und bei Lorenzo de' Medici ist sie ein mehr als nur gern gesehener Gast. Aber es ist auch gefährlich, der Fürstenfamilie so nahe zu stehen...

Asta Scheib
Kinder des Ungehorsams
Die Liebesgeschichte des Martin Luther und der Katharina von Bora
ISBN 3-423-12231-5

»Die vielleicht skandalöseste Liebesgeschichte Deutschlands.« (Klaus Modick)

Diana Norman
Die Piratenkönigin
Roman
Übers. v. Hanna Neves
ISBN 3-423-20683-7

Irland im 16. Jahrhundert. Im Dienst der Königin wird die junge Barbary auf die rebellische Insel geschickt. Inmitten von politischen Intrigen, Freiheitskampf und Krieg erlebt sie die Schönheit und Tragik Irlands – und ihre große Liebe.

Rose Tremain
Des Königs Narr
Roman
Übers. v. Elfie Deffner
ISBN 3-423-13052-0

England 1664. Der Arzt Robert Merivel erhält von Charles II. persönlich ein ungewöhnliches Angebot: Er soll die Mätresse des Königs heiraten...

Jochen Klepper
Der Vater
Roman eines Königs
ISBN 3-423-11478-9

Die »äußere und innere Geschichte« Friedrich Wilhelms I. von Preußen – viel mehr als nur ein historischer Roman: eine Dichtung von unvergleichbarer Prägnanz.

Eveline Hasler
Anna Göldin. Letzte Hexe
Roman
ISBN 3-423-10457-0

1780. Die schöne, eigenwillige Dienstmagd Anna Göldin wird des Kindsmords und der Zauberei angeklagt. Die Geschichte des letzten Hexenprozesses in Europa.

